U0054689

馬華文學板塊觀察

溫任平——著

序：出書前後

溫任平

我寫詩，寫散文，寫專欄這些年，還得分出一支兵力去寫評論，只能說無奈。上個世紀六十年代末、七十年代初的馬華文壇，文學批評幾乎清一色是泛論，內容含糊、東拉西扯，「……淺見」是真的淺，「……概論」沒有梗概，與概念無關，「……心得」是有心無得，我在寫詩與散文之餘，分心去攻評論，實在是不得已的事。搞學術背後不能沒有圖書館，搞學術不能沒有學術訓練，我在兩者都欠缺的情況下從事文學評論，困難可想而知。

余光中、楊牧為文學界同儕與後輩寫過不少序，夾議夾敘，新批評加上具有個性的眉批，使他們的序有內容抑且富於意趣。我從一九七七年替《紫一思詩選》寫序，二、三十年來大概也寫過二、三十篇序文（包括總序），相信還不致於自我囿限在新批評追索意象、象徵，磨蹭字質的效應，測試反諷、對比、矛盾語言的張力……那種機械化作業。「後學」：後現代主義，後結構主義，後殖民主義……與其他領域的文化研究也提供了我籌思撰寫的思想知識來源。

這些年來我出版了六部論述，其實我手上的長短論文應該還可多出三、四冊論著。謝川成學棣留意到我對自己的論文，似乎不怎麼在意，前些時候我病倒入院動手術，他便著手替我整理文檔。我人在醫院，病情反覆。如是者經常出入醫院、診療所，除了每日要服用的藥物，還得嚥下近十種有機無機的保健產品。精神不佳，很多情況都照顧得不夠周到，比方說，在《星洲日報》星期天言論版刊出的〈書信論學〉，副題是報章編輯替我加上去的（文章長，這是吸引讀者眼球的權宜之計），我在 9 月間初次校對，便忘了把它們刪除。第一輯的長短論文，我也有想過依循刊出、發表、提呈之日期編序，沒有那麼做，是考慮到版面的調動太大，沒有很強的心臟會抵受不起。

還有工作論文腳註的未能規格統一，亦不無遺憾。上海復旦大學印出來的工作論文附註的規式，與國立臺灣大學外文系出版的《中外文學》月刊的論文附註規範，分別頗大。很難說那種規範較佳，以篇幅來看，歐美臺灣的附註一般上佔的篇幅較大，任何的改動都勢必影響到版面的編排，連頁數也得改動。為了不牽一髮而動全身，我毅然決定：一書兩制。這點還請學界體諒。

我相信這本論著疵誤很難避免。自己的事只有自己最清楚，自己出的書自己顧。問題是我雖是作者，組稿人卻不是我。等到我上來初校，已近日薄崦嵫。我能做的是有錯要認，出了錯要立正（受罰）。今日的我仍暈眩不止，得仰仗銀杏、betaserc 撐住。對於日常工作，包括文書尺牘的處理，給水電費填表格校對文稿，我本來就是個可憫的弱智。張愛玲對自己的評估是：「在現實生活裡，我是個廢物。」我無意攀附張姑奶奶，實際的情形可能是：我的作品不如張遠甚，我與現實悖逆碰撞，吃的苦頭可不會比張少。

李宗舜老弟看不過眼，終於拔刀相助，他性格憨直敦厚，是個急性子。此人理想與現實兼顧，處理紛至沓來的日常事務，忙而不紊。他面對人生的全方位，恰恰可補我面對生命只顧一技一藝單面向之不足。《馬華文學板塊觀察》能夠順利出版，緣起來自謝川成的一番美意，過程轉折多虧李宗舜的從旁協助。繁瑣的印務與文字核對，秀威的鄭伊庭小姐讓我深刻體會出版社的專業與專注，在此特別提起，是要鄭重的向他們伈道謝。

目 次

第二輯：書信論學

第三輯：序文

第一輯：
演講稿／單篇論文／工作論文

女詩人的感性世界

我在不少場合談過詩歌，談的主要是現代詩的特色。為了說明那些特色，我通常會舉例供大家參照，不過，在大多數的情況下，我都無法引錄整首詩，而只能摘錄詩作的某行，某節來闡明我的觀點。

這種詩的闡析法是詩評家、詩論家慣用的方式，這種方式也沒有什麼不對，不過它卻有它一定的局限性。一首詩是一個完整的有機體，也是一個自身具足的小千世界，摘引某些行節或片斷來說明某種手法或特徵雖說有效，但卻往往破壞了詩的完整性，讀者或聽眾無法知道那些行節在整篇作品的上下文裡發揮了什麼功用，有些什麼美學效果。只欣賞某些詩行，而沒有綜覽整首詩，往往有只見樹木，不見森林之憾。

因此今天我這個演講，決定一改過去我談論詩的慣例。我待會兒要和大家討論的作品都是一篇篇完整的作品，它們是一群女詩人的剪影，她們展現的感性世界纖柔、婉約、精致、敏銳兼而有之，但在處理手法方面卻各擅勝場，各有自己的身姿與形貌。

一、主模題的複奏與變奏

接近黄昏時
我自你眼中走出

我憂鬱的匆匆向你道別
雲在散布
水在清唱
樹在晚風中脫下最後一件衣裳
這時，你在做些什麼——

晚上
你將思念塞滿白色的信封
想起我也坐在白石階上
想起我美麗的鼻尖沾著的露珠
當雨在芭蕉葉上
為我增添兩行新淚
你在作些什麼

晚上
你假裝愉悅
忍住不去回想
當我的笑聲潑濕了你的書本
最心愛的句子可能都是我的影子
你知道不知道
我在窗前作些什麼
我用手指著月色
寫一封好亮好亮的信給你
這時，你又在作些什麼

（馮青：〈你在作些什麼〉）

這首詩共分三節，寫的是男女別後的思念之情。分袂的時間是在黃昏，道別的那一刻已經依依難捨，憂鬱一詞凸出了這種不捨的眷戀情緒。晚上，大家都忙著寫信給對方，猜想著對方在作些什麼，我想大家都會同意，這是一首典型的情詩，出自女詩人腕下，心思細膩，語調溫婉，相當動人。

馮青詩的創意可以見諸於好些新穎可喜的佳句，像「雲在散步，水在清唱」都頗富巧思。「當我的笑聲潑濕了你的書本」，笑聲居然能「潑濕書本」，用得夠大膽，也夠鮮活，「我用手指著月色，寫一封好亮好亮的信給你」具體而生動，直追余光中的名句「那就折一張闊些的荷葉，包一片月光回去，回去夾在唐詩裡，扁扁地，像壓過的相思。」

我要在這兒特別一提的是，這首詩的主模題，和這主模題經過複奏與變奏後的美學效果。「你在作些什麼」這句詩行仿似樂章的一節樂旨，在詩行進行時一再出現。第一節是「這時，你在做些什麼」，第二節簡化「為你在作些什麼」，第三節第六、七行變奏為「你知道不知道，我在窗前作些什麼」。最末一行又稍微增潤成了「這時，你又在作些什麼」。在音色上，這個主模題的一再奏起，很能予人一種特別深刻的印象。這種印象或效果在聽詩朗誦詩時更能感覺出來。這主模題成功地傳達了詩中人物的縈心之念，因為詩中的我關心的是他的愛人在那一刻正在作些什麼。語句的複沓會強化，深刻化詩的感性力量，馮青這首詩可以參考。

二、以巧喻營造意象，突出情思

故鄉的歌是一支清遠的笛子
總在有月亮的晚上響起

故鄉的面貌卻是一種模糊的惆悵
彷彿霧裡的揮手別離

別離後
鄉愁是一棵沒有年輪的樹
永不老去

（席慕容：〈鄉愁〉）

這是一首以巧喻營造意象取勝的詩。首節以在有月亮的晚上響起的清遠笛聲比喻故鄉之歌，用的是聽覺意象 auditory image。故鄉的面貌「是一種模糊的惆悵」，用的是暗喻，屬於心理意象的範疇。「彷彿霧裡的揮手別離」化抽象的惆悵情緒為視覺意象，「霧裡揮手」的意象顯然是有色彩、光暗和動作的。而末節把鄉愁「一棵沒有年輪的樹」也是化抽象的觀念為可觸的具體事物。作者的思鄉感情恆久不易，是通過一連串巧妙的喻詞所塑造出來的意象群，有效地凸現傳達出來的。

設喻的能力或功力對詩人而言，可說是最基本的，也是最重要的考驗。三流詩人所用的比喻只能拾人牙慧，無力推陳出新。比喻最能試出一個詩人的想像力，怎樣把甲物比附為乙物，把兩件表面看來毫無關係的事物綰接在一起，並能指出它們內在的相似點與互為應合之處，需要靈巧的心思和大膽的創造企圖。如果我說比喻的能力是詩人身分證，相信亦不為過，怪不得亞里斯多德在《詩學》就異中悟同武斷地說，比喻大師最不易得。別的事可以學，唯有比喻不可以學，只有天才能夠創作比喻。異中悟同，是比喻的本色。

三、古典情韻的輕觸

我要告訴你告訴你一句話
那句話，在世界上
只許一盞燭火照亮
照在你的壁上
垂掛成歌扇
點點斑斑
一扇展顏
生和死是扇面的底子
情緣是浮雕
那句話，你在扇中
可以尋到

（方娥真〈歌扇〉）

現代詩有所謂古典婉約的一脈，楊牧、鄭愁予、敻虹以迄今日年輕的向陽，可說是這個傳承的佼佼者。所謂古典，許多人都以為是典故的堆砌，或文言片語的借用，其實這是非常錯誤而又相當流行的看法。典故也者，如果只是古人與歷史事件的重提或複述，而沒有賦予新的意義，那只是食古不化的陳腐。同理，借用文言而不能收濃縮精鍊之效，則之乎者也的引進造成文白夾雜反使文氣阻滯難暢，甚至連語義亦混淆不清。

所謂古典的情韻，貴乎韻味的渲染進而感染。方娥真作品裡的古典感並沒有仰賴典故或文言的堆砌，她輕巧地藉著扇的意象延伸來書寫她內心千絲萬縷底情思。而壁上的那把歌扇其實介乎虛與實之間，虛寫的成分濃於現實的描述。歌扇是那句話的幻化成形，是詩人借物起興的物。這事物方便詩人傾吐自己的心跡。打開扇面猶似人的展顏，扇面的點點斑斑是字跡也可能是淚痕，更可能是生死盟約。對敏感的讀者而言，桃花扇那個美麗而哀愁的故事於字裡行間影影綽綽，很能勾起讀者古典的遐想。

這首詩中還有一項相當重要的事物，那就是「燭火」,「那句話，在世界上／只許一盞燭火照亮」強化了詩中的古典意味。如果把詩中的燭火換作燈火，把可以展顏的扇子用電風扇代替，則古典意趣盡失矣。余光中為方娥真的詩集寫序，認為〈歌扇〉能「首尾相應，一氣呵成」，他對這首詩的評語是:「〈歌扇〉一詩，結構緊密，節拍自然，伸縮有度，韻腳也押得十分穩實，寫意小品能這麼中規合矩，恰到好處的，真是難得。」

四、起承轉合的譬喻結果

時間是一輛汽車疾駛的馬路
馬路是一條靜默的河流
河流是海洋軀體的手臂
而海洋呢
是群鷗談話的廣場
以及
生長時間的土地

（劉延湘：〈時間〉）

時間本是抽象的概念，在劉延湘筆下卻一而再、再而三幻變成不同的實體，而且一環扣一環緊密連貫。時間開始「是一輛汽車疾駛的馬路」，馬路接著被喻為「是一條靜默的河流」，而河流「是海洋軀體的手臂」，那麼海洋又是什麼呢？劉延湘把它喻作「是群鷗談話的廣場」，也是「生長時間的土地」。

這種層遞比喻法，看似容易，其實甚難，因為比喻層疊往往流於堆砌，以致喻依（vehicle）與喻旨（tenor）之間的距離愈扯愈遠，終至風馬牛不相及。甲比乙，乙喻作丙，丙變成丁，甲與乙的關係還容易把握，甲與丙的關聯已開始模糊難辨，至於甲與丁之間則南轅北轍，就連最敏銳的讀者也得擲卷三嘆，無法在它們之間建造一道聯想的鵲橋。

當然在高手筆下，這種比喻跑野馬，漫無約制的局面還是可以避免的。方旗的〈後院〉一詩便用過這種技巧，但效果絕佳。劉延湘詩中比喻的蔓延生長，呈一孤形發展，從起點的「時間是……」到終點寫海洋原來是「生長時間的土地」猶似一個圓，起點與終點最後又輻湊在一起。整個意象系統與譬喻結構是前呼後應的，遣詞設喻並沒有蕪雜蔓生，一直圍繞「時間」這主題渲染、著色，把時間具體化，讓讀者從一些熟悉的事物如流水、馬路、河流、海洋、廣場去認知時間的恆在，這些事物或意象的流動性非常有效地凸出了時間恆常流逝的宇宙事實（cosmic truth）。

幾年前後我應南洋商報於大馬寫作人協會之邀談現代詩也提過這首〈時間〉。當時我對這首詩的批評如下：「詩人的藝術功力不僅表現在設喻的巧妙，更表現在詩的起承轉合末節恰到好處的收束。從時間是汽車疾駛的馬路起首，河流與手臂的兩行物變都可視為詩意結構之『承』，一句『海洋呢』是詩的轉捩點，最末兩行是這首詩的『合』。詩人於時間的形像思維繞了一個圓圈又回到原來的起點上。」

五、縱恣想像的太空詩

有一列車要開行
星星湊成軌道
而你是搭客
而我是司機
駛向久久遠遠……

（程可欣：銀河車站）

映入眼簾的首行，「有一列車要開行」，予讀者的印象是寫實，是實景的描繪。進入第二行讀者才一反先前的印象，這車的軌道居然是星星湊成的！在現實中怎麼可能呢？讀者至此頓悟詩人並無意於實寫，她縱恣想像寫的是她底奇思與幻想。

軌道既然是由星星湊搭而成，駛行的方向自然是廣袤無際的穹蒼。你是搭客，我是司機，你我共乘一車，駛向無人干擾的的「世外桃源」或烏托邦。「久久遠遠」隱約暗示你我駛向大宇宙能得到一份永恆。地球上的人類活動糾紛騷擾不已，大概也只有駛向星河，於太空某處定居下來，長相廝守，才能獲得真正的寧謐與溫馨。當然詩中的人物也不一定是一對男女（詩裡並無這樣的暗示），不過駛向星際很自然地予人移居外太空的聯想，異性伴侶總比同性知交來得浪漫和引人遐思吧！這首有趣小詩，也不是完全沒有弊病的，兩個「而」字如是刪去一個，或乾脆兩個都略去，語言應該會乾淨俐落。

六、跌宕迴轉的詠嘆調

我忽然想起你
但不是劫後的你，萬花盡落的你

為什麼人潮，如果有方向
都是朝著分散的方向
為什麼萬燈謝盡，流光流不來你

稚傻的初日，如一株小草
而後綠綠的草原，移轉為荒原
草木皆焚：你用萬般剎那的
情火

也許我只該用玻璃雕你
不該用深湛的凝想
也許你早該告訴我
無論何處，無殿堂，也無神像

忽然想起你，但不是此刻的你
已不星華燦發，已不錦繡
不在最美的夢中，最夢的美中
忽然想起
但傷感是微微的了
如遠去的船
船邊的水紋……

（夐虹：〈水紋〉）

這是一首朗誦起來效果甚佳的抒情詩。敻虹對文字音色的捕捉秉有一份天賦的敏感，重複片語（refrain）與變奏重複句（incremental repetition），相似句型與平行句法（parallelism）以及韻腳的錯落呼應，是構成這首詩底音響結構的重要部分。

〈水紋〉一詩是顯眼的重複片語是「突然想起你」，最特殊的變奏重複句型「……的你」：劫後的你，萬花落盡的你，此刻的你以及稚傻改裝的「流光流不來你」。

「也許我只該用玻璃雕你」與「也許你早該告訴我」是參差的平行句，其他的相似句法如「為什麼人潮……」「為什麼萬燈謝盡……」同中見異，近似中有變化，這是本詩的一大特色。

我要特別在這兒一提的事，敻虹詩的語言節奏自然從容，是「因句生句，因意生意」的敷陳鋪衍，而非刻意求工的對仗排比。這種因句生句，因意生意的技巧有些較含蓄深刻，有些就「明目張膽」，「不在最美的夢中，最夢的美中」一行，名詞與形容詞互相換位，出奇制勝，相當大膽。

整體來看，敻虹是的題旨是通過意象系統的生長去展現的，而意象開展為文字音籟所扶助推動，承接迴旋，起伏跌宕，主題要描繪的那份深刻底哀傷與無奈底惦念乃得以續續表呈，娓娓傾吐。這首詩值得大家注意的是，字音的連鎖性呼應，句法的回旋承接，有效的增強了整篇作品的愁郁情調與詠嘆意趣。

七、靜中寓動的對比

小屋
坐著
小路

躺著
小小的人
走著
風聲也聽不到
更何況落葉

直到一縷炊煙，裊裊娜娜
刀樣升起

（萬志為：〈破靜〉）

萬志為這名字對馬華詩壇而言，可能相當陌生，她是臺灣「草根詩刊」的同仁，羅青對她相當賞識，曾數度於「草根」刊出萬志為的作品特輯。萬志為的詩悲天憫人，富於哲思，敏於體悟，對人的處境，世界的未來，人與人、人與神、人與自然的關係作探討。她的詩不走閨秀柔麗的路子，對詩人來說，生命的意義，存在的價值才是她關切的問題。

與許多女詩人不同的是，她的詩絕少脂粉氣，語言簡樸而重秩序感，落筆乾淨，線條清晰，她的風格每每使人想起《基督的臉》的作者喬林。

「破靜」一詩靜中寓動，題材與技法卻不俗。詩人像個造物主，俯瞰宇宙萬物，人與物都渺小得可憐：小屋、小路、小小的人。風聲聽不見，落葉的聲響更邈不可聞，萬物俱寂的當兒，卻有一縷生動（雖然是裊裊娜娜的柔弱）的炊煙於大地上升起。詩的第一節寫的是純粹的空寂之境，最後一句「刀樣升起」卻擊破了這靜寂，形成一種戲劇性的動感。而由於整首詩的進行都是靜態的，末句的動更形凸現，對比的張力於焉產生。

八、靈視與感悟

沉沉的生日
一個疊著一個
壓著人下降
到土裡去

越來越矮

（朱陵：〈生日〉）

朱陵是詩人管管的太太，管管以諧趣抑且怪誕的詩風為各方矚目，而朱陵這首〈生日〉雖然只有寥寥五行，卻頗能見出詩人的匠心獨運，自出機杼，其巧思奇想手法雖與管管不同，但造詣之高妙卻絕不遜於管管。

通常我們寫生日，總要說一個人隨著歲月而增長，這已是一個約定俗成的概念。朱陵寫生日，卻沉重如磚塊，一個疊一個，把人壓到泥土裡去。人會成長，就會接近死亡，這是大家都熟知的事實，朱陵這首詩所寫的主題無非如此，並沒什麼新奇的，新奇的是她的梳理手法：人本來成長，卻越來越矮，越來越下降到泥土裡去。

這裡我想到詩人的靈視問題。詩人是多竅的良心，敏於感知，感知交融之際，每能自平凡事物看出其不平凡處，自須臾掌握恆久；能小中見大，亦能異中悟同。朱陵從人之成長覺悟那是生命本體的成長萎縮，我想她並非故作驚人之語，而是忠實地說出她的靈視與感悟。

九、結語

這個演講討論了八位女詩人的作品，也展示了這八位女詩人的感性世界。細心的聽眾相信能從這些不同作品的風格及技巧學習到一些寶貴的東西。她們的藝術表現通過語言節奏的試驗、意象的塑造、比喻的擬設、古典的迴響、獨特的視境、奇妙的幻想、修辭的鋪陳作出頗為多元的演出（showing），她們的經驗應該是可供借鏡的，「他山之石，可以攻錯」，古人不是這樣說過嗎？

鏡與燈：文學批評的評價問題——馬大中文系文學雙周講稿

一

三十多年前，M. H. Abrams 曾寫過一部詩學名著《燈與鏡》（The Mirror and the Lamp），最近我重新翻閱，覺得裡面的一些見解十分精闢，作者持論亦甚客觀。我從 Abrams 的一些見解談起，輔以中國文學批評的若干概念與實例，必要時引證個人從事文學批評的粗淺經驗，希望對有志於文學批評的同學有些幫助。

Abrams 認為西方自柏拉圖以降，兩千多年來的文學批評理論，所涵蓋的範圍，大約不外下列四大項目，即作者、作品、讀者、世界，前三者一看即知，無需解釋，第四項「世界」或許要稍予說明。Abrams 的「世界」指的是作者所要描繪、刻劃或反映的對象。如果「文學反映人生」，人生便是作者筆下的對象；如果「文學批評生命」（如 Marhews Arnold 所言），生命便是作者要批評的對象，也即是 Abrams 所說的「世界」。

在前面四個項目中，歷來作家都無法均衡照顧，而出現倚重倚輕的現象。有些作家重視自我，也即是作者自身；有些作家較重視作品對讀者的影響；有些作家則重視作品對於外在世界的模擬，以達到所謂「反映」「寫實」的目的或效果。這種倚重倚輕的現象形成作品風格的多元化，文學上的各種「主義」（ism）便是這樣產生的。西方文學批評理論依據作品的實際表現遂分成下列四大類或學派：

模擬論（The Imitative Theory），依據的是柏拉圖的觀點，視文學藝術為一種對外在事物的模擬（mimesis）。文學與它的世界底關係既是模仿擬似，於是文學對世界模擬的近似程度便成了這一派文學批評的褒貶基準。這派學說要求文學反映社會人生，愈接近真實愈好。很明顯的，模擬論是以「世界」為寫作的重點。

另一派學說是影響論（The Affective Theory），這一派文學批評注重的是文學底社會功效，也即是作品對於讀者所發揮的影響。這一派的文學批評家接近亞里斯多德寓教於娛的文學觀，認為文學能提升、淨化讀者的感情，在提供愉悅的同時，也能受到教導讀者、啟迪民心的實效。這派學說以文學臻至的教訓與愉悅效果為評價基準，而以讀者為重心。

另一學說為「表現論」（The Expressive Theory）強調作者自身，這一派學說認為文學並非人生的摹寫，也非外在世界拷貝，而是一種源於直覺與想像的真理。換言之，文學不是外在的模擬，而是生存意義的發掘與生命價值的創造。文學家的工作不是抄襲，而是增減、再創、重組另一個世界，這個世界雖以現實為藍本，卻超越了現實。在一個象徵性的想像世界裡，讀者可以窺見一些在日常生活中被忽略的，或隱藏著的真實。這一派學說以作品的「原創性」強弱作為評價的標準。

第四派「客觀論」（The Objective Theory）則力排眾議，認為作品本身才是最好的說明，最可靠的依據。文學作品構成的基本條件是語言，文學的價值存在於語義裡。文學作品一旦完成，它便是一個獨立的有機體，有它特殊的內在特徵，這些內在特徵包括情節、意象、人物等等因素。一部作品一方面可以容載作者意圖要表達的目的，也可以隱藏著作者本來無意表達，卻在不知不覺間泄露了的願望與情愫，所以就作品論作品才是最安全的。對這一派學者而言，作者說他企圖要表達什麼什麼沒有用，他們關注的是作品究竟成功地表達了些什麼，表達的形式與技巧又如何。「客觀論」常用的評價標準是「反諷」「張力」「繁富感」「聯貫性」等等。

二

這四大學派都各有各的理論體系，這些理論體系根據的是一些大前提。有別於科學的定義或原理，文學理論的大前提卻是無法證明、又不能否定的假設。像「詩言志」「文以載道」，像濟慈（John Keats）說的「想像據以為美者，定必為真」，莫里斯（William Morris）說的「藝術即勞工，勞工即藝術」，或者前面提過的「文學反映人生」「文學批評生命」都是一些不易肯定、又難以否定的命題或觀念。一旦文學批評家接受了某一項假定，他對文學的看法就會大致上遵循這個假設，並且以這個假設為試金石，探測作品的內涵形式，並作出褒貶的評議。也因此文學批評往往各家有各說，意見紛紜，莫衷一是，要建立客觀的標準十分棘手。

上面提到的四家學說也不是沒有缺憾的，像模擬論要求真實或翔實，但它的適用性僅限於現實主義或自然主義文學，對象徵文學的扭曲，變形表現便束手無策。而要求文學忠實的反映人生，也大有問題，因為作者的生活經驗總是有限的，當他以第一人稱寫瘋子的時候，他其實從來就不曾有過發瘋的經驗；而當他處理像「死亡」那樣的題材時，他亦從不曾有過死的經歷，所謂「忠實的反映」許多時候都不可能，而以反映事象的忠實程度來判斷作品的好壞，很容易陷入「意向謬誤」。至於文學提供愉悅一說，揆諸事實也未必站得住腳，實際的閱讀經驗告訴我們，閱讀通俗言情小說，幽默笑話一類的故事，得到的愉悅感遠甚於閱讀世界文學名著。

再說到文學傳授知識，提高我們的道德意識，增強我們對於生命意義的體認等等也是可質疑的，要增加知識，我們可以直接去讀有關的學科。哲學家的論著提供我們更快捷可靠有關生命意義的資訊。甚至去教堂或廟宇聽神父或僧侶談人生的道理，我們得到的道德啟示或宗教知識比從文學作品中獲取的，只有更便捷和更有系統。至於「原創性」也不是沒有問題的，因為文學藝術沒有可能一百巴仙的原創，所有的原創都是要憑籍舊有的／已有的材料作為變化的基礎。

還有用「反諷」「張力」等標準去衡量作品得失，每每指出的是作品技巧形式的某種特色與成就，技巧形式的成功只是局部的成功，以局部的成功去評判作品之好壞同樣是偏頗的。最後是客觀的評析，即所謂的作品的「內在研究」（intrinsic study）。許多時候，作品的意義仍需放在文化的格局裡，甚至時代的景觀前面去作一番觀照，我們才能為作品的成就作一判斷。客觀論的文學批評有時會有把作品孤立化、絕緣化之嫌。

上面所述的四種文學批評，有時也分別結合，互濟互用。像模擬論就常常兼及影響說，表現論也常與影響說掛鉤。

模擬論兼影響說主張文學反映社會人生，並且透過文學的教育功能移風易俗，改善社會，造福人群。文學既是「反映」，它的功能就像面鏡子，用以映照人生的諸般現象，呈現社會的種種癥結難題，暴露現實的醜惡與不平。鏡子說其實是模擬論的原型。模擬論與影響說的觀點可說是中國「文以貫道」「文以載道」的異曲同工。持這種文學觀點以月旦作品，注重的是文學倫理教化之效，以及它反映人生社會的逼真程度。持論者往往偏重內容的主題意旨，而忽略了形式技巧的種種美學考慮。

表現論與影響說反對模擬論那一套文學藝術摹照外在世界的基本觀點，因為時至今日，任誰也不會相信或同意文學藝術只是外在世界的拷貝，而沒有增添、芟除、重組的過程。事實上模擬論自十八世紀末以降，支持者日少，有趨於式微之勢。表現論兼影響說認為科學傳授人們知識，而文學賦予人們力量。文學的作用像輝麗的燈，作家以它的喜怒哀樂為能源，以他的才具想像為鎢絲，燃亮自己，燭照時代，表達出生命的歡欣與痛苦。這種文學觀與中國文學傳統的「詩言志」一說不謀而合。燈派的文學批評家有時會太過重視文學的藝術性，而忽略了文學的思想性。

三

文學批評的困難，從以上所述，大家不難了解。其實除了鏡派與燈派觀點與立場的基本歧異外，一個文學批評家也難免會受到他個人的愛憎，以致他的稟性與脾氣的影響。一個內心蔑視黑人的批評家，不可能把史杜伊夫人的《黑奴籲天錄》評成佳作。重視音律、風格柔婉的李清照讀蘇東坡的「大江東去」，難怪她會譏為「句讀不葺」。基督教徒可能讀不下周夢蝶禪佛味道特濃的「孤獨國」與「還魂草」。由於政治立場的不同，中國大陸的好些作家，面對張愛玲的「秧歌」恐怕在覺得怵目驚心之餘，還會感到「難以下嚥」吧。

不過這些都是較明顯的事例，自覺力較高而又有反省習慣的批評家，始終會悟出他與作品之間的隔膜問題出在那裡。而「時代的趣味」蒙蔽批評家，使批評家無法清明地審察作品並且作出正確的判斷，則是不落痕跡的。在中國文學史上，明代前後七子都主張「文崇秦漢，詩必盛唐」，形成一種籠罩文壇的「時代的趣味」，不仿古制作，另鑄一體的詩文都被當時的批評家視為「異端」而予貶抑。

如何擺脫文壇流行的風尚，以個人的才學識為依據，忠實於自己對作品的感受，去進行分析與衡鑒，是所有文學批評家都應該自我期許的。

除了「時代的趣味」，還有「時代的感性」這一關不易闖。從事文學批評的朋友，月旦古人作品，往往覺得「隔」。這種「隔」的感覺主要在於古人的許多理念與價值觀，和今人往往格格不入，古人的生活節奏、舉止言行、人生態度，也與當代相去甚遠。文學批評家如果不能擴大自己的想像，調整自己的感性，去體會領略古人的情境，而輕率地作出批貶，對原作者自然是十分不公平的。而「時代的感性」的影響正如「時代的趣味」那樣是無聲無息的，批評家對前人作品作出不利的偏頗判斷時，他甚至終其一生也不知道自己的判斷那裡出了岔子。

「崇今賤古」固屬不當，「崇古賤今」何嘗不是一種偏差？而中國文學批評由來都傾向崇古賤今。前面我提過明代「文崇秦漢，詩必盛唐」以及中國文學史上一連串的「復古運動」（唐、宋、明、清四代都曾發生）都可以說是崇古賤今的表現。今日的文學批評雖不致「賤視」當代作品，但對於當代文學的評價往往支吾其詞，囁嚅其言，缺乏「膽識」去衡鑒褒貶，而寧願為一些成就已被認可的名家錦上添花，這現象要不是批評家對自己沒有信心，便是怠惰成習，不肯面對「新挑戰」。在中國文學史上，杜甫號為「詩聖」，是「詩中的秦始皇」（周誠真語），地位可謂無比崇高。但杜甫當年並沒有受到時人的十分推崇，他寫「文章千古事，得失寸心知」顯然是不滿一些文評家對他的錯估。杜甫的「行情」一直要到元稹寫杜子美墓誌銘說了一句蓋棺論定的評語：「詩人以來，未有如子美者！」才迅速冒起，可見許多優秀作家生前都易受忽略，只有獨具慧眼的文學批評家才能及早發掘人才，在作家有生之年給予佳評。

文學批評還有一項「公開的祕密」，那就是「悅淺廢深」，所謂「悅淺廢深」即是膚淺的作品易被接受甚至讚美，艱深的作品往往會被排斥而受忽略，人的天性總是怠惰的，文學批評家何獨不然。昭明文選有載宋玉與楚王的一番談話：「客有歌於郢中者，其始曰下里巴人，國中屬而和者數千人，其為陽阿薤露，國中屬而和者數百人；其為陽春白雪，國中屬而和者，不過數十人。」但是作品流行的程度並不能代表它的藝術價值，文學批評家有這個責任深入作品的內在堂奧，窺見作品的精妙。曾國藩言：「非密詠恬吟，不能探其源」批評家必須克服自己的惰性，以其敏銳的鑒賞力引導讀者親炙作者的奧義。艱深並不等於晦澀，晦澀之作也可能是佳作，像喬埃斯後期的作品，像貝克特、伊安尼斯高的戲劇，杜甫的秋興八首，李賀的詩都十分難懂費解。批評家應該要「苦讀細品」，像顏元叔先生當年讀王文興的小說《家變》那種精神。只有精研達詁者才能深識鑒奧。

四

我個人在一九六九年寫第一篇評論文字，那時《新加坡十五詩人新詩集》出版不久，我讀了文愷的詩「走索者」，心血來潮，便寫了一篇詩評。說起來那篇文字實在不能算是詩評，我只是逐句詮解，把詩的意思用散文的方式解說一篇。不過我很快便發現這種評論的缺點，在我寫「評介葉維廉的愁渡五曲」時，我並沒有逐句去解，其實「愁渡五曲」甚長，不可能逐句予以散文化。我抓住作者企圖掙脫與追尋的心感活動與詩中幾個重要模題（Motif）加以析論、引申，那篇論文發表後，賴瑞和曾來信表示讚賞，使我得到很大的鼓勵。

七〇年到七三年那段期間，我與瑞和通信頗頻，經常討論彼此在文學評論方面所遇到的難題，我們也討論到去建立一種分析性、演繹性的乾爽文體來配合寫作的需要，避免「情緒語」（emotional utterances），「抒情語」（lyrical utterances）的干擾。有鑒於文學作品褒貶臧否之不易，瑞和甚至向我建議我們的評論不妨著重分析、說明、詮釋而避免評價。我接受了他的意見，寫了一篇長約二萬字的論文「論詩的音樂性及其局限」，這篇長文先後刊載於臺灣及香港版的《純文學》月刊，余光中先生閱後，來函講了一些溢美的話。

雖然幾年後我又寫了一篇重「分析、詮解、避免評價」的長文「論電影技巧在中國現代詩的運用」，不過這時我已覺察寫文學評論而不去評價在理論上固然說不過去，實踐起來更是問題多多，我能做到的是在下判斷時不說得那麼絕對，或引導讀者讓他自行判斷辨別好壞。這時我已接觸到好些「新批評」的論著，也讀了不少臺灣文學批評家像夏濟安、夏志清、姚一葦、顏元叔、葉維廉、何欣、陳世驤、劉紹銘、尉天聰、唐文標、余光中、楊牧的評論文字，覺得文學常常引起爭執，歸根結底還是鏡派與燈派觀點歧異，出發點不同所造成的，而鏡、燈之爭，古今中外，一直不斷在不同舞臺上演著。

其實鏡、燈所爭，也即是「言志」與「載道」兩方面齗齗不休者。就中國文學的實際表現來看，我們的載道作家固然有杜甫、韓愈、白居易這些輝煌的名字，而言志作家從屈原數起，曹植、阮籍、陶淵明、李白，陣容之強，甚至要在載道作家之上。臺大葉慶炳教授即曾撰文指出中國文學的言志派，一般而言，文學地位與成就要比載道派高。

我覺得鏡派以反映社會為創作鵠的，「為人生而藝術」，憂國憂民，賦予文學強烈的使命感，這種理想與熱情是可敬的，但過於強調文學的實用目的，使文學淪為倫理學的女婢，變成刻板的教誨工具，就未免過於狹隘。主張「文章合為時而著、歌詩合為事而作」的白居易不僅譏諷謝靈運「多溺於山水」，連陶淵明他也不放過，批貶了一句「偏放於田園」，甚至詩聖杜甫，他也認為終其一生子美寫的作品符合他的載道標準的作品太少：

杜甫詩作甚多，可傳者千餘篇，然撮其新安吏、石壕吏、潼關吏、「朱門酒肉臭，路有凍死骨」之句，亦不過三、四十首。杜尚如此，況不逮者乎。

這樣偏狹的文學觀，排他性實在太強了。言志派抒情述志，仍必須能自小我接通大我，從特殊見出普遍，如果一味耽溺於小我的感喟憂傷，嘆老嗟卑，無病呻吟，只在文字的雕琢上下功夫，這樣的言志非堯典「詩言志」的本義，而是一種頹廢主義的唯美文學。這種文學的缺失在於只重形式而忽視了內容。言志文學以吟詠性情為主，著重於作家的感情思想的流露與表達，而在作家抒發一己的情懷時，他同時也應把思想寄託其間。文學講究「興寄」、「風骨」，所謂「興寄」指的是作品的思想；所謂「風骨」指的是思想透過感性的渲染而形成的力量。

我個人不能同意把文學的偉大性附麗於作品思想的偉大性這點，因為這太荒謬了。以思想的偉大性而論，那些宗教、哲學、道德的論著肯定比文學作品有份量。以作者人生見解的高低，來判斷文學成就的高低，是不合邏輯的。文學批評家的工作不是去區別或鑒定作者在他的作品裡，如何透過他的想像力底營造：人物、情節、事件的鋪陳，把他的見解具體而生動的呈現出來，而是他呈現出來的特殊世界是不是有它的複雜性、完整性，使讀者在感動之餘還有新的感悟。

我目前採取的評論門徑主要仍是以新批評的字質（texture）研究與內在結構（Structure）的分析著手，「反諷」、「張力」、「衝突」、「對比」、「聯貫性」、「繁複感」是我常用的批評術語。但我想我並沒有獨沽一味。面對一篇作品，我會考慮到除了就作品論作品外，外緣因素的附加解說，有沒有用處。像余光中的「長城謠」孤立起來讀雖然未嘗不可，但如果放在時代背景去體味，或更能領略作者那腔孤臣孽子的鬱結。要評析傅承得、游川的詩，不能不說明一下當前華社的處境，與近年來國內發生的重大事故，這些外緣資訊，肯定有助於讀者了解他們的詩。從這個角度來看，我所用的方法已非單純的新批評。

十多年前顏元叔與葉嘉瑩曾為了詩的剖析見解歧異而發生的論爭，這論爭給我的啟迪是，現代主義的文學批評，仍需輔以歷史主義的背景考察，才較周全，對喜用事的古典文學的審鑒尤是。七十年代我迷過幾年的存在主義（劉紹銘先生曾來信要我不要愈鑽愈深，無法自拔），對文學的文化性也開始留意起來。這些知識經驗，我希望能助我在鏡與燈之間開闢出一條折衷的可行之道。很多人都以為我是注重色香味的美食主義者，他們只猜對了一半，我其實也十分講究食物的熱能與營養。

（刊載於《南洋商報》，一九八八年十一月三日）

佳作鉤沉：天狼星詩社作品研究

一、作品有恆久的意義

我最近發願要寫些文章，討論前天狼星詩社社員的詩。從 1967 年的《綠洲》草創，到 1973 年天狼星詩社宣布成立，1977 年以迄 1980 年年杪在「溫瑞安缺席」的情況下社員出版的著作竟達 19 種之夥，1981 年之後年輕一輩社員的崛起幾乎取代了大部分七十年代的詩社舊部，整個過程有點風起雲湧的吊詭意味。1997 年 11 月的今天，所有的變化更迭均塵埃落定，只有文學，只有詩社社員的作品始有恆久的意義。

當年詩社成員近百，有活躍的也有較沉潛的。天狼星詩社於 1976 年 6 月 6 日第一次出版詩人節紀念特刊，收入共 50 位社員的作品，我猜測那時至少有 50 位社員是相當活躍參與的。《天狼星詩選》的編輯出版淘汰掉十餘人，只收進 37 名社員的 170 首詩。由於詩選出版於 1979 年，1980 年之後崛起的詩社新銳像程可欣、林若隱、陳鐘銘、鄭月蕾、張嫦好、丘雲箋、吳結心、張允秀、施巧雲、謝雙發、游以飄、張芷樂、余麗玲、陳輝漢、朱明宋等人的作品都沒機會收進去。詩社成員頗眾，我這個做「龍頭」的（一笑），未能照顧追循個別社員的創作進度，亦未嘗不是一件憾事。一些潛力可觀的社員，或性格內向，或因地理距離，較少聯繫，我往往忽略了他們個別的才具。經過了那麼多年，重新翻開《天狼星詩選》，還有詩社當年出版的詩人節、中秋節紀念特刊，發覺到不少滄海遺珠，其晶瑩璀璨即使較諸港臺著名詩人亦不遑多讓。這引發我要寫文章做些評介的動機。

二、戈荒的詩：對時間的溜逝敏感

先談戈荒的詩。他是亞羅士打綠島分社的副社長。《天狼星詩選》收進他 7 篇詩作，限於篇幅，不能每首討論。他的詩風格與技巧嘗試，在七十年代堪稱新穎出色。且看〈醒之外〉最末一節。

晚餐的飯桌
我坐下
時間走來
我說：請坐請坐
請用餐
在我抹嘴之餘
發覺他竟先我而去

「時間」的人格化，時間來去迅速竟等不及詩中人物抹淨餐用後的嘴，點出了時間的無情，用的卻是超現實技巧。在盛行所謂「後現代主義」的今日詩壇，超現實手法可能算不上什麼，20 年前的詩作者在 20 歲不到的「稚齡」便能運用自如，可謂不易。戈荒寫〈雨夜〉，題目平凡，起首兩句亦不見分量，從第三局開始，戈荒才擺脫描寫雨夜的爛調套語：

雨
寂寞的夜在雨中哭泣

淒迷粉紅燈下的牆
兩張特大全裸的海報
在雨夜表演啞劇

車馳過後路更朦朧
雨夜是無能的

雨夜的不快、淫猥甚至詩作者（也是雨夜的觀眾）內心的苦悶、抑郁都藉「兩張特大全裸海報／在雨夜表演啞劇」這個強烈的視覺意象凸顯出來。技巧迂迴，落筆大膽。我也相當欣賞戈荒的另一首詩〈歲月〉。

這世界最容易出賣的
是自己

每個早晨你告訴自己
去完成那想開始而未開始的詩句
而錯誤的你只是不經意地
讓那盛烈的陽光在頁上消失

有一個公式在夜裡產生
那就是疚憾與自責

這首詩明朗可解，無需多做什麼詮釋，詩中的壓迫感也是大家可以感受到的。許多寫作人都是這樣讓稿子空白，讓時間溜逝，讓自責懊悔咀嚼自己的創作良知。對戈荒而言，這種時間的浪費無異於「出賣自己」。戈荒能有這樣的自覺，當然是好事，問題是戈荒已近 20 年不再寫詩了。他在詩選的作者前言中引用葉維廉的話：「寫詩在現代是巨大的孤獨與痛苦的事」，但他認為「這種抉擇有它自身的莊嚴」，而且宣稱他加入天狼星 6 年，「在文學領域中還在牙牙學語，（收入的）這幾篇作品絕對不是我的全部，我眼前還有一大段路要走。」

然則，輟筆近 20 年寒暑的戈荒什麼時候會重新執筆，回到文學領域的路上走下去呢？[1]

三、鄭月蕾的詩：讓物象自然呈現

鄭月蕾起步稍晚，大概在八三、八四年左右，她的詩才漸漸塑就自己的風格。我手頭能找到她的作品不多，多發表於詩社出版的中秋節與詩人節特刊，其中一部分亦曾在報章發表。

月蕾的詩婉約輕盈，構句營篇每每出人意表，像她在 1986 年詩人節特刊寫的〈六月背後〉，除了追悼屈原，也在寫人生的某種難境：

沒有什麼令人激動的訊息

那是夜晚
我們隔著陌生的審視
燈火，來自兩岸
我們決定不談風，不談你
當時我們剛好站在橋的中央
聽你的衣角拍打
蒼涼的海湄
和六月背後，輓歌的音節

1　引自《天狼星詩選》（安順：天狼星出版社，1979），頁 11。

起句「沒有什麼令人激動的訊息」有點突如其來，令人讀後一愣。「審視」本身已明顯帶著懷疑，加上那是「陌生的審視」彼此的隔閡更顯然。燈火來自兩岸，因此是自不同的地方，這裡頭有地理與心理距離所造成的「隔」，「……不談風，不談你／不談回歸重訪的雨」一連三個「不談」，語氣決絕，毫無轉圜餘地，而微妙的是在那一刻，詩中的「我們」其實是佇立在一起的；「當時我們剛好站在橋的中央」。詩中所呈現的人生難境，曖昧而又複雜，因此後面三句的悼亡反而增添了幾許自傷的意味。鄭月蕾寫過的一首題為〈午後〉的詩，只有短短六行：

二月
在陽臺
春天的雨露此刻正重重地
落了下來，一群麻雀
因為驚悸一朵花的蒂落
在爭吵不休，隔座有人

飲酒　作樂

呂晨沙先生在星洲日報的《星辰》版寫了一篇評論「〈午後〉的兩種人生觀」指出這首詩頗近葉維廉所提出的「名理前的視境」。用呂晨沙的話：「只覺萬物形象的森羅，而不加以『名』障與『理』障，把視覺置於概念化、關係化及實用化之前，僅把事物的形象呈現出來，純用動作來表達意蘊。」[2]在文章最末第二段裡，呂晨沙指出：「……詩人自己並不介入風景，只讓眼前可及的景物如實地呈現在讀者眼

2　摘自呂晨沙著〈《午後》的兩種人生觀〉，刊星洲日報 1986 年 5 月 11 日「星域」文藝副刊。

前，讓景物自然運作、演出，而詩的意義則隱伏其中，寓言教於文字以外。」[3]如果能了解並同意這種「意在言外」正是月蕾的寫詩慣技，讀者就不難感應到〈六月背後〉含蓄的文字背後充滿餘弦（naunce），要一再咀嚼，始能深刻把握／感知其意蘊。林若隱曾把鄭月蕾的另一首詩〈未及〉譜寫成曲，用六弦琴伴唱，效果迷離，頗能捕捉詩中那種幽怨柔婉的意境：「常常，夢裡有一片沙灘／灘上有數不盡的水紋／常常，我疑慮的分析這一片沙灘／迷惘的上岸／我夢你踏上燈船／我仰面而望／你卻飄然遠引／為一聲不及的呼喚／我久久不想言談」而這種意境與韻致，實有賴於語言文字的調頻控馭。「常常」一詞的複奏，更重要的是「常常」一詞後面那個逗點所造成的「行內頓」效果；「沙灘」的再奏，以及第一句「沙灘」到第二句「灘上有數不盡的水紋」不落痕跡的頂真，點出了詩的迷離深婉。這是一首成功的寫意詩，殆無異議。

個人覺得月蕾的現代詩，有時讀來頗似「現代詞」，看得出來她受過詩詞的薰陶感染，她寫〈回首〉最末六行：

從山上回來的人
都愛遙指青山說青山
不老，再回頭
已是浮生最遠的一段離愁
像失落在古代的樂譜
不想也愁

像這樣的詩，其素淨空靈，置之於清真詞又何遑多讓。不過鄭月蕾的風格似未定型，秀逸雋永，疑幻疑真也許是她的基本風

3 如注2。

格。她善用行內頓，接續句，以醞釀情緒，控馭語言在略頓後的節奏張力，但她也可以一以貫之寫出像〈月〉那樣流暢無阻，自然渾成的詩：

八方的風雨都朝向這一季秋
真不曉得你的世界是否也有
夢和理想
抑或毫無主張，奔向
風底浪漫
掩卷埋首總覺得
月始終信仰一座山
細細談談
自成韻色

「八方風雨」語勢之豪邁激越乃月蕾詩的一個異數，在純感性的流露間竟然「質問」別人的世界裡有無夢、理想和主張，令人拍案驚奇，這種寓理於情的歪理，著墨殊非容易。末節三行，真摯柔麗，勝在情溢於詞。

四、張麗瓊：詩是我的小樓閣

張麗瓊的詩在相當程度上與鄭月蕾頗為相近，都是婉約派，都輕盈可喜，不過麗瓊受古典詩詞的影響甚深，讀她的詩無疑似欣賞宋人詞，她寫〈秋蓮〉。

昨夕
我說昨夕的夢竟像一朵晚秋的蓮

一隻晚秋的燕
掠去了幾許幾分
幾寸的斷藕
絆絆牽牽

詞語的複沓運用，恰如其份的韻腳安排（蓮、燕、牽）有效地渲染了這首詩的語言力量，成功營造出晚秋的氛圍。麗瓊的詩於古典的情韻中亦可任真自然，與月蕾的曲折矜持，意趣不盡相同，她寫〈我願〉：

拾一粒紅豆
我給了一季的秋風
雨——擁著滿山的暮色歸來

那如海浪堆疊的昨日
就放在眸底

染我滿眼的淚

如果轉身就是遺忘
我願不老看那醉人的晚霞
我願早晨的葉沒有那易滅的露珠
我願亭亭的樹不降那淒楚的黃花
我願

末節連串的「我願……」一氣呵成，妙筆天成，渾不著力，卻句句力道十足。有時我不免懷疑張麗瓊寫詩有時借助於「因句生句」的推動力，讓語言與情緒自然流露，才能臻至這種效果。她在《天狼星詩選》的前言這麼說：「詩是我小樓閣。……我寫詩是非常順其自然，即是心血來潮便下筆一揮立就。」[4]

她寫〈一簾〉首節「我曾捲簾／簾外／燕兒雙飛影雙連／抓一把相思／瘦成一朵黃花／隨西風飄落天涯」近乎「人比黃花瘦」與「古道西風瘦馬／斷腸人在天涯」重新組合之後的現代版。不過〈一簾〉後面部分卻在形式上卻做了些調整。

垂垂的簾……隔不開秋天
遮不去煙霧

撿起紅豆
粒粒題離怨
不怪相隔太遠
只問那洶洶東流的長江水
為何總把新愁來添

噢！別再翻動那簾
珍珍珠珠都怨

古人提紅豆，每與相思相連，但麗瓊卻詩思獨運，從紅豆聯想到離怨。接下去的句子有點像後主的「一江春水向東流」，細審才發覺作者志不在此，他沒因江水東逝而嗟嘆歲月流失或江山變色，重點仍咬住「怨」這個題旨不放。「噢！」的音響效果予人的感覺是什麼人因觸動那簾，而觸痛了詩人內心的傷口。

麗瓊也可寫直抒胸臆，乾淨俐落的詩，她的〈無奈〉首二節：

4　引自沈穿心編：《天狼星詩選》，如注 1，頁 141。

一開始就知道
放得太長的魚線
很難全部收回
攤開雙手
那滿山縈繞的雲霧
便乘虛直襲
上心頭

沒有古典的委婉，麗瓊一樣可以寫出不俗之作，正如月蕾偶爾筆下也帶些風雷，不過，基本上鄭張二人都心思細膩，語言流利，月蕾矜持麗瓊秀逸，以陰柔暗勁取勝，都可以歸類為「新閨秀體」。

五、為作品定位

戈荒、張麗瓊已輟筆近 20 載，鄭月蕾亦逾十年沒有新作出爐。呂晨沙嘗謂：「〈午後〉是一首上乘的小詩，在短短的六行詩中，其主旨得到了充分的表達，達到簡潔而意無窮的含蓄效果……期待月蕾繼續努力，一邊創作出更多更好的詩篇，光耀馬華現代詩壇。」[5]看來呂晨沙恐怕要失望了。

據悉戈荒從事囉哩運輸業，鄭月蕾在某公司管理財務，張麗瓊則服務於律師樓，是不是工作環境不利於文學，以至於有心無力或無以為繼？這些都不是我所能臆測的。我能做的，是評析他們的作品，為他們過去的創作成績「定位」，做點佳作鉤沉的工夫。作品雖然屬於作者，但一旦完成，排闥而出，印刷成帙，便成為天下之公器，人人可以鑒賞之論析之，這才是健康的文學生態。沒有誰會願

5 與注 1 同。

意看到自己的作品無人聞問，鎖困書架或深齋的吧。如此說來，我這篇卑之無甚高論的評析文字或許還有點正面底意義。

當馬華文學遇上陌生詩學

一

馬華新文學自一九二〇年算起，除了一九四一至一九四五年三年零八個月的日治時期，到五十年代末馬華文壇一直由現實主義掌控，文學作品主題先行，強調思想性與政治教誨作用。至於現實主義又分為客觀的現實主義作品、批判的現實主義作品，這些標簽顯示了文學作品其政治內涵分量之多少與表達的強烈程度。要到六十年代，馬華文壇被左翼文學壟斷逾四十載的局面才出現一些轉機。[1]

六十年代初蕉風月刊除了刊登本地作者的創作外，也刊載（或轉載）聶華苓、徐訏、朱西寧、王敬羲、郭衣洞等港臺小說家，覃子豪、余光中、夏菁、鄭愁予、羅門等人的詩，張秀亞、琦君、徐鐘佩、葉珊等人的散文。蕉風的編輯策略似乎是一方面培育國內文壇新銳，一方面引介臺灣作家作品，即可供本地作家參照，又可以提升文學讀者的品味。[2]

---

1 方修著《馬華文學的主流：現實主義的發展》（1986：367）指出「徹底的批判現實主義作品是舊現實主義最高級的一種」這種同一系統內的等級觀念與五六十年代中國文學的文學等級觀念如出一轍，以意識形態為標準的文學等級金字塔如下：現實主義高於非現實主義；批判現實主義文學和積極浪漫主義文學高於一般現實主義和浪漫主義文學；社會主義現實主義和無產階級文學又高過批判現實主義文學和積極浪漫主義文學，而處於文學金字塔的最上端。見洪子誠著《中國當代文學史》（北大出版社，1999）。方修的「徹底的批判現實主義」近乎中國的社會主義現實主義與無產階級文學。

2 六十年代上半葉的馬華作家如姚拓、原上草、陳孟、慧適、馬漢、冰谷、高秀、陳慧樺、林蕙、秋朗、北藍羚、綠穗、梁園、魯莽、金沙、張力、吳靜子、山芭仔、林方、在西方文學的譯介方面，蕉風月刊讓本地讀者／作者認識了毛姆、艾略特、葉慈、福克納、湯瑪斯・曼、勞倫斯、亨利・詹姆斯、龐德、佛洛伊德、伍爾芙夫人、史班德等英美作家和他們的作品。以今日的後見之明，大家不難看出《蕉風》於六十年代的譯介做得頗為零碎，唯對當時「求才若渴」置身於被政治抽乾了活源的馬華文學枯肆的年輕一代作者而言，卻不啻是甘霖雨露。這些被翻譯引介的歐美文學大師當中，又以艾略特、伍爾芙夫人的影響最深刻持久。艾略特的一篇論文〈傳統與個人才具〉（Tradition and the Individual Talent）裡的句子：

「詩並不是情緒的奔放，而是逃避情緒；
它並不是個性的表現，而是逃避個性。」

被供奉在《荒原》月刊的封面上，成為封面設計的一部分。事實上〈荒原〉（The Wasteland）正是艾略特的一首詩作的篇名，從這兒即不難窺見刊物的編輯與其同仁向現代主義靠攏與學習的決心。

被引錄的那句艾略特名言，強調知性，主張詩的「非個人性」（impersonality），當時的馬華詩人真個能泯滅自我，控馭感情如艾氏所言者恐怕寥若晨星，但艾略特的詩，其意象之駁雜，象徵結構的豐富多元，卻磁鐵似地吸引住馬華的年輕詩人。艾略特的晦澀詩學開了大家的眼界，詩原來可以寫得那麼曲折、曖昧，游移於歧義與暗示的晦澀地帶，對鍾祺、杜紅等人那些又像口號，更像分行散文

年紅、梁志慶、張子深、李士源、李牛才、冷燕秋、黃懷雲、李旺開、梁瑞明、葉逢生……名單甚長，不能盡錄。上述作者的詩、散文、小說在六十年代都不符嚴格意義的現代主義，他們的作品寫在地的風土人情，傾向於浪漫的寫意抒情。其中寫詩的張力，金沙的實驗意圖強烈，山芭仔、林方、冷燕秋、陳慧樺似比同期作家較傾向現代主義。重要的是，上述作家寫出來的作品漸能擺脫五、六十年代泛政治現實主義的框錮。一九六二年五月五日、十五日、二十五日《新潮》、《荒原》、《海天》三份小型刊物面世，與所謂批判現實主義互相頡頏的局面，逐漸有了規模與基礎。

的所謂「新詩」、「詩歌」，艾略特的陌生詩學提供了完全迥異的文學景觀與創造的其他可能。[3]

文學的變革多從詩的衍異變化肇端，然後才蔓衍滲透到小說、散文其他文學部門。艾略特被引介入馬華文壇的同時，國內詩人開始讀到覃子豪、余光中、瘂弦、洛夫、葉維廉、羅門、鄭愁予、周夢蝶等臺灣詩人的作品，大家就各自的性情為歸趨，「晦澀」在中文詩作裡找到了容器或載體（比起香港詩人力匡、徐速、李素的詩，臺灣詩人的作品確乎艱深許多）。

應該在此指出的是，上述臺灣諸詩人對馬華中文詩的變化衍異，其效應於六十年代肇其端緒、播下種子。他們的影響在七十年代始見顯著。覃子豪的法國象徵主義、葉維廉的「純粹經驗」、洛夫的「超現實主義」、羅門的「第三自然」、笠詩社倡導的「即物主義」，余光中的「新古典詩風」（《蓮的聯想》在大馬流傳頗廣），都各有各的模仿者、追隨者。甚至夢蝶先生的禪詩，也有它的市場（飄貝零、李木香的詩可以看出若干痕跡）。馬華文學本來封閉的系統，在詩的領域打開了一個缺口，活水源源不絕，現實主義的例牌貶詞像「毒草」、「夢囈」，是擋不住文學變革的總體趨勢的。

3 現代詩的出現，自然引起以現實主義為歸趨的評論者的批評，岳騫在〈談新詩〉文抨擊現代詩便說：「這種詩派實在是一種水上浮萍，沒有一線根基，雖然這派詩人有意附會，自稱學自外國，實際上全不相干，有的甚至以現代派畫家畢卡索相標榜，厚顏自稱現代派的詩與畫，都是讓人看不懂的。……有許多詩把作者找來，敢擔保他也不懂。試問這種自己不懂，別人也不懂的東西，寫它作什麼？……現代派的詩已走入窮巷，因為這一派詩人讀的書太少……」。載《蕉風》月刊九十六期，一九六零年十月號封底內頁。

二

詩既然變了，小說也跟著變天，我以為六十年代對馬華小說啟示最大的是伍爾芙夫人（Mrs. Virginia Woolf），她的「意識流」手法（stream of consciousness），提供小說家另一種表達方式。「意識流」作為一種陌生詩學，使馬華小說家成功擺脫韋暈、方北方等前行代作家的表面浮雕與對真實的模仿，而以語言去捕捉內在思維的流動狀態。人的思想流動不居，意識流記下了這種流動，大家口裡常說的「思潮起伏」具體而生動地描繪了思維的形態，從一個現象跳接到另一個現象，從甲想到乙，意識流裡泛起大小不一的浪花，不一定協調但卻有內在的聯貫，這正是生命的也是生活的真實。意識流技巧擴大了書寫空間，開展了書寫方式的其他可能，現實主義著重於主題／思想，意識流卻反映了潛意識裡的真正欲望。

同時期譯介進來馬華文壇的還有亨利・詹姆斯（Henry James）與喬埃斯（James Joyce），前者的精致細密，雖然令人嘆為觀止，但馬華小說家似乎無意（或無力）仿效，後者於語言文字的探索與實驗，對六十年代馬華小說反而啟迪較大。七十年代若干馬華現代小說的詩化現象或詩化企圖意念可能源自喬埃斯。六十年代末、七十年代初林懷民、王文興等人的「啟蒙小說」，還有葉維廉的評論集《現象・經驗・表現》介紹了王敬羲、白先勇、王文興、聶華苓、於梨華等人的寫作技巧，諸如視角的調度、象徵與暗示、對白的藝術、情節發展的瞬間頓悟與「顯現」（epiphany），小說在這樣的情況下逼近詩境……作品與理論的觀摩對七十年代的小說家張寒、宋子衡、溫祥英、菊凡、麥秀與繼起的小黑，都發揮過直接或間接的影響。

蕉風於二〇二期改版之後，對西洋文學的譯介頗為用心（雖然許多時候限於稿源不免簡陋），留意每年的諾貝爾文學獎得主，並可能做些譯介或評論轉載，給我印像最深刻的是一九七〇年諾貝爾獎得主索思尼辛的素描還是該期蕉風的封面人物。就我的看法，七十年代影響力最深遠的不是「左右逢源」的海明威[4]，而是法國的兩位主要思想家、小說家卡繆（Albert Camus）與沙特（Jean-Paul Satre）與另一位以荒謬劇成名的諾獎得主貝克特（Samuel Backett）。存在主義曾經在七十年代風行一時，寖寖乎成為馬華現代文學的哲學基礎，早逝的王尚義其著作《從異鄉人到失落的一代》對年輕一代的馬華作家的震撼頗大，一時人的存在焦慮，人與人之間的隔絕（alienation），成為文學作為一種前衛藝術的主要議題，而人際溝通之困難甚至不可能，在貝克特荒謬劇裡找到了回響。七十年代馬華詩人、小說家面對五花八門的陌生詩學與哲學思潮的衝擊，已不耐煩蕭規曹隨去「克隆」（clone）五六十年代粗糙的現實主義底平面素描了。

散文方面以余光中、葉珊的影響最是深遠。余光中文白交融自成一體，他對語言的試驗，對語音的把握，對文字節奏的巧妙安排控馭，刷新了一代的散文風貌，宏闊了馬華散文作者的眼界。在林語堂、周作人、梁實秋、陳之藩、徐志摩、張秀亞之外開拓了另類散文形式的實驗空間。

葉珊的散文婉約典雅，心思細膩，他學貫中西，信筆寫來，作品兼具異國他鄉情調與中國古典韻致，是六十年代末、七十年代馬華文壇眾多年輕作家的學習對象。余光中的「抒情性自傳體散文」

---

4 馬華左翼文人似乎對海明威「情有獨鍾」《老人與海》，經常被解讀為一部以個人的微弱力量與險惡的大自然的鬥爭記錄。現代主義作家的看法則進一步指出老人艱苦奮爭，拖到岸上的卻是具只剩骨架的魚骸，「勝利者一無所得」透露了生命本質的荒謬。海明威的悲劇觀與卡繆、沙特、卡夫卡「存在的焦慮」、「人與人之間的疏離」為題旨的現代主義作家有許多相通處。

不易學，但葉珊寫給濟慈的書信體，可仿效之處所在多有。當然絕大多數的馬華作家，不管他寫的是抒情散文還是生活小品，都不太願意承認葉珊的影響，只有思采坦承自己是「小葉珊」。葉珊改名為楊牧後，文筆愈見從容駘蕩，飄逸秀美，其力道穿越七十年代滲入八十年代的馬華散文作品的肌理。余光中的矯矢雄奇和他於文字音節的試驗，與葉珊（楊牧）的雋逸恣肆，象徵系統龐大而富於歧義，對浸濡於五四文學傳統和在地的左翼文藝思潮多年的馬華文學而言，余葉二人的文采、風格、筆路適足以構成兩大陌生詩學，他們對馬華作家，尤其是詩人、散文家影響深遠。

三

七十年代活躍的文學團體包括犀牛、棕櫚、鴿、鼓手、人間。蕭遙天、麥秀主編的《教與學月刊》在檳城、北馬、中馬一帶銷路不俗，它和《學生周報》的內容性質雖不同，但都提供園地發表文學作品，培植了不少文學新銳。

在這些同仁團體中，天狼星詩社較傾向於組織化的文學行動主義，招攬社員，給予訓練，於國內成立十個分社，一開始就準備與現實主義抗衡。作為詩社社長，我的文學資源來自《純文學月刊》與香港文藝書屋出版的港臺諸名家的詩、散文、小說和評論。余光中的《逍遙遊》、《左手的繆斯》、葉維廉的《現象・經驗・表現》、姚一葦的《藝術的奧秘》與李英豪的《批評的視覺》，弘闊了我的文學眼界。我把上述陌生詩學與美學理論傳授給溫瑞安，瑞安則轉授其同學與友好。我自己輾轉任教於好幾間國民型中學，通過學校華文學會之便，把新的文學知識帶給年輕的一代，並且把具有文學潛質的新人吸收進來成為天狼星詩社的成員。

棕櫚、犀牛、鴿、鼓手、人間等團體較低調，組織鬆散，唯由於社員都是成年人，都是在職的工作者，他們較有能力籌資出版。犀牛出版的書採用的是當時蕉風獨特的二十六開，棕櫚印行的書則與香港文藝書屋的口袋書相近。這些團體成員的異質性較顯，各師各法，像同屬棕櫚的溫祥英與宋子衡的小說風格差別便很大。溫祥英畢業於馬大英文系，他受到西方小說敘事模式的啟發較多，宋子衡則擅用象徵，注入形而上的、較深刻的意義入事件裡，近乎古添洪所謂的「記號詩學」，這些作家在各自的作品裡企圖實踐他們對於現代文學的觀念，尋索新的表達方式。

四

大體上說，犀牛、鴿、鼓手、人間在進入八十年代後，因不同因素而先後沉寂，不復七十年代的勇健。天狼星仍活躍，棕櫚偶爾有書出版。八十年代值得注意的是留臺生返國後的表現，與國內大專校園文學的勃興。我想八十年代大專華裔學生的邊緣處境也使得在籍學生「不平則鳴」。八〇年到八四年國內政局動蕩，但馬華文學卻相對地平靜，缺乏陌生的、震撼性的詩學激素使在地的文學模式非作出大幅的衍變不可。

八十年代初，丁雲於而立之年以〈圍鄉〉獲得通報與作協聯辦的全國短篇小說創作比賽冠軍，得到歷年來最高的獎金馬幣五千，唯論者指出：「丁雲對華巫兩族關係的認知和理想依舊擺脫不了韋暈的窠臼。……寫實主義的初衷在文字操作之下蛻化成浪漫懷鄉以及濃厚的溫情主義，與韋暈的泛人道主義思想殊無二致。」[5]八二年諾

5　見莊華興〈他者？抑或「己他？——商晚筠的異族人物小說初探」〉，見許通元編《99馬華國際學術研討會論文集》，頁六十八，南方學院，2000。

獎得主是馬奎斯（Gabriel Marquez），他的作品以「魔幻寫實」見長，馬華小說家得經過相當長的知識傳遞與消化，才能做魔幻寫實的試驗。如果說潘雨桐以意識流見長，那麼在魔幻寫實詩學表現最出色的毫無疑問是當年以紀小如為筆名發表小說的張貴興。

馬奎斯的魔幻寫實，也啟動了馬華詩人、散文家的想像竅門。這種潛移默化的過程，其滲透、轉化的痕跡，大約在八五年左右才逐漸浮現，這時留臺的傅承得、陳強華、林金城甫畢業回國，馬大文友會於八五年成立並於是年成功主辦「文學雙周」，使馬華校園文學（或大專文學）呈現一片盎然的生機，無論詩、散文、小說，馬華文學均出現量變與質變。在這個歷史的交岔點，中國小說家王蒙、賈平凹、鍾亞城、莫言，詩人楊煉、顧城、北島、舒婷等人的作品陸續流入大馬書坊，無形中也在為馬華作家增添營養。

臺灣於八八年政治解嚴，文學變天，後現代主義成為最顯赫的陌生詩學，它是年輕作家——尤其是詩壇新生代——的美學實驗憑藉。後現代主義的拼貼、諧仿、斷裂、衍異（difference）、解構等特色與現代主義的焦慮、失落、空虛、疏離、自省以致於自責的嚴肅風格大異其趣。後者是以百無聊賴、揶揄調侃的市井小敘述代替現代主義的精練深奧，偏向於形而上思考的大敘述，後現代主義有明顯的「去崇高化」（desublimation）的傾向。

八十年代末莊若、桑羽軍編的《椰子屋》，馬大文友會的其中一位發起人陳全興在完成他的醫學課程後，與歐宗敏、陳佑然、李恆義、陳雨顏、董志健以雜誌開本印行《青梳小站系列》，引介後現代主義理論，轉載港臺（尤其是臺灣）後現代詩人的作品，對後現代詩學確乎發揮了推波助瀾的作用。這期間，在詩的路上走在最前面的是呂育陶、蘇旗華、林若隱、翁強華、夏紹華諸子。陳強華在《青疏小站》發表的三十五則〈愛情筆記〉（1998 年），幾乎每隔兩、三段即引錄西西、夏宇、羅智成、楊澤的詩句，或可側面映照出馬華詩人向後現代詩學取經的狀況。

與後現代主義聯袂而至的是「後設語言」(meta language)，後設既可補述，亦可交代文本以外的情節。作者可以現身說法，煞有介事，博議一番，亦可自我顛覆指出文本的虛矯不實。後設詩學類似文章的「附記」或信末之「又及」(postscript: p/s)，其遊戲性顯而易見。在美學上我們既然可以接受 collage 的遊戲性，並從中發現拼貼的湊合可因互補、對照而襯出意義，後設詩學亦有類似效應，我看不出什麼理由要排斥它。如果說拼貼、後設荒誕不經，究其實荒誕不經正是後現代的特徵之一。當然任何技巧的濫用都會造成流弊，馬華詩人經過八十年代末的鍛鍊，在進入九十年代，在後設詩學的把握已頗得心應手。

五

八十年代的馬來西亞，大體以生產原料、農作物為主，製造業為副，八十年代末、九十年代初大馬除了繼續發展／提升國內製造業的效率外，更進軍服務業，半導體等電子業、資訊工業各領域，從農業社會轉型為工業社會。工業化的成果是小鎮成了小城，小城換裝成了城市，城市漸而蛻變為都會。都市詩學與隨著科技發展而出現的科幻詩學一時成了九十年代不少馬華詩人探索領域，而以前者成績較豐碩。值得留意的是，九十年代的都市書寫與過去那種城鄉二元對立的模式可謂大異其趣，用張光達的觀察，九十年代的都市詩人「在語言情境上遠離激烈的控訴和批判……他們透入都市的深層並理解感受都市，捕捉都市深層結構的精神風貌動人情態。」[6]

---

6 見張光達〈試論九十年代前期馬華詩歌風貌〉一文，《馬華文學新解讀》頁212，留台聯總，1999。

把都市詩學視為一種陌生詩學，是因為國內作家在很大程度上受到港臺作家像也斯（梁秉鈞）、西西、羅青、夏宇、林耀德等人的啟示，當然在地的社會經濟轉型，人文物質生態衍變，才是促成都市詩學成長蓬勃的更重要因素。技巧可以學習，觀念可以互涉，材料總得來自本土。

中國詩人北島別具一格的字詞詩學對九十年代的馬華詩人不啻打開了另一扇創作的門戶。阿多諾（Theodor Adorno）嘗謂「對於一個不再有故鄉的人來說，寫作成為他的居住之地。」作家用的語言，也即是字與詞，正是離散漂泊流亡者（不再有故鄉的人）的棲身之所。近這幾年來，不少馬華作家在這方面頗為用心，而以陳大為、林幸謙的創作實踐最見成績。當詩人或散文家在作品裡宣告自己「失語」時，他們影射的往往是惡劣的流放情境或者強烈的文化鄉愁。

八十年代下半葉的話題人物大概離不開聶魯達、昆德拉與羅蘭・巴特，進入九十年代，昆德拉、羅蘭・巴特似乎更受注意。九十年代的資訊流通快速，譯介工作的進步，也使更多人不需要上山也可以找到自己的師傅。德里達的語言結構、巴赫丁的眾生喧嘩、艾柯的仿真虛構，還有卡爾維諾（Italo Calvino）的「看不見的城市」，波赫士的文字迷宮，都在在拓寬了馬華作家的想像空間。把這些西方作家的影響分為政治抒情詩、幽默諷刺詩學、解構顛覆詩學、多元多體詩學……反而使大家忽略了他們的總體與雜彙式影響，像黃錦樹近期的小說便有後現代諧擬、艾柯的仿真與波赫士虛實真假對應的多重銘刻。

與六十、七十年代的馬華文學比較，伍爾芙夫人的意識流是一種可以即學即用的文字技巧（手法是否嫻熟自當別論），艾略特、奧登與他那一代艱深晦澀的詩風，提供給馬華詩人一個便捷的跳板，可以迅速躍出現實主義淺白膚淺的感性表達框框。前面提到的八十年代到九十年代的西方作家／詩人對馬華作家的啟發雖深遠，但往往不易辨識，我們總不能說傅承得的《趕在風雨之前》有聶魯達政治抒情詩的影子，孫彥莊替郭蓮花寫的那篇兩重唱式的序是巴赫丁理論的實踐吧。個別的／單一的陌生詩學對某一群馬華作家／詩人有特別的吸引力，那是很自然的事，但容易淪為獨沽一味；總彙或雜彙式的影響／滲透，像百川歸海，或許更能成就繁富、優秀（暫時不談「偉大」，「偉大」需要其他條件）的在地文學。

本文在 2003 年 2 月 22-23 日，在新加坡大學主辦的
〈當代文學與人文生態〉國際研討會上提呈

馬華現代詩的疑慮及其冒犯性

馬華現代詩不易談，要在這兒預測其發展走向更難，連六十年代初便寫現代詩的資深評論家張塵因在《有本詩集》寫序時也不得不說：

> 馬華「現代詩」是個怪胎，發展到今天二十二詩人詩選，「怪」的情況都沒有變。馬華「現代詩」的現代所指謂的是什麼呢？因為是寫作於今天（當代），所以是現代？因為是具有現代主義的內容，或表現的是詩文化環境的現代性，所以是現代？因為是受過現代主義的洗禮，因此儘管現代主義早已被宣告死亡（詩人 Stephen Spender 於 1954 年在紐約時報書評雜誌上撰文，高呼「現代主義已死，現代主義萬歲」），所以是現代？抑或是看到現實主義主流已窮途末路，欲另辟蹊徑，所以是現代？這些問題顯然都沒有合理的解答。比如最有組織的現代詩文學運動——天狼星詩社，它所代表的中國性寫作如何趨近現代性？中國性寫作的詩歌語言與詩歌美學精神的現代性張力如何化解？

「當代」（contemporary）與「現代」（modern）意義相去甚遠，當代還有人寫作古典詩詞呢，這個問題不難回答，但把現代主義（modernism）與現代性（modernity）並置在一起討論，情況可能複雜許多。王德威把中國文學的現代性追溯至晚清，從太平天國的崛起到宣統帝的繼位六十年間的所謂「壓抑的現代性」[1]，很顯然的，「現代性」不等同「現代主義」，否則一九一九年肇始的新文學便可順理成章地稱為「現代文學」，而胡適《嘗試集》收錄的作品都是「現代詩」了。

紀弦領導現代詩社，提出「現代派宣言：六大信條」，其中一條指出現代主義一詞「包含了自波特萊爾以降一切新興詩派」，而新興詩派，則泛指「包括了 19 世紀的象徵派，二十世紀的後期象徵派、立體派、達達派、超現實派、美國的意象派，以及今日歐美各國的純粹詩運動，總稱為『現代主義』。」[2]

交代了上述背景，是因為馬華現代詩的興起有其脈絡可以溯源。五十年代的白垚赴臺留學，返國之後即負責《學生周報》、《蕉風月刊》的編務。前者是一份中學生刊物，內設文藝版，供青年學子發表作品，《學生周報》的作者，年紀稍長後，轉而投稿《蕉風月刊》者比比皆是。要之，《學生周報》是栽培文學新秀的園圃，《蕉風月刊》則刊載較成熟、藝術性高的文學創作。《學生周報》與《蕉風月刊》之所以影響深遠，因為在六十年代以迄七十年代，它們是國內僅有的兩份定期文藝／文學雜誌。《蕉風月刊》除刊登本地作品，還刊載臺灣作家的詩、散文、小說，「他山之石，可以攻錯」，

---

1 百日維新到辛亥革命，各類名目的小說出版逾 2000 種，見賴芳伶《清末小說與社會政治變遷》（臺北：大安出版社，1990）。日籍學者樽本照雄於《清末民初小說目錄》（大阪：大阪經大，1988）統計出來的數字較為精確，從 1840 至 1911 年共出版小說 2304 種，創作 1288 種，翻譯 1016 種。陳平原估計從 1902 年至 1916 年，中國出現過 57 種文學雜誌，見陳平原著《二十世紀中國小說史》第一卷（北京：北大出版社，1989），頁 67-68。從 1853 年的《蕩寇志》寫太平天國與清廷的權力鬥爭到社會譴責小說的《官場現形記》、《二十年來目睹的怪現狀》、《老殘遊記》以迄烏托邦式小說《新中國未來記》、《月球殖墾地》、《新石頭記》，無論歷史、狹邪、公案、俠義、譴責、科幻小說均有濃郁的諷喻意味，充分宣示了「壓抑的現代性」。

2 引自覃子豪：《關於現代主義》，文章收錄於覃氏著《論現代詩》（台中：普天出版社），頁 153-154。

對新一代的馬華作家肯定有潛移默化的作用。同時期的華文報章文藝副刊，現實主義當陽稱尊，偶爾刊載一兩首現代詩點綴門面，只是表示有關當局確乎履踐了約稿啟事的承諾：「歡迎來稿，不分派系，園地公開。」六十年代初，南洋商報的文藝版一度由完顏藉、牧鈴奴主編，鼓吹現代文學，譯介歐美的前衛作家的作品，可惜為時短暫，該版編輯不久換人，作風趨於保守。現代主義文學仍得仰賴《學生周報》、《蕉風月刊》維繫於不墜。

筆者於一九七一年籌編《大馬詩選》，收錄二十七位現代詩人的創作，詩選於一九七四年面市。[3]我在編後話用的題目是〈血嬰〉:「……一直處於一種難產狀態。它在我的丹田周圍蠢蠢動著，折磨著我、煎逼著我，甚至傷害著我，最近這些日子，它甚至漸漸成形一個沒有傷口的瘡，……而它終於伸出頭來看看這個世界，也讓這個世界看到了它。哈哈哈哈。我捧著已呈空虛的肚腹，懷念著青春期的辛苦恐慌，醞釀期的輾轉不安，我忽然覺得我應該笑起來，應該朗朗地笑起來，畢竟，我沒有讓胎死腹中。」筆者以「血嬰」喻《大馬詩選》，而張塵因指稱現代詩是個「怪胎」，我想這已不是一個喻詞巧合的問題，而是一些基本概念尚未釐清的狀況。張先生說現代詩發展到 2003 年 22 位詩人自選出版《有本詩集》，這種「怪」的情況都不曾改變，值得吾人反省深思。

現代詩之所以被視為怪胎，照我的揣測，那是由於它的冒犯性，它冒犯傳統，蔑視規範，顛覆語法，悖離一般人的思維與想像習慣。學院詩人姿態高蹈傾向於玄想，意象運用五花八門，曲折糾纏，動

---

3 《大馬詩選》本應收錄 32 位現代詩人。葉曼沙移居外國，出了變卦。綠浪（陳政欣）、黃遠雄（左手人）由於聯絡不上，無法輯稿。張塵因 50 年代末，60 年代初，曾陸續發表過好些現代詩，由於我個人的疏忽，張先生的低調，《大馬詩選》遺漏了這位前輩詩人。我曾去信邀請白垚「加盟」《大馬詩選》，但他就是謙虛地說自己的詩寫得不夠好，亦無法勉強，不無遺憾。

用知識資源舉重若輕。當然詩人不會去管讀者看懂與否，懂不懂不是詩人的職責。[4]習慣散文分行、內容一覽無遺的馬華現實主義詩人，只能杯葛唾罵，常見的批貶包括晦澀難懂、故弄玄虛、標新立異、荒誕不經、不知所云，這樣的作品在他們的眼中自然是怪胎。畢卡索的抽象畫，尤其是他的立體主義畫，本來不可能看得到的另一邊臉都在這一邊看到了，而且五官經過另行組合，位置比例顛倒，當然也是怪胎。把陌生事物視為怪胎毋寧是正常反應。但內行人仍然視現代詩為怪胎，那就該認真考量了。

張塵因指出：「馬華現代詩在縱的繼承或橫的移植之間的是定位問題上都沒有一個妥當的解釋，因此在詩文化精神的資源上始終沒有宏大的開拓。」[5]就我看這個問題在戴望舒時期已大抵「解決」。戴的詩裡頭有法國象徵派詩人魏爾倫、保爾•福爾，耶麥諸家的影響，但詩人從容擷取營養，不見斧鑿痕。他寫〈樂園鳥〉，樂園鳥源自西方神話，但詩中兩次用到的一個詞彙「飲露」引自〈離騷〉。戴望舒的詩中西方文化因素的交融自然渾成。戴的名作〈我用殘損的手掌〉有西班牙詩人洛爾迦與法國後象徵主義詩人的若干影子，他甚至用上了西班牙抗戰歌謠的語言節奏，但這首詩一點也沒予人洋腔洋調之感。戴的代表作〈雨巷〉最富音樂感與視覺美，詩的主意象如雨巷、油紙傘與丁香一方面使人聯想到美國現代詩人艾略特的〈荒原〉首節，另一方面詩本身又洋溢著中國民俗學的趣味。現代詩人的中西交融，在余光中、鄭愁予、楊牧這一代詩人的創作實踐已大抵做到融渾不著痕跡。馬華現代詩人如果在中西融會力不從心，也即是

---

4 史迪曼（Tilman Spengler）：在〈詩裡行間的世界——楊牧詩選《Patt beim Go》〉一文裡說，如果他僅能用一句話形容楊牧，他會用「兼備雙重文化」，並指出在德國或西方，由於楊牧的多元文化背景與知識，他會被歸類為「博學詩人」（poeta doctus）並不易懂。引自「楊牧專輯」，《中外文學》月刊，2003 年正月號，頁 110-111。

5 《有本詩集：22 詩人自選》（吉隆坡：有人出版社，2003），頁 2。

在縱的繼承與橫的移植面對文化兩難，自己成了夾心麵包，恐怕只能怪自己詩藝不精了。

筆者對詩人 Stephen Spender 於 1954 年於紐約時報撰文宣布「現代主義已死」，並不感到怎樣憂慮。這些年來，西方一些文評家宣布「文學已經死亡」、「小說已經死亡」類似的論調不絕於耳。即使 Stephen Spender 的文章發表於具權威性的紐約時報，吾人亦不妨以平常心視之。名小說家伍爾芙夫人（Miss Virginia Woolf）即曾宣稱現代主義肇端於一九一〇年十二月左右，伊赫・哈山（Ihab Hassan）認為這話「冒失」。[6]不過赫山雖然措辭謹慎，他本人仍忍不住要臆測後現代主義（Postmodernism）大約肇始於一九三九年。[7]如果後現代主義早在一九三九年已經開步走，那麼 Stephen Spender 於一九五四年指陳現代主義已死便可能出現時差的問題了。

現代主義之所以聚訟紛紜，莫衷一是，很多時候是一些詞彙套用不當造成的後果。「現代化」是當前文化界最濫用的詞彙，吾人必須小心使用。即使現代主義在不同語境意義亦不一，文學的現代主義與歐美啟蒙運動以來的工具理性、資本主義、技術化、工業化的「社會現代主義」意涵大相徑庭。經濟方面則以工業革命為指標，機械、技術的引進使用促進個人生產量、國家總產量增長，顧志耐（Simmon Kuznets）認為那是經濟的現代主義的萌長。科學方面，羅斯陶（W. W. Rostow）以牛頓為分水嶺，牛頓的多項發明帶來科技與電子工業的突破，標誌了科學範疇內現代主義的抬頭。至於現實主義與現代主義的齟齬，由來已久，馬華文學的現實主義明顯左傾，

6 參見 Ihab Hassan："Postface 1982: Towards a Concept of Postmodernism", *The Dismemberment of Orpheus: Towards a Postmodern Literature* (Madison, University of Wiscousin Press), p. 3.

7 如上注。

標榜反映現實，批判現實，並企圖通過作品宣揚某些所謂積極的理念，企圖改造人心社會。現實主義以鋪陳描繪現實狀況，凸現事件，塑造人物典型以揭發社會的不公不義為方法與目的。馬華文學的現實主義作品流於露骨的說教，文字技巧粗糙，詩作仿似散文的分行，每一句都說得清清楚楚，題旨一覽無遺，幾無咀嚼之餘地。[8]現代詩以意象並置，以暗示、隱喻各種方式曲達，肯定冒犯了現實主義的一干信徒。

張塵因在《有本詩集》讀到了一些複調寫作的嘗試，也看到若干他個人偏愛的非／反詩意寫作，[9]大體而言這些作品都是後現代實驗企圖較強烈的作品。用張先生的話「……即使在革命再革命的現代主義及其顛覆者後現代主義裡，也有它們的詩意寫作主流。」[10]

換言之，現代主義仍有向上攀升的空間，這個說法可能不太適當，應該說現代主義仍可通過內在的調整作出不同形式的表現，從而擴大舒展的空間。

所謂現代主義的革命再革命及其顛覆者後現代主義，西方學者用「重寫現代性」（Rewrite modernity）來涵蓋之，維根斯坦的語言遊戲概念，李歐塔（J. F Lyotard）的漫遊說（Peregrinations），我覺得上述見解特別有意思，其一，後現代並不是一個新的時代，而是要重

---

[8] 文學的現實主義名目眾多，但馬華文壇的現實主義作者顯然沒讀過馬克思主義文學理論的三段經典文獻，其中有兩段，第一段是恩格思於 1885 年 11 月寫給 Minna Kautsky 的信：「……那些寫出優秀小說的俄國人與挪威人全是有傾向性的作家。可是我認為傾向應從場面和情節中自然而然地流露出來；而不應當特別把它指點出來；同時我認為作家不必要把他所描繪的社會衝突的歷史的未來的解決辦法硬塞給讀者。」1888 年 4 月恩格斯在寫給 Margaret Harkness 的信上強調：「我決不是責備您沒有寫出一部直截了當的社會小說，一部我們德國人說的『傾向小說』，來鼓吹作者本人的社會觀點和政治觀念。我的意思決不是這樣，作者的見解越隱蔽，對藝術來說越好。」大部分馬華現實主義作家缺乏上述洞察，盡寫些主題先行、開口見喉的作品，自然會被讀者遺棄。

[9] 同注 5，頁 4。

[10] 同注 5。

寫現代所代表的某些特徵；其二是現代性從本質上不斷孕育著它的後現代性。傅柯（Michael Foucault）以知識考古學，「話語」不一定是手稿文本、書籍、而是檔案。他的系譜學（genealogy）發掘被遺忘的知識細節，與歷史碎片，重視元材料，德勒茲從萊布尼茲那兒發現了一個褶皺的雙重世界，身與心折疊，展開，重疊，他認為無意識不是舞臺，它是生產欲望的工廠、場所與要素。文學寫作是變異過程，永未完成；變異是為了尋找那種難以辨識的「臨界區域」(zone de voisinage)。違背語法的譫妄是趨近臨界的努力或嘗試。

吾人審察《大馬詩選》(1974 年)，艾文寫〈困〉，把「禪」人格化了：「禪坐在那裡抖擻／同樣看得見聽得到／驅逐的辦法就轉不來／一部重型卡車轟入門檻／隆隆的聲音怎樣液化不開」，黑辛藏的詩句：

那種植男性的種子
朝向一口新掘且又衰弱的井

禪的佛境與現代科技產物的重型卡車的轟轟然闖進，反映了機械文明對修行或閒適生活的干擾。至於黑心藏的意象則隔了數層，「男性的種子」是精子的暗喻，「新掘且又衰弱的井」是怪異甚至另類的意象，喻依是女性的陰戶。

飄貝零的詩，詩行之間的聯繫蓄意被割裂：

模糊朝向月色以及景致
扭痛墳墓裡的一根屍骨

文字語言「自我中心化」(egocentric)，現代詩人佈下了不少「人工語障」(artificial obstruction of verbal expression)，30 年後面世的《有本詩集》(2003 年) 收錄的 22 位詩人當中有不少仍賡續現代詩的風格，只是詩行之間的想像跨度大了些，像劉藝婉的〈大 K 市公車〉其中兩行：

白襯衫及領帶穿著司機。
裝扮一致的風景路過公車。

是一種「顛換敘述」（tranversion），主客易位。呂育陶的詩句：「九十五樓的天空，死神忽然撲進來／推倒你一如軍隊踢倒一杯咖啡／／於是，神清晰地聽見了／人間剎那間打翻的無數只瓷杯」，動作意象大膽近乎匪夷所思（用整支軍隊去踢倒一杯咖啡？）但那不等於是「後現代的詩思」或「後現代的表現」，修辭學的誇飾可以遠溯至〈離騷〉，李白的「黃河之水天上來……」與「白髮三千丈……」。呂育陶、卓秋香（skyblue）、龔萬輝、周若濤、張惠思、羅羅、劉藝婉等人以譫言戲語、拼貼混合、諧擬博議、即興演出……均可歸類為霍爾登（Jonathan Holden）所說的「非文學的近似體」（nonliterary analogues）。[11]形式開放，玩弄意符，無聊消遣，意猶未足還可用後設語言解構一番，這是後現代詩的特色[12]，《有本詩集》這方面的作品不多，僅能算是淺嘗輒止，茲舉卓秋香的〈Amour〉一詩以便參照：

特徵甜美易碎
保鮮期限 0.0000000000000001 秒或一億年
告白指示盛著 9999 滴淚珠的情詩或扎滿 9999 根玫瑰刺的心

---

11 見孟樊：〈詩人，招貼和害蟲——中空的臺灣現代詩人〉，《現代詩季刊》復刊第十五期，1990 年 6 月，頁 9。

12 詹明信曾指出後現代文學有一種傾向，即「取消以往文類與言述類別」(effacement of the old categories of genre and discourse), refer to Fredric Jameson, "*Postmodernism and Consumer Society*", Hal Fal Foster,ed., Postmodern Culture (London: Pluto Press, 1985), p 112.

呵護方法小心輕放
善後處理我喜歡私奔和自己

後現代主義的去崇高走向世俗，去中心選擇邊緣，這種哲學觀與它的解構功能，一旦表現於外，即是韋伯（Max Weber）的「解魅」（disenchanment）。有人把它與馬克思主義相提並論，殊不知後現代主義其基調是反馬克思主義，如實地說，它反對所有不同名目的唯物主義。後現代主義既然是反對現代主義，它會不會回歸傳統主義呢？這是一個很有趣的辯論議題，不過我讀到的反對或顛覆現代主義的作品都不曾讓「後現代」倒退回去「前現代」。作品是最好的說明。在臺灣六十年代即已成名的詩人管管與羊令野，前者玩弄文字如玩弄魔術，滑稽突梯，有人把他六十年代作品歸類到九十年代的後現代詩去。羊令野的詩嚴重違反語法規範，近乎夢囈；一些作品枝葉盡去，只剩下形銷骨立的主干，把羊令野歸類為後現代亦未嘗不可。林亨泰寫於五十年代的怪詩，〈風景 No.1〉、〈風景 No.2〉、〈進香團〉，論者認為「傑異」[13]，且看林亨泰的名作〈房屋〉[14]，讀者會發現其形式嬉戲與後現代簡直是隔代相傳。這兒不難看出詩的冒犯性與前衛傾向，它在後現代主義還沒出現在臺灣的五十年代，六十年代，便以駭人甚至激怒讀者（當然包括現實主義者）的形式與姿態出現，遠遠走在時代的前端。

中國有所謂的朦朧詩，在某個意義上，七十年代末（文革時期的地下寫作無法論及）的中國朦朧詩與馬華現代詩可以類比之處甚多。

---

[13] 引自蕭蕭著：《臺灣現實主義詩作的美學特質——以林亨泰為驗證重點》，見《臺灣詩學季刊》第 37 期（2001 年 11 月號），頁 52。

[14] 1956 年 1 月《現代詩》第十三期刊出林亨泰的〈房屋〉，全詩如下：

笑了　齒齒　齒齒　齒齒　齒齒
哭了　窗窗　窗窗　窗窗　窗窗

八十年代中葉奇峰突起的「非非主義」無視文字規範，甚至拒絕使用形容詞、副詞，顛覆的對象是中文語言的記憶系統。非非主義對語言的結構與還原，去中心、去神聖、去道德那種邊緣化、私密化的寫作方式也與九十年代於馬華詩壇萌長的後現代主義詩若合符節。

朦朧派詩人舒婷，詩風柔婉，率性任真，善於抒情，與她同時期的朦朧派詩人北島，語言冷雋，詩行之間意義突兀斷裂，意符自說自話任由讀者聯想，如果前者是現代主義，後者的「內緣因變」（indeterminance）使他更接近後現代風格。[15]《大馬詩選》（一九七四年）的方秉達其詩作〈陰霾〉首節：「嘴角扭曲下的暗影／更醜化了你的造形／受傷了我的眼睛／夕陽急忙躬身／撿回最後一抹斜陽」；謝永就的〈十九行〉末段「用晶體蝶翼／用一筆雅致游魚的一片鱗甲／搭起一個細巧的星空／於冷恬的空然上／你給我」的語言、形式與表現手法，把他的作品置於《有本詩集》並不唐突。《有本詩集》（2003 年）木焱的〈窗外〉：「城市的窗外／大雨擊退了飛鳥」，這是現代主義喜用的動作意象；周錦聰的〈陽光的味道〉其中一節：「我原想把陽光／裝進罐頭，寄給你／回頭一想你的環保主義和你的笑容／從不與罐頭碰頭」行內韻與罐頭、碰頭的語言機智亦是現代主義詩人用之不疲的巧藝。把木焱與周錦聰錄入《大馬詩選》，從我這個主編的角度來看，亦無不宜。上面我只舉了四個例子，實際上，這兩部詩選／詩集還有其他的詩作者大可乘搭時間機器，互換位置。兩部詩選集部分作者可以互換，並無褒貶意味，它印證了《大馬詩選》與《有本詩集》的共通性與「互文性」（inter-textuality）。

---

15 同注 6，「indeterminance」指的是後現代文學的「不確定性」，哈山指的是多元複雜的指涉（referents），包括模稜性、不連續、異端邪說、多義、散漫、叛逆、曲解、剔樞（decenterment）、替代、差數、不連續、離散、消失、反構式（decomposition）、反定義、去神話（demystification）、反全體化、反正統（delegitimation）。

就上述觀察，或許我們可以得出這樣的結論，現代與後現代中間並不存在著一條老死不相往還的門檻或關卡。王岳川曾經指出：「還有一種看法認為後現代的反現代性使現代性更現代，成為高峰時期的現代性。」[16]

張先生在《有本詩集》的序裡提到天狼星詩社成員的中國性如何趨近現代性這問題，老實說當年我與舍弟瑞安在七十年代創辦詩社以及在創作實踐時都不曾考量過。天狼星曾經在馬來半島十個城鎮成立了十個分社，社員百餘人，收錄進入《天狼星詩選》的社員共三十七家。從詩選的作品作為一個不算穩定的衡量計（能出版個人結集的社員甚少），有「中國性」傾向占了半數，共十八人。[17]所謂「中國性」是作品中流露的文化鄉愁與孺慕之情。這是邊緣對中心的嚮往，中心是知識的資源、歷史的憑借與精神的支撐力量。這關乎題材的選擇或偏嗜。「中國性」的流露也有「顯與隱」（luminosity and obscurity）之別，溫瑞安的《山河錄》就比我的《流放是一種傷》強烈奔放許多。七十年代初，天狼星同仁沒一人去過神州大陸，詩中的地理背景全憑來自書籍的資料加上虛構想像。歷史典故亦然。意象與語言形構可借助唐詩宋詞及其他中國文學經典。中華民族花果飄零，這種「中國性」來自民族的憂患意識與文化的焦慮感，大概可以稱為另一種內涵的「壓抑的現代性」吧。

至於「中國性寫作的詩歌語言與詩歌美學精神的現代性張力如何化解？」這個問題相當抽象。中國意象的使用，還有古典語句融

---

16 引自〈海外漢學家看後現代主義〉，參照文池主編的《在北大聽講座：思想的魅力》第二版（北京：新世界出版社，2004），頁 131。

17 重讀《天狼星詩選》（美羅：天狼星出版社，1979）收錄的詩，有中國性傾向，中華孺慕情結的詩社同仁共十八人。以筆劃多寡列下，他們是川草、江敖天、沈穿心、杜君敖、林秋月、陳強華、張麗瓊、張樹林、淡靈、溫任平、楊劍寒、雷似癡、劉吉源、謝川成、藍啟元、藍薇、藍雨亭、蘇遲（孤秋，已故）。

入現代語言，可否視為多年以來眾說紛紜的「縱的繼承與橫的移植」的一種方式或寫作策略？策略（strategy）聽起來有點造作，相當人為，不過當邊緣遇上中心，當本土遇上鄉土，現代性的內涵就不僅是現代或當代的因素，傳統與歷史的因素，亦滲入其間；文化認同的二元性或多重性或身心不能一致與其說是張力的化解或鬆動，不如說這種緊繃狀態適足於構成了詩的張力的內在力量，使詩具備感人的力量。當然這種說法還必須放在大馬詩壇七十年代的語境裡去考量，才會有意義。這不是「同情的批評」，而是文學理論家、文學史家必須具備的歷史意識，這兒也就無需搬出傅柯的知識考掘學與系譜學勸請學者回到當年的時空現場了。

（2007 年 10 月 10 日）

（2008 年 9 月 29 日修訂）

本文於 2007 年 10 月 26 日－29 日，在廈門文聯主辦之
第七屆東南亞華文文學研討會上提呈

當前華文文學的另類書寫
——兼及文學生產與消費的分眾趨向

無人可以估計未來，這正是我們的時機。

——Jean Baudrillard

一

21 世紀的世界華文文學，會是怎樣的面貌？無論用什麼理論，或用哪種主義進行研析，都不免帶有臆測的成分。在我們前面的一整個世紀的文學會怎樣變，誰知道呢？誰敢奢言他的推斷正確無訛？2001 年是新千禧的肇始，往後的日子還長。

艾略特的那個時代大概以 20 年為一代，那只適用於上個世紀的二、三十年代。七十年代以降，包括文學在內的現代藝術幾乎每五年就一變。歷史速率的加快，晉入九十年代更其顯著，從文學創作到文學理論，新的形式與概念紛紛出爐。原諒我目光短淺，在這兒我只能談談當前的文學表現與趨向，並據此蠡測華文文學的動向。我想我能把握的至多也不過是前面 10 年——也就是 21 世紀前面 10 年——華文文學的發展與衍變的可能，逾此則非我之視野所能及。

20 世紀告終，21 世紀啟幕，我想對所有敏感的工作中的藝術家而言，都是一個大心結、大問題。20 世紀末社會、環境生態惡化，電腦功能在相當程度上取代人腦底運作，新的道德問題，包括複製人等曩昔的天方夜譚可能成為今日的夢魘，人類甚至面對生存的難題，霍金教授最近不是說人類在不久的將來可能要遷移到外星居住嗎？星相學家說，21 世紀是寶瓶時代，寶瓶座象徵容納、包涵、富於理想與洞察的力量，這是個靈性的時代。但是站在 21 世紀的岔口的作家，卻面臨從雙魚座轉去寶瓶座過渡期的焦慮、惶惑與不安，主觀的期望與現實的演變落差可能極大。主辦當局要參與者展望 21 世紀，焦點又落在 21 世紀的華文文學，任務可謂艱巨。我真有點擔心以下我所說的，搞個不好會像 16 世紀法國的 Michael Nostradamus 那些疑真似幻的預言式話語。

二

中國歷朝以來文學的變化，不外是文學系統裡的某些因素老化、僵化，而不得不自我更新的衍變。唐詩發展至荼蘼乃有詩餘，是為詞的濫觴；詞至晚唐綺靡萎頓，活力枯竭，乃有詞餘，為元曲之先聲。新文類的出現，本身就是個另類，要經過去蕪除芟，一段時間的陶冶鍛鍊才能成為文學的正宗，此所以詞的實驗迨至溫庭筠的《花間集》始算奠定了基礎，金元俚曲開始只是鄉謠巷歌，關馬鄭白等名家充沛的創造性，始賦予散曲真正的文學生命。

我要進一步申論的是，政治亂局，只要不厲行思想與意識形態的箝制，不一定會促成文學之哀頽，有時反而是文學丕變最有力的催化劑。從學術到創作均如是，陳寅恪先生的觀察最具洞見：「政治之紛擾，孰甚於戰國六朝？而學術思想之自由，亦惟戰國六朝為最；漢唐號稱盛世，然學術思想轍統於一尊，其成績未必優於亂世。」撇開學術思想不論，專就文學一項，沒有楚國的積弱受辱，哪來屈靈均的離騷天問等佳篇？南唐後主李煜最好的作品成於國破家亡的深沉感慨。詩聖的多闋不朽篇章，完稿於兵荒馬亂，詩人侘傺流離，窮途潦倒之際。明末政治敗壞，乃有袁氏兄弟、張岱等人的獨抒性靈，為中國散文另闢一條通幽的曲徑。

中國歷朝的政治動亂，所造成的往往不是權力的高度集中，而是權力的分散。有軍事實力的王侯各據地盤，稱霸一方。社會不靖，民生不定，法統動搖，道統寬馳，反而創造了（應該說提供了）文統自由發展的客觀條件。生活的動蕩，使作家心裡有許多鬱結要傾吐，甚至對時事世態有所批判，文學創作所需的驅力與活力於焉產生。相對之下，漢室政局穩定，因情造文，華麗空洞的辭賦，成了文人墨客日常孜矻以求的文字遊戲，法統、道統可以鞏固到某個程度，對文統的生機造成巨大的斲傷。

話題可能扯遠了，回頭看五四運動與 20、30 年代的中國文學，詩、散文、小說、戲劇各種文類都有作家在作語文與形式的試驗。文學理論、學術思想更是名副其實的百家爭鳴，各種主義，從歐美的到蘇俄的，從西洋的到東洋的，通過有心人的譯介，大量引入中國文化界，形成前所未有的喧囂躁動。不同的主義，包括「異端邪說」都有自己的擁躉，為發軔於 1919 年的白話文學提供了滋長與衍變的溫床。我要提出的是，每個歷史的轉型期都是不同嚴重程度的亂世，正因政局紊亂，種種人為的限制放寬，作家可以自由發揮，反而吊詭地造就了文學藝術脫繭而出，演化蛻變的契機。

三

踏入新千禧的 21 世紀，社會歷經政經文教各領域的變遷更替，華文文學可謂面對空前的變數。世界華文文學的地理版圖也許沒有顯著擴大，唯區域之間的資訊流通既方便又頻密，一改過去的閉關自鎖。過去中臺兩地互不聞問，今日海峽兩岸的政治問題雖仍懸而未決，民間的文化與文學交往卻相當自由開放。在中國可以讀到臺灣的余光中，在臺灣也可以讀到大陸的余秋雨。兩岸作家比過去多了許多互相觀摩，甚至互相借鏡的機會，這對文學的轉衍再生，肯定是個正面因素。

回歸中國之後的香港，作為兩岸三地的一個重要據點，其文學（文化）性格又與中臺兩地迥異。香港的城市特徵，香港的殖民經驗，香港的市場消費取向，都使香港文學有別於母體中國。不懂我可否那麼說，香港可以出現洞悉力敏銳，文筆清新俐落的梁秉鈞（也斯），但就是不太可能出現以鄉野土地為背景，語言豪邁矯健的莫言。這麼說並無月旦高下之意，我要指陳的事實是，哺育作家的地理與人文環境同時也孕育了作家筆下的原型與母題。此所以喬埃斯（James Joyce）寫他的《都柏林人》，此所以潦倒王孫曹雪芹寫他帶有濃厚家族志意味的《紅樓夢》。朱天心把她念茲在茲的大臺北，以現實編織想像成了《古都》；施叔青定居香港 16 年，寫成了《她名叫蝴蝶》、《遍山洋紫荊》、《寂寞雲園》三部曲，以大河小說的方式，為百年香港繪像。作家處理的總是他熟悉和關心的題材，他們身邊的人和事。

討論華文文學，卻提到喬埃斯也許有點突兀。提起這位現代主義大師，是因為他的《芬尼根守靈》（Finnegan's Wake）的後半部冗長沉悶，節奏極其緩慢，令人難以卒讀，而書的內容卻要求典型讀者擁具百科全書那樣淵博的知識背景，並且有能力去發掘小說中的隱喻與語義之間的微妙關係。當前的華文作家有誰有這勇氣和韌性去做類似的嘗試？另一位現代主義大師普魯斯特（M. Proust），在他的經典名作《追憶似水年華》裡，曾以 30 頁的篇幅，描寫人物在床上輾轉反側不能成眠的情態，結果手稿被出版商所退。中國的文學生態，我了解得不夠，不能說什麼。臺灣的幾家報章，包括《中國時報》與《聯合報》的副刊，近年來刊登文學作品與有關理論的數量顯著減少，文學刊物相續停刊，文學園地萎縮。新的作者，要浮上來，受到藝文副刊編輯的垂青，談何容易。有誰敢冒這大韙，為了「營造氛圍」，慢筆鋪陳，寫些編者和讀者在閱讀了三、四百字便開始打瞌睡的作品？

前些時候衛慧來馬，在接受本地華文報章訪問時提到，上海普通一家出版社，每月收到的小說稿本有三、四千部之多，一個作家要在人擠人的情況脫穎而出，不得不出奇制勝先讓自己的作品有機會面試再說。出了名之後，有了立足點，才在日後的作品中追求精致。衛慧這番話很可能是當前並且未來十年內，年輕一代作家，尤其是尚未成名的作家底基本書寫策略。衛慧承認她的第一部小說《上海寶貝》「在商業上是最成功的，在小說藝術來講，絕對不是最好的。」她也說她的第二、三部小說才「是我真正喜歡的小說。」訪見《明報》月刊 2000 年 9 月號。

這種寫作傾向的弊端不言可喻，市場趨向，讀者的消費需求，籠罩在作家的腦海裡，寖寖然成為下筆時的「第一考慮」。食髓知味是另一個問題。當王朔以他的痞子式譫言瘋語取得市場的一席地位，當衛慧以她的《上海寶貝》吸引到諸多情色讀者時，要他們改弦易轍去寫些探索靈魂深處的慢調門作品，他們不一定願意那麼做。生產機制與消費市場對他們另一部書的期許是——套用班雅明（Walter Benjamin）的話——「機械複製」（mechanical reproduction）前面的那個作品，能作為賣點的程序盡量保留，情節卻要比前一部書更辛辣刁鑽（王朔），或更多情色渲染（衛慧），而暢銷作家很難抗拒市場對他們的誘惑。

四

出奇制勝是年輕作家要冒出頭來的策略，這點不難理解。即使成名作家又何嘗甘於蹈常襲故，墨守成規？於是標新立異，發掘新題材，創造新形式的種種試驗，成了當代作家，包括詩人、散文家、小說家內心的隱議程或大企圖。20 世紀末的年代，這種傾向已蔚然成風，21 世紀初，如無意外，新潮時尚，以至於驚世駭俗的作品相信會陸續湧現。這麼說並無褒貶之意。指出當前作家確有這樣的集體潛意識，大概有助於大家了解未來華文文學的可能演變吧。

詩人楊牧在 1975 年曾撰文揚言：文字章法的改造，可以開拓文學的新感性，誠哉斯言。試比較夏志清與王德威兩位教授，彼此所使用的論述文字，即不難發覺前者的穩健平實、中規中矩，乃典型的「學術文體」（academic style），後者卻重文字的機智，在學術架構裡，仍不忘敷陳渲染，於跌宕承轉、翰逸神飛之際，展現其非凡的語言才具。黃子平、朱大可、楊澤、詹宏志（可惜詹氏可能志不在文學）諸子的論文，不僅反映個人於古今中外的學養見識，更準確運用意象與比喻，使文章有聲有色，一洗過去文學論述，由於過於謹慎以致於流於枯燥沉悶的格調，增添了不少藝術趣味與文學韻致。

把七十年代顏元叔、柯慶明與楊照、張大春的文章放在一起參照，彼此批評風格的差異，一覽即知。連文學理論也在搞新意思，文學創作的務求立霄干雲，言人所未能言或未克言，自然成了當前作家的縈心之念。

八十年代末、九十年代初在中臺兩地醞釀一段時日，繼而蔚然成風的後現代主義，使文學創作的各種衍變、延異有了理論的基礎。

文類界域的模糊以致泯滅，後設語言（所謂元語言）的鑲嵌，雜說博義，湊合拼貼，玩弄意符（signifiers）與意指（signified），圖像、形式、與各種擬仿與諧仿，語言的必然性與承接性被刻意支解……都成了堂而皇之的文學手段。

張大春的《大說謊家》是以新聞小說的新形式把現實人物與情節重新包裝，並且羼入許多真真假假的因素，《大說謊家》是新聞的顛覆，也是小說的顛覆，他甚至逾越了報導文學的範疇與界限，自成一特殊的文學類別。張大春的另類書寫，其企圖昭然若揭。

香港的年輕作家董啟章《地圖集》的另類實驗，可能更加複雜。這本書把圖錄文獻、史料新聞、傳說掌故冶於一爐，乍看仿擬中學或大學有關香港地理或歷史的教材知識。這部小說共分四輯：《地圖集》、《城市集》、《街道集》、《符號集》，虛中有實，實中有虛，近似波赫斯（Borges）的對應遊戲，而所謂地圖、城市、街道、符號是四個切入的視角（俯瞰的與平視的鏡頭，靜態的與游移的），也是四種可以互涉的文本（text）。

至於詩人焦桐的《完全壯陽食譜》更是聳人聽聞，比當年羅青的詩集《吃西瓜的方法》所造成的震撼效果，尤有過之。據焦桐先生的現身說法，《完全壯陽食譜》雖說是部詩集，但集中所載的食譜確有益氣補身壯陽之效，臺北甚至有酒肆菜館如法炮製，效應頗佳云云。

我讀過前輩作家琦君的《陳德勝的八寶茶》，那是多年前的事了。也讀過逯耀東的《反映時代飲食風貌的文學》、林文月的《飲膳扎記》、梁實秋的《雅舍談吃》，文章處理的雖然都是中國的飲食文化，就是不像焦桐那樣，結合中藥療效，並藉有關知識的把握，聚集成為新的詩題材，把實用與想像綜合成極富實驗意圖的文學形式。這兒講點題外話，十一月六日大馬衛生部公布一項調查報告，大馬有 160 萬人患上不同程度的陽痿，4 萬人需要定期服用偉哥，以人口比例計算，大馬是全球消耗偉哥最多的國家。焦桐的這部《完全壯陽食譜》如果能在大馬暢銷，使吾國重振雄風，那就功德無量了。

據我所知，臺北曾在去年主辦過飲食文學研討會，這種結合多方面的力量，包括學術界的研究心得，媒體的配合響應，讓飲食文學成為社會議題亮點的文學製作，在意念與實踐方面都相當大膽，有為文學開拓新疆土的意味。或者我們也可以用同樣的方式看待酷兒文學的異軍突起，不同的邊緣社群有它們各自的訴求。在過去由於種種的社會禁忌，一些題材是不能碰觸的。今日的社會風氣日趨開放，昔日不能／不便處理的題材，像中國的文革經驗，像臺灣的 228 反思，現在都成了文學的熱門課題。中國作家九丹的長篇小說《烏鴉》寫的是大陸女子在新加坡變相賣淫的另類留學生活實錄，引起轟動，受到評論家李陀的推崇。說不定風月文學或者地下情文學、酒廊女侍文學、妓女文學都可以成下一波的文學風尚，最近一年來，不是有不少人在談他們在從事「身體寫作」嗎？

五

楊牧先生在八十年代末接受林燿德的訪問，曾直率的說：「二十年前我開始寫《年輪》那本書，一下筆就決定不管文類。」我曾寫文章評過《年輪》，發表於臺大外文系出版的《中外文學》月刊。從這角度來看，文類互涉由來已久，只是今日的作家更蓄意模糊化文類的界域，如果有讀者把董啟章的小說看作是部旅遊指南，或者把焦桐的詩當作是中醫開的藥方，亦未嘗不可。被美國文學批評家布羅姆（Harold Bloom）稱譽為「當今世上最有趣的哲學家」的理查・羅蒂（Richard Rotry）的「讀者各取所需」的實用論，亦不無一些道理。

文類的變異，從另一個角度來衡度，亦可解讀為文字作為一種藝術形式對環境所作的歷史反應。文學的定義，對安諾德而言十分簡單：「文學者，學問（Learning）也。」未來的定義可能要作出較具彈性的擴充，以容納其他的可能變數。艾柯（Umberto Eco）在《符號學原理》（A Theory of Semiotics）提到兩種創造趨向，一種是「沿襲成規的創造」（rule-governed creativity），另一種是「改變成規的創造」（rule-changing creativity）。楊牧先生的《年輪》是一部改變成規的作品，在我的那篇寫於七十年代中期的書評裡，我曾不止一次提及《年輪》的篇章逸出散文常軌，使它更近乎詩，更逼近詩境。

我想再針對文學的定義宜乎作出彈性的擴充這點進一步申論：香港女作家西西的長篇〈我城〉在《快報》連載，只有那麼一個框。西西一方面要考慮傳媒的生產性格與大眾的消費趣味，另一方面卻又堅持她的高檔次文學實驗。她在報章寫的專欄，三、五百字的小天地，文學性的濃郁可視為絕佳的小品文範本。馬家輝先生前一陣子在《明報》發表〈港式專欄的文學實踐〉，筆者頗能認同他的看法，即文學實踐可在有限的創作空間裡進行。

「輕、薄、短、小」，說什麼都難稱得上是文學的德性（唐詩律絕當然例外），面對市場經濟、媒體格局的諸般制肘，文學為了生存不得不作出適應性的調整。如果這是商業都會的疵病，用拉崗（Jacques Lacan）的話：「享受你的病症吧」（enjoy your symptom）當然作家仍得具備高度的自覺，在有選擇的情況下實在沒理由避重就輕；故意選擇輕鬆，往往會使作品失去了重量與份量。

這裡還牽涉到文學分眾化的趨勢。今日社會日趨繁忙，一些人只有時間和耐性去讀極短篇（一分鐘讀完小說屬於這範疇），極短散文（生活小品）和十行以內的小詩，這些讀者在文學人口裡構成可觀的百分比。基於供求率，有消費者需求就有生產供給。還有是年齡層構成的分眾現象，童話寓言、兒童文學、少年文學都有它們的讀者。未來的文學菁英在成為菁英之前，需要由淺入深的奠基閱讀材料，中檔次的文學作品肯定有它自己的市場，它的普及面一定比高蹈文學作品廣。

話得說回來，無論生活節奏怎樣匆迫，總有些作家有大野心、大企圖，以大手筆從事反映民族、時代與社會變遷的撰寫，而不甘於輕薄短小的滿足。大馬的一位現代詩人林金城已有半年不見詩作刊載於國內報章了，我聽到的消息是他正在寫著長篇。像砂勝越出生，目下定居於臺灣的李永平，在語言文字的淬煉試驗，就近乎於迷執。據說，臺大中文系的吳宏一教授曾向李永平抱怨：「我看你的書還要查康熙字典呢。」

馬華小說家如張貴興、潘雨桐、梁放、黃錦樹、黎紫書，他們的小說，從文字到布局，都充滿象徵的意涵，必須作解碼式的符號學的文本詮釋，始能進入作品的堂奧，21 世紀的華文文學也允許這種高蹈的文學表述。

陳大為與鐘怡雯在臺屢獲文學大獎，他們兩人善於圖騰化中華傳統事物，藉以抒發自己對族群文化的「原生感情」(primordial sentiment)。作品題材襯以南洋的人事人物，就藝術處理而言，是一方面與歷史記憶對應，一方面則讓作品牢抓住在地的區域情調。陳大為的散文、李天葆的小說都是以文字去「想像」中國。用周蕾的理論，那是「國族層面的戀物」。他們的書寫策略或切入點與李永平、張貴興或不盡相同，但渴望擁抱「文化的真」(cultural authenticity)，這點則殊途同歸。這些都是高檔文學，我相信高檔次的文學實踐才是維繫文學慧命的主軸。

世界華文文學不僅包括兩岸三地與東南亞地區，也包括花果飄零的「散居書寫」(diasporic writing)。移民經驗，被殖民、被排擠的經驗，文化易位的經驗，都是寫作的材料。不同地域的政經文教背景，不同文化資源與文化儲備，是同文同種的華文文學在各自的地理環境下長出不同的果實。目前在香港任教的林幸謙的流放意識十分強烈，是一種邊緣書寫，林建文的歷史記憶表述，是另一種邊緣書寫。辛金順、小曼、傅承得、方路、林惠州、廖宏強的「中國性」著色較淺，邊緣得比較隱秘。

從早年的李永平到繼起的潘雨桐、梁放、張貴興、黃錦樹、黎紫書諸人，他們聚焦在 40 年前的族群記憶與創痛上；砂共馬共，抗日抗英，兵敗潰退到森林裡頭打游擊戰，還有華人與原住民的恩怨情仇，這一段被刻意遺忘或淡化的歷史，在他們的小說找到了發聲的位置，這群有企圖心寫民族志的作家，可謂兼具另類書寫與散居表述的兩重意義。

我常認為中國性或中華特質（Chineseness）是一母岩（material matrix），它允許「類同異變」（mutation）。所謂一龍九種，種種不同。新馬的胡姬花，都是胡姬，品種卻十分繁多，從顏色到花瓣的形狀都不一樣。羅蘭・巴特（Roland Barthes）把作家喻為「符碼的放射體」（the emitter of codes），這裡牽涉到兩個面向，符碼的特徵與放射的形式。符碼可以十分曖昧，放射的方式亦可千彙萬狀。

馬華文壇近年來有現代與後現代各自表述的現象，有人認為國內的現代主義的路還未走完，因為從六十年代迄今我們尚未在作品的實驗與表現攀上 high modernism 的頂峰，也有人認為現代主義來到八十年代已花開荼蘼，九十年代後現代主義取而代之。我記得李歐梵教授在他的一篇有關現代性的英文論述裡提出過這樣的質詢：「我們是否必須置身於『後現代的條件』裡，我們是否應考慮現代性是一個『未完成工程』？」李氏的另一部著作《狐狸洞話語》表達得更直接：「我們不能盲從後現代理論的觀點，一味否決歷史，揚棄現代性。」葉維廉教授在接受林燿德的訪問時說：「我的看法是：『後現代主義』只適合於北美這種工商業轉型期的社會。」史學家湯恩比曾指出，後現代主義是西方文明的一個歷史周期（historical cycle）。明乎此，國內作家或文學批評家似無必要把現代和後現代看得那麼涇渭分明。兩者之間，林可連理的或然率可能更高，也更利於文學的自然生成。主義不重要，作品才重要。

我有充分的心理準備，未來的華文文學將以各種新奇甚至怪異的形態出現。懸疑推理的因素將會使文學更能引起讀者的好奇，我猜測有些作家會做得比艾柯的《玫瑰的名字》還要刻意還要徹底。朱天文於一九九四年獲得《中國時報》百萬小說大獎的〈荒人手記〉，內容從李維史陀扯到傅柯，博雜迷離，連蔡源煌教授也不肯定該篇作品是小說還是評論，便是近例。網絡文學是一片剛開發的園地，文學抒寫將會更自由，更個人化，但素質則由於沒有編輯把關汰選，難免參差不齊。有些文學小品可以看後即棄，一些作品的內容設計甚至可以允許讀者從任何一頁看起，有點像波赫斯筆下的《沙之書》，另類書寫與文學分眾化關係密切。

面對全球性危機，華文作家不可能置身事外，沒有反應，人類文明的存亡續絕相信會是作家們關心的主題。21 世紀的華文文學在商業化浪潮與菁英主義的罅隙間尋求生存與發展的位置，其表現形式將在完整性與破碎性的美學張力下產生。這麼申論著，自己都覺得有點像 Michael Nostradamus 在打啞謎，未免失言，就此打住。

第七屆《星洲日報》花蹤文學獎專題演講

經典議論：李有成詩集《鳥及其他 1966-1969 選集》

一、經典焦慮與經典甄選之意義

九十年代以降，馬華文壇紛紛攘攘，多個重要議題浮上臺面，黃錦樹於一九九二年五月二十八日於《星洲日報・星雲》發表的〈馬華文學「經典缺席」〉會引起那麼激烈的反應，可能是連作者都想不到的。[1]一九九七年以迄二〇〇四年，國際性的馬華文學研討會頻頻召開，從經典的是否缺席到張錦忠的典律論析在不同的場合被論及並引起頗為廣泛的注意，張錦忠在接受一項專訪時認為：

> 談馬來亞化的寫實小說，總得談方天的《爛泥河的嗚咽》。談馬華現代詩，當然也有一些具有『歷史文獻』價值的詩集，如陳瑞獻的《巨人》、英培安的《手術臺上》、李蒼的《鳥及

---

[1] 這篇文章回應了禤素萊於《星洲日報・星雲》於九二年五月一日發表的《開庭審訊》，黃錦樹文中第一次指出「歸根究底，還是馬華文學『經典缺席』的問題。……沒有世界性的作品，在世界文藝就沒有發言權，區域傳統也就沒有形成的條件。現有的『馬華文藝獨特性』，究竟是只是一個空集，其內容是非常粗糙的技術產品。『粗糙』本身就沒有什麼『獨特性』可言」最末第二段進一步申論：「現有的文學史是一部經典缺席的文學史，只是外緣資料的推砌與鋪陳，究竟意義何在？文學史就是那樣嗎？這是莫大的悲哀。現有的每本文學史只是『馬華文學拓荒史』，它的象徵意義大於實質意義。」上述觀察正是爾後黃錦樹就馬華文學的各種現象作出批評、議論的胚因。《馬華文學「經典缺席」》一文見張永修、張光達、林春美主編《辣味馬華文學——九十年代馬華文學爭論性課題文選》（吉隆坡：雪蘭莪中華大會堂及大馬留台聯總，二零零二年）頁一零七至一零九。

其他》、梅淑貞的《梅詩集》、溫任平《流放是一種傷》、楊際光的《雨天集》等。談散文呢，思采的《風向》、溫任平的《黃皮膚的月亮》自有其重要地位。[2]

上述談話無一字提到「經典」，褒的意味較明顯的句子亦不過指出某些作品「重要」，即使用語如此慎重，國內文壇似乎仍難接受，博特拉大學中文組講師莊華興即在一篇題為《作品、經典與文學史》的文章裡，就馬來文壇建構經典的狀況，指出經典「出位」與其作用、意義，不能與個人閱讀喜好混為一談。[3]

讓我們看看臺灣文壇的情況，二十世紀臺灣文學的三十部經典已在一九九九年一月一日甄拔敲定。此項工程由聯合報副刊協調籌劃，通過作家、文學評論家的層層推薦篩選晉入決審的著作從一百五十三部汰選剩下五十四部，計小說十九部、散文十三部、詩十部、戲劇三部、理論九部。決審會議由聯副主任陳義芝任主席，七位決審委員是王德威、何寄澎、李瑞騰、向陽、彭小妍、鍾明德、蘇偉貞，經過討論，票選出眾人首肯「相對穩定」之經典三十部。唯一的周折是王德威本人的《小說中國》本來入選臺灣文學 30 強，由於

2 同前注，頁 158-159。張錦忠對尋找典律的興趣似乎可以遠溯自 1985 年，根據他為梅淑貞《人間集》（吉隆坡：人間出版社，1985）寫的跋文，當時他留台念書已四年有餘，他認為：「淑貞功力最深的，還是詩、《梅詩集》出版至今，雖有十年以上的歷史，卻仍是華裔在馬來西亞文學中少數最優秀作品之一（我至今仍認為星馬最傑出的前五名詩人的牧羚奴、李有成、梅淑貞、沙禽、紫一思）。而以梅淑貞之詩風煥發，至今只出版一卷薄薄的《梅詩集》，未免美中不足。……」當時張才念完大學，一九九九年他接受張永修訪問已考獲博士學位，並在臺灣中山大學任外文系副教授。跋文與專訪所提到的作者有些差異，14 年，這麼漫長的學術磨練使張的前後看法不同（自我修正），那是很自然的事。陳瑞獻（牧羚奴）與英培安是新加坡作家，就筆者所見，前者的詩集《巨人》其經典地位穩固；《手術臺上》受臺灣詩人瘂弦《深淵》影響過巨，幾乎成為前者的摹本，實在談不上什麼開創性。英培安的文學實力在小說。

3 同注 1，頁 160-162。

他本身是決審人之一，為避嫌疑，決定不接受。大會諸人尊重王氏之意願，另選王夢鷗《文藝美學》取代之。

以上所述足以說明甄選經典的複雜與艱難，馬華文學缺乏像臺灣學界那種汰選建制，經典認定是大家不敢輕碰的課題。也許有人以為大家寫作就好，是不必計較、揣測作品能否躋身經典足以傳世。「文章千古事，寂寞身後名」，當年張愛玲又何嘗想到她歿後不及五年，其文學地位不僅足以魯迅相頡頏，甚至有後來居上之勢，詳見夏志清、劉再復兩位學者的辯論。[4]本土經典之尋索與認定是為了找出馬華文學基於某個歷史階段的「現代精神」(esprit nouveau)，把傑出的詩人／作家放在適當的位階上，考量其承先啟後的影響與作用，從而整理出馬華文學史的脈絡。由於馬華文學很難得到媒體、報章、出版社、評論界及其他甄拔體制的配合，探索那部作品具有開創性，那部作品具有前衛意義，那部作品足供後人借鏡、欣賞(也即是說它足以垂範的價值)，遂成了從事馬華文學評論工作的人不得面對的道德負擔。筆者在此甘冒大不韙，以一人之藝術尺度與美學品味，衡度李有成詩集《鳥及其他 1966-1969》的經典分量。

茲事體大，筆者費了不少時間詳讀了甫於 2004 年 5 月出版，何乃健主編的《馬華文學大系・詩歌一》(1965-1980)、沈鈞庭主編的《馬華文學大系・詩歌二》(1981-1996)裡頭三百八十四位作者的五百五十三首詩，[5]再把李有成的詩集放到三十二載以來所構成的「歷史縱深」(historical perspective)來考量，更覺得是部詩集應可躋身馬

---

4 香港嶺南大學於 2000 年 10 月召開《張愛玲與現代中文文學》國際學術研討會，共四十多位學者參與盛會，在張愛玲與魯迅之間，中國旅美學者劉再復交推崇魯迅，前美國哥倫布大學東亞系教授夏志清較推崇張愛玲，見《新世紀再現張愛玲傳奇》一文，參閱《亞洲週刊》(2000 年 10 月 30 日-11 月 5 日)，頁 109-112。

5 《馬華文學大系・詩歌一》的一百九十四名作者，過渡到《馬華文學大系・詩歌二》損耗一百一十二人，人數逾半，兩部詩選作者人數實為兩百七十二人。

華現代文學（現代詩）之早年經典之一，其重要性及成就甚且超踰了楊際光的《雨天集》。

二、《鳥及其他》的「異常句」與「走樣結構」

只有八十九頁的《鳥及其他》收入詩作三十三首、「作者的話」一篇，書末附作品年表。這份年表整理得相當仔細，清楚注明作品某年某月某日某晚上或凌晨寫，哪篇詩作發表時所用題目不同，哪篇作品發表時有「附記」，印刷成書時刪去。從這份年表，我們看到最早的《故事》發表於一九六六年一月十六日午夜，末篇《巴士站》刊載於一九六九年十二月二十九日午夜，這三十三首詩恰好是作者四年的創作結晶。次年（一九七〇年）八月《鳥及其他》付梓，詩集面世之日也是作者赴臺灣國立師範大學英語系深造之時。[6]這之後李有成似乎專攻學術，再無詩作寄回國內發表，[7]他在考獲博士學位後在臺灣中央研究院擔任研究員迄今。馬華作家對自己的創作年表多不怎麼在意，李有成就其少作所下的注釋功夫，或可反映李氏往後做學問的傾向。

李有成在三百字左右的「作者的話」裡說：「這本詩集展示了我無數不同的詩的經驗世界。每一次的詩的經驗世界都令我無比的欣喜與驚異。由於揭開一個又一個不同的詩的經驗世界，我得以擴展或深入詩的領域，並且不斷地試驗新的技巧與形式，追求及提煉更

6 李有成，筆名李蒼，一九四八年誕生於檳城，一九六八年到吉隆坡擔任《學報》編輯，翌年九月與姚拓、白垚諸人接編並改革《蕉風》月刊。一九七零年八月赴台。師大英語系畢業後在台大研究所攻讀碩士，主修英美文學。見《馬華文學大系・詩歌一》書後附錄製作者生平簡介，頁三百九十四。

7 筆者主編的《大馬詩選》（霹靂美羅天狼星出版社，一九七四年）收入二十七位現代詩人之作品，李有成部分收錄作品五首，其中四首見《鳥及其他》。唯一的新作是《老印度花販和花》。

接近我們的時空的詩的語言。這是我的第一本詩集，我要說，我深知這裡面的每一首詩。」

這番自我道白清楚地宣示了作者的藝術企圖與信息。李在《鳥及其他》裡是試驗新的技巧與形式，刷新語言，尤其是詩的語言，使它更貼近當前的時空。我們且看作者如何在這方面從事他的「實驗性創作」(experimental writing)。[8]寫於一九六六年一月《故事》第一首第二節：「那麼就讓我在你眼街上酩酊／一滴酒，你以一滴晶瑩滲和／不是奇蹟，刻下我非飲者」。「眼街」是自鑄新詞。李有成的「異常詞」(deviant sentence)一方面是新詞帶出來的衍異效果，另一方面是詩想的遽而轉折造成的文義突兀，以上述詩行為例，前面兩句以酒滴與淚滴滲和的浪漫情調卻被接下來「不是奇蹟，刻下我非飲者」所推翻、瓦解。

---

8 50 年代即開始寫現代詩的資深詩人兼評論家張景雲認為馬華現代詩的實驗寫作(experimental writing)，把過去居於主流的現實主義很快擠到邊緣，唯張氏認為這種實驗寫作意識仍屬貧乏，用他的話：「兩三代下來，能以試驗當之無愧的作者真是絕無僅有。」張指出國內詩人缺少從事非／反詩意寫作的意圖，沒有這種 sophistication 的詩美學傾向，成就有限。張感歎「sophistication 在馬華詩界是個絕少人欣賞、更少人有此悟性的風格，能在此集中見到一些詩行透露這種『世故』的顏色，在我已經是可喜的事。」這段話見張景雲為《有本詩集——22 詩人自選》(吉隆坡：有人出版社，2003 年)寫的序《語言的逃亡》，頁 1-7《有本詩集》有一首 skyblue(卓秋香)寫的詩(Amour)：

特徵　甜美易碎
保險期限　0.0000000000000 一秒或一億年
告白指示　小心輕敵
善後處理　我喜歡私奔和我自己

可能較符合張先生的非／反詩的試驗性創作理念吧。唐之杜甫寫形影神亦屬非／反詩創作，如此形而上的主題在詩聖筆下卻處理的含蘊有緻。60 年代馬華現代詩處於草創、摸索階段，青年李有成不可能走得那麼遠、那麼前衛。放在 60 年代(70 年代)的馬華時空背景，《鳥及其他》的「現代感」(modernity)與「藝術性」(artistry)以及作者的創新、試驗精神應予肯定，張景雲對實驗寫作懸的甚高，持平來看，他的嚴苛評語對馬華詩人則不無鞭策的作用。

李有成不僅在詩思發展搞 anti-climax，不少詩句亦不符一般語法成規。《故事》第一首前面三行：

那時，黃昏垂著髮
把懺悔泣落在妳裙邊。說
「寬宥我只是太疲倦了」

「寬宥我只是太疲倦了」與《今夕》最末一行「今夕啊，我要飛渡山崖水湄去後羿」，都是違章的語言建構。前者的「正常」寫法是「寬宥我，我只是太疲倦了。」後者按常理也該寫成「今夕，我要飛渡山崖水湄去尋找／追求後羿」，「……去後羿」與詩中另一行「緣何妳的呼吸如此落葉？」一樣荒誕不經，這已不是一般的語法變化，而是近乎余光中「星空，非常希臘」那種大膽的詞性「顛換」（transversion）。寫於一九六七年十一月的（星期天）的第二節如下：

太陽鏡守不住太陽
娛樂版的下角落刊滿了結婚啟事
這多不幸，在約會與哀樂之間
選擇是一部被遺落了的福音

「約會」是實，「哀樂」介於虛與實，而在約會與哀樂中間，被遺漏了的福音居然是「選擇」，這句子充滿了歧義與不定義，正如楊照所言「詩從來不是為準確傳達任何訊息而寫的」，[9]這兒不妨做個小小的測試，把詩句改作「選擇一部被遺落的福音」，刪去了「是」字，意思就完全不一樣了。結婚啟事是不幸，「在約會與哀樂之間／選擇是一部被遺漏了的福音」，寫得既含蓄又模糊，足堪回味、咀嚼。

[9] 引自《誤會中的詩的趣味》，見楊照：《為了詩》（臺北 INK 出版有限公司，2002 年），頁 198。

李有成亦善於設喻，另一首完成於 1967 年的詩《我們走著》有這樣的比喻：

命運是新鑄的貨幣
我們走著，我們交換貨幣
想在舞會中，我們交換伴侶

交換貨幣居然好像在舞會中交換伴侶，真是不可思議，唯細思又不無道理。另一首《下午歌》，第二節共六行：「讓所有的耶穌喘氣／讓所有的雜誌被剪貼／讓所有的游泳池都吞食寂寞的陽光／撲克的下午理髮女郎的下午廢墟的下午／有一隻黑螞蟻在洞口探出觸鬚／像一只空瓶子在大理石上滾動」，是螞蟻的觸鬚像滾動的空瓶子，還是百無聊賴的下午像空瓶？這種語文的「異常結構」或「走樣結構」（deviant structure）往往是有成詩的優勢。

三、後設語言：補設與隱敘述

李有成很早就擺脫五四以降，力匡等人發揚光大的四句組段的慣習，前引《故事》第一首以一句、二句、三句組段，《故事》第二首以二句、三句、四句組段，《故事》第三首以一、二、三、四句組段，這三首詩都寫成於 1966 年 1 月，距今 38 載，除了段落行次錯落有致之外，18 歲的有成還把一些詩行用括號框起來，讓他們發揮隱敘述或補述的效果、《故事》第一首第四節：

（黃昏抱著時間顛抖
我們的短髮
燈光好狠地染著啊）

《故事》第三者第一節只有一行「（帆影不再誘惑。說妳是港）」第四節的兩行：

（默想著一座港的佇候
小桅竿早該遠了。）

是作者心理狀態的描劃，也可能是潛意識流動的片斷景象，其效果類近「後設語言」（meta language）。在《鳥及其他》這本詩集的 33 首詩裡，有七首用到後設技法，最後一首以後設入詩的是完成於 1968 年 11 月的《檳榔律》最末一節：

太陽仍在那裡製造影子
她的暗影不需要陽光
於是他們等待旅遊局印發手冊
（噢檳榔律，妳的美需要納稅
噢檳榔律，妳的美且由娼妓抹上口涎）

前面提到有成不拘泥於四句組段，細閱《鳥及其他》，發覺作者喜以多行組段，一些詩段長逾十行，《我們走著》一詩首段長二十一行，這兒只能細錄前面十三行以便討論：「把天寫下來，把樹，把小雞／都寫下來，我們的眼睛啊我們的眼睛／是時間雕成的竿，是未來的歷史／片片的光，片片的晦／片片如雨，落在／吃角子的電唱機上，落在／一群越戰前來渡假的兵士身上／落在落在落在。一陣風掀起一份／消息，一位記者的相機被毀。報紙上少登了一幀／三個少女賣淫被控的照片／片片的光，片片的晦，像烈陽／我們忙碌得像狗。」詩行之間的銜接用的是「接續句」（run-on lines）凸顯了人物（觀察者）邊走邊看的移動感，類似敘事的詩行裡蘊蓄了作者對越戰的隱約批評，對社會墮落道德淪喪的影射，對不同形式的暴力（戰爭、相機被毀）的陳述。這首詩長達六十七行的長詩、反映、描繪的是無聊失落無助與生命的浪費。《我們走著》最末兩行「哦，我們是生活在問號叢中／我們是無數的問號」。流露的是詩人個人的也是廣義的現代人內心的迷惑。現代主義者李有成早在十九歲（詩成於一九六七）已奠立身姿。

《我們走著》沒有押韻，全詩由內在語言節奏推動，句中的頓挫，重奏並略予變奏的片語（片片的光，片片的晦，片片的雨），複奏的詞彙（落在落在落在落在……）使詩的冗奮緊繃情緒得以凸顯。有成十分擅用接續句。《飲雨的少年》第二節如下：

> 我總是那株駭人的鬼樹
> 檳榔律的雨，博物院的雨
> 我總是，總是少女們不能丈夫的情人
> 總愛在升旗山上，在憤怒的雨中
> 戀愛

第一行意象詭奇怪異（gropsteque）竟是作者的自喻，「總是讓少女們不能丈夫情人」大概也真有點像那株駭人的鬼樹吧，設喻新穎，讀來醒神。第二行到第四行的語言調馭得宜，年少的浪漫與輕狂，發揮得淋漓盡致。

四、間接法：用不訴說來述說

有成深諳現代主義的神髓，上述字彙上的的（lexical）、語法上的（syntactic）抑且語意上的（semantic）的模擬兩可或不穩定性，其美學效應是嚴羽《滄浪詩話》的「言有盡而意無窮」。除此之外，李有成還善於「顧左右而言他」側面襯托主題，他寫外祖父的死訊，詩題曰《鳥》，詩長 34 行，第一節先引進鳥的意象「在我的床前／我發現有一塊沒有音樂的灰白土地／在那孤獨而空無的樹椏上／風已不忍再颳了／有一隻鳥憂鬱地飛來」飛來的鳥是否就是死者的亡靈的借體重返？我想那不重要，我注意到的是通篇寫鳥於不同時空階段的各種情況，「泯滅感情」，[10]完全沒有陷入此類悼亡詩的感傷調調與「固定反應」（shock response），唯感人的力量要比呼天搶地的號啕詩強烈深蘊許多。這兒我又忍不住引楊照對詩的心得：「詩用不述說來述說。」[11]

在《鳥及其他》這部集子裡有好幾首反戰詩都寫得甚出色，它們都沒有表面化、標語化、口號化（而這正是馬華詩壇六十、七十年代作品的通病）。《聖誕夜》首節如後：

> 濃濃的蕈狀雲漸漸地消散開去
> 他們想的是那只佇立在槍杆上的鴿子
> 沒有靈魂。只有馬槽的哭聲靜寂
> 又是陣陣的火光，在風雨中
> 忘了歸宿，又是空撤著期待
> 那一年，會有一個不再撤消的假期

首先是戰爭的實況與象徵平安歡樂的《聖誕夜》構成反諷（irony），「那一年，會有一個不再撤消的假期」讀來尤其令人不寒而慄。無論如何，這首詩還提到可與戰爭聯想的事物像蕈狀雲、槍杆、哭聲、火花……另一首《趕路》，詩的前面附上作者的寫作動機（motivation）：

---

10 艾略特在其論文《傳統與個人才具》（Tradition and Individual Talents）提出這見解，見 T. S. Eliot, *The Sacred Wood: Essays on Poetry and Criticism* (university paperback, London, 1972), p 59.「藝術感情必須非個人化」（The emotion arts is impersonal），也是泯滅感情或避免個人情緒的宣洩。

11 引自楊照：《也許有一天，可以找到這樣一首詩》，同注 9，頁 26。

「南洋商報一九六七年一月十日綜合通訊版合眾社圖片：一名南越兵，趁新年停火機會，越過湄公河三角洲一座橋樑，趕路回鄉過節。」詩的一節如下：

昨夜，涉河時匆匆
一只打火機，想已送給了
可憐的同伴。我守望著
遠遠有一陣濃煙
去年的日記告訴我：會有
一個太陽，從醫院內探出頭來
一個老護士在它身邊
像伴著自己的老情人

這節詩不易詮釋，返鄉過節的南越兵把打火機送給戰友，話中有話，意在言外。士兵抽煙解悶是戰場上常見的景象，遠處的濃霧遮住了視線，前路是吉是凶難以逆料，這些解讀都不太難。這節詩的困難處在於去年的日記載錄的資料，醫院和護士隱指人物受傷治療照顧。就語義來看。老護士就在太陽身邊，親密的程度像互相依偎的老情人，這麼曲折迂迴的寫法，只能用 rich indirection（繁富的間接法）形容之。有成的詩，個人的語感或語言風格隨著詩思蔓延鋪陳，意象呈跳接狀，伴著它（太陽）的老護士成了老情人是換喻（metonymy）技法。有成詩句語言時而出現不太諧和的現象，使我想起濟慈（John Keats）十四行詩《夜讀荷馬》，這位英國詩人亦擅詞序顛倒：

Round many western island have I am
Yet did never breathe its pure serene

五、名家影象與作為經典可能面對的質疑

李有成是那種早熟型的詩才，二十歲不到，他已經對「時間」非常敏感、近乎病態的敏感（hyper-sensitive）。這種對時間的焦慮不僅在一些詩行像「時間，時間曾喜悅的收割／我在發霉的博物館檔案中掙扎」（見《有一座碑》）他的其他詩作如《公園》、《巴士站》用場景的變換襯托出時間的推移，寫的尤其戲劇化。但早慧不是《鳥及其他》的問題，作為一部候選經典，它的問題出在其中有一兩首作品，看得出來臺灣詩人對他的影響。

《故事》第三首「帆影不再誘惑。說妳是港／念及季候風已過／啊，我該從海上歸來也……」使人想起愁予的《夢土上》那一輯詩。《竟夕》最末十行「千萬座廣寒換不回，有一陣雨／在我死後。／而今夕啊今夕，星花已醒／碧落何遠，黃泉何遙，竟夕／妳我喃喃地幻化為蝶／聽命運在笑／來年，在來年，飛渡星花愛放的夜。」又有余光中《蓮的聯想》的若干投影。奇怪的是，有成在《我們走著》、《星期天》、《下午歌》、《午後印象》諸篇，且能把瘂弦《深淵》的血肉轉化為本身的營養，而且不著痕跡。作為經典，我們當然希望看到的是一部獨創的垂範之作，《鳥及其他》裡頭的兩首詩的部分段落有余光中、鄭愁予兩人之痕跡，令人遺憾。唯揆諸 60 年貧瘠的馬華詩壇，其他 31 首詩語感獨特、意象新穎，在在都可以證明《鳥及其他》瑕不掩瑜的正面性。

李有成正如李永平、林綠、陳鵬翔、張貴興、張錦忠等馬華作家他們留臺深造，學成後都先後落籍成了臺灣人。唯馬華文學界仍視他們為馬華作家，近期出版的《馬華文學大系》並沒有忽略上述諸人，他們的作品都被收錄。就本土性而言，李有成的詩作主要以

北馬為背景，升旗山、檳榔律、土庫街都是檳城（喬治市）的景點或街道名稱。一九七〇年《鳥及其他》付梓時，作者肯定是馬來西亞公民，筆者之所以不憚辭費交代了那麼多的相關資料，因為經典的提出最易受到質疑與挑戰，作品的開創性、本土性，甚至作者的國籍身分最易成為話柄。

前面提到張錦忠對於馬華文學經典的關注或焦慮，也只能說講中了部分的事實。一九八五年張在《人間集》跋文的道白，和一九九九年他在接受專訪時尋索經典的熱忱可謂相近，二〇〇三年他在一項研討會上引用德勒茲與瓜達里（Gilles Deleuze & Filix Guattari）指出東南亞諸國的華文文學屬於「小文學」（minor literature），「作為小文學，東南亞文學的意義與價值，不在於誰是大作家，或個別優秀作家產生了多少經典，而在於集體性……作家所創作的是一種非大家、無經典的『小文學』，代表集體發聲。」張錦忠的觀點顯然與過去迥異。[12]

我們可以理解東南亞一些國家如菲律賓、印尼、泰國、越南……由於政治情況特殊，當地華裔已同化落籍，或被剝奪接受華文教育的權利，從事華文或漢語寫作者寥寥可數。一個明顯的例子是汶萊，彼邦華裔人口於二〇〇一年只有三千七百人，出版過兩本以上文集的作家只有四人，寫作的總人數十人。[13]這麼惡劣的客觀條件，這麼小的文學規模是難期望大作家、經典之作的出現，把這群人視為總體來看，把彼等的作品視為集體性發聲，應該是適當的。馬華文學是不是「小文學」，那就值得商榷了。

---

12 張錦忠：《小文學，複系統：東南亞華文文學（語言問題與意義）》，詳閱吳耀宗主編：《當代文學與人文生態——2003 年東南亞華文文學國際學術性研討會論文集》（臺北萬卷樓，2003 年），頁 313-327。

13 見王昭英：《華文文學世界的吉普賽人——汶萊華文文學掃描》，同注 11，頁 427-441。

當然馬華文壇與中臺文壇相較，其生產規模與消費市場是小巫見大巫。馬來西亞有六百萬華裔人口，大約有三百萬人接受華文教育。國內有 78 所國民型中學（每周上五節華文），六十所華文獨中。國內十六所大學其中有三所設有中文系，三家華文日報每周有文藝版刊登國內寫作人的詩、散文、小說作品。一些社團設文學出版基金贊助作者出書，以《大將》、《燧人氏》為首的幾家出版社陸續印行本地著作，中臺都有出版馬華作家的集子，星洲日報每兩年頒發花蹤文學獎，獎掖在不同文類表現標青的寫作人。凡此種種，顯示馬華文學「麻雀雖小，五臟俱全」。

從另一個角度來看，馬華文學即使在國內都不是主流文學（馬來文文學才是主流文學），放在世界華文文學的框架來衡量，馬華文學屬於「邊緣文學」（peripheral or frontier literature），但「邊緣文學」不一定是「小文學」。德勒茲、瓜達里研究的對象卡夫卡，使用的是「再畛域化了」的布拉格德文，「用法怪異，用途卑小」，[14]但卻無礙他成為經典大家。

正如王德威所言，尋找經典在西方和中國文學傳統上都有其必要性，甄定經典是為了「在某一個特定時空中找尋一組可以一再研讀、保留、或者可以促進思考的名作」，[15]有正本清源的作用，亦可藉此窺見一時一地的美學取向，經典的肯定也有助於文學史的撰寫、重構。李瑞騰指出只能「用比較有效合理的方式，尋找相對穩定的經典」，[16]王德威則不忘提醒大家「經典會不斷被改寫、被顛覆

---

[14] G. Delueze 與 F. Guattari 合著 *Kafka: Toward a Minor Literature*. Trans. Dana Polan. Minneapolis: University of Minnesota Press, 1986 [1975]，p. 16-17。張錦忠引德瓜二人之見解為參照，見注 11，頁 33。

[15] 陳義芝主編：《臺灣文學經典研討會論文集》（臺北聯經，1999 年），頁 512。

[16] 同前注，頁 516。

的可能性」，[17]細審馬華現代文學的情況，我們不是沒有出色的作家，也不是沒有經典，而是經典發掘的工作沒有什麼人願意去做。其中一項堂而皇之的理由是馬華白話文學歷史只有七十餘載，這種工程大可俟諸來日。[18]如果這理由可以成立的話，那麼與馬華白話文學同樣肇始於二十年代末的中臺兩地的白話文學，亦不必尋索什麼經典了。[19]

比李有成出道更早的馬華現代詩先驅白垚，並無詩集付梓。一九六六年之前，新馬華文壇實為一體，新馬兩國分家之後，新加坡作家理應歸類到新華文學去。六十年代的馬華現代詩，橫看豎看，左右衡度，仍以李有成的作品最具開創性，最能承先啟後，它一方面擺脫六十年代臺灣現代詩的晦澀之風，另一方面又能摔掉國內早期現代詩那種模仿古典詩詞（尤其是詞）的小腳放大形態，以新的語感發出新的聲音。《鳥及其他》出版近三十五載，當年出書相信亦不過印一千冊，我真的擔心它會被歷史的塵埃淹沒，這種不幸一旦發生，那損失就不是作者個人的，而是整個馬華文壇的了。

本文於 2004 年 9 月 21 日在山東大學威海國際學術中心提呈

---

17 同前注，頁 512。

18 劉育龍：《少談經典，多寫和多看一些》同注 1，頁 138。

19 楊松年於 1988 年從《大英圖書館藏戰前新華報刊》找到一份於 1917 年 11 月 15 日出版的綜合性刊物《新華僑》，內刊儂之的白話小說《富》，這樣說來，發軔於 1917 年的馬華白話文學比中國白話文學還要早了兩年。

馬華文學發展之二律背反

一

〈馬華文學進人 21 世紀〉是一個很好的議題，這議題帶有強烈的前瞻性。這些日子，我們用不同的方式做著回顧的工作，前些時候我在報章上寫的文學專欄〈分水嶺上〉，和現在撰寫著的〈線裝情結〉都是返顧式的、反芻式的。站在新千禧的起點，我們確乎應該做些前瞻，提出些觀察，甚至作出些建議。

文學不能規劃，但文學的發展離不開馬華作家的時空條件，這包括作者的教育背景、文化素養和他們背負的那個傳統。時空條件包括大馬華人政經文教的現狀，而這些條件在將來會怎樣變化衍異，非我們所能預知。我只要舉一個簡單的例子，大家就可以了解我的意思，如果因為一些因素，國內的華文教育進一步變質，華文水準低落，我們即無法預期讀者的素質能提升，更無從期待／要求將來的馬華作家的表現能作出怎樣的超越。這是「皮之不存，毛將焉附」的簡易道理。

近十年來馬華文學數項特徵在未討論馬華文學進人 21 世紀會如何如何之前，我們可能要觀照一下九十年代以降的馬華文學發展趨向，文學畢竟是一脈相承的，近十年來的馬華文學有數項特徵：一是社會主義現實主義文學的萎弱化，露骨的政治訓誡文學全面潰退；二是後現代主義文學的勃興，這種文學趨勢，一方面是由於我國於九十年代漸漸邁入媒介資本主義階段或資訊化的工業時代，社會結構的型變自然影響到文學各方面的表現，再加上中臺兩地的後現代磁場效應的扯動，九十年代的馬華作家〈當中以詩人居多〉都受到直接或間接的薰陶，如果我的觀察沒錯，現代主義作家也在不同程度上參與了後現代的創作實驗；三是馬華作家憑他們各自的實力，打進了中臺兩地的文壇，受到一定程度的認可。

二

左翼文學的衰退，是大勢所趨，這兒不擬細述。至於後現代主義的引進馬華文壇，主要還是表現在形式與技巧方面的實驗與突破，文學風格傾向多元、異質駁雜、眾聲喧嘩、擬摹謔仿、拼貼即興。恕我直說，真正對後現代主義的哲學內涵有深度了解的不多。形式在變，他們也跟著變；別人的技巧看起來新穎有奇趣，他們也嘗試作類近的實驗。電腦網絡的某些程式、語言、符號一直是國內後現代詩人樂之不疲的材料，還有我們的後現代詩人也喜歡在作品中嵌人「後設語言」或「後設敘述」，做得太過火了，便有矯飾造作之弊。

馬華後現代文學主題不夠多元

後現代主義是一種新的文化邏輯與文化風格，反映跨國資訊、多元市場、投資與生產模式都在改變，電子媒體漸漸處於主導位置、科技發達的社會形態，這不是在詩裡頭要幾下網絡符號或來個兩三段「後設」，自我顛覆一番便可交代了事的「社會鉅變」。這個社會鉅變，在幅度與深層影響方面，絕不遜於 18 世紀改變人類生活面貌的工業革命。要反映、詮釋這個嶄新的文明，文學藝術採取不同的角度切入表述。目下馬華的後現代文學不僅在主題的處理方面不夠多元，在形式與技巧的試驗方面亦嫌不足。所謂後現代作者在趨新求異的同時，對後規代主義的內涵、特徵似乎不甚了了。

後現代主義大師詹明信（Fredric Jameson）對後現代作品的描述是這樣的：「一種新的平板性或無深度性的出現，這是最名副其實的膚淺性。」他也指出「情感」（affect）的消失是後現代作品的特徵。當詹明信提到「深度的消失」，這包括了空間深度與符號深度，以上所涉及的評述，在詹明信著的經典作《後現代主義與文化理論》論之甚詳。在〈文化邏輯〉一文裡，他進一步指出後現代是一種「精神分裂式」（Schizophrenia）的文化，詹氏的另一項重要觀察是「後現代是關於空間的」。文化學者金默（George Simmel）指出後現代作者常喜以都市空間為背景，有一種明顯的遊蕩意識。後現代作品經常寫人物在城市裡漫遊，把絡繹不絕、五花八門的空間事物與情態記錄下來（談到這裡我不禁聯想起羅青為後現代主義打氣的《錄影詩學》）。這些空間事物與情態是零碎的、片斷的、游移不定。現實不斷在變異，沒有所謂真相，一切都是「文本」（text），供人解讀或解構。

艾略特視時間為一連續體（Continuum），過去、現在、未來是時間之鏈，他強調傳統的重要，注意「當下」（也就是此時此刻）的歷史意義。後現代則只重視「當下」，過去接通未來的歷史連續感在後現代的框架下徹底崩潰。甚至當下發生的事件都不一定真實，因為在後現代的生活情境裡有太多的假像與幻覺，李歐塔（Jean－Francois Lyotard）認為後現代美學，描繪的往往是難以展示和表述的狀態，後現代文學追求的正是表述的過程。

由於馬華文學的後現代取向，受臺灣影響最為顯著，我們不妨參照一下臺灣學者的意見，張漢良說：「……我認為李歐塔、德希達、德勒芝這些法國思想家的許多看法，不僅有趣，也給予文學家及我個人許多的啟示。但是有人用撰編政經文化對照年譜的方式，企圖說明臺灣已成為後工業社會，所以臺灣『一定』要『後現代主義』。依現況判斷，所謂年表十之八九不過是資料似是而非的任意堆砌而已。」(《觀念對話》，P121-122)。張漢良教授的談話發表於一九八八年，一九八七年葉維廉在接受林燿德訪談時也提到：「在臺灣來說，後現代主義還是處於一個種子、萌芽的階段，我的看法是：後現代主義只適合於北美這種工商業轉型期的社會。……在臺灣要使用『後現代』這個名詞是有困難的。」

為後現代詩「典律化」

由於馬華文壇的後現代主義受臺灣的影響最大，了解臺灣文學的後現代經驗與實況，應該有助於我們了解馬華後現代文學的情況。臺灣方面的後現代主義雖有羅青、林燿德、夏宇、黃智溶、羅任玲、丘緩、鴻鴻、苦苓、歐團圓等人的倡導鼓吹，並以個人的創作實驗體現之，但是據文學評論家孟樊（他本身也從事後現代詩的創作實踐）的觀察：「（臺灣）詩壇引起的回響實在有限，即以爾雅版的年度詩選為例，整整十個年度所輯錄的詩中，後現代詩寥寥可數。」(《當代臺灣新詩理論》，頁兩百八十四)，孟樊認為：「八十、九十年代的臺灣詩壇最明顯的特色，其實應該是多元化。」(同前書，頁兩百八十四)。陳大為編的《赤道形聲》裡頭輯錄的詩，大部分是馬華後現代詩，編者為後現代詩「典律化」的企圖甚為明顯，國外文學界如果以這部書收入的詩作為據，視為九十年代或當前馬華詩壇的橫斷面反映，那恐怕解讀有誤。《赤道形聲》的編者在詩方面的偏嗜，使他忽略了在他心目中不夠後現代的作品，七十年代、八十年代的多位重要現代詩人被淘汰出局。兩三位被選進《赤道形聲》的前行代詩人予人陪襯的印象。

麥海爾（McHale）曾指出「現代主義與後現代主義並非一不可逆轉、單向開放的門檻」，一些學者甚至認為馬華文學的現代主義尚未完成它的歷史進程。後現代主義與現代主義實無需爭文化／藝術強權，任何這類帝王欲求，對文學生態只會帶來負面影響。

三

馬華作家近年來在形式、技巧求變，力求表現的多元化，在題材的處理方面則愈來愈側重於深層的發掘，不再滿足於過去那種自然主義／現實主義的表面的、皮相書寫。馬華作家當中有不少人留學臺灣，學成後或返馬繼續創作，或留臺任職（在大學裡教書的不在少數）筆耕不輟，他們的文學成績頗為可觀。「大馬留臺生的文學表現」是很好的博士論文題目。

經常被討論到的馬華作家，像李永平、張貴興、潘雨桐、陳慧樺、商晚筠、陳大為、鍾怡雯、黃錦樹、林幸謙、辛金順……逐鹿臺灣文壇，以個人的文學實力取勝。當中李永平的身分較曖昧，他誕生於東馬，留臺不歸，已是道地的臺灣人（中國人？），他的《吉陵春秋》、《海東青》廣受議論，眾所矚目。張貴興二十多年前在《蕉風月刊》以紀小如為筆名發表小說，文體特異、布局離奇，很早便顯露他的小說才華。商晚筠於八十年代曾在臺灣《中外文學》發表小說，《痴女亞蓮》在臺出版沒有引起太多的注意，她中風逝世後作品才漸漸受到較廣泛的評議。黃錦樹的小說之才似乎勝於他的詩才，而他的評論又比他的小說耐讀，這恐怕連他自己也想不到的發展吧。

陳大為的詩與散文在國內外屢屢獲得大獎，成就受到認定。林幸謙能詩，產量亦大，唯瑕瑜互見，他的評論應該更是品質的保證。鍾怡雯是繼方娥真之後受到余光中先生讚賞的馬華女作家，方娥真勝在自然流麗，敘事抒情每多巧思；鍾怡雯則從中華文化傳統找到某些事物，敷陳渲染，文筆迂迴，善於用慢筆營造氣氛。

八十年代中葉以降陸續自臺學成返馬的傅承得、林金城、陳強華、方路、黃建華……都是今日的文壇健筆。非留臺生當中，黎紫書、呂育陶、許裕全、劉育龍、李天葆、陳志鴻、楊嘉仁、張光達、翁弦尉、馬盛輝、周若鵬、梁靖芬、張惠思等表現標青，中生代如方昂、何乃健、小曼、沙河、游川、黃遠雄、沙禽等詩風猶健，我覺得他們在跨進 21 世紀仍大有作為。

民族志是有血有淚的

但是臚列馬華小說家、散文家、詩人的名單並非我這個演講的目的。六月二十日魏月萍在電話中與我商討座談會的議論可能涉及的一些面向，她告訴我她會談「閱讀斷層」，並且考慮探討馬華文學作品的後殖民主題；我告訴月萍我肯定會談馬華文學的後現代主義傾向，並看看有沒這能力探討一下馬華文學的歷史書寫這方面的成績與表現。

六月二十一日我駕車返怡保途中，一路上仍想著座談會的事。我覺得魏月萍有意要碰觸的馬華文學的後殖民課題與我考慮要談的馬華文學的歷史記憶書寫，其實有不少可以契合相通之處。潘雨桐、黎紫書、黃錦樹的小說既可從後殖民的角度切入，亦可從歷史書寫的角度闡析，甚至結合上述兩種視角去觀察，亦肯定有許多收獲。他們與鄭良樹的歷史小說如《青雲傳奇》、《石叻風雲》等不同的地方是，鄭先生是為華社先賢立碑，用小說的筆觸寫人物傳記，歷史性（historicity）強於文學性（literality），潘雨桐、黎紫書與黃錦樹等則深諳「文學是哲學的戲劇化」（借用顏元叔的觀點），充份發揮小說作為藝術表現媒介的功能。

大馬華人從早年南來，移民生活的顛沛流離，飽受歧視，從「來番掘金，衣錦還鄉」到對本土的認同，從不在乎公民權到爭取成為本國公民，這條心路歷程或抉擇難題，從小說的角度來看，可描繪，可發掘的心理掙扎與現實困境一定不少。二十世紀的大馬華人，至少面對過兩次的正式殖民，英國人的殖民統治，與日本 3 年 8 個月的軍事占領。五十年代的大規模剿共行動，華人新村的落實與它所造成的鎖困，然後是一九六九年的五一三種族衝突，血腥事件過後的新經濟政策的實施、新的文化教育政策的釐定，使華族在政經文教的空間愈來愈小，在國家的地位日益邊緣化……這部民族誌真是有血有淚的。

就上述民族經驗作出反映（並非機械的模擬反映），除了前面提到的潘雨桐、黎紫書、黃錦樹、梁放的象徵小說值得大家注意，讀梁放的小說不僅應留意它裡頭用的意符（signifiers），更應觀照焦點聚在甚麼「意指」（signified）。張貴興以砂磅越的莽莽叢林、蟲豸走獸，土著部落的興衰來構築他的魔幻現實，在複雜的神話編織後面，我們可以尋索到一些歷史的碎片。

現實的壓抑與禁忌，使馬華作家，包括詩人，多不便針對華社的當下處境或歷史遭遇作出正面擊（frontal attack），而採取多向的、迂迴的腹語策略。潘雨桐、黎紫書、黃錦樹、梁放和前面提到的張貴興莫不如是。身在國外的作家，顧慮少些，落筆大膽些，林幸謙人在香港，他處理國族與身分認同的焦慮，往往直抒胸臆：辛金順在臺念研究所，同樣面對文化認同的危機，筆觸較之林幸謙便含蓄許多。

人在國內仍敢諷喻現實的馬華作家，鄭雲城、方昂、游川對政治民生都有敏銳的反應，何乃健、田思對環境污染甚為關注，是一種「生態寫作」（ecological writing）。像傅承得於八十年代末出版的詩集《趕在風雨之前》，針對茅草行動，那麼熱題熱寫的傷痛文學作品是十分罕見的，《趕》是傅氏十多年前的作品，那時他是三十歲未到的熱血青年，換了今天，考量現實、估衡利害，他未必寫得出那一組詩。《趕在風雨之前》不一定是傅承得最佳的詩集，但卻是他最真誠、最激情的一部作品。談到這裡，我想起出國多年的禤素萊，八十年代她在國內念大學時投稿大專文學獎，她的散文本來榮獲首獎，後來卻因作品內容「敏感」而被主辦當局割愛。禤素萊曾於事情發生後寫信給我細述事件始末。從我的角度來看，我們很難用「自我設限」責難主辦當局，這是一個謊言流行的時代，借用美國文化學者胡斯克（Bell Hooks）的觀點：「實話實說就是逾越」（transgression）。

不自覺地選擇了中國性抒寫

面對這麼低沉的本土氣候，選擇流放這種身分的異化與錯置（diplacement）如林幸謙是一種選擇，部分馬華作家則自覺或不自覺地選擇了中國性的抒寫。據黃錦樹、張錦忠等人的看法，馬華文學的中國性現代主義，我本人、溫瑞安還有七十年代天狼星詩社的同仁，在不同程度上扮演了始作俑者的角色。我無意為自己定位，不過，七十年代我寫的那些散文（後來結集為《黃皮膚的月亮》，由臺北幼獅出版），我確曾企圖從中國文字的象形與色彩去把握某種「文化的真實」（cultural authencity）。今天的陳大為、李天葆、鍾怡雯不僅從中國傳統藝術著眼，甚且追溯中國文字的根本，踵事增華，俾文化傳統的原始性得以「再現」（represented）。劉育龍的《哪吒》，楊善勇的變形處理古代人物，在歷史、神話的文化積澱裡發掘原鄉。他們用「陌生化」的技巧，讓被大家淡忘或遺忘的掌故或人物因為被賦予新詮，而重新引起大家的注意。從文化研究的角色來看，對傳統事物的執著是一種價值的飢渴，一種來自傷痛經驗的自然回應。

四

前面我提到五一三事件，今年的五一三，我在兩家本地的日報拜讀了許德發與魏月萍兩篇鴻文，感觸良多。法國的歷史學家何農（Ernest Renan）曾提出選擇論，強調「遺忘」是現代國家建構的方式，經過「創造性的遺忘」，國家誕生時的暴力、族群、宗教的紛爭才可被忘卻，但哲學家桑塔耶那（Santayana）的看法卻迴異，他提出「記得論」，一切罪愆，只有在記得之中始能得到教訓，也只有在記得之中始可獲得救贖。如要舉例日本是遺忘論者，德國是記得論者。歷史記憶經常面對蓄意的修飾和竄改：日本的「進出」中國是一例，吉隆坡開埠者甲必丹葉亞來，在今日的課本裡愈來愈像個礦場工頭又是一例。許多事實被扭曲，許多聲音由沙啞以致於「失語」，進入二十一世紀，馬華作家宜乎應該尋索自己的「言談位置」（enunciate stance），尋找有效的話語策略。我不能認同馬庫色（Herbert Marcuse）式的「大拒絕」那種消極隱遁。歷史不能像金劍那般沉埋，通過解構、重組，馬華作家仍可從事他們的邊緣書寫。

本文為華社研究中心舉辦〈馬華文學進入21世紀〉講座會講稿。

刊於《星洲日報》二〇〇一七月一日及七月八日

九十年代馬華文學論爭的板塊觀察

緣起

馬華文學研究，晉入九十年代，格調與過去差異頗大。九十年代之前的馬華文學研究學術的基礎較為單薄，多是些單篇作品或某些書籍的批評，大抵依循兩個方向：一是現實主義的意識形態的附和與讚美，面對散文、小說、詩，不是印象式批評便是大而化之，內容空泛的綜論。一是現代主義的新批評，有美學的考量，偶而帶點歷史的印證。

九十年代的整整十年，期間的主要議題往往是因論爭而引起注意，繼之於後續討論，其回響一直延至二十一世紀的今天。本文將就九十年代的五個論爭板塊逐一論述，並對各議題略抒己見。

一、馬華文學的正名與定位

九十年代馬華文學近十載的文學論爭，從歷史發展的角度來看，可謂詭譎，令人感到疑惑費解。馬華白話文學比中國五四運動提倡的白話文學還要早出發[1]，但九十年代馬華作家議論的卻是馬華文學的定義與屬性，馬華文學的「正名」，馬華文學與中國文學的關

[1] 新加坡大學的楊松年教授發現《新華僑》於一九一七年十一月十五日發表了依之的白話小説〈富〉，語體馬華文學比中國於五四運動後的一九一九年還要早了兩年。

係。[2]甚至「馬華文學的獨特性」這些老掉了大牙的問題也有知識精英嘗試作出傅柯（Michel Foucault）式的知識／概念考據與主體確認。

二戰結束不久，從一九四七年一月以迄一九四八年三月曾經發生過「馬華文藝獨特性」的論爭，那場論戰相當引人注目，當時遠在香港的中國作家郭沫若、夏衍都撰文發表意見。馬華文藝的獨特性，所謂「本地化」（localised），內容加強「南洋色彩」，問題不是已經解決了嗎？何以來到九十年代舊事重提，而且提的方式不是一般的「甚麼是馬華文學？」而是有點別扭但又令人深思的〈為甚麼馬華文學？〉。[3]馬華文學產生於馬來西亞，從地理、文化、歷史、生活習尚來看，都應該是馬來西亞文學的一環，但我們都知道馬華文學並非馬來西亞的國家文學；馬來西亞的國家文學是馬來文學。然則馬華文學是中國文學的支流嗎？周策縱的「雙重傳統」（double traditions）論，指出包括馬華文學在內的海外華文文學，一方面繼承自先秦以降的「中國文學傳統」，另一方面則以個別國家本身的風土人物，事件習俗的特殊經驗為「本土文學傳統」。[4]問題是，周教授似乎並不怎樣意識到兩者的緊張關係。

---

2 「馬華文學」可以是「馬來西亞華人文學」的簡稱。如此一來，馬華文學可包括大馬華人的馬來文與英文創作，馬六甲的「BABA 文學」或「海峽華人文學」也是「馬來西亞華人文學」。還有，一九一九年以前或之後的舊文學包括大馬華人創作的駢文和古文、詩詞歌賦，亦在「馬華文學」的範疇。黃錦樹、楊善勇、沙禽、陳應德、胡金倫參與了這場辯論。張錦忠的「華裔馬來西亞文學」是另一種提法。從人類學，民族學的新角度審視馬華文學的定義，再作一番「正名」的工作，舊問題（或沒人理會的問題）新考量，開展了對馬華文學獨特性的思考、向度與空間。

3 林建國.〈為甚麼馬華文學？〉[J].臺灣大學外文系出版的《中外文學》，1993，21(10)。

4 周策縱於 1988 年「第二屆華文文學大同世界國際會議」總結提出「雙重傳統」，以「多元文學中心」籠統概括海外華文文學。周教授認為東南亞各國的華文文學可以自成中心，「也許」不再是中國文學的「邊緣文學」，更不可能是「支流文學」。見《東南亞華文文學》，王潤華、Horst Pastoors 主編（新加坡歌德學院、新加坡作家協會，1989），頁 360。劉紹銘早年認為馬華文學是中國文學的支流，見劉著《唐人街的小說世界》（臺北：時報，1981），五年後劉紹銘、馬漢茂主編的《靈根自構：寫在現代中國文學大會黃錦樹的〈神州：文化鄉愁與內在中國〉[5]是九十年代第一篇深入探討馬華文學的飄泊性與中華性／中國性的論文。禤素萊的〈開庭審訊〉把「甚麼也不是的馬華文學」由作品中虛構的 K 教授定義為「在馬來西亞產生與發展的中國文學」。〈開庭審訊〉刊於 1992 年 5 月 1 日的星洲日報《星雲》，引起國內很大的迴響。接下來，自七十年代以迄八十年代中葉，由我與溫瑞安領導的天狼星詩社／神州詩社推廣的現代文學運動，被標籤化為「中國性現代主義」[6]，其實這時期有意無意從事所謂中國性現代主義書寫，旗幟鮮明的還有何棨良、陳蝶、游川、何乃健、梁紀元、陳小梅諸子。馬華文學作品中流露強烈的文化鄉愁與中華孺慕，有果必有因：是馬來西亞的政治環境，文化格局迫使馬華作家／詩人出現這種文化心理傾斜。

九十年代的林惠洲、林幸謙、黃瑋勝、田思、辛金順（辛吟松）、方昂、游川、小曼、潘碧華、郭蓮花、何乃健、陳大為、鍾怡雯諸家作品中的中華性／中國性並沒有因為時移世易而褪色。林建國、黃錦

之前》，劉把馬華文學稱作「現代中國文學一個流派（不是支流）」，顯然對馬華文學的獨特性及其自我發展的潛能，警覺了許多。

5 黃錦樹，神州：文化鄉愁與內在中國[J]，於臺灣大學外文系出版的《中外文學》，1993，22(2)。

6 天狼星詩社的工作與宗旨有六項：(1) 繼承海天、荒原、銀星等刊物的未完成使命，繼續推廣宏揚現代文學。(2) 栽培文學的新生代，盡可能獎掖後進，為文學界提供新的血輪。(3) 建立一種以文學藝術為事業與職志的生命信仰。(4) 在文學世界矗立一座不顧現實的考慮，孜孜於文學藝術的追尋之典範。(5) 在我們能力做到的範圍內，盡可能普及文學教育，使文學在文化格局中發揮更大的潛移默化的功能。(6) 維護文學作為一門藝術的尊嚴。文學並非政治的附庸，作家的任務不是充當某種政治教條的傳聲筒，而是客觀的、忠實的、全面而深入的去探究現實與人生。引錄自溫任平：〈藝術操守與文化理想——序《天狼星詩選》〉，參照沈穿心編，天狼星詩選[M].安順：天狼星出版社，1979，頁 11-12。上述宗旨完全沒提及「中國性現代主義」，但詩社成員在作品中抒寫中華文化濡慕，自覺或不自覺流露中國情結的人確實不少。詩社強調對文學藝術性的追求與維護，中國性的心理傾斜是詩社社員頗為集體性的潛意識流露。《天狼星詩選》收入 37 家詩，超過半數的社員有這傾向。

樹先後提出具有爭論性的「斷奶論」，馬華文學斷奶意味與中國文學割切，馬華文學並非中國文學的支流，它有自己的主體性、獨特性，這議題不僅引起馬華文學內部震動，也吸引了中國作家對這種論見與創作取向的關注。一九九七年曾經前來參加留臺聯總主辦「馬華文學的新解讀」研討會的陳賢茂教授（汕頭大學），其弟子朱文斌即以馬華文學斷奶論爭的前後始末，寫成博士論文。朱文斌目下擔任淅江紹興文理學院的世界華文文學所所長。林建國的文章〈馬華文學斷奶的理由〉[7]用語雖偏激，但他嚴守「斷奶」的兩個原則，一是斷奶要斷的是「中國情結」，而其條件是要對中國文學批判地繼承，並無不合邏輯。這兒我要引錄他的一段話，或可避免道聽途說，以訛傳訛：

> 馬華文學中的各類中國情結，茲舉其犖犖大端者如「寫實派」從莫斯科到延安一脈相承的「批判寫實主義」，或「現代派」的「文化鄉愁」，都是伴著大馬華人的政治逆境滋長，藉著對中國文化的投射敷衍出來的美學抉擇。[8]

林建國敏銳地看出了大馬政治對華人打壓所造成的特殊文學現象。在一篇長論裡，黃錦樹的〈中國性與表演性：論馬華文學與文化的限度〉，前面花了甚多的篇幅，說明華人的政治處境（公民權），文化狀況（觀眾以手呵護傳遞燭火「表演」文化的傳承與賡續），華教運動（華文獨中的生存與發展），把馬華文學放到那麼大塊的政教背景去開展他的論述與觀察，就是看到了馬華文學被政治邊緣化的扭曲反應。

---

7 林建國，馬華文學斷奶的理由[N]，星洲日報〈尊重民意〉，1998，3(1)，刊出時題目改為大中華我族中心的心理作祟。

8 再見，中國——「斷奶」的理由再議[N]，星洲日報〈尊重民意〉，1998，5(24)。

要為近百年的馬華文學定位，肯定其價值與意義，仍得往馬華文學作品去尋找其代表性作品，創作才是最雄辯的，但是馬華文學卻處於「經典缺席」的窘境。這種情況馬華的現實主義與現代主義都同樣面對，當然馬華文學缺乏健全的批評機制，也使馬華文學難以出現經典。我們不能以作家寫作資歷久而認定其著作為經典，一部馬華文學史而居然沒有經典之作，這現象不僅值得警惕反省，也反映出馬華文學本身出了問題。有人嘗試提出一些「可能的經典」，但人言人殊，難以臻至共識。

九十年代初國內的華人作家協會通過與中國聯誼互動，在中國出版了一些個人結集，好些平庸無奇的作品，被稱譽為佳品傑作。這種現象令人啼笑皆非。一九九三年由北京現代出版社印行的詩選《陽光‧空氣‧雨水》，收入一百七十四首發表年份不明的詩作，陳大為直率地指出有 90%是「非詩」和「爛詩」。[9]馬華作家透過協會聯誼之便，把贋品當真品推廣到中國文學市場去，恐怕得不償失。隨著馬中關係學術交流的頻繁化、「正常化」，這種以下駟當上駟的企圖，恐怕只會貽笑方家。

---

[9] 參閱從「當代」到詩「選」——《馬華當代詩選》（1990-1994）內序[J]，蕉風月刊，1996，3(4)。90 年代初，中國文壇對馬華文學狀況的瞭解十分貧乏。公仲編撰，世界華文文學概要[M]。北京：人民文學出版社，2000，是部 600 多頁的皇皇巨著。馬華文學綜論只有 500 餘字，其中 100 字引自前任馬華作協主席雲里風的看法。馬華文壇有代表性的作家是方北方、雲里風與戴小華，三人當中評論戴小華的篇幅最少，只有 200 字，其他馬華作家都不見了。不過戴小華後來居上，其劇作《沙城》的藝術表現被專研老舍的宋永毅讚譽為馬華文學的〈子夜〉。中國大陸對馬華文學的研究，都以作協成員的贈書為物件／文本，造成嚴重的中國大陸的馬華文學研究「作協化」。有關現象之來龍去脈，詳見陳大為.接受與詮釋——中國學界的馬華文學論述（1987-2004）〉，馬華文學與現代性國際研討會[A]。吉隆坡：留台聯總／星洲日報，2005：143-154。

二、經典焦慮與文學大系

文學經典不易定位，且乎經典放在一個較長的時段裡多須重新安排位階，甚至被擠出經典之林。能進入十年的經典，在半個世紀的時段可能連佳作都稱不上。比較安全的做法，是尋找較有成就的作家與他們的代表作，但在文學批評機制有欠健全的馬華文壇，零星的作品素質評議無法為吾人整理出一份可靠的書目名單。

在這樣的情況下，比較穩當的做法是編纂文學大系，這工程方修、李廷輝先後做過了，方修主編《馬華新文學大系》（一九一九至一九四二年），李廷輝主導編纂《新馬華文文學大系》（一九四五至一九六五年）。《馬華新文學大系・詩集》把像徵主義、現代主義視為「形式主義」，是「文學逆流」。方修對現代主義的貶抑，盡人皆知。一九四五至一九六五年的另一部大系繼承方修的左翼文學史觀，把現代主義批貶為「唯美頹廢」、「晦澀難懂」、「故弄玄虛」、「標新立異」。苗秀、趙戎、鍾琪等人的行文遣句從來不掩飾對現代主義作品的厭惡，大系收錄現代派作品是作為負面教材。令人稍感欣慰的是，大馬華文作協印行出版的《馬華文學大系》（1965-1996 年）對現實主義、現代主義、後現代主義的作品處理，大抵上還稱得上公允執中。

《馬華文學大系》（1965-1996 年）以三十二年為斷代有些別扭，三十年或三十五年是較合理的分期。大系編纂的方法學亦令人難免感到狐疑，它允許作者投稿，大系並非文學雜誌、報章文藝副刊或創作比賽，怎可由作者投稿？寫過一首好詩或一篇出色的散文，從此輟筆不寫的作者是否適宜收錄？參加文學獎可以十年磨一劍，一招走江湖，但作家的成形與文學經典的出現，需要時間的磨練與篩選。還有大系稿約聲明要作者聯絡編委會，並附上三百個字的自我介紹，已逝世的作家韋暈、商晚筠、葉明琚恐怕就與大系絕緣了。

「經典缺席」這個新詞是黃錦樹發明的，方修多年前的文章〈看稿的感想〉即曾直言：「反觀馬華作品，就還很少達到這麼一個深度。在中國新文學裡頭，舊現實主義的創作方法才真正是完成它的歷史任務。好像魯迅的〈孔乙己〉、〈祝福〉、〈阿 Q 正傳〉等等，可以說是後無來者了。」[10]方修編的兩套《馬華新文學大系》各部多篇導言也反映了他對馬華文學作品素質不高的遺憾。七十年代黃錦樹提經典缺席（1992／5），文章不長，用語溫和，與他後來批評方北方行文遣詞的辛辣差異不可以道里計，卻引來夏梅、端木虹、劉育龍、陳雪風、何乃健、張錦忠、莊華興諸人的回應，部分文章近乎謾罵，我想連當事人黃錦樹都感到有點意外吧？現實主義文學自 1919 年以迄 1989 年盤踞馬華文壇號稱「主流」、「正統」逾七十載，要老現實主義者面對這殘酷的真相，殊非易事。黃被斥「抹煞、否定馬華文學」、「蓄意污蔑」[11]，是個「狂妄自大、囂張跋扈的文壇小角色」。[12]不知甚麼時候，馬華文學成了一頭「聖牛」（sacred cow），動不得，批不得，他們不知道祖師爺方修早已認知新馬現實主義佳作缺缺（甭說經典）這不快的事實。

也正因為這種經典焦慮，各方對是套文學大系期待甚是殷切。大系的編輯方法出現常識性的瑕疵，自然引來爭議。筆者率先撰文於《南洋商報》提出編纂標準的商榷（1996／10），作協主席雲裡風迅速為文補充（1996／11）。黃錦樹建議大系宜乎由馬來亞宣佈獨立

10 方修看稿的感想：在新大中文學會主辦文藝創作比賽頒獎禮上講話[A]，見方修。新馬文學史論集[M]，345。

11 夏梅批駁黃錦樹的謬論[N].南洋商報版，1992，8(22)：言論版。

12 引自端木虹：經典缺席？[N].南洋商報〈南洋文藝〉，1996,，2(26)。

的 1957 年開始，提前 8 載，讓大系構成一個從一九五七到一九九六的四十載文學總匯（1996／11）。張光達強調大系與選集性質不同，不能以編者的趣味為依歸，應兼顧作品的歷史性與藝術性（1997／3）。林建國的〈等待大系〉指出：「一個沒有所謂『經典』的（文學史）世界是無法想像的。」他有一句耐人尋味的話：「每部真正的『經典』都必須是一部醜聞（這當然不意味每件醜聞都是『經典』）」[13]，與張光達指出大系應該考慮收入表現手法獨特怪異，具有獨特性的文學作品，「以示大系內容的多重面貌，顯示馬華文學的百花姿態」[14]的呼吁若合符節。

由於是套大系面對內外煎迫的情境，編選過程各部編者均戰戰兢兢，如履薄冰。二零零零年大系仍未能面世，筆者又撰文批評，引來署以「馬來西亞華文作家協會秘書長」身分的碧澄反擊。據知碧澄對我個人的人身攻擊文字被刪去數百字以「潔本」刊載。[15]大系一再延宕，終於在新任作協主席戴小華的力促下於二〇〇二年面世。大系經過九十年代的第一波爭議與二〇〇〇年的第二波激辯，好處是現實主義、現代主義都得到相對均衡的處理。主編大系散文（一）的碧澄亦無因私廢公，他對我的散文處理與三幾句點評算得上中肯。

今日重讀是套歷經苦難才誕生的《馬華文學大系》，筆者發覺從中長篇小說（馬崙主編）、短篇小說（陳政欣、李憶莙）、散文（碧

---

13 上述兩句引錄自林建國。等待大系[N]。南洋商報〈南洋文藝〉，1997，4(18)。

14 引自張光達，也談《馬華當代文學大系》的編選問題[N]。南洋商報〈南洋文藝〉，1997，3(7)。

15 原句如下：「2000 年，因大系仍未出版，溫任平為文質疑編委的編輯方式，引起碧澄以〈馬來西亞華文作家協會秘書長〉的身份與溫任平一來一往的筆戰，以致某一方開始謾罵。我與當時的（南洋商報）總編輯王金河討論後，將有關謾罵的段落刪除，以潔淨版本給予刊登，……」參閱張永修.近處觀戰[A]，是篇性質近乎序文的文章，見張永修、張光達、林春美聯編.辣味馬華文學[A]。吉隆坡：雪州華堂、留台聯總，2002：e。

澄、小黑）、詩歌（何乃健、沈鈞庭）、評論（謝川成）、劇本（柯金德）、史料（李錦宗），除了馬崙、柯金德、何乃健、謝川成的導言資料較為豐富可取，其他各部（史料除外）導言只交代編纂過程，對選稿的美學標準、內容與形式的考量，著墨之少，令人難以置信。戴小華簡短的緒論把 32 年來的馬華文學以粗糙的二分法化約為「單一視角」走向「多元美學」[16]，其他各部主編在導言裡僅交代編輯技術而非編輯選則，後人如要從大系導言見出作家作品、社會歷史的交互關係，從各文類風格之變化，窺探文學思潮的嬗遞，並據此建構馬華文學史，恐怕要失望了。戴小華使是套一再耽擱的大系得以出版，功不可沒，但她的緒論顯示她對馬華文學所知泛泛，對各部主編的導言可能不曾細讀。詩歌（二）導言裡多項事件與發生年份不符，使這部大系出現瑕疵，失色不少，未免可惜。[17]

三、文壇地震：方北方面對嚴厲批評

經典缺席這議題沸沸揚揚了數載，其間有人企圖訴諸情緒，以各種筆名化身為現實主義強辯。有人把現實主義資深作家韋暈的封筆怪罪於現代主義對他的衝擊，甚至有人在韋暈於一九九六年六月逝世後，弄了一篇激情的〈有人很不屑：韋暈算老幾？〉的文稿，以煽情方式，企圖把文學論爭變成非理性的糾纏，捕風捉影，博取同情。[18]其實，游兵散勇式的放冷箭，對釐清真相毫無裨助。現實主

16 見戴小華主編.馬華文學大系（詩歌二）（1981-1996）[M]。吉隆坡：彩虹出版社、大馬華文作協，2004：ix。

17 有關《馬華文學大系》（詩歌二）（1981-1996）出現的事件年份錯位及其他疏忽瑕疵，見溫任平。與沈均庭談 1981-88 的馬華詩壇[N]。星洲日報的《靜中聽雷》，2004，6(20)。

18 見林春美。90 年代最嗆的馬華文學話題[N]，文章近乎序文，同注十一，頁 i-j。

義面對災難性的打擊，來自黃錦樹於一九九七年十一月《馬華文學新解讀》研討會上提呈的論文〈馬華現實主義的實踐困境——從方北方的文論及其馬來亞三部曲論馬華文學之獨特性〉。

以方北方一人代表馬華現實主義，當然有以偏概全之嫌。[19]方北方是大馬華文作協的第一任主席，1946 年寫成第一個長篇，著作 25 種，除了小說還出版了不少文論，宣揚其文學思想。1989 年方北方獲頒第一屆馬華文學獎，其文學的標竿地位受到廣泛認同與肯定。他是現實主義的典型作家，其作品是現實主義的典型作品，微觀是宏觀的縮映，稍懂全息論的人都了解見微知著的道理。路璐璐質問：「黃錦樹讀過方北方的作品幾分之幾，才動筆……？」[20]不把重點放在方北方的文論與小說是否有問題，而在枝節上饒舌。路璐璐不知何方神聖，從其隱瞞身分到不敢面對馬華現實主義是否在實踐上面對困境，可以看得出來他的心虛。黃錦樹在小說方面只論方北方的「大河小說」，因為方氏 1996 年 8 月 30 日寫給黃的私函中表示他自己覺得《馬來亞三部曲》是他的代表作。[21]從方北方自認為最滿意（代表作）的作品窺測其現實主義文學實踐的能耐，雖不中亦不遠矣。

《馬來亞三部曲》的前面兩部：《樹大根深》（1985）、《頭家門下》（1980），只有一個故事，勉強符合了小說必須的人物、情節的最起碼條件。其實類似《頭家門下》一類的作品，看書名大概已不難猜測小說內容寫的是什麼，人物事件平面化，敘事者全知全能，無美

---

19 見路璐璐。罵街也算是「文學研究」麼？[N]。南洋商報〈言論〉版，1998，12(12)。見葉嘯。以現在的視界誤讀歷史性作品的歷史性[N]，南洋商報〈南洋文藝〉版，1998，1(14)。

20 引自路璐璐。罵街也算是「文學研究」麼？[N].南洋商報〈言論〉版，1998，12(12)。

21 見黃錦樹，馬華現實主義的實踐困境[A]，文末注四，參閱江洺輝編。馬華文學的新解讀[C]。吉隆坡：大馬留台聯總，1999：129。

學結構可言。第三部曲《花飄果墜》（1991）原題為「五百萬人五百萬條心」，方北方連講故事也省略了，他把報章所載的各種政治、文化評論、華社在不同場合發表的宣言、備忘錄，作協成立大會的爭辯、文化大會提案、馬華公會簡史……全部照錄，使《花飄果墜》是部小說（？）成了「華社問題資料雜匯」，而作者方北方居然認為「本書的內容既是反映華社深入困境的情形，更須借重文化知名人士所發表的政論。……小說是沒有固定表現的方式，在小說表現多樣化的今天，創新已是一種進步的潮流。」（《花飄果墜》後記，頁353）方氏沾沾自喜，還以為自己在創新呢。小說有其形式結構，敘事技巧，美學考慮，《花飄果墜》徹底放逐了文學作品最基本的文學性（甭談藝術性），黃錦樹在〈馬華現實主義的實踐困境〉認為用什麼「主題健康」、「思想正確」或其他堂皇的理由，如此糟蹋文學作為一種意義存在的尊嚴是「不可饒恕」的[22]，「所謂『大河小說』，原來不過是一潭淤積著泥沙、廢木、言論與意識型態廢棄物的死水之塘而已。」[23]

黃錦樹論馬華現實主義的實踐困境，不僅從作品找到例證，更從方北方的文論《馬華文學泛論》（1981）找到思想的根源：

「馬來西亞人當然寫馬來西亞的典型事件和典型人物，所以馬華作家的創作主流是繼承 20 年代的現實主義，而發揚批判現實主義，走積極的新現實主義的創作方向，從而鼓勵三大民族的和諧，促進人民的團結，發揮愛國主義的精神，為人類之美好的事業而努力。」[24]

---

22 同上，頁 128。

23 同上，頁 128。

24 見方北方，馬華文藝泛論[M]。吉隆坡：馬來西亞寫作人（華文）協會，1981，15。

「作品的中心思想，既然與國家意識脫離不了關係，國家意識成了作品的風格。風格的成立，自然決定了作品的內容，從而也決定了作品的表現的形式。」[25]

黃錦樹指出這是典型的「國家決定論」:「在這兩段異常教條的文字中，讀到的已不是文學理論，而是一種政治宣言，而且……是國陣立場的政治宣言」,「社會現實主義原有的左翼色彩和對國家機器的批判性消弭殆盡，甚至惡化為國家機器的代言人」。黃指出方氏「一點也不現實——卻十分世故」。如果文學（任何流派）果如方北方所言：國家意識決定作品風格、內容與形式,「我們看到的其實並非文學作品的構成過程，而毋寧是政治宣傳的形成程序」[26]，現實主義的社會性、積極性、批判性歸於零。現實主義如果淪為犬儒虛偽，追隨所謂國家意識，那麼所謂繼承 20 年代的批判性現實主義精神、沿襲魯迅的抗爭精神云云，豈非空口說大話，自欺欺人？馬華現實主義者言行相悖，創作實踐不遭遇瓶頸，難矣。

論文發表，不啻馬華文壇地震。葉嘯指稱黃在對話會上態度挑釁，語言苛刻。[27]路璐璐指責黃向方氏與其家人借書而居然批貶當事人，有違道義。[28]為老人家叫屈的文字，此起彼落。何啟良則認為黃錦樹對馬華現代主義（溫瑞安、王潤華、潘雨桐、溫任平、楊升橋）與現實主義的嚴厲批評是「反道德的道德力量」。[29]在人情道義方面，張景雲的看法最有見地:「在藝術／學術／思想界一貫都服膺『吾愛吾師，吾尤愛真理』,質言之，真理在焉，吾師就不得不讓位。」[30]從

---

25 同上。

26 本段落的五處引文，見注二十一，頁 124-125。

27 見葉嘯。年輕，不能作為冒犯的本錢[A]。見《馬華文學新解讀》書前的「新聞與回應」。

28 見注二十，路璐璐的回應文字。

29 摘自何啟良，黃錦樹現象的深層意義[N]。南洋商報人文版，1998，1(18)。

30 引錄自張景雲，文學研究的道義及其他[J]。蕉風，1998，482 期，1/2 月號。

孔子到孟荀，我們看到的是「範式轉移」（paradigm shift）。黃錦樹最為人詬病的是他言詞激烈，不留情面，回應他的人多不碰觀點的對錯只斥責其態度與用語。如實地說，雄踞馬華文壇 70 載的馬華現實主義，早就該有人給予當頭棒喝了。

棒喝不是為了打垮馬華現實主義，反之吾人希望能出現像寫《兒子的大玩偶》的黃春明或寫《夜行貨車》的陳映真，這些實力派現實主義作家的作品綿密深邃，發人深省。馬華文學的現實主義者必須醒悟，如果他們還在蕭規曹隨，不思變革（理論與實踐），馬華現實主義可能真的會走向黃錦樹所言「技術及意識上的雙重破產」（馬來西亞華人研究季刊第一期，1997）的不歸路。

四、馬華第一首現代詩與典律建構

97 年 11 月杪留臺聯總主辦的研討會兩天共提呈論文 37 篇，是國內文壇有史以來主辦是類活動發表論文最多的一趟。除了黃錦樹批判馬華現實主義掀起的軒然大波，馬大陳應德的論文〈從馬華文壇的第一首現代詩談起〉質疑筆者另一篇研討會論文〈馬華現代文學的意義與未來發展：一個史的回顧與前瞻〉的一項判斷：

> 馬華現代文學大約崛起於 1959 年，那年 3 月 5 日白垚在學生周報 137 期發表了第一首現代詩〈麻河靜立〉。關心這首詩的歷史地位，最少有兩位詩人——艾文和周喚——在書信表示了與我同樣的看法。如果我們的看法正確，馬華現代文學迄今（1978 年）已近 20 載。[31]

---

[31] 引自溫任平編，憤怒的回顧——馬華現代文學運動二十一周年紀念專冊[M]。安順：天狼星出版社，1980：6。

亦引起爭議。陳應德的博士論文研究的是戰前馬華文學，他找到馬華文壇更早期的「現代詩」，一是滔流的〈保衛華南〉：「保衛／我們的華南！／九龍江！／韓江！／早就咆哮了……」，另一首是鐵戈的〈在旗下〉：「每天，／每天／我在旗下／跑著……路呵／那麼崎嶇！／多麼美麗。／／我要把生命／永遠呈獻給／旗下的人們……」，陳應德的評語是：「念起來，沉重有力，猶如鼓聲一樣，非常適合表達那種爆炸性的革命熱情。」[32]陳應德認為鐵戈受到蘇聯詩人馬耶可夫斯基（Vladimir Mayakouiski）的影響，有未來主義的傾向，是「現代詩」。筆者的看法是上述作品均屬口號詩，來自臺灣國立中央大學的李瑞騰教授直截了當地說「那只是吶喊」。滔流的詩以中國為背景，馬華文壇的第一首現代詩，總該以馬來亞為背景吧。

陳應德的論文提到的另一首「現代詩」是雷三車的〈鐵船的腳跛了〉，雖非口號或吶喊，唯該詩比喻失當，是篇劣作，只有傅尚皋的〈夏天〉是象徵主義詩。根據方修的研索，〈夏天〉大約發表於1934-1935 之間，陳應德認為「這才是到目前為止，我們能夠找到的第一首現代詩呢。」[33]但象徵主義不等於現代主義，中國詩壇是出現李金髮的象徵詩才發展到戴望舒的現代詩。[34]我在會場與陳應德力辯，互不相讓，會議主持人張錦忠下令與會者只能發言兩分鐘，李瑞騰出來表達意見，主持人指定他與其他聽眾只能詢問或議論與第一首現代詩無關的課題，李錯愕，我的抗議無效，主持人說：「This is the rule of the game,」（這是遊戲規則）。會議過後，我在星洲日報的專

---

32 參閱馬華文學新解讀[M]。吉隆坡：留台聯總，1999，343。

33 同上，頁 346。

34 中國詩壇是先出現了李金髮的象徵主義詩，才衍生以戴望舒為首的現代主義詩，痖弦的看法是：「如果沒有李金髮率先在作品上實踐了象徵主義的藝術觀點和表現手法，以及稍後的戴望舒，王獨請的理論、翻譯、創作三方面的倡導，可能就不會有 1932 年在上海成立的，以戴望舒、杜衡、施蟄存、穆時英、劉吶鷗、侯汝華、徐遲、紀弦等為中堅的現代派之水到渠成。」錄自痖弦。中國新詩研究[M]。臺北：洪範，1981，99-100。

欄「書信論學」發表〈與陳應德談第一首現代詩〉，說明我的觀點，繼續辯爭。

滔流、鐵戈與雷三車的作品並非現代詩，至於傅尚皋的〈夏天〉與威北華的〈獅子〉的象徵詩，都是孤立的個案，它們如流星一閃而過，沒有後續的力量，不像 1959 年白垚的〈麻河靜立〉刊載之後，進入六十年代，笛宇、喬靜、周喚、畢洛、洪流文、冷燕秋、王潤華、淡瑩、陳慧樺、林綠、艾文、蕭艾、憂草、黃懷雲、秋吟、葉曼沙諸人繼起，蔚然成氣候。錢歌川、王潤華、葉逢生、于蓬等人的譯介歐美現代主義作品與理論，亦使現代主義蘊足了運動（campaign）的力量，而不是浮光掠影的文學現象。六十年代初，新馬尚未分家，新加坡的牧羚奴、英培安、謝清與五月詩社諸人接前人的棒子，我與溫瑞安，方娥真領導的天狼星詩社在馬來半島，接笛宇、喬靜、冷燕秋、憂草諸人的火炬。運動是一個「連續體」（continuum），一以貫之，有其滾雪球效應，滾雪球在運作過程如何變異，那是另一種狀態與層次。

無論傅尚皋或威北華都無法掀起持之以恆的運動浪潮。連陳應德也在論文裡承認「威北華不曾發表任何文論來提倡現代主義」[35]，傅的一首〈夏天〉只是孤立的文學事實。黃錦樹曾追問「戰前零星的現代主義書寫」哪裡去了[36]，他顯然也意識到馬華現代主義的書寫可以追溯到戰前去。1934 年溫梓川、楊實君、吳逸凡編的《檳城新報》〈詩草〉副刊，刊登象徵詩，也即是方修批評的「形式主義」、「文學逆流」的作品。[37]但這種奇峰突起的詩風改革，無法蔚然成風，因

35 同注三十二，頁 346。

36 引自黃錦樹。張錦忠與馬華文學（史）複系統[A]，參閱許通元編。九九馬華國際學術研討會論文集[C]。柔佛巴魯：南方學院中文系，1999：37。

37 見方修編。馬華新文學大系（六）·詩集[M]。新加坡：世界書局，1971：15。

為中國面對日本的侵略，象徵派被當時的名作家鐵抗稱為「惡魔派」。愛國主義文學、抗日救亡文學淹沒了一切，包括剛剛萌芽的現代主義，〈詩草〉不久宣告停刊。

陳應德的批評，提高了我的警覺，在致給陳的公開信中，我對1978 年撰就的論文改寫修正如後：

馬華現代文學大約崛起於 1959 年，雖然周喚、艾文與我本人都覺得白垚在 1959 年 3 月 5 日發表的〈蔴河靜立〉可能是馬華詩壇的第一首現代詩，但它的歷史地位仍待驗證。不過馬華現代主義文學的興起是由一群包括白垚、周喚在內的詩人，通過學生周報、蕉風的鼓吹、實踐，在 1959、1960 年間掀起了現代主義風潮，這點推斷，應該是正確的。

至於陳應德強調：「試圖尋找第一首現代詩，來斷定現代文學並不是正確的治學方法。」[38]這判斷值得商榷。很多學者都認定魯迅的〈狂人日記〉是中國新文學「第一篇用白話寫成的短篇小說」，但夏志清教授在《新文學的傳統》一書裡（頁 123-136）指出陳衡哲的〈一日〉才是第一個白話短篇。尋找源頭（第一篇，第一首），是每個治史的人都在作的努力。陳應德沒有回應我的公開信。

研討會還有另一篇具有爭議性的論文：張錦忠的〈典律與馬華文學論述〉。張認同黃錦樹的看法，「溫任平的典律建構其實和方修的《大系》具有同樣的性質，仍然是某種文學史觀下的產物。」[39]我在 1974 年編《大馬詩選》（天狼星詩社後來在一九七八年出版《大馬新銳詩選》，一九七九年出版《天狼星詩選》）時還不知道那是文學典律，所謂 Literary Canon 的建構。張錦忠的另一項觀察

---

38 同注三十二，頁 347。

39 引自選集・全集・大系及其他[A]，見黃錦樹，馬華文學：內在中國性、語言與文學史[M]。吉隆坡：華社資料中心，1996：222。

「六、七十年代的馬華文學系統，是一個雙中心的文學建制——現實主義文學與現代主義並立當道，同位主流。」[40]卻與事實不符。六、七十年代現代派的作品只能刊登在《學報》、《蕉風》，兩份銷路甚廣的日報（星洲日報、南洋商報）的文藝園地刊載的作品完全以現實主義為主，一直到八十年代，所謂雙中心的文學系統才出現。

馬大的鄭良樹於 1979 年在接受藍啟元、謝川成的訪問對馬華現代文學的前景表示「目下馬華現代文學的進展，並不令人感到樂觀。」[41]小說家宋子衡的筆談回應更是負面，他指出「現代文學未受到普遍推動，也就是說沒有更多的刊物容納現代文學，現有的兩個現代文學據點——蕉風月刊和天狼星詩社——是不夠的。何況天狼星提倡的又是以詩為主，小說方面也就只能自生自滅。」[42]六、七十年代馬華現實主義當陽稱尊是實際情況，現代主義在那時期只能在《學報》、《蕉風》搞「邊緣顛覆」，孰強孰弱，至為明顯。筆者在《書信論學》專欄發表〈與張錦忠談典律建構〉，張錦忠沒有回應。這一役只有論述而沒辯爭，不像「馬華第一首現代詩」，火爆麻辣，十年之後的今天回顧，這種意見的交換對一些歷史真相的還原，不無裨助。

五、臺灣口味／馬華視角／中國情結

九十年代的馬華議題可謂複雜多元，一切陳年資料都得翻箱倒篋，兜出來重新檢驗，舊問題不保證有新發現。像「馬華文學」這個稱謂，經過長期的約定俗成，指的確乎是「馬來亞／馬來西亞華文文

---

[40] 參閱注三十二，頁 231。
[41] 同注三十一，頁 104。
[42] 同注三十一，頁 127。

學」，用陳應德的話：「學者們對方修所採用的術語也無異議，於是：馬華文學在馬新學術界已經是公認的名詞。馬來文也開始借用這個詞，現在 Sastera Mahua 已經是通用的馬來詞語了。」[43]這種論辯無形中提高了馬華作家的主體自覺性，學者治史的客觀性與思考深度。

縈繞著整個九十年代並跨越到 21 世紀的老問題，仍然是馬華文學的獨特性，中國情意結以及「中國奶水」的困擾。由於提出問題的是大馬留臺生：林建國、黃錦樹、張錦忠、陳大為（他們今日都是大學教授了），他們的留臺身份使他們的言論極易被人懷疑另有潛議題。陳大為批判 92 年在北京出版的馬華詩選絕大部分是劣作，惹來非議「用臺灣的文學水平，臺灣的文學視角來看待馬華文學，一言以蔽之，是用臺灣的口味來鑒賞馬華文學。」並主張「馬華文壇實有再掀起一個文學運動，以糾正當前越軌的文藝思潮的必要。這運動就是類似十八世紀的德國『狂飆運動』。」[44]陳大為在回應文章裡質詢馬華文學的標準是什麼，美學理論又在哪裡，並擔心所謂的「馬華文學視角」只是一種排他情緒。陳大為毫不客氣地指出「從中國大陸學者（如欽鴻）對馬華作家的『長期讚美』，而且獲得出版的情形來看，就可旁證他們追求的『馬華文學視角』就是『讚美視角』。」[45]

端木虹呼籲馬華文壇應該掀起狂飆運動驅走旅臺作家的另類文學思潮，實在匪夷所思，我懷疑端木虹是否真正懂得德國的狂飆運動的意義與成果。月旦文學作品之表現與素質高低，有其法則、標準可循。筆者於七、八十年代以「新批評」（New Criticism）和原型（Archytype）神話研究的角度切入討論作品的形式結構、局部字質（local texture）並探索其內涵。作品徒有健康的主題，或豐富的故事

---

43 引自陳應德。馬華文學正名的爭論[N]。星洲日報〈星雲〉版，1992，5(30)。

44 引自端木虹。馬華文學的「狂飆運動」[N]，南洋商報〈言論〉版，1996，9(25)。

45 引自陳大為。「馬華文學視角」vs「臺灣口味」[N]。南洋商報〈南洋文藝〉，1997，9(25)。

情節沒有用，作家／詩人怎樣去詞語內載、暗示含蘊，戲劇化地把題旨具現成藝術品才重要。這過程牽涉到張力、象徵、反諷、意象、矛盾語言的運用等技巧的交互作用。新批評理論源自布拉克結構主義的美國耶魯學派，過去我用新批評寫了近三十篇序文（全部是詩與散文的評論），識者當然可以說除了新批評之外還有後殖民、後現代論述、女性主義、弱勢社群訴求等眾多析論途徑，新批評亦有其局限，但新批評就文學論文學，尊重作品為一主體，誰能說我用的是「布拉克視角」或「美國耶魯視角」來評析馬華文學？

等到留臺的林建國、黃錦樹提出「斷奶論」，情況就更敏感了。陳雪風質疑「在臺灣提出『斷奶』問題——也就是臺灣特殊問題，有人拿來我國提出，並且企圖當作一個課題來宣示。我以為他們是別有居心的。」[46]林建國指出：「中華文化源遠流長。」很可能成為大中國主義學理收編的理由，在這個前提下「馬華文學也就很自然地由中國文學『兼容並蓄了』」[47]筆者在〈與林水濠談斷奶與影響焦慮〉的公開信指出：

> 「斷奶」（weaning）在英語世界裡是一個廣泛被引申的詞語。「自力更生」，「不依賴主體／母體的心理傾向與行為取向」都可用「斷奶」形容之，甚至放棄某種陋習也可用 weaning 的引申義。「斷奶」很容易被等同為「與中國切斷所有關係」，「兒子不認親娘」，這當然會被視為大逆不道了。斷奶的孩子不認娘，誰說的？有這個必然性嗎？一個孩子要成長茁壯就不能吮吸著母乳不放。[48]

---

46 參閱訪談的補充與解釋[N]。星洲日報〈尊重民意〉。1998，3(15)。

47 參閱注八。

48 參閱星洲日報〈書信論學〉專欄，199，3(29)。

如果把林黃兩人策略性或習慣性的挑釁性語言過濾掉，林建國的看法是不同地域的華文文學猶似「萬流」:「各自向前奔流，各自照應自己的命運去了。」(見〈為什麼馬華文學〉)他建議要「和中國說再見」,「不是英語的 good-bye，而是法語的 au revoir 是『等下次回頭見』；不是不見，而是還有相見。再見面時便是批判和繼承。這一離一合的是辯證的力道……。」[49]黃錦樹指出「一些現成的漢文化符碼的抽象性掩蓋了華人存在的具體性……寫作不能淪為古典中國知性或感性的注釋。(海外)華人的經驗是全新的歷史經驗，新的實在(reality),寫作必須以它為主體而不是以中國性為主體。這需要較為節制、冷靜的情感態度，及對具體細節的耐心。[50]黃認為「中國性可以是一種負擔，但也可以不——它也可以是一項重要的資源。」[51]他嚮往的是「馬華文學的精彩處並不在於它的本土性，而在於差異文化與個別經驗交揉出的多重性(猶如馬英文學)」[52]。

引錄了那麼多林黃二人的觀點，並非由於我是他們的「擁護者」或「共謀者」，事實上，我與溫瑞安都被林黃標籤化為「中國性現代主義」，被他們與其他學者／評論家叮得滿頭疙瘩，有過一段頗長的時期，我曾自我質詢:「中國情結」是否是一種原罪？是「海外華人」的共業？我沒有任何理由為他們說好話。我覺得馬華文學可以批判地繼承中國文學／文化的元素。「馬華文學的獨特性」是馬華文壇舊病復發的影響焦慮(第一次發生在 1947 年 1 月到 1948 年 3 月)，如果師承法國詩人拉福格(Jules Laforque)的大詩人艾略特能夠脫胎換骨，

---

49 同時參閱注八和注四十七。

50 參閱南洋商報〈南洋文藝〉，199，9(26)。

51 參閱中國性與表演性——論馬華文學與文化的限度[J]，馬來西亞華人研究季刊，1997，第一期。

52 引自在華文文學的邊界[A]。黃錦樹。馬華文學：內在中國・語言與文學史[M]。吉隆坡：華社資料中心，1996：9。

成就自己的風格，我相信馬華文學也能自塑身姿，關鍵點在馬華作家要有這種普遍的主體自覺。用「多源」取代「多元」，中國的理論根源、歷史淵源、精神資源對馬華作家仍是重要的參照系。文化返祖（cultural atavism）與語言原鄉是集體潛意識的流露，很多時候仍是馬華作家創作的內在推動力。李永平、溫瑞安、林幸謙、黃瑋勝是四個極端的例子，其他如何啟良、方娥真、田思、陳蝶、陳大為、鍾怡雯、游川、商晚筠、小曼、潘碧華、溫任平、謝川成、沈穿心、郭蓮花、辛金順……都是明顯的例證。區別可能是「中國情結」的投入深度，彼此編織出來的藝術表現，以及複數「中華性」（Chineseness-es）的意象／資料／符碼挪借各有偏重，形成風格之多樣化。

首節已概要地論及斷奶論，末節仍要重提，因為這是九十年代最麻辣的議題，它不僅繞樑三日，而且十載之後在國內，在中國學界仍餘音繚繞。2007 年 10 月杪筆者赴廈門大學出席第七屆東南亞華文文學研討會，29 日陳賢茂與我晤談，曾率直地問我：「大馬留臺生在陳水扁主政的八年，會不會受到他的臺獨思想影響，因此提出斷奶論，把馬華文學也『獨』出去？」我說：「陳先生您的文章不能這樣寫，『文學臺獨』的寫法不是表錯情便是會錯意。據我的觀察，他們都不是支持臺獨理念的人。」陳賢茂說文章已經寫了，而且發表了，我愕住，一時無言以對。

（2008 年 12 月 31 日）

本文於 2009 年 1 月 11-13 日，在上海復旦大學主辦的
馬華文學與研究國際研討會上提呈

複雜多元的現代性——《現代性與馬華文學》研討會總結陳詞

一

《馬華文學與現代性》研討會於 2005 年 7 月 9 日、10 日召開，兩天內共有 14 位學者提呈論文，加上何乃健先生的專題演講，研討會結束的四人文學座談，時間可謂十分緊湊。是屆研討會除了宣讀論文，主辦當局還安排每一場演講都特約專人負責講評，提出或正或反或補充的意見，就我所知，這樣的安排在國內還屬破題兒第一遭。

對於提呈論文的學者與評論家，這種安排是一種無形的壓力，大家下筆都務求言必有據，據必可稽，無懈可擊。另一方面，講評人必須事前細讀本文，找出文章的優點或瑕疵，以免珠玉當前，自己卻尷尬地失語，由於論文提呈者與講評人實力旗鼓相當，這就形成一種良性的知識互動。這次研討會過後，日後國內舉辦此類研討會，很可能會參照這種講評或特約討論的模式。

二

研討會的主題為「馬華文學與現代性」，這兒有兩個重點：一是馬華文學，二是現代性。前者不必闡釋，後者則需稍加說明。「現代性」（modernity）並非「現代主義」（modernism）的同義詞，雖然現代性裡頭涵蓋了現代主義，而現代主義可以說不能沒有現代性這股動力。

中國文學的現代性可以追溯到晚清，甲午戰敗的中國政治窳敗腐化，乃有嚴復的提倡新小說，梁啟超甚至認為「欲興一國之民，不可不興一國之小說。」《二十年目睹的怪現狀》、《官場現形記》等社會譴責小說，梁啟超未寫完的《新中國未來記》的政治幻想小說都在針砭時弊，批判傳統。胡適的文學改良主張是追求現代性的另一波，陳獨秀激烈的文學革命論主張打倒貴族文學、古典文學和山林文學，攻擊的目標是散文的桐城派、文選派和以舊詩酬唱的江西詩派。魯迅的《野草》、《狂人日記》、《阿 Q 正傳》充分流露現代性焦慮。夏志清曾撰文指出 20 世紀上半葉的中國文學普遍洋溢著感時憂國的精神。晚清以降，不管是現實主義、左翼的社會主義現實主義，主張個性解放的浪漫主義，城市化但作風超現實主義的新感覺派，源自法國繁富難解的象徵主義，以迄現代主義與繼之而起的後現代主義，都是挑戰傳統，企圖推陳出新的各種現代性實驗。

本屆研討會至少有 5 篇論文涉及現代性這概念。許文榮指出現代性具有文學技巧的含義，但不宜僅把現代性理解為現代主義或後現代主義。用許的話：「現代性還包括現代主義、現代生活及對現代化／工業化的反思和批判。」許文榮把馬華文學視為中國性、本土性、現代性的「三位一體」（以 40 篇作品為佐證），這條「通則」有欠周延，馬華詩人假牙的一行詩〈無題〉：「她在眾目睽睽之下走過馬路」並無中國性、本土性的瓜葛，連現代性也扯不上。北島的詩〈生活〉只有一個「網」字，漢學家要尋覓詩中的朦朧性、中國性、先鋒性、現代性、離散性、世界性等等，恐怕難矣。許維賢解讀蔡明亮的身體敘事，認為後者是以電影畫面的定格留住一些記憶和聲音，抵抗一種「稍縱即逝」的現代性時間，而現代性是一種時間線性不可逆轉的歷史性時間框架。許維賢的現代性析義與許文榮的焦點不同。他認為蔡明亮要把握和留住的可能是稍縱即逝的「當下」，「眼前」或「現在性（presentness）」。

黃錦樹在論文中提到在馬來亞建國之前，中國南來的文人，他們把「文學作為啟蒙教育、反殖反帝、階級鬥爭的武器。」黃錦樹認為這些作品，不諳迂迴的暗示，直白的指涉使他們流於膚淺粗糙，但黃錦樹並沒有否定這些作品追尋現代性的努力。

張錦忠的論文首段即指出19世紀西方列強掠奪弱國資源，但同時亦為殖民地攜來了西方的現代性這個事實。早年南來的中國知識份子，在新馬建立境外的舊文學傳統，這傳統提供了文學養成的溫床，吊詭的是，這個舊文學傳統後來卻成了新馬兩地新文學革新、顛覆的對象。

莊華興以活躍於30年代末以迄50年代杪的馬共黨員金枝芒為例，詳析了作家如何通過文學宣揚以貫徹其鬥爭理念。金枝芒（即乳嬰）曾挑起「馬華文藝獨特性」的論爭，他的小說抗英反殖是另一種現代性的拓展。要之，現代性腹笥極大，左派右派（為了方便論述只能用這麼籠統的稱謂）作家都在尋求思想的出路，企圖奠立新的文學典範，影響一時一地的文學趣味。有些作家成功了，更多的是力有未逮的失敗者，即使作品寫壞了，仍屬馬華文學創傷（傷痛）現代性經驗的一部分。

三

馬華文學的現代主義蔚然成為一種文學運動，大約是五十年代末、六十年代初的事，那時新馬兩地尚未分家。新加坡的牧羚奴於

1968 年出版詩集《巨人》，馬來亞的張塵因的《言筌集》於 1977 年付梓。《言筌集》雖然稍晚印行，但裡頭收錄的 49 首詩，其中逾半完成於 1958 年以迄 1965 年期間。詩人／作家對自身的藝術開創行為無法立論，此點保羅・德曼（Paul de man）在他的《不見與洞見》（Blindness and Insight）的文章裡曾經論及。詩人／作家往往寫了一些自己也感到不解或震駭的作品，要等到日後有識之士給予評鑒始能凸顯其價值。

黃琦旺恰好是這匹千里馬的伯樂，她以新批評的手術刀剖析《巨人》與《言筌集》，從隱喻、歧義、反諷、語境、張力、戲劇性、矛盾語言、言外之意、旁敲側擊（indirectness）、局部字質到整體結構詳析了這兩部詩集。黃琦旺對源自耶魯學派結構主義的新批評瞭若指掌，把作品的內涵與外延衍義都一一點出。馬華文學評論向來貧瘠荒蕪，七十年代新批評能夠勃興，主要是靠一小撮人向臺灣取經並且閱讀參照新批評的英文原著始能打開局面。黃琦旺戲稱新批評是「一家落伍了的批評公司」，但是作者運用新批評游刃有餘，輔以原型批評，語言學與符號學知識，分析作品頭頭是道。現代主義作品重精粹性與濃縮性，但要把它們闡發出來真是談何容易，黃琦旺的苦讀細品有此成果，使人覺得新批評仍有可為，仍有可供擴展的空間。

另一篇長論是張光達論七字輩詩人的後現代／消費美學。七字輩詩人都是誕生於 1969 年五一三事件後的新生代，張光達臚列了九位年輕詩人，從 73 年誕生的林健文到 79 年面世的許世強，探討彼等與作品中流露的都市性、感官欲望、商品消費等後現代特徵。全球化、數位化、電腦化時代的蒞臨改變了當代人的生活節奏與內容。面對高樓大廈與氾濫成災的資訊影像等文明亂象，後現代詩人採取了與現代詩人不同的書寫策略，他們或戲謔或調侃或諷刺或質疑，就是拒絕像他們的前輩那樣斷然的排拒與譴責。

在討論後現代詩的同時，張光達不忘以現代主義作為參照比較兩者面對相同的題材，態度與回應的殊異。這涉及主體性的問題，詩不僅具有審美的意義，也是存在價值的揭示。李歐塔（J. F. Lyotard）嘗謂現代性在本質上不斷孕育著它的後現代性，後現代性雖說不斷消解現代的主體性（存在價值取捨相異），但它仍是現代性整體的一部分。梅海爾（McHale）的看法是「現代主義與後現代主義並非一個不可逆轉、單向開放的過渡與門檻。」指陳了兩者互斥互動的可能。

四

林春美與鍾怡雯兩人的學術聚焦都在散文。馬華文學評論一向以詩與小說為對象，國內的散文論析相對貧弱，本屆研討會有兩篇論文討論散文，彌足珍貴。

林春美是從舉辦了八屆的嘉應散文徵文比賽獲獎作品尋找作者的書寫模式，她發覺半數以上的作品都以家庭、父母祖輩交織出來的親情為主軸。林春美因此引申出作品的「父祖同盟——民族／歷史／文化」的架構，我本人也擔任過多屆大專文學獎的評審，發覺思親／思鄉確實是與賽散文作品的熱門主題。這種對父母的懷念／回憶，反映了作者生活體驗的貧乏，題材方面的局限。另一方面，年輕人離鄉背井在城市裡面對學業／工作的挫折，往往「母胎化」，退回親情的「枕墊」（matrix）以減輕壓力，尋求心理庇護。孫隆基在他的《中國文化的深層結構》一書裡曾經指出中國文化裡面有許多這類枕墊。我想只有少數的作者意識到他們所從事的很可能是「父祖同盟」，涉及歷史、文化、民族的大敘述，所謂 grand narrative。

鍾怡雯論馬華散文的「浪漫」傳統，她很小心地在浪漫兩個字上面加上引號，使它與浪漫主義區別開來。她留意到馬華文學的兩類「浪漫」散文，一種是溫瑞安「龍哭千裡」、林幸謙「狂歡與破碎」氣勢磅礡時而感情失控的抒情，指出溫林兩人所用的詞庫驚人接近。另一類則是八、九十年代發軔的大專校園文學，那時期的散文好手包括潘碧華、何國忠、祝家華、林幸謙諸子，他們的作品洋溢著既感傷又激越的憂患意識，題材有大學生的心聲、文化的焦慮與對時局的控訴。鍾怡雯文末引用李歐梵談五四文人的浪漫精神，凸出反浪漫的「浪漫方式」，此一悖論尤為發人深省。

五

關於個別作家的文學表現與角色扮演，張依蘋以黃錦樹、陳大為、鍾怡雯為例，說明前述作家兼具馬華文學研究者的雙重身分。學者從事文學評論，勾勒文學思潮的時代社會關係，這種知性工作甚易磨損當事人的感性神經，左右腦一樣發達的人畢竟是少數。張依蘋以黃錦樹的小說，陳大為的詩，鐘怡雯的散文，闡述學思歷程與書寫策略可以兵分二路，亦可互藏其宅。張依蘋顯然對探索馬華文學／馬華作家身分的多重可能性甚感興趣，論文最後部分綜論「在臺馬華文學」與「在馬臺灣文學」，為文學的身分國籍、生產場域、文化認同的混雜性作出解讀。

張錦忠很早就思考這方面的課題，他提的論文討論的正是馬華作家的離散與流動的跨國現象。張指出在臺灣生產的馬華文學，同時具備臺灣文學與馬華文學的雙重屬性，這種屬性錯位正反映了馬華文學的流離失所。九十年代以降，有跡象顯示馬華作家從臺北流向南京與北京。

高嘉謙論黃錦樹的寓言書寫。寓言允許不同層次的釋義，用詹明信的觀察：「所有第三世界的文本均帶有寓言性，我們應該把這些文本當作民族寓言來閱讀……」這句話對黃錦樹不無啟示。本屆研討會黃氏在論文中指出，早期文學那種宣揚「為社會而文學」的創作失敗，是因為那些所謂社會寫實淺白直露，不懂寓言的多重複義，這不啻是黃錦樹的夫子自道，無意中透露了他的書寫策略的偏嗜。

高嘉謙認為黃錦樹的族群書寫，不僅是感時憂國遺緒下的道義負擔，他還尋求「馬華」書寫的政治實踐位置，「馬華」在哪裡？「馬華文學」怎樣寫？怎麼樣的形式承載怎麼樣的經驗？都是黃錦樹的縈心之念。

六

馬華文學的建制主要以報章文藝園地、書籍雜誌的印刷流通為基礎。黃俊麟的《文藝春秋》掃描（1996-2004），把九年來發表的詩、散文、小說、評論給予爬梳分類，讓大家看到這些年來這塊文藝園地曾經綻開過什麼花卉。九年來《文藝春秋》刊載過的專輯、專題、主題論述、系列文章還有與時局互動、反映社會政治動態的創作，黃俊麟都一一交代了當初組稿的緣起與來龍去脈。他不無自詡的指出莊華興撰寫的「馬來文壇巡禮」系列是《文藝春秋》的一座里程碑。

我最感興趣的是黃俊麟對地誌書寫這方面的關注。他認為本土化不能靠在作品中安排幾個異族人物，營造椰風蕉雨，還得憑豐富厚實的在地知識。討論至此，黃俊麟忽然逸出《文藝春秋》的範疇，特別推介楊藝雄的新著《獵釣婆羅洲》裡頭「原汁原味的本土內容」：砂朥越的飛禽走獸、植物花草、釣魚狩獵的各種體驗與任務遭遇，楊藝雄筆下的大自然是「生命賴以生存的神聖疆場，又是強韌的競爭物件。」楊氏的「深層生態學寫作」（deep ecological writing）（陳映真稱為「環境文學」)，必須要有充分的在地知識與敏銳的觀察感受，才能寫出好作品，皮相的湖光山色描繪，很容易成了廉價的旅遊指南。國內從事環境文學書寫的朋友包括了何乃健、田思、邡眉、林金城、還有年輕一代的杜忠全，他們的表現值得吾人留意。

從國內的園地到境外的出版，胡金倫的〈馬華文學在臺灣〉引錄了張錦忠發表於《中外文學》(2000 年 9 月)的〈馬華文學在臺灣編目〉(1962-2000)，胡另行整理了 2000 年以迄 2005 年的新近出版書目作為補充，這樣一來，馬華文學在臺的出版狀況可謂一目了然：從 1962 年到 2000 年共出版各類詩文選集 97 種，翻查數目赫然發現馬華文學在臺的始作俑者是 1962 年印行《夢裡的微笑》的小說家張寒。六十年代中期星座詩社成員的詩集，相信都由作者自資出版。胡金倫整理書目以文類區分，得小說 17 種，散文 16 種，詩 3 種，共 36 冊，換言之，自 1962 年到 2005 年馬華文學在臺總共出版了 133 本各類書籍，馬華文學在臺灣的版圖或許可從這數目略窺梗概，胡金倫提供的這份史料對研究「馬華文學在臺灣」的人應該大有幫助。

至於馬華文學在中國的處境，陳大為的論文多有闡發。1990 年 9 月大馬政府廢除了對中國大陸的禁令，翌年，馬華文學開始流入中國學界，主要是通過作協組團訪華，團員贈書給中國朋友這條管道。中國學界早期以這些贈書為研究馬華文學的文本，這就難免出現以偏概全的現象。

陳賢茂長達兩百萬字的《海外華文文學史》、公仲主編的《世界華文文學概要》，這些重要的文學史著作，裡頭遺漏之多，令人咋舌。中國學者對一些馬華作家的讚譽或或過甚其詞、或搔不到癢處。馬華作家九十年代出席多屆世界華文文學國際研討會提呈的都是些綜論、泛論，缺乏學術墊底，能提供給中國學者的研究指引微不足道。一直到九十年代末旅臺學者的馬華文學論述接踵出爐，這方面的研究成果才反過來影響中國學界的論述向度。中國學者中以劉小新、朱崇科、黃萬華對馬華文學的研讀最見工夫，劉、朱二人擅學術思辨，黃萬華最能整合綜論。

目前福建省的社科院與幾所東南亞研究中心，都有訂閱大馬的華文報刊。隨著資訊流通的日愈便利，中國學界在未來應該更準確地把握馬華文學的具體表現與動向。2004 年 9 月，我赴山東大學參加世華研討會，提呈論文後，過來閒談的戴冠清、喻大翔、朱文斌，他們的學術興趣都兼及馬華文學。戴冠清現任泉州師範學院中文系主任，她是福建省臺港澳暨海外華文文學研究會副會長；喻大翔專攻散文研究，正在多方面搜羅海內外散文佳作，他刻下在同濟大學任教授，他也是海外華文文學研究所所長。朱文斌現任紹興文理學院世界華文文學研究所所長，交談之下，才知道朱是陳賢茂的高足。陳賢茂對《海外華文文學史》書中的疵誤顯然未能釋懷，特別囑咐其弟子朱文斌日後勘正補充。種種跡象顯示中國的馬華文學研究，處境有望逐漸改善。

以上總結，並非單純的文書記錄，把十四篇論文分成不同組別，為了方便討論一花多瓣的現代性。加上自己的觀察與心得點滴，是為了證明自己也有意見，是個願意思考的人。

站在七十年代歷史岔口的艾文與紫一思

春風不到處
枯樹自生花
——八指頭陀

You are not the same people who left that station
Or who will arrive at any terminus
T. S. Eliot

五一三事件：文學分水嶺

馬來西亞於 1969 年爆發五一三華巫衝突，事件發生後，約占全國人口 30%的大馬華人在國內政經文教各領域頓而陷於困境，形勢被動，[1]吊詭的是，事發的 1969 年以及接續下來的七十年代，馬華知識

[1] 政府利用五一三事件的震懾作用，實施新經濟政策，保障、提高土著的參與權，華族、印裔及其他少數族群得接受固打配額。這種固打配額也成了國內大學的學生甄拔標準，國民教育制度不利華族母語教育的生存與發展，華文課在中學階段節數顯著減少，國內僅有一間大學設中文系。通過媒體與其他官方與半官方的宣傳，若干馬來風俗禮儀成為國家級的風俗禮儀。華社力圖創辦的獨立大學，爭取多年，最終以失敗告終。執政聯盟的第二大黨馬華公會提倡精神革命，推動華人大團結運動，由於目的在於凝聚、鞏固馬華公會作為一個政黨不致分崩離析，於整體華社能發揮的效用不彰。

分子卻十分活躍，工商界力謀突破（或在隙縫間求存），華教人士積極救亡，寫作人亦嘗試在各方面奮發圖強。

華社在五一三事件的震撼後，文化界幾乎即刻作出了反彈。69 年 9 月砂南馬文藝研究會成立，70 年 7 月檳城犀牛出版社誕生，70 年 9 月綠洲社已具規模，兩年後擴大成為西馬擁有十個分社的天狼星詩社。71 年東馬的砂勝越星座詩社成立，同年北馬的棕櫚出版社誕生。[2]華文報章方面，南洋商報霹靂版於 1969 年 5 月 27 日增設文藝園地〈綠園〉。同年 8 月 24 日該報於南馬版開闢了〈綠野〉版供讀者／作者投稿。《蕉風月刊》於 1969 年重組編委會，白垚成為編委之一（其他三名編委是姚拓、牧羚奴、李有成）。71 年梅淑貞受邀成為《蕉風》編委。

五一三事件喚起華族的集體危機感，不管是左翼還是右翼知識分子，都自覺或不自覺地調整了自己的步伐、策略、心態以應時變。以上所述僅及於 1971 年，也即是華社面對血腥打擊兩年餘的「立即性」回應。

七十年代眾聲喧嘩，擾攘不休，國內左翼政黨的全面潰退，獨中復興運動的成功展開，宗祠鄉會轉趨門戶開放，這些都是政治學或社會學的研究題材。對於七十年代的馬華文壇，孟沙的看法是：

> 了解整個社會局勢的演變，再回頭看七十年代初期的馬華文學，不無令人唏嘘。許多在前期活躍的老中兩輩作家，表現的意興闌珊，有的封筆不寫，有的時寫時輟，整個文壇呈現一種「士氣萎靡」頹勢。一般報章為了避免惹禍，害怕刊登

2 馬華文壇的出版社更像一個個文學團體，像犀牛出版社後面的文學成員是川谷、麥秀、思采、李有成、梅淑貞、江振軒、歸雁、林琅等人。棕櫚出版社的寫作班底是冰谷、宋子衡、菊凡、溫祥英、艾文、遊牧、蕭冰、陳政欣、蘇清強、落葉、葉蕾、林月絲。犀牛出版社更像「犀牛社」；棕櫚出版社對我們那一代的寫作同儕而言是「棕櫚社」。

> 具有敏感性的作品，盡量動用剪刀，轉載港臺作品，武俠言情小說大行其道。另外一面，現代派那些缺少生活氣息，一味強調個人意識之作泛濫，也適時填塞了這個時期健康文學的不足。[3]

揆諸實況，1969 年與 70 年初是馬華現代文學發展的分水嶺，是關鍵時期，銷路不廣但影響力深遠的《蕉風》月刊銳意譯介歐美港臺的現代主義作品，把現代主義本土化、在地化。努力的成果是七十年代終能產生幾部高蹈現代主義文本。[4]七十年代出現了五部詩選：《砂勝越現代詩選》（李木香編・1972）、《大馬詩選》（溫任平編・1974）、《近代馬華詩歌選集》（李拾荒編・1977）、《大馬新銳詩選》（張樹林編・1978）、《天狼星詩選》（沈穿心編 1979），在經濟低迷（73 年股市崩潰），全世界都在鬧紙荒的七十年代，可謂奇蹟。1970 年代我在《蕉風》發表現代詩《髮的聯想》，從此頻仍地在《蕉風》發表詩、散文、評論。六十年代末已經活躍、七十年代初更為積極的溫瑞安、寥湮（方娥真）、黃昏星、周清嘯、藍啟元也開始在《蕉風》發表詩作。同時期《蕉風》刊登來自犀牛社與棕櫚社成員數量可觀的新作，不屬於上述團體的作家如沙燕、雨川、小黑、李憶莙、蒼松、商晚筠、圓心鶚、沙禽、賴瑞和、飄貝零、淩高、佐漢、麥楓、何啟良、葉嘯、子凡、潘友來、梁紀元、凝野、黃遠雄（左手人）、陳鴻洲、紫一思、刃貝、水生等人也在《蕉風》嶄露頭角。現代文學是否「缺少生活氣息」、「一味強調個人意識」或不健康？在今天的馬華文壇已經是個不辯自明的偽議題，在此就無需辭費了。

---

[3] 詳見孟沙《馬華小説沿革縱橫談》，《馬華文學大系・史料》（吉隆坡：彩虹出版社：2004），頁 81。

[4] 張錦忠：《白垚與馬華文學的現代主義風潮》，《南洋商報・南洋文藝》，2008 年 11 月 8 日。

《教與學》月刊於 69 年 6 月 20 日舉辦全國創作比賽，特優作品刊載於《教與學》是年 10 月 1 日出版的 101 期，也即是創刊十週年紀念專號。這份檳城的綜合性月刊並沒有因五一三事件而踟躕不前。

我於 1970 年出版第一部詩集《無弦琴》，裡頭收錄的多是我個人 1960-64 年還在念中學發表於報章的作品，[5]年少輕狂，終不免為賦新詞強說愁。[6]71 年我在臺灣《中國時報》海外專欄、《中華日報》副刊，《幼獅文藝》、《中華文藝》月刊、《中外文學》月刊、《藍星詩刊》、《創世紀詩刊》、《龍族詩刊》、《草根詩刊》等刊物陸續發表作品。

馬華作家在 1970 年，在海外表現不俗。張逸萍的小說《希望》獲頒臺灣海外文化獎。張逸萍是馬華文壇小說家繼張寒之後獲得該獎的第二人。徐速主編的《當代文藝》於 1970 年發表馬華文學的作品可觀，梁園、雅波、江振軒、溫瑞安、朗格非名單頗長，不能盡錄。以上所記，僅及於 1971 年，以免累贅。筆者如此費力舉證，重點在於說明七十年代初馬華文壇非但沒有士氣萎靡，反而朝氣勃發。我不敢說：「家國不幸詩人幸」，但五一三悲劇確乎有一種驅策力，加強了馬華作家的自覺，也因此加快了馬華文學的蛻變。不僅還在念中四年僅十七歲的溫瑞安和他的同學得南下北上聯絡各地文友成立分社，構築天狼星詩社，[7]仔細審閱一下上述我列出的蕉風作

---

5 2003 年 3 月筆者出版華巫雙語詩集《扇形地帶》（*Kawasan Berbentuk Kipas*），收入作品 40 首，其中舊作佔 14 首，選自 1978、79 年出版的的《流放是一種傷》《眾生的神》，《無弦琴》一首也沒選上。我請李瑞騰賜序，曾送他《無弦琴》作為參照，扉頁內寫道「早期詩作受到何其芳及香港詩人力匡的影響，詩節整齊，重押韻，今日看來，大概只有紀念的價值。」見李瑞騰〈序二：因情立體，即體成勢〉，溫任平《戴著帽子思想》（吉隆坡：大將：2007），頁 9。

6 收錄於《無弦琴》的〈晚禱〉是我第一次發表於《蕉風》（1966 年 5 月號）的詩作，當時《蕉風》由黃崖主編，尚未改版。

7 詳見溫任平：〈1970 年代的文學行動主義〉，《靜中聽雷》（吉隆坡：大將出版社，2004），頁 220-223。

者名單，裡頭的作者年齡 20 歲上下，有些還在念著高中，有些甫自中學畢業，他們都心甘情願地啃現代主義的硬饅頭。我在學校教書也留意校內的寫作人才，通過校內華文學會、壁報發掘培育文學新秀。我可以充分感覺到那種急迫感，和那點不無虛榮的責任感、使命感。求才過切，恨不得今日之鐵迅速能成為明日之鋼。操之過急，有時也會弄巧反拙。[8]

1971 年，我向三十餘位詩人邀稿，請大家各自選出數首作品出版《大馬詩選》，詩言志，應可銘記那個詭異時空的騷亂苦悶、挫折與彷徨。白垚無意加入，葉曼沙出國改變初衷，陳政欣（綠浪）、黃遠雄（左手人）沒能聯繫得上，是《大馬詩選》無可彌補的缺憾。無論如何，《大馬詩選》共收入 27 家詩，[9]5 人來自東馬，有它的代表性，詩文本像個「大雜燴」（smorgasbord），絕無激烈，只有激越；絕無凶悍，只有憂傷。《大馬詩選》在 71 年邀稿，27 家詩總共 146 首作品，大部分完成於 1969 到 1971 年，也即是五一三事件發生期間，它無意間成了那個憂患年代的「見證詩」（poetry of witness）。

張光達指出《大馬詩選》的作者多採用象徵主義的手法，所謂象徵主義，即是作者賦事物予個人的意義，多元聯想，捨棄邏輯順序，讓超理性的經驗得以發揮。張光達指出馬華詩人是「用晦澀的語言去述說……熱烈執著的理想」，「面對政治禁忌和現實限制（包括文化教育經濟）的重重困境，巧妙地借用存在主義的思想來表現內在心理的苦悶失落。」[10]張光達引錄艾文、沙河、歸雁、周喚、江

---

8 同上。有些社員因受不了詩社的「地獄式訓練」，而抱怨或退社。頁 223。

9 他們的名字順序是：王潤華、方秉達、方娥真、艾文、李有成、李木香、江振軒、沙河、周喚、周清嘯、林綠、陳慧樺、淡瑩、黃昏星、梅淑貞、黑辛藏、溫任平、溫里安、紫一思、楊際光、賴瑞和、賴敬文、謝永成、謝永就、藍啟元、歸雁、飄貝零。

10 張光達：〈象徵主義與存在迷思——70 年代《大馬詩選》的兩種讀法〉，刊於《九九馬華國際學術研討會論文集》（柔佛巴魯：南方學院：9/1999），頁 119-144。

振軒、林綠、賴瑞和、溫任平、李有成、黑辛藏、謝永就、藍啟元、飄貝零等十三家詩來闡明他的觀點，詩作被引錄三次或三次以上的包括沙河、艾文、李有成與黑辛藏（砂勝越）四人。張光達指出：「死亡與醜惡的主題在《大馬詩選》中的詩篇俯拾即是，與死亡有關的詞彙如死屍、墓地、骨骸、骷髏、枯骨、魔鬼、地獄、遺囑，大量的出現在六十、七十年代的詩人筆下……」[11]，特殊的歷史階段召喚特殊的文學表現，在上個世紀二十年代，魯迅夾在舊社會、新文明的矛盾與鬥爭的隙縫中寫的作品：墳墓、葬禮、行刑、砍頭是經常出現的景象，疾病與死亡的陰影盤旋在他的散文與小說人物頭上，從阿 Q、狂人、祥林嫂、〈藥〉被捕殺的烈士和肺癆病鬼，〈白光〉患有白光幻覺失足墮湖溺死的老學究，〈孤獨者〉齜牙咧嘴的死屍……用扭曲的暗喻寫他那個時代。五一三事件的創傷經驗／記憶、文化危機與現實焦慮，使那個時期的馬華詩人落筆陰鬱沉重。沙特、卡繆的存在主義所言的孤絕、虛無，在六十年代末、七十年代初的社會語境自有其積極的意義，這點張光達的論文有相當周延的闡發，再此就不贅述了。

從浪漫跨入超現實的艾文

早在 1967 年 4 月，艾文以北藍羚為筆名出版了他的第一部詩集《路・趕路》，收入作品 38 首。最早的詩寫於 63 年 1 月，其他多完成於 65 年、66 年。我從書中詩作，揣摩當時的北藍羚已讀過余光中、鄭愁予並且受到他們的影響。「我就趕赴最後那班車／今夜，我是歷史，是失落的後羿」有愁予身影；「八月的含煙雨，走過南方／的達

11 同上，頁 127。

達馬蹄似的雨韻／在田田的河池潮濕／……／我陪小姐姐。八月，在雨中／拎撐小陽傘，拎著小千世界」是鄭愁予與余光中的綜合融會。「關仔角的古堡很西方」也使人聯想到余光中的「星空很希臘」。六十年代中期的艾文雖然受到鄭余兩人的影響、啟發，但《路‧趕路》離不開浪漫主義的格調。「心呀！我是這麼年輕／不應該有許多晦澀的憂鬱／但是如此颱風的夜晚／我不能不憂鬱」、「當我們再次緊緊地握手／快樂又興奮說祝福：／朋友，送你詩一首／記載我們的生活抱負／我們是年輕的篝火／引向黎明，不怕只是微小的一顆」，都帶著甜甜的抒情與理想主義的色彩。

艾文的「現代化」或選擇現代主義書寫，是六十年代末的事。無獨有偶，艾文與我都在六十年代中期嘗試以文白交融入詩，《路‧趕路》〈孽情：讀洛神後〉的「宓姐，宓姐我真怕了四月南方雪／容許我畫那荷花開放了／還有，還有你，我愛得可以病」，詞性變換，現代感便出來了。〈夜晚亭〉的「曾記得：待月殷殷的時節／我們擬往山亭豪酒／可是，高枕結了船桅的鹽腥／輕易地，我似水手般忘了約／未料到：夜晚亭恰是這般的旖旎」，如果航海與桅杆等意象並非愁予和林泠的專利，那麼我們不得不承認這首詩的古典情韻，實得力於現代詩語言的巧妙調頻運用，唯它們基調甜美，夢幻般的抒情洋溢著激情，仍不脫浪漫或新古典主義本色。

從海天出版社在 1967 年印行的《路‧趕路》到 1973 年由棕櫚出版社出版的《艾文詩》，中間相隔了 6 年；就作品完成的日期來看，前者收入的詩作最晚的〈北賴河之歌〉（1966 年 12 月），後者收入的詩作最早的作品是〈誰告訴我〉（1970 年 3 月），時間相隔僅三年三個月。北藍羚脫胎換骨成了艾文，詩風變化之大，令人驚訝。且看他寫於 70 年 4 月的〈休息日〉：

他坐在寂寞的風裡
滿棵樹的頭髮
切他陰魂

歌播完了
一張張在旅行車笑嘻嘻的臉兒
飛去了

這是超現實主義詩。廣義的現代主義，涵蓋歐美的意象主義（imagism）、玄學詩（metaphysical poetry）、象徵主義（symbolism）、立體主義（cubism）、未來主義（futurism）、表現主義（expressionism）、達達主義（dadaism）、超現實主義（surrealism）等。紀弦提出的現代派「六大信條」還包括「自波特萊爾以降一切的新興詩派的精神要素。」除了上述主義與詩派，新感覺主派與歐美的純粹詩運動都一併網羅。[12]超現實主義是高蹈現代主義（high modernism），[13]艾文的〈休息日〉已不是當年天真爛漫的浪漫派，近乎詭異的現代詩語言使我想到艾略特的恩師龐德（Ezra Pound）最膾炙人口的兩行短詩 In a Station of the Metro：

The apparition of these faces in the crowd 人群臉上的鬼魅
Petals on a wet, black bough 濕黑樹枝的花瓣

---

[12] 紀弦：〈現代派信條釋義〉，《現代詩》復刊第 20 期，頁 21。
[13] 上個世紀 20 年代，一戰過後，歐洲政經敗壞，社會瀕臨崩潰，艾呂雅（Paul Eluard 1895-1952）、布魯東（Andre Breton 1896-1966）、阿拉貢（Louis Aragon 1897-1982）及其同儕提倡超現實主義。艾呂雅是發起人，布魯東是最有力的推動者，「超現實主義宣言」即由布魯東起草。

龐德是意象派一代宗師，他寫的是雨中或雨後巴黎某車站在他眼前一閃而逝的景像。龐德的詩潮濕，艾文的詩颮風；龐德用的意象並置（juxtaposition）；艾文寫一個鬼魂在風中望著旅行車內歡笑的臉。旅行車開向死亡？詩人沒明說，正如車站人群幽靈似的面孔，像潮濕而黑的花瓣是否會隨時萎落？龐德也不必明說。

1969 年後的艾文，《艾文詩》裡的 42 首，沒有一首是歡樂的，熱烈的，像三年前《路・趕路》那樣恬美如牧歌，充滿青春的憧憬與期盼我們是聽不見了，取代那份年少輕狂的是苦澀與憂心忡忡的話語：

幾條紗龍幾條安全袋幾條紅腫的棉花
嘩然闖入
巨大喉嚨
沒有嘔吐
那樹　橋
坐在岸上黃腫
亞答屋四分五裂
直叉入肺葉
咳嗽又咳嗽

（〈七一年事件〉，頁 100-101）

就看到坐在門檻
兜著戰亂奶子的媽媽
新洗的頭
髮
潺潺的白水流向黑布衣
……她把油燈亮了

黑影轟然
撞著土牆

（〈故事〉，頁 49）

寫死亡，〈或者迷信〉有以下兩節：「白花　淡淡香／白花　香淡淡／白花　淡淡香香／披長長頭髮／自墓穴／一路哭下來」，寫生命的渺小：「螞蟻螞蟻螞蟻螞蟻螞蟻／臉孔臉孔臉孔臉孔臉孔／螞蟻和臉孔／咀嚼　咀嚼／一條白色的輓聯。」艾文曲折迂迴地在《苦難》一詩說出了自己、也是人們的不安全感與困境：「站起來說話／聲音／仍舊渺小／／只是一丁點／在黑暗／更不容易瞧見／／土地如此廣大／我們拖著的／沒有完結／好像還在擴大」。

詩評家不易從艾文死亡的意象：靈幡、黑血、幽魂、麻衣、血流、骷髏、紙馬，甚至冥紙紛飛中讀出「詩文本的歷史性」(the historicity of poetic text)，但是我們不難感受到作者的無助、恐慌與近乎絕望的末世情緒。寫到這裡，我又想起相信科學、進步、新文明（包括異文明），反對舊制度、迷信和殘忍的魯迅，與他所寫的那些光怪陸離的《故事新編》與散文集《野草》。《野草》收錄的那篇〈影的告別〉：

> 我不過是一個影，要別你而沉沒在黑暗了。然而黑暗又會吞併我，然而光明又會使我消失。然而我不願彷徨明暗之間，我不如在黑暗裡沉沒。

〈影的告別〉三個短句都用了「然而」這介系詞，夏濟安曾指出：「唸來怪拗口，它打破了文言文的『雅』字訣。但那也許是作者有意造成的效果。遇見鬼魂並且和他交談，真是一種最難受的經驗。」[14]《野草》的許多篇章都以「我夢見……」作開場白，夢囈中

---

[14] 夏濟安著，林以亮譯：〈夏濟安選集〉（臺北：志文，1976）（第四版），頁 19。

的情節顛三倒四，違背常理，兼且詭譎恐怖，是潛意識或無意識的流露，那正是超現實主義的表現：荒誕恣肆，令人錯愕甚至戰慄的佈局與情節。[15]

我覺得艾文受到魯迅的散文／小說影響而走向超現實的可能性不大，他們都各自站在時代的歷史岔口，胸壑裡有太多的苦悶與壓抑，家國的危機感是這種苦悶與壓抑的根源，雖然彼此所處的歷史時空迴異。我覺得艾文受到臺灣創世紀詩社的啟發比較明顯。六十年代中我在馬來西亞霹靂州小鎮美羅的書局可以買到瘂弦的《苦苓林的一夜》，住在人口較稠密的大山腳，艾文應該不難買到藍星以及創世紀成員羅門、洛夫、張默等人的詩集。瘂弦、洛夫、張默、商禽、碧果、管管的詩既怪異而又新奇。他們擴大了讀者／仿效者的感性；艾文之跨入超現實，可能因為洛夫《石室之死亡》、瘂弦的《深淵》、張默《無調的歌》、商禽的《夢或者黎明》的作品表現，使他漸而了解寫詩還有別的技藝，他輟筆三年，重新出發，詩風大異。[16]洛夫、瘂弦、張默均為臺灣軍中詩人。國民黨退居臺灣，形勢嚴峻。這群詩人內心一定有非常強烈深刻的不安、壓抑與疑慮，艾文與《大馬詩選》的其他詩人，在不同程度上都能體會到那種政治焦慮與對未來的不確定感。雖然我們的處境與臺灣詩人不盡相同，但惶惑失落的感受近似。《大馬詩選》與臺灣出版的《六十年代詩選》如果有學者作個平行比較，那是相當有趣的事。或許我們可以那麼說，詩人或作家在頻近危機的臨界最能本真地（authentically）突顯詩性。《大

---

[15] 李陀，嘗謂魯迅是五四運動第一個超現實主義的先行者，繼魯迅之後的是施蟄存的《將軍的頭》。當代小說家如莫言的《酒國》，余華的《許三觀賣血記》，閻連科的《受活》，都巧用超現實主義。見李陀與閻連科的對話〈超現實寫作的新嘗試〉，刊《讀書》2004年第 3 期。

[16] 艾文在自序裡說：「我走得很慢，但我沒有停下來；67，68，69 這三年是一個過渡，所以讓它空白，算了。」《艾文詩》（棕櫚出版社，1973）。究其實，艾文於 1969 年亦非全面熄火停工，收入《大馬詩選》的 10 首作品其中 3 首注明稿於 1969 年。

馬詩選》的二十七家詩，有人用深度晦澀的「文字主義」（literalism）掩飾自己，例如飄貝零，有些則以尋根式的「文化返祖」（cultural atavism），例如溫瑞安（他的《癸丑殘譜》近乎宋詞）以尋求心理襯墊（matrix），取向各各不同。

不是所有的二十七家詩都整齊劃一對五一三這場時代風雷作出同樣的回應，如果寫詩出現這樣的「一致性」（uniformity），反而令人擔憂。三十歲左右的淡瑩、梅淑貞[17]，與年僅二十的賴敬文、黃昏星、周清嘯、方娥真……他們寫友情與愛情，寫生活的感受與感悟，當然我們不能漏了紫一思，在六十年代末、七十年代初的歷史岔口，他們並沒有像其他 13 位詩人那樣以扭曲變形的方式寫個人與民族的憂患。文學藝術允許這種多元發展，只要他們的詩寫得出色，30 年後甚至半個世紀後還會有人閱讀／討論他們的作品。

熟諳超現實技巧，當然不止艾文一人，沙河、李有成、李木香、謝永成、永就昆仲均善於用超現實的方式做想像的跨越與情思的飛躍。楊際光、林綠、梅淑貞、周喚、周清嘯偶爾借用超現實的飛毯，亦有佳句佳篇，但像《艾文詩》幾乎整部詩集都以超現實著墨者，在六十年代末、七十年代初可謂只此一家，別無分店。他處理夢幻、孤絕感、性與死亡，主題與洛夫、瘂弦主題相近，都是以深邃的隱喻，荒誕的意象與意象的跳接或對峙，寫出心中的不安與恐懼，但艾文在詩中滲進馬來語，取其諧音、異化情境，自有其作品的在地

---

17 《大馬詩選》有 8 首梅淑貞的詩，最後一首《水患》裡頭有阿答葉、椰幹，還用上了 banjir 的馬來辭彙，水患可以是一個大災難的隱喻，「灌滿了淚水的／你正以西瓜紅腫似的淫眼／瞅住／一方歪斜的竹簾」超現實中有現實，被瞅住的「竹簾」之「所指」（signified），尤值得吾人咀嚼。張光達〈從《大馬詩選》看女詩人的風格趨向〉一文論及梅淑貞詩曾以古典抒情，風格婉約涵蓋之，但《水患》一詩卻另闢一段專門討論，可為參照。詳見謝川成編：《馬華文學大系・評論 1965-1996》（吉隆坡：作協，2004），頁 255-264。

性。薄薄的《艾文詩》正如厚度相仿的《鳥及其他》[18]，其重要地位應該經得起考驗。

返觀內省：R．M．Rilke 與紫一思

紫一思當然亦熟諳超現實技巧，與艾文相較，他似乎多了一份知性的約制，艾文的超現實是一種「力比多能量」（libidinal energy）的釋放，語出驚人，紫一思的超現實試驗則可能較符合瘂弦所言「有所保留並加以糾正」[19]，他寫〈流浪的孩子〉，末節：

依呀喂，唱著蠟色的短歌
馬克吐溫在母親的密士西北河
褲腳高捲
孩子，孩子，你的吉他呢？
（一隻野狗
舉腿射尿
射出兩盞紅燈籠
在你的夢中）

以歌謠方式帶動卻以超現實的野狗射尿射出兩盞燈籠在孩子的夢中作結，真有點匪夷所思。〈風景〉的「一只白色的大蝶／在庭院的芍藥上／想起永別的山水」有點洛夫的味道，難得的是，我翻遍

---

18 《艾文詩》42 首，李有成的《鳥及其他》只有 33 首詩。作品多寡不是問題，作品的素質才是關鍵。戴望舒一生只寫了 90 多首我們今天還能讀到的詩。筆者的評論，詳見〈經典議論：李有成詩集《鳥及其他 1966-1969》〉，黃萬華、戴小華編：《馬華文學：全球語境．多元對話》（第二屆馬華文學國際學術研討會論文集）（濟南：山東出版集團，2004），頁 79-95。

19 瘂弦：〈現代詩的省思——當代中國新文學大系導言〉，《中國新詩研究》（臺北：洪範，1981），頁 14。

洛夫的詩，卻無法證明這些句子是洛夫的翻版，從意念到表現的都是紫一思的；同樣的情況出現在《山意》最末四行：「我想我見山時山亦見我／除了高音回旋的蟬鳴以外／還有打柴人林中斧聲鏗鏘／而滿山是佛」。詩中禪境亦使人聯想到詩魔洛夫，但遍查洛夫中晚期較近於禪的詩，我發覺紫一思的書寫純屬他個人之獨創，是好是壞，與人無尤。紫一思寫〈蜻蜓〉第二節突然跳接：「一隻魚從水底／吐出一串白色的泡沫／『拍』／破裂以後便形成我水平線上／孤獨的影／和一個火的理想」。

我首先聯想到的是艾呂雅的〈溺水者〉：「而人也沉入水底／為了魚／或者為了柔軟但始終緊閉的水面／那難熬的孤獨」，但細審苦讀，終究發現紫一思的魚不同於 Eluard 的魚，前者並非後者的翻版。詩人寫〈守門人〉，前面的部分以超現實筆觸把現實生活的苦難形象化「以鎖／鎖起鋼鑄的生活／若一隻蜥蜴／四爪勾起整個／受傷的臉」。寫實主義者如果以為寫到如斯境地，已經夠暴露黑暗，接下來大概要做的是如何歌頌光明，贊美勞動，不，紫一思沒有那麼做，他在詩的末節突然「顧左右而言他」：

我們的女兒
剛從窮困的睡眠醒來
海在外邊
家庭是巨型的皮影戲
在門外
在妻乾癟的乳房上

多麼令人震撼的結尾！超現實的技藝抒寫現實的題材，以虛喻實，不僅可行而且可能是一條相當寬廣的道路。紫一思所受到的臺灣詩影響反而是來自周夢蝶，〈橋〉的首三行：「就睡在那河之上水之上／腳和腳鞋和鞋之上」，而且以「在河之上」句反覆詠嘆，夢蝶詩〈擺渡船上〉的影子綽綽可見：「人在船上，船在水上，水在無盡上／無盡，無盡在我剎那生滅的悲喜上。」[20]句型相近，詩思的「邏輯」亦近似。夢蝶觀照大自然，往往物與我同在，難分彼此。故有「是水負載著船和我行走？／抑是我行走，負載著船和水？」[21]的大哉問，紫一思寫蜻蜓第四節竟沿著同樣的思／詩路，發展出這樣的句子：「有一條橫在盤旋的路築在水上／是我滑水而行／抑或水滑我而行呢？」紫一思能消化洛夫、瘂弦的超現實營養，卻擺脫不掉《還魂草》的「涉事」（intervention）[22]，原因為何？

就我的觀察，那是因為紫一思與周夢蝶都愛大自然，都親近大自然，並且從花草樹木哪兒得到心靈的慰藉，精神的提升。夢蝶學佛多年，在六十年代的臺北武昌街擺一小書攤，賣書過活，是臺灣詩壇津津樂道的鬧市修行者，他的詩禪意直通禪境，與紫一思的田園孺慕，偶爾語出禪機，層次上不同。說得率直些，那是因為紫一思太喜歡周夢蝶的詩，把上述句型（詩思的衍變程序）銘記成自己的發明。惟小疵不掩大瑜，整部詩選有兩首詩出現模仿的痕跡，實無損《紫一思詩選》的經典地位。

紫一思對自然的認同，我於三十四年前（1977 年）受邀為他的詩集寫序時，曾做過一番闡述分析。詩選收入 38 首詩，是 1970 年到 72 年的作品。這本書延至 77 年 4 月由《學報》月刊印行面世，確乎有點姍姍來遲。當年我是以「返觀內省」（comtemplative，introversive）與「田園主義」（Bucolcism）的角度論析紫一思的作品，並把它與奧

---

20 周夢蝶：《還魂草》（香港：文藝書屋：1969），頁 13-14。

21 同上，頁 14。

22 揚牧在詩集《涉事》（臺北：洪範：2001）〈後記〉裡的解釋是「詩是我涉事的行為。」2008 年八月楊牧接受 Manoa 文學雜誌的訪問，他用 intervention 一詞翻譯「涉事」，見《中外文學——雛和：揚牧專輯》（第 368 期：2003 年元月號），頁 208。

地利籍德國詩人里爾克（Rainer Maria Rilke 1875-1926）放在一起比較。紫一思寫〈成熟的果園〉最後兩節：

菓落，大地浮動著美好的成熟／如斯的豐盈　如斯在洋溢／如斯濃濃 濃濃的／芬芳　浮著／浮著／／
寂靜裡有物輕微擊落／是一粒空洞的菓核／猶似生命落土的回響／單調而沉悶

令我驚訝的發現紫一思與里爾克心靈有多相通互契，只要翻閱里爾克晚年寫的組詩〈杜英諾悲歌〉、〈致奧弗斯的十四行詩〉，裡頭的作品在精神上與紫一思竟然遙相呼應，且讀里爾克的〈秋日〉：

主啊，是時候了！夏日曾經很壯大。／把你的陰影投到日晷之上／讓秋風颳過田野。／／讓最後的果實盡快成熟，／再給他們兩天南方的氣候，／迫使他們熟透／把更多的甘甜釀入濃酒。／／誰，此時沒有房屋，就不必建築，／誰，此時孤獨，就永遠孤獨，／就醒著，讀著，寫著長信，／在林蔭道上來回不安的，遊蕩。

果實的長大與成熟，不期然都成了兩位詩人的關注所在。果子熟了墜地發出沉悶的聲音，有哲學意趣。里爾克的果實是葡萄，葡萄熟了可以釀成酒，生命於是有了著落。最末四行里爾克跳接孤獨的過客在讀著、寫著長信，來回不安的在游蕩，結束突然而又令人不無遐思，這使我想到紫一思的：

我輕盈來到湖邊
這裡彷彿是樹林心底一面明鏡
讓我俯身　窺視我的形影

而我只看見一些樹在風中鵠立
原來這裡不只是我
自己一個

（〈林中的湖〉，頁 97）

我坐在樹林裡
坐在朝代坐在歷史
坐在橡木巨大的手臂中
世界是否還有一絲的美麗

（〈坐在樹林裡〉，頁 87-88）

里爾克的顧左右而言他，項莊舞劍，志在沛公；紫一思卻於詩的發展中，一剎那間「頓悟」（Epiphany），大自然那麼廣袤，還有許多的生物及其他的「存在體」，人在林中獨步，卻非獨自一個人。而坐在林中古樹的枝椏上，時間歷史的沉重感讓人的思想驀地聯想到一個古老的哲學命題：這世界還有美麗嗎？我這種散文化（paraphrase）的詮解可能破壞了詩本身的旨趣意境。為了方便論析，只能如此。詩只需意會無需說明，我的點破只幫助讀者了解詩歌的意涵，卻可能妨礙讀者參與欣賞詩的樂趣。

里爾克的悟，過程較有跡可循，像他寫〈回憶〉：「無限地擴大著自己的生命／你等待又等待這獨一無二的瞬間；／這個偉大而充滿預見的時刻，／這些石頭的覺醒。／從深淵向著你迫近……／／你挺身起立，在你面前／彷彿從往昔的遠方／升起了憂慮、意象和祈禱。／／」里爾克知性地說出了他的省悟所得，而非紫一思那樣全神投入冥想那種驀然的頓悟。紫一思「這種手法與喬艾斯（James Joyce）許多詩意頗濃的短篇現代小說的結束（如他著名的

Dubliners）是頗為相近的。」[23]小說人物一直處於懵然的自欺或被欺狀態，在故事結尾的一刻卻因為某事件的發生而幡然醒悟，頓而對人生有了銘心刻骨的體會，這種技巧用意在把事物的真相在電光火石的一瞬間顯露或呈露出來，詩人從而對「我」在大自然的位置有了新的認知：

原來這裡不只是我
自己一個

〈樹林內〉最末三行：「我全心願意，走入這座樹林／我發覺自己也是一條長長的山路／通向生命和歷史」。因為有「我發覺」的知性說明或理性提示，正如里爾克的「忽然，你省悟了」，就不能以天啟般的頓悟視之，但兩首詩都有哲學深度，都反映出詩人沉思、體會和終於有所領悟的過程。「耽於冥想狀態的詩，大致有幾種跡象可循：一是詩的語言節奏緩慢出神；二是冥思者常出現向自然認同的現象。人與人，人與自然合一；三是冥思者往往在深沉的靜思中看到別人看不到的景（幻象），或者聽到別人聽不到的聲音（幻覺）。」[24]且看〈蝶〉最末三行：「我是蝶族／我已掙脫重重之禁錮／看，我多彩繽紛滿山」。

「我」在冥想入神的狀態下，與蝶認同，與蝶族認同，而最後「我」竟繽紛了整座山，層層遞進，以虛寓實，細心的讀者當可體會詩人與大自然認同，最終人與物融渾為一的深刻旨趣。

我嘗比較詩人筆下常用的大自然意象，里爾克筆下經常出現葡萄、蘋果、橄欖、穀粒、錦葵、綠蔭、瀑布、牛羊、候鳥、波浪、玫瑰、胡桃、榆樹、蝴蝶、星辰、群山、峽谷、風雨、柳條、噴泉、草坪、山丘、岩石等等。紫一思寫果園、稻場、露珠、花環、流水、

23 溫任平：〈序紫一思詩選〉，《紫一思詩選》（吉隆坡：學報月刊：1977），頁3。
24 同上。

橋樑、草岸、水鳥、雨景、鳥鳴、黛葉、紅地丁、海濤、八哥、候鳥、橡樹、鳳梨、長藤、白楊、薔薇、彩虹、畫眉、芍藥……兩人的田園孺慕以致於田園耽溺甚為明顯，風雨、雲煙、雨露、萬籟都能引動這兩位敏感的心靈寫景抒情，移情入景，終而以情景交融的和諧形式：詩，出現在讀者眼簾。

《紫一思詩選》有一篇頗為特殊的作品〈黑鵝〉，次節有數行甚為耐人尋味：

冥冥中，也不知道是誰的雙手
抹去我臉上塵積的淚痕
「到星光斜斜的小溪裡去吧
去洗淨你底臉」……

誰抹去詩中人物臉上的淚痕？那天啟般的聲音：「到星光斜斜的小溪裡去吧／去洗淨你底臉」來自何方神聖？我於 1977 年的析論是：「這也許是類近里爾克所曾有過的『神祕經驗』，那位德國詩人就曾在一首題為 Erlehnis 的篇章，述及他如何倚在一棵樹旁，突然聆聽到他前所未聞的樂聲，而進入一種神奇的韻律中，超越過時間與記憶的囿限，用他自己的話：他『終於和真實的宇宙打了一個照面』。」[25] 神祕經驗可以是一種宗教體驗，靈魂出竅之所見所聞，這與葉維廉的「純粹經驗」（pure experience）意義不同，雖然彼此不無相通之處。[26]里爾克潛心探索事物的核心，終於聽到某種奇妙的樂聲，而他

---

[25] 如注 23。

[26] 葉維廉認為：「自馬拉美以來，現代西洋詩常欲消滅語言中的連接媒介，詩人極力要溶入事物裡（如里爾克的詩），打破英文裡的分析性的語法求取水銀燈技巧的意象併發（如龐德）。逐去說教成分、演義成分（19 世紀末詩人以降）以表裡貫通的物象為依歸，以『心理的連鎖』代替『語言的連鎖』（如超現實主義者的詩），……這些都是達到『純粹經驗』的一種努力。」見葉維廉：〈視境與表現——《中國現代詩的語言問題》的補

自己也進入那種音色的旋律裡，與真實的宇宙交會；紫一思人在紅塵（他是個媒體／新聞從業員），在森林裡倘徉，聽見山鳥的叫聲，長藤的哭聲，竟然情不自禁地流下淚來。他如何洗滌自己的靈魂呢？大概也只有溪水能讓他回復乾淨吧。

如果說中國的里爾克是馮至或陳敬容，臺灣的里爾克是李魁賢，那麼馬華詩壇的里爾克應該非紫一思莫屬。分別在於馮至、陳敬容、李魁賢都翻譯過里爾克數量可觀的作品，而紫一思歲雖諳英文，卻沒通過英譯把里爾克的詩集像《杜英諾悲歌》《奧弗斯的十四行詩》這些傑作譯成中文。馮至寫詩早年醉心於郭沫若的革命浪漫主義，狂放的抒情加上吶喊，酣暢淋漓卻不免沙石俱下，一直要到 1926 年秋馮至在大學階段讀到歌德、里爾克的作品，才懂得收斂感情，詩風趨於凝煉，以嶄新的語言對事物、自我、現實、存在進行思考與探索。[27]文學目光如炬的魯迅曾稱許馮至是當時「中國最傑出的抒情詩人」。[28]

「九葉」詩人陳敬容，早期的詩陰鬱怯弱，一直要等到她赴北京大學旁聽，自修外文，並從事西洋詩的翻譯，受到里爾克的啟發，才努力「要使音樂的變為雕塑的，流動的變為結晶的。」[29]她寫了不少男性化的，硬朗的現代詩。李魁賢深諳里爾克的藝術，他之心儀里爾克，頗似里爾克之心儀梵樂希（Paul Valery）。李魁賢學到了年輕

述〉，收入於《秩序的誕生》（臺北：志文，1975），頁 194。葉維廉從道家美學的觀點談「即物即真」、「無言獨化」、「目擊道存」的純粹經驗，詳見葉維廉：《飲之太和》（臺北：時報文化出版事業有限公司，1980）。

27 詳王元忠：〈更像一座水上的橋——馮至詩歌創作的流變及其現代詩史上的過渡性意義〉，《艱難的現代——中國現代詩歌特徵性個案研究》（北京：中國社會科學出版社，2007），頁 115-131。

28 魯迅：《中國新文學大系‧〈小說二集）導言》，見《魯迅全集》等 6 卷（北京：人民文學出版社，1981），頁 243。

29 陳敬容：〈少女的祈禱及其他），《詩創造》，1948 年 4 月翻譯專號。

里爾克的即物主義，而欠缺里爾克的冥想氣質，即使處理少女主題，「李魁賢只是浪漫的抒情，而不具備里爾克的哲學沉思。」[30]紫一思從未翻譯過里爾克的詩，但無論性情、氣質，他與那位德國詩人都極其相近：兩人都能從大自然哪兒，看到或聯想到宇宙性的主題，得到靈界的奇妙啟示。在藝術造詣方面，紫一思實已超越了陳敬容、李魁賢，而與馮至相頡頏。

文學成就的再考量

艾文今年 68 歲，從教育界退休後近年來仍勤於筆耕，作品常見諸報章，惟自《路‧趕路》、《艾文詩》印行後，已 37 年未有新的詩集面世。59 歲的紫一思，自從個人選集於 1977 年出版後，即自詩壇退隱。從藝術表現來看，艾文的超現實襯以立體主義自成體系，與洛夫的高度誇飾，瘂弦的異國情調與民謠風，商禽的卡夫卡式神經錯亂，管管的鄉野／童稚狂想，格調大異其趣。然而無論是臺灣還是馬華詩壇的超現實試驗，他們的大膽創新，詭譎多變，都已超越他們法國的前行代 Eluard, Breton 和 Aragon。洛夫，瘂弦以致於葉珊（楊牧）的提倡「制約的超現實」，只是一種自我提醒，在實踐上他們是洸洋恣肆的。話雖如此，我們仍不能據此就認定漢語的超現實詩在總體來說勝於法國當年那群前衛詩人。不同的時空，不同的語境，估衡彼此的成就不是本文的主旨。

1967 年出版處女詩集《路‧趕路》的北藍羚，總結了艾文起步的浪漫階段。每個人都經歷過浪漫歲月，交友、初戀、聚會、郊遊、湖光山色，挫折與希望，這些題材都寫進 20 多歲年輕人的詩篇裡去了。

---

30 引自楊四平：〈李魁賢：臺灣的里爾克〉，《20 世紀中國詩主流》（安徽：教育出版社，2004），頁 299。

1974 年，年近而立的艾文以陰森氣氛佈局，以鬼魅意象為隱喻，寫自己的處境與心情，那才算找到自己的聲音。他的超現實寫得形銷骨立（每行字數都少），近年來在星洲日報〈文藝春秋〉發表的作品也沒豐腴多少。從《路・趕路》跨入三年後的《艾文詩》，詩人這一步走得勇決，有它的指向性，走向「高蹈現代主義」（high modernism）。

反觀紫一思，20 歲左右的他，可謂早慧，他的〈狼〉使我想起里爾克的〈豹〉那種即物抒寫，惟此後紫一思即傾向於冥想玄思，從山禽的哭泣、八哥的啞歌、蟋蟀的鳴叫，諦聽到別人聽不見的大自然的召喚。在臺灣，方思的現代主義知性書寫，似乎後無來者；在馬華文壇，紫一思的冥想入神，四十年來罕見。上回筆者力薦李有成，多方面陳述李有成的《鳥及其他》乃馬華現代詩經典的美學理由，這回推薦艾文、紫一思，憑的也正是殊途同歸的美學原則。排比平行欣賞，閱讀艾文、紫一思的作品，個人最大的收獲是：同時學會了詩的瘋狂與克制。我是帶著這份感激的心情撰寫這篇短文的。

（完稿於 2011 年 7 月 26 日）

本文於 2011 年 9 月 1-4 日，在浙江紹興文理學院
「馬中關係」國際學術研討會上提呈

從北進想像到退而結網：天狼星詩社的野史稗官

無限的回歸亦即是無限的遠離。

——*M. Foucaul*

一

要討論天狼星詩社的歷史或奮鬥史，可能不適宜由詩社的前領導人來做。黃錦樹、張錦忠、潘碧華、陳大為、鍾怡雯、張光達、張惠思、許文榮、葉嘯……都曾直接或間接論述過天狼星這個文學團體在馬華文壇扮演過的角色。程可欣於八十年代中葉從謝川成手上接過棒子擔任代社長，曾接受蕉風月刊的訪談；謝川成近年更鍥而不捨地撰寫了一系列有關天狼星詩社的論述，但他們的演繹、歸納所得是否就精微深刻，實不易斷言。當局者迷，當事人思維清醒者畢竟是少數，理性的反思、重估需要時間的過濾。程可欣如此，謝川成如此，溫任平亦如此，我們都是平凡人。其他學者比我們客觀，但客觀不代表立論中肯，這些年來天狼星詩社的崛起，樹敵不少，即便是馬華現代主義的作者，對當年天狼星成員的行事風格不以為然者有之。有些評論或道聽途說，或言過其實，或言不及義，或立場偏頗，或憑臆測而褒貶。在坊間，有一部比照馬華文學與新華文學的學術論著，其中一章專門比較陳瑞獻與溫任平的詩作，原籍新會的亡母被人誤以為是潮州人，淡靈的一首懷想母親的詩〈焚〉，竟被誤以為是我寫的詩。用淡靈的詩當作我的詩與陳瑞獻的詩比照「文學混血」，荒謬之至。這兒我就不加附注了。

六十年代中大馬留臺生組織的星座詩社，與覃子豪、黃用、余光中、葉珊、周夢蝶、張健、羅門、蓉子等人創辦的藍星詩社相近，都是同儕團體。洛夫、瘂弦、張默三頭馬車領導的創世紀詩社，也不是由善於詩與詩論的洛夫說了算，羊令野、管管、商禽諸人年齡與洛夫不相伯仲，創作表現亦各具特色，非詩魔所能左右。天狼星詩社則不是我們習見的文學同仁團體，較近乎師生團隊。我與年紀比我小十歲的瑞安，一干詩社同儕都以我們兩兄弟馬首是瞻。我與瑞安的思想與動向無形中影響了其他社員，所幸文學尤其是詩創作，是講求個人性情、稟賦流露的藝術，方娥真、黃昏星（李宗舜）、何棨良、謝川成、許友彬、沈穿心、張樹林、藍薇、鄭榮香、冬竹、林漓、李木真、殷乘風（殷建波）、林秋月、淡靈、堤邊柳、川草、程可欣、林若隱、徐一翔、張嫦好、吳緩慕、陳鐘銘、游俊豪、謝雙發……作品風格差別不可以道里計。與溫瑞安、李宗舜、周清嘯、廖雁平同時期的藍啟元很早就傾向於本土認同[1]，而與陳強華、楊劍寒、江敖天等北馬社友與同時期的風客（夏侯楚客）、綠沙（潘天生）、凌如浪詩風迥異，與同一年齡層的雷似痴的以禪入詩，更是南慕容北喬峯。不少學者都在沒有讀過或比較過原詩的情況下，判斷天狼星詩社社員的同質性（homogeneity），而且這種同質性還是溫氏兄弟的劣質版本，判斷之輕率令人吃驚。張光達很早就看出藍啟元與其同儕大不相同，這可不容易。

我在一九六八年師訓結業，出來教書，是年瑞安與他的同學才唸初中二，十四歲，藍啟元比其他六人小一歲。我對瑞安的文學耳提面

[1] 藍啟元著《橡膠樹的話》（美羅天狼星，1979），書名或已透露若干訊息。

授式的啟蒙、瑞安對同學的鏈型啟蒙，仿似水到渠成。在那個文學貧窮的時代，瑞安在美羅能買到的是蕉風月刊、學生週報、當代文藝和金庸、古龍、倪匡的武俠小說，徐速、力匡、黃思騁等人由香港高原出版社印行的詩與小說，還有郭良蕙與後起之秀的暢銷作家瓊瑤的書。瑞安從不錯過任何一部女黑俠木蘭花的故事。以上所述，概要的說明了美羅埠這個文化社區，在六十年代末提供給瑞安、還有綠洲社成員也是「剛擊道」[2]其他成員：李宗舜、藍啟元、休止符（周清嘯）、廖雁平、葉遍舟、余雲天、吳超然的嚴肅文學與通俗文學的基本薰陶。天狼星詩社由我與瑞安的二人組合領導，並且由李宗舜、周清嘯、藍啟元、廖雁平等詩社的第一代弟子，連同來自綠林社的陳美芬（唐米豌）、方娥真，綠野社的殷乘風（殷建波）、黃海明、林秋月、淩如浪，綠流社張樹林、沈穿心（陳川興）、孤秋，與稍後綠島社的徐若雲，綠叢社的洪而亮，綠園社的謝川成協調各方，這顯然與當時港臺新三地的同儕式詩社迥異（如香港的詩風社，新加坡的五月詩社）。瑞安以無比的精力與堅毅構建他的烏托邦，我的文學知識轉移，則仿似為綠洲注入水源。瑞安是一個比我更激烈的文學行動主義者，具備我所欠缺的克里斯瑪領袖魅力（charismatic appeal）。他在一九七三年赴臺唸大學的前一年南下北上成立分社，同年輟學返馬勤於奔走聯絡各地文友。他的越州踰界意圖強烈，這時期我與他可謂合作無間，充分發

2　「剛擊道」開始是四兄弟結義，時在 1964 年，瑞安十歲。「1965-66 年正式成立剛擊道集團，每逢中秋便結義一次，改選一次，其時兄弟已逾十人。」見溫瑞安〈楚漢〉（臺北尚書，1980）書後由溫本人自己整理的「溫瑞安文學生涯歷程表」，頁 311。據李宗舜的〈烏托邦幻滅王國——記十年寫作現場〉，後由溫本人自己整理的「溫瑞安文學生涯歷程表」，頁 311。據李宗舜的〈烏托邦幻滅王國——記十年寫作現場〉，剛擊道的成立，應該在 1970 年「溫瑞安登高一呼，美羅『七君子』……與溫瑞安結義，剛擊道在美羅戲院街的溫宅振眉閣前立誓為盟。」見李著〈烏托邦幻滅王國〉（臺北秀威，2012），頁 164-165。我從來沒有擔任過剛擊道與文武道的顧問。瑞安在台另組神州，他領導的剛擊道與陳美芬、陳采伊、方娥真領導的「文武道」（約有十多個成員）自動解散。

揮「兄弟同心，其利斷金」開荒闢土的力量。有關這方面的活動與社務擴展，筆者在一九九八年應大馬留臺聯總之邀，出席「馬華文學新解讀」研討會，曾發表〈天狼星詩社與馬華現代文學運動〉，內中報導頗詳，本文的重點不在此，不再贅述。我要闡明的反而是埋伏在踰界企圖後面的因素，我們這一群文藝青年的身分認同焦慮與危機，以及用甚麼方式為自己尋找心理的也是精神的出路。

一九六八年年我當上中學教師，七二年被教育局調派到彭亨州直涼埠華僑中學擔任副校長，經濟能力比以前唸師訓時改善了許多，單身漢省吃儉用就有餘力郵購香港文藝書屋發行的臺灣文星叢刊、純文學叢書、向日葵文叢，皇冠叢書，余光中、林海音、張秀亞、夏濟安、夏志清、侯健、葉慶炳、齊邦媛、程抱一、李達三、傅述先、傅孝先、陳祖文、梅祖麟、高友工、黃宣範、司馬中原、朱西寧、張愛玲、陳映真、黃春明、葉珊（楊牧）、白先勇、王文興、葉維廉、顏元叔、葉嘉瑩、瘂弦、洛夫、李英豪、周夢蝶、夐虹、梅新、方旗、大荒、聶華苓、歐陽子、七等生、王尚義、林懷民、張系國、王敬羲、張曉風、殷海光、周誠真、李敖、施叔青、於莉華、劉紹銘、梁實秋……從此走進我的文學世界裡，尤其是夏濟安與受到他的影響與啟發的臺大外文系學生王文興、白先勇、葉維廉、劉紹銘……他們創辦《現代文學》的前衛精神，對我與天狼星成員確乎發揮某種示範作用。每次學校放假，我把所有書籍從彭亨州淡馬魯載回美羅給瑞安等人咀嚼欣賞，自己總不忘以導讀者身分在旁指指點點，把各名家之所長解說一番，由於我比他們都年長，大家似乎覺得我說得不無道理。我們沒有中國大陸的文學資源，文化大革命以摧枯拉朽之勢席捲整塊大陸。我們從馬華現實主義文學學不到任何東西。臺灣作家對我們便是中國作家，臺灣文學是我們心目中的「文學中國」。究其實際情況而言，當時的臺灣作家，他們的詩、散文、小說、評論，從文字造詣到形式內容比起六十年代末、七十年代初的馬華文學作品，是「藝術」與「非藝術」之分，而非孰者較上乘之別。當我與瑞安、宗舜、清嘯、娥真、建波、樹林、穿心、秋月、川成……浸潤在上述作家的語言文字裡，「再漢化」（resinolization）的現象出現了，當然那時我們都不懂得這個文化心理學的名詞。我們確乎感覺到我們的內在生命正在蛻變，我們努力提升自己、重建自我，在思想上我對法國沙特、卡繆的存在主義情有獨鍾，因為它最能反映某種孤絕、荒謬處境。[3]我與瑞安發表於臺灣刊物的作品都提過存在主義，我甚至引錄法國荒謬劇，如貝克特的《等待果陀》《否定的小刀》，尤金・伊安尼斯高的《椅子》《禿頭女高音》，藉此表達自己內心的孤絕感，自己身處文化藝術的「夾縫性」（inbetween-ness）。「夾縫性背後隱藏一種被遺棄的自我危機感」[4]。「再漢化」是對民族文化文學傳統認識的深化，「西方式前衛化」是學習當代西方反傳統、反主流的另類文學風格：前者認同中國文學／文化傳統並近乎飢渴地從那兒汲取養份，所謂「西方前衛化」不僅是學習自法國波德萊爾以降的各種新興詩學，而且對反小說、荒謬劇所反映的人類無奈孤苦，人與人（種族與種族）溝通之難，感同身受。[5]這之後如何創造性地融會這兩股互為牴牾的力量，把血液的聲音用變異的形式表達出來。理論性的東西，像人類學者 Ajun Appadurai 的「以多元效忠替換國家意識」，或者這論見當時還沒提出來，或者我和瑞安當時對文化研究均不甚了了，我們憑直覺與感受了解自身的處境，並

3　七二年筆者與賴瑞和往訪時在新加坡大學任教的劉紹銘，他顯然讀過筆者發表在臺灣《中國時報》的文章，他告訴我存在主義並非思想的出路。同時期《當代文藝》主編徐速也來信勸告，提醒我不可迷執於當時流行法國的這種思想，海外華人從存在主義學到的可能只有頹廢。

4　引自郭少棠〈無邊的論述——從文化中國到後殖民地反思〉，《文化想像與意識形態》（香港牛津大學，1997），頁 166。

5　讀王尚義的《從異鄉人到失落的一代》（香港文藝書屋，1969），大慟不能自己。

作出相應的抉擇。即便如何年輕天真愚騃，當時天狼星詩社的成員，確乎選擇以文學創作找回尊嚴、建立新的身分，把文學視為志業，並且把力量傳播、擴散出去。

一九七〇至七二年我在臺灣中國時報「海外專欄」發表既敘且議的散文，如〈緘默是不可能的〉、〈從否定出發〉、〈孤獨的雲〉、〈夾縫中的小草〉……或側寫或暗示我身處的文化夾縫，追求自我價值與意義的艱辛。我最早發表於臺灣中國時報的〈緘默是不可能的〉，某些段落寫自己，某些段落寫我教著的中五學生：「在他面前的十八歲卻背向三閭大夫，遠離鱗如甲齒如劍怒目如炬逐浪向前的龍舟，無視於古銅色毛公鼎氤氳而上那一縷透著唐宋芬郁底輕煙。下課後年輕的身軀圍攏上來，……他成了一個應考生請教的對象，通過政府聯考的橋樑，沒有人關心學識修養，沒有長吉的古錦囊，沒有柳永的井邊傳唱；韶夏不聞，風雅頌成了絕響。眾人伸出手來接過去的是他印的講義，而不是費煞經營的意象美感。」、「引導年輕的一代如何去拓展自己心靈與內在的奧境，不再僅是一項預防，而是一項嚴肅的工作。……薛西弗斯的苦惱不僅是任重道遠，而是近乎絕望的奮鬥。他也明知自己力量的薄弱，但無論道途如何多舛，日子可能有無法想像的風暴，但是掙扎上山已成了他生存的唯一決策，他不會就此妥協。緘默是不可能的。」

我面對的是中五學生，他們在周六上母語班（POL）短短兩個小時的華文課，學生考慮的是如何應考，師長在課堂講的文學知識對他們反而無關痛癢。我在中華中學唸書，每周共有七節華文課，初中念中文本歷史地理，中學改制之後華文節數大減，史地的媒介語也改了。華文老師在班上授課只能幫助學生應試，已無多餘時間講授相關的文學知識與歷史，我強烈地感受到民族語文教育被邊緣化。瑞安與他的一干同學，一九七二年在美羅中華中學考過了初級文憑試後，因美羅華中開不成高二班，被迫轉校去當地的綜合中學上課，或比我更深刻的感受到民族語文被忽視與侵蝕的沉痛。溫瑞安在這階段寫了〈龍哭千里〉，這也是他第一篇發表於中國時報人間副刊的文章。龍是瑞安的自喻，也是民族的暗喻，雖然僅看篇名已不難領會其中意涵，我仍覺得有必要節錄某些片段以便討論：「在異族的眼光下，你是一支狂人樂隊中突兀的洞簫。……你寧願埋首於金庸與金銓的武俠小說與電影中追尋那一段芬香的古典。」、「……你們都是痛苦的，當你們看見且感覺到自己的文化被壓在垃圾箱底。……你是守著綠洲的沙葦，為母體抓取每一分暖土吸取每一點養份的痕跡；你是拜星者，你是一具不完整的血嬰。」、「你唯一的反抗便是創作，唯一能維護自己的是藝術」。李宗舜在他的第一篇重要散文〈故事〉裡這麼寫：

「你發現這一所中學的圖書館連一本華文書籍也沒有，更不用說看華文報了；這是文化悲哀，還是冥冥之中已然有了安排？難道你真的眼巴巴看到自己的文化生命在此消失嗎？不會的，不會的。」

文章充滿驚愕與憤慨。這是李宗舜繼我與瑞安之後，首篇發表於中國時報人間副刊的散文。我的散文既議且敘，提到西方文學與臺灣作家的作品片斷，借力使力，借題發揮；而瑞安則以淒厲詭異的語言與文字氛圍凸出其處境形同鬼域，宗舜的故事是悲憤的控訴。我和瑞安在七十年代初的創作都不約而同多次處理「死亡」主題，因為沒有靈魂的文化邊緣人其實與行屍走肉無異，近似艾略特筆下「空洞的人」，雖然彼此的情境不同。不用第一人稱，而用「你」「他」「你們」「他們」是為了保持美學距離。其實我們三人在最早發表於臺灣的文章，都是直抒胸臆之作。高中畢業的方娥真與比他小一歲的周清嘯，那時還未在臺灣發表作品。他們沉浸在唐詩宋詞元曲裡，沉緬在張愛玲白先勇從《紅樓夢》蛻變衍異出來的現代小說裡。余光中的新古典主義、他的文白交融的語言實驗；葉珊精神風格浪漫、手法技巧現代的葉珊散文，還有他帶點魏晉六朝味道的抒情詩，造就了宗舜、清嘯、娥真等詩社成員陰柔婉約的文體與作品風貌。我於一九七四年決定編錄娥真詩進《大馬詩選》，娥真二十歲時的詩作已寫得出像「燈熄以後／枕香棲落你風塵的倦意／儂是一室暖暖的春雷／花燭一般亮開了初夜／愛情昇華的侍你／品茗燃雪的溫香」（〈燃香〉）的句子，她赴臺數年後出版詩集《娥眉賦》、散文集《重樓飛雪》《日子正當少女》，其文化涵泳之深刻真純（authenticity）又更上層樓。

以筆者今日的後見之明，李宗舜、周清嘯與殷建波是不同程度的「過動兒」（ADD），性格脾氣浮躁不羈，李比周戇直，殷比周刁鑽；張樹林年少老成，足智多謀，四人都充滿激情與熱情。一九七三年十七歲的中四學生張樹林瞞著詩社上下，拿出他的所有的個人儲蓄大約七百元馬幣，與年僅十四歲的中一學生殷建波奔走印刷廠，為他們的瑞安大哥赴臺深造之前出版詩集《將軍令》。宗舜、清嘯任真率性，勇決逗趣，使我無端地聯想到《水滸傳》人物魯智深、李逵的野性主義與原始性（當然是袪除掉殘暴與血腥因素）。夏志清論中國近代小說認為李逵其實是宋江的 alto ego，也讓我不期然聯想到《西遊記》的孫悟空與豬八戒的綜合體，詩社辦的任何聚會只要有李周兩人出席，整個場合總是嚴肅中帶喜悅，連爭論也帶歡笑。樹林、建波與川成令我想起阮氏三雄震動人心的話：「這腔熱血只要賣與識貨的人」的赤膽忠心。樹林兼具軍師吳用的機敏多智，與柴進的營運能力與膽識，七六年瑞安離開天狼星後，樹林建議在安順成立世紀文化公司，售賣港臺新馬的書籍，由他任經理，與朝浪、孤秋、海明等社員負責讀者郵購的瑣碎事宜，這些瑣碎事對推廣文學點滴之功，不易估量。社員有個人難題，樹林有時與我磋商，更多時候是為我分憂代我處理。梁山泊的多位好漢在投奔梁山前都曾得到柴進的庇護。我從來沒把這無稽的聯想告訴任何人。七三年初我在臺大外文系出版的《中外文學》月刊第一卷第九期（一九七三年元月號），讀到了樂蘅軍的長文：〈梁山泊的締造與幻滅——論水滸的悲劇嘲弄〉，文章抽動了我的神經，使我震悚。梁山泊是個烏托邦，天狼星何嘗不是？梁山泊是兄弟結義，天狼星何嘗不是？水滸第十六回「今日我等七人聚義舉事」與溫瑞安於一九六八年的美羅七君子結義，這些情節又多麼近似？一百零八條好漢是徽宗朝廷的「他者」（Other），宋室不容，逼上梁山，落草為寇；天狼星諸子則是主流政體裡的弱勢族群，了解自己的「他者性」（otherness），他者的「無權力性」（powerlessness），並把族裔被排擠、被扭曲、被遺忘的感受轉化為論述或書寫，訴諸「我們性」（we-ness）來獲得某種「偽權力」（pseudo-power），以確立身分。樂蘅軍的水滸新論與天狼星當時處境若合符節，立論新穎，文字高妙，我於反覆閱讀，欽佩之餘，多次在瑞安面前提及上述文章，要他「務必細讀、咀嚼、體味」[6]。該篇文章，蕉風月刊於七三年五月號（第 243 期）、六月號（第 244

[6] 現任臺灣師範大學國文系教授林保淳在〈神州憶往〉一文，追憶他在台大中文系上課初識瑞安等人的情況：「溫瑞安的出現向來是聲勢驚人的。猶記那是樂蘅軍老師的『現代散文及習作』，課堂上原是座無虛席，但當溫瑞安率領神州的一行人進入之後，他們各據一角，爭先恐後的向樂老師提問，口齒之流利，事理之清晰，彷佛間魏晉玄談之精采重現於茲，整個講堂上突然間空廓起來，……同學們接舌瞪目，驚得整個人、整間教室都呆住了，對初出茅廬的我而言，溫瑞安是個『夢魘』，……我心虛內愧，惶惑難安，簡直覺得自己根本沒有資格來念中文系。」引自〈神州憶往〉，《文訊雜誌》294 期（2010 年四月號），頁 106。當時娥真在師大，在課室內鼎足而立的應該是瑞安、宗舜與清嘯。我當年在瑞安面前經常讚譽樂老師論水滸之精到，我沒想到瑞安仨會用這種方式向樂老師表示敬意。如果他們三人有細讀樂蘅軍對水滸的論析，結義兄弟自然會排斥「異己」，梁山泊的擴張與它的許多翻天覆地的行動，表徵的是梁山泊實質的丕變，「自宋江上山而後，梁山泊乃在一個極堅強的意志下，純粹生存為一個整體……這個集團權力，是被率領在個人權力之下。……四海之內兄弟友誼的『義氣』，同樣的不但不能挽救梁山泊崇高理想的幻滅反而促成悲劇、加深嘲弄。」見樂著〈梁山泊的締造與幻滅〉，頁 83-85。樂蘅軍無意中預告了「天狼星詩社——神州詩社——神州社」的命運。

期）分兩期轉載，我有理由相信瑞安會像我那樣向詩社其他同仁，尤其是剛擊道兄弟大力推薦這篇文章，要大家詳閱細品。我們那個時候喜孜孜地讀著梁山泊的蛻變到殞落，本身便是個「悲劇嘲弄」（tragic irony）。

我每次從彭亨淡馬魯、直涼駕車返回美羅把書籍帶給大家，目睹宗舜、清嘯等人背誦余光中、鄭愁予、葉珊……等名家作品，如痴如醉，我的內心隱隱不安，如此大情大性的人最易被人利用，但我從不曾在他們面前道破。這些念頭在我腦門一閃而過，每次我都沒有往這方面細想，總覺得他們追隨兼修文武的瑞安，不可能拐到岔路去。宗舜清嘯本應寫關西大漢的凌雲壯志、萬丈豪情，下筆鏜鎝鏗鏘，費解的是他們的詩與散文反而溫馨柔麗，婉約多姿。以吾今日之後見，那是李周兩人潛意識對於優雅華美境界的嚮往，這兩名莽漢俠骨柔情，柔的一面原是文質彬彬而又敏感憂鬱的古代書生，希望筆者的「文學－心理學」初探，並非純屬無稽。

「再漢化」不是西方人追求「中國化」（chinoiserie）的東方門面裝飾，也不是意義含混的「中國追求」（quest for Cathay），美國詩人龐德（Ezra Pound）在《國泰集》的詩裡嵌了幾個中國的象形文字，加強其神祕感或哲學趣味，對華人而言，那是雕蟲小技，司空圖早已在創作中實踐並且理論化。「再漢化」是對漢族文化／文明的接受，以及於漢族文化認識各方面的廣泛深化，用「中心的媚惑」（the lure of the center）一類說法隱含貶義，而數千多萬中臺兩地以外，花果飄零在世界各地的漢裔或華裔同胞的邊緣嚮往中心，既是鄉土的本能也是來自血液的召喚。誠如李歐梵所言：「中心不是一個空間的位置，而是統治社會的符號、價值和信念的中心地帶。」[7]艾德華・

7 李歐梵：〈在中國話語的邊緣〉，《現代性的追求》（臺北麥田，1996），頁 492。

席爾斯（Edward Shils）在他的一部專門討論邊緣與中心的著作裡曾經指出：

> 中國價值系統的存在基於一種人類的需求。這種需求混合著某種可以超越並改變人類具體的個人生存的東西。他們有一種與秩序符號聯繫的需求。這一種秩序符號在維度上比他們的身體更大，比他們週而復始的日常生活更為中心地處於終極的現實結構中。[8]

廖雁平是哲學系科班出身，詩傾向玄想，有點另類，可惜作品不多。他精通中國象棋，奕棋於談笑之間，不假思索，既快且狠；沈穿心的醉心於歌仔戲、麵泥人、地方戲劇、木雕建築、剪紙藝術[9]；謝川成研究儒學，他能背誦整部〈論語〉，寫成並於南洋商報每週發表〈儒家君子〉一篇共四十二篇[10]。不管是兩岸三地還是散居各地的華人，只要有這意願，他可以在中國文化的任何環節（琴棋書畫之外還有很大的空間）研索精進，深度漢化，廣度漢化，或既深且廣的持續漢化。至於文學尤其是韻文這部分，從詩經楚辭到詩詞歌賦，對天狼星成員的影響因人而異。我有一偏見，瑞安娥真語言近於詞（當然我們也可以說前者擅用的四字起句如「古之舞者……」「楚之武者……」像詩經），宗舜清嘯近於詩。瑞安受到方旗的啟迪最多，

---

8 Edward Shils, *Center and Periphery: Essays in Macrosociology* (Chicago: University of Chicago Press, 1975), p. 3.

9 詳見沈穿心《傳統的延伸》（美羅天狼星，1979）。

10 謝川成自 2002 年開始擔任馬來西亞儒家研究會學術顧問。曾在國內主辦的漢學研討會上發表〈孔子的因材施教〉、〈論語的附加式合成詞〉。論文〈凝固的歷史——《論語》成語類四字組合研究〉發表於《洪天賜教授七秩華誕紀念論文集》（吉隆坡：馬大中文系畢業生協會，2006）。2007 年 11 月川成與筆者赴北京出席由中國人民大學哲學系與孔子研究院主辦的儒學會議，他提呈論文〈儒商一詞的歷時研究〉，我提呈論文〈儒家的義利觀與現代經濟〉。

擺脫不掉他的影子，這情形以〈華年十九首〉、〈大悲二十一首〉最見痕跡。娥真語出自然、柔美純淨，反而能融會方旗、敻虹、葉珊之長，寫出既空靈又迷離的「新閨怨體」[11]。瑞安自幼心儀武俠，詩文有豪情霸氣，擅用 Cleanth Brooks 和 Robert P Warren 津津樂道的「矛盾語言」（language of paradox），他的詩作：長安、江南、長江、黃河、峨嵋、崑崙、武當、少林、蒙古、西藏……內涵毫無地理內涵，而是中華的代稱、中國的符號。七十年代初中國文革運動方殷，排外封閉，散居世界各地的漢裔，不可能有機會親炙大陸的大小城鎮與名勝古蹟，海外華人僅能靠「想像」去擁抱「中華整體」（Chinese Ensemble）。詩中的男女情愛的深摯，虛中有實，實中有虛，也可以是對故國山河之愛的象徵性抒寫。中國地理在瑞安的詩不重要，重要的是它們所徵示的感性向度與哲學意義。瑞安的詩與詩題予人宏大敘事的感覺，對史詩精神向來關注的齊邦媛認為「字裡行間有些史詩氣魄。」[12]「……是什麼因素啟發他寫出這些有史詩傾向的〈短促的陽關〉、〈結局〉，和〈佩刀的人〉呢？」[13]筆者以為瑞安確乎以氣使詩，但〈山河錄〉十首長詩基本上是江湖豪情與兒女私情的「武俠詩」，並非史詩。眾所周知，瑞安也寫武俠小說，究竟詩是小說的註腳還是小說是詩的「後設」，以民俗俠義作為他的詩、散文、小說的文學內核之利弊，後之學者，不妨在這方面多作些探究。僅指出瑞安作品的中國性／中華性（Chineseness），而不深入研索其中華性的根本與內涵，未免皮相。管見以為瑞安還寫過一首以楚霸王為題

---

11 余光中：〈樓高燈亦愁——序方娥真的《娥眉賦》〉，蕉風月刊第 302 期（1978 年 4 月號），頁 111。

12 引自齊邦媛的序文〈以一條大江的身姿流去〉，溫瑞安《山河錄》（臺北時報，1979），頁 15。

13 引錄齊邦媛的論文〈寫詩的佩刀人——溫瑞安詩中的史詩性〉，《中外文學詩專號》第 25 期（1974 年 6 月號），頁 199。

材的詩：〈罄竹—王者之詩〉。這首長達 342 行的詩發表於蕉風月刊 256 期（1974 年 6 月號），有情節，戲劇性強，氣勢磅礴，最有史詩的味道。《山河錄》（1979）、《楚漢》（1990）是瑞安的兩部代表作，後者收入《山河錄》的大部分舊作，兩部詩集都沒收錄〈罄竹〉，這是一首連作者本身也可能忽略了的詩。

二

在自己的國土內感覺像個異鄉人，孺慕漢唐文化，可以說是一種錯位的眷戀。從地理、國籍到時空易位的四重性錯位。我腦際盤旋一連串的問題：兩種忠誠？多元認同？還是世界公民化？我年長瑞安十載，年近三十，歲月摧折，我比詩社任何人的歷練都多些，七一至七四年瑞安二度赴臺前曾多次進言：「以任平兄長才，不應囿限於新馬文壇，應該橫跨港臺，一展抱負」（大意如此）。七二年我在港臺兩地都有發行的《純文學》月刊，發表〈論詩的音樂性及其局限〉近二萬字的論文，意想不到竟接獲當時國立政大西語系主任余光中的來函，表示認同筆者的看法並詢問我有無碩士學位，誠邀我前去政大英文系任教。七二年、七三年我在中國時報、中華日報、純文學月刊、幼獅文藝、中華文藝、中外文學、藍星詩刊、創世紀詩刊、主流詩刊、笠詩刊、香港詩風月刊，頻頻發表作品，北進想像逐步形成北進實踐。但我對於瑞安的「移往他處的運動」（a campaign to shift to somewhere）始終疑慮，他能以寫武俠小說為生，我自估不可能靠發表或出版詩散文論述在臺生活（我沒寫小說的天份），我又無學術資格成為大學教席，沈從文、梁啟超、陳寅恪、錢穆的時代過去了。我拋妻棄子，奮身一躍，率領子弟兵前去臺北，前程殊難逆料，搞不好甚至生活無著，一群年輕學生跟著老師一起受苦。

身分界定必然是文化感情與現實考量反覆辯證的結果，自我的確立則多依循文化感性形構。當瑞安計劃如何拉隊赴臺做大事業，我卻有更多「錯置」（dislocation）的思維，北進想像與策略不一定非形體的跨越國界不可，「內心放逐並不意味著實際上的國家邊界的放逐，而是轉向內心──重建一個相對於無所不在的中心的、處於邊界位置的、靈魂的避難所」[14]。何況文學抗議或抗議文學，可以迂迴多元。這個時期我寫了〈流放是一種傷〉，香港徐速主編的《當代文藝》把它當作刊前詩發表，詩中人物賣唱街頭：「我是一個無名的歌者／唱著重複過千萬遍的歌／……／我的歌詞是那麼古老／像一闋闋失傳了的／唐代的樂府／我的憂傷，一聲聲陽關／我的愛，執著而肯定／從來就不曾改變過……」我企圖在這首後來被譜成曲、被收錄為馬華文學讀本的作品中，注入異化、錯置、文化鬱結的多層隱喻。

一九七三年十一月中旬，我應瘂弦之邀前去臺北圓山大飯店出席第二屆國際詩人大會。我的詩作〈沒有影子的〉〈水鄉之外〉寫在赴臺之前，發表在七二年剛創刊不久的《中外文學》月刊，〈沒有影子的〉寫遊魂的無以為家；〈水鄉之外〉寫失意於楚王的屈原自溺於汨羅江，而其精神卻如蓮臺升起，永垂不朽，借喻肉身的孤單，與在自己的國土上被放逐的無助。接下來我寫了多篇紀念端午的詩，以及散文〈惜誓〉〈天問〉的現代騷體，我的「屈原情意結」在七十年代初開始抬頭[15]。在機場迎接我的是中國時報人間副刊編輯高信疆與翻譯家景翔，逗留在臺北六天，我在高信疆、陳芳明的安排下到

---

[14] 同注 6，頁 489-490。

[15] 天狼星詩社每年六月都在邦咯島或金馬崙舉辦詩人節聚會並出版《詩人節紀念特刊》，自 1976 年以迄 1986 年共印行十一期，每期雖由不同社員主編，但封面人物多為屈原臨江，衣袂迎風、蕭瑟悽楚的畫像。

廈門街拜訪余光中，在瘂弦兄的安排下到武昌街會晤周夢蝶並巧遇小說家黃春明。洛夫請我與瑞安、清嘯到家裡共進晚餐，飯桌上見到了張默、周鼎。去燈屋訪羅門蓉子伉儷，並在信疆兄、芳明兄的穿針引線下認識林煥彰並與龍族詩社近十位成員一起聚會。信疆兄新婚竟囑咐太太回娘家讓出房間讓我們三人暫住，我們堅持留在正芬大飯店。他向報館申請了一週的假期，陪我們訪友並前去參觀臺北的重要文化地標，包括中正廣場、國父紀念館、歷史博物館，還兩度前去故宮博物院瀏覽古代文物。我們仨亦走訪施善繼，這位工程師出身的詩人，他亦建議我們退掉正芬搬去他的客房。在臺期間，高信疆贈我以兩幅畫：一幅是色彩湍飛、無所拘束的現代畫，另一幅油彩則是田園鄉居擳比鱗次的屋宇；他把自己收藏的古劍選了一把送給瑞安，除了勉勵我們為中國文化做點事之外，似乎還以贈品之異暗示他對我倆的不同期許。

在臺六日，我會見到的是從品質到修養都完全不同的華夏後裔，對我們仨是不折不扣的「文化震撼」（cultural shock），讓我深深體會，同文同種的中華民族，在不同地域可以那麼不同。詩人大會過後瑞安清嘯輟學隨我返國，我們打從骨子裡變成了另一個人，我們承諾要為中華文化做點事，這承諾與「烏托邦衝動」（utopia impulse）在我們的內裡發酵。人要有承擔，要有使命感，才能言安身立命。返國之後的七四年，我嘗試以現代賦體寫成散文〈暗香〉：「……妳也許了解我很多，也許了解我很少，無憾的是：吾等確曾一度相聚過。你曾經是我的樓閣，我也曾是你的亭臺，至少一度你我曾構成過風景。」〈朝笏〉：「縱使我有勇氣去揭開塵封的帳幔，無論是前漢的輝煌，抑是宋末的顛躓，已然屬於歷史。這一代是亂世，我們恰是亂世旳離亂人。」「……我不是一個能夠泅過海的人，但又不屑於禪居廟宇，皓首窮經，終了此生，這是一個大矛盾，是的，但它顯然不是一個人的悲劇。」用的是「隱匿敘事」（covert narration）[16]。七十年代末以迄八十年代，我的興趣同時轉向多項文化社會議題，寫成〈人間煙火〉與〈文化人的心事〉二書。瑞安構思著他的鉅作〈山河錄〉組詩，他在現實裡寫武俠小說，勤於練功習武，行事作風有一種爽颯英銳之氣。至於武俠虛構成了真實生活，水滸成了神州，出現怎樣的變種和派生出怎樣的問題，可參閱〈神州詩社：烏托邦除魅〉一文[17]。瑞安的再漢化是古代化與武俠小說化的雜揉，古代是已逝的曩昔，武俠小說則是中國歷史羼雜民俗傳奇再加上作者天馬行空的虛構，瑞安以假作真，而且那麼認真的造假，令人驚駭。[18]偏執狂已經是病態，瑞安患的是精神官能症中的一種，謂之妄想症（delusional disorder），但幻想或妄想非但沒有削弱他的創作能力，反而有助於他突破常規常理，在文學方面取得堪稱卓越的成就，他的作品以氣魄勝，想像力豐富，是利比多（libido）的伸張。他的武俠小說除了幾篇有點文學性之外，多離不開暗算仇殺報復的公式，是班雅明（Walter Benjamin）所言的商業生產與機械式複製。江湖的快意恩仇，提供讀者／消費者一種「輕易的洗滌」（easy catharsis）。《神州奇俠》、《英雄好漢》系列，把神州的「叛徒」，都寫進小說裡成了奸徒惡棍，下場每個都極其淒慘，以潛意識殺人，是「自欺欺人美學」（an aesthetic of deception and self-deception）的極致，即病態又變態。

---

16 「在隱匿敘事，我們聽見有聲音描述事件、人物和場景；而敘述者始終掩藏在隱晦的語句裡。……」Seymour Chatman, *Story and Discourse*, pp 197-211.

17 詳閱李宗舜《烏托邦幻滅王國》（臺北秀威，2012）的序文，頁 11-32。

18 詩人為萬物命名，瑞安為他的社員取的名字，如：曲鳳還、戚小樓、秦輕燕、陳慕湘、楚衣辭、江秋陽、李玄霜、陳非煙、郭宛然、方墨舟、鄭激塵、殷乘風、容庭墨、胡天任、蕭君楚、吳勁風、忍虹昇、邱殺……有些名字像古代俠女，有些像古代的青樓才女（恕我直言），男社員一概是用俠客或殺手的陽剛之名，溫不僅把他身處的試劍山莊古代化，也把他周邊的人古代化，武俠化。周天子封侯，皇帝為群妃賜號，是潛意識中帝王欲望的不經意流露。

七四年瑞安再度赴臺，這一趟是率眾赴臺深造，當時臺灣反攻大陸的政治氣氛，讓他有機會把國難想像發揮得淋漓盡致，「合理化了」（rationalize）他的文武兼修（男兒當自強以保衛國家）的理念與行為。他、娥真、宗舜、清嘯、建波都用文字去尋找故鄉，追求邈遠古代的再現，由於「完全再現」（total representation）之不可能，他們的追求，只能從多個角度去想像、迷執中國。把一間簡陋樓房稱為試劍山莊，把屋裡的不同所在稱為聚義堂、絳雪小築、黃河小軒、路遠客棧、長江劍室⋯⋯用周蕾（Ray Chow）的觀察：「對中國的執迷或想像實為國族層面上的戀物心理（fetishism），⋯⋯是一種補償願望與剩餘反抗。」[19]其他人只能從詩與散文抒發思古之幽情，唯獨瑞安因為能以一支禿筆打造古代的武林、詭譎的江湖，他的北進想像不僅是軀體的位移，也是時間的回溯，他經常活在有宋一代的神思遐想裡。娥真寫的詩柔婉典約直追李清照、朱淑真，但卻多了前人所無的森森鬼氣，彷似活在蒲松齡那個年代。宗舜經常把自己視為江湖劍客，遺憾自己未能誕生於古代。我的北進想像除了是一種浪漫情懷，還有更多實際的考慮，讓能去臺深造的社員去唸書，不能赴臺的在國內大專就讀。我把書房騰出來讓來自大山腳的徐若雲寄宿，不收膳宿費，暇時稍微代我整理書籍雜誌即可。那時我人在金寶彩虹樓，瑞安一干人尚未前去臺灣。七四年秋瑞安二度赴臺。若雲走後，來自亞羅士打的洪而亮住進書房，在我的書房裡初識現代文學，他擔任南洋商報的金寶通訊員，積極準備赴臺。七六年九月洪去臺就讀於臺大中文系。謝川成唸完中五於七六年年杪搬進我的書房逗留了半年，那時我已遷居金龍園。第四個寄宿在我家中的是沈穿心，他來自安順，先後當星檳日報及南洋商報通訊員。他在我

---

19 Rey Chow, *Women and Chinese Modernity: The Politics of Reading between West and East* (Minnesota: Minnesota Uiversity Press, 1990), pp 25-27.

的書房逗留最久，與書籍同眠數載，對中國古老文物興趣甚大，穿心的詩風格獨特，他似乎從我收集到的中國童歌民謠的書籍裡找到不少靈感。

在這期間，我與瑞安於臺灣文學刊物頻頻發表作品。七四年三月幼獅文藝出版二十週年專號（上冊）收入我的散文〈黃皮膚的月亮〉，四月的幼獅文藝二十週年紀念專號（下冊）刊載瑞安的〈大江依然東去〉。同年十月，我接到臺大外文系系主任顏元叔的委託，擔任中外文學的東南亞代表；十一月瑞安的小說〈鑿痕〉，被收入中國時報出版的《當代中國小說大展》。七五年黃進蓮編《當代中國散文大展》，收錄我、瑞安、娥真三人的作品，娥真的北進試探看到了成績。七六年二月，幼獅文藝二六六期刊出〈文學批評界的新銳：崢嶸篇〉介紹八人，馬華作家共佔三人，他們是王潤華、陳慧樺、溫任平。同年四月，幼獅文藝二六八期刊出〈散文創作的新銳〉四人，他們是也斯、李男、林川夫、溫瑞安；同期刊出「馬華文壇的年輕旗手：溫任平剪影」的訪問記全文及生活照九幀。七六年六月，筆者的長論〈電影技巧在中國現代詩的運用〉，被選入古添洪、陳慧樺主編的《比較文學的墾拓在臺灣》。同年八月臺北巨人出版社出版《中國現代文學年選》散文部分收入我的〈一箇全圓〉、瑞安的〈燭照〉、〈狂旗〉與娥真的〈黑髮挽得住否〉。十月巨人出版社出版《詩學》，收入我的書信體論文：〈致瘂弦書——談詩的詮釋〉。七六年十一月瑞安、宗舜、清嘯、娥真、雁平寄來了他們的退社信。就天狼星詩社的北進成果來看，七零年到七六年杪，在臺灣文學刊物發表作品的天狼星詩社成員，主要實力仍是我、瑞安、娥真三人，但七四以迄七六年十一月，還是天狼星詩社社員的瑞安、娥真、宗舜、清嘯、雁平、建波在臺灣同仁詩刊應該也發表不少詩作。七五年八月《天狼星詩刊》第一期在臺印行，十一月詩刊第二期（武俠小說與現代詩專輯）面世。七六年二月詩刊第三期在臺出版，同年六月詩刊第四期付梓，這四本詩刊內收大馬社員、留臺社員及臺灣名家之作。天狼星跨國北進，並且登陸臺灣已是事實。

七六年十一月瑞安等人退社之後，詩社通過在臺深造的洪而亮，在七七年八月到七八年十二月在臺北繼續出版天狼星詩刊。在「溫瑞安缺席」的情況下，從七七年到八零年天狼星共出版書籍十四種，我於這期間在臺出版詩集《流放是一種傷》、散文集《黃皮膚的月亮》、評論《精緻的鼎》。七九年十一月張漢良、蕭蕭編選的《現代詩導讀》一套五冊出版，「理論史料」收錄筆者的論文〈電影技巧在中國現代詩的運用〉。通過洪而亮，天狼星詩社在臺招收新社員，七九年十月出版的精、平裝《天狼星詩選》收入三十七家詩，其中哈哥、鄭人惠、燕知三位是臺灣人，詩選的封面由許章真繪圖，章真當時經常負責《中外文學》的封面設計，書在臺印刷，可見詩社在瑞安退社之後，北進想像並沒有「人走茶涼」。一直到八十年代初，我與樹林、穿心、川成才開始有退而結網的考慮，七十年代末我寫過一首題為〈我們竚候在險灘〉的詩，永樂多斯曾在某個文學場合朗誦過，但寫詩表白心跡，與事無補，我與樹林、穿心、川成等人都在籌謀著轉型之策。

三

八零年初，我已感覺到北進之難，本來的佈署是讓年紀稍長的張樹林於七五年赴臺，繼之以殷建波等其他社員，但年僅十六的建波不顧大局，剛考過初級文憑試即瞞著詩社（包括他領導的綠野社同仁）搶先出國，這一搞給天狼星帶來前所未有的風暴，我與瑞安交惡。樹林打消了赴臺之念，與穿心悉力輔助我強化國內天狼星的力量，川成唸先修班，預備在國內讀大學，向來穩重踏實的藍啟元唸國內師訓，後來做了校長。洪而亮一人在臺，獨木難撐大廈，七九年《天狼星詩選》在臺北能印刷面世，是他一人奔走斡旋之功，但他手上已無餘錢把書寄回大馬。樹林獨自一人前去臺北，也僅能攜回少數的書籍回國。九十巴仙的精、平裝的詩選就這樣留在臺北爛掉。八〇年杪我從任教了八年的吡叻冷甲拿督沙洛中學調返金寶培元國中任教，「化零為整」，把十個分社整合成一個社，我仍然像過去那樣通過華文學會的活動、壁報的作品甄選，發掘有潛力的文學新秀，吸收成為詩社新社員。金寶培元國中大概只有年紀最長的謝川成與瑞安較熟，其他新人與天狼星的第一、二代全無聯繫。八零年九月瑞安、娥真在臺北被捕，令我、樹林、穿心、川成震愕莫名，他們如此愛臺卻以助共叛臺罪下獄，也令我對臺灣心灰意冷。大陸的傷痕文學，血漬斑斑；尋根文學，淚痕未乾，我已無心北進去面對政治陌生與文化尷尬，連投稿臺灣刊物亦意興闌珊，完全放棄鼓勵赴臺社員為天狼星開疆闢土的宏圖大計。現實狀況與文化理想永遠有一道無法跨越的鴻溝，烏托邦的宿命是脆弱與最終的殞落。我並沒有放棄中華孺慕之情，相信樹林穿心川成也沒有，經過十年的心理掙扎與省思，我們終於了解對中華文化的崇敬，不一定就要成為臺灣人或中國人，也不一定非身處兩岸三地不可。身分的流動性，地理疆域實不如心靈疆域重要。馬來西亞華人或華裔馬來西亞人，同樣可以愛護自己的民族文化與民族文學，可以在大馬這塊國土上作出貢獻。北進想像不切實際，真的，與其臨淵羨魚，何如退而結網。

在金寶培元國中，面對與川成同時期的張麗瓊、文倩到稍後的程可欣、林若隱、徐一翔到更年輕的張嫦好、吳緩慕、丘雲箋、張允秀、吳結心、鄭月蕾、胡麗莊、張芷樂、陳似樓、朱明宋、游以飄、袁鑽英、廖牽心……年近四十的我鮮少在他們面前強調文學的中華性。六十年代出生的新生代較少古典中國的牽掛，身分定位意識較我這一代人淡薄，我沒有必要挑起他們「我是誰？」、「我應該怎樣？」、「我的政治身分重要，還是文化身分重要？」的認同焦慮。張樹林曾寫過一篇題為〈河岸〉的散文，文中的人物躺在樹下，眺望對岸，只看到煙雲，他隱約知道自己的家鄉就在對岸，他自幼遠行，彼岸的鄉親父老都不可能認識他了，他就地築屋而居，每天望著他的出生地，這河啊，他最喜歡的莫過於那些暗潮水漩了。直至有一日，他走進水域，卻把小屋遺留在河岸。

文字樸素無華，也沒提及任何中國事物，但返鄉的嚮往最後卻以自沉了斷，這個「自我取消」（self-cancelling）的反高潮戲劇性張力很大[20]。川成寫了多首與字典有關的詩：〈現代華語詞典〉、〈辭海〉，〈王雲五四角號碼詞典〉有一節：「四角懸掛著幸運數字／恆常如此／直行或斜行／我仍然以四角神技／守護／日愈敗壞的方塊」[21]，似乎預示了他以語文為家與志業抉擇的心理定勢，他目前在馬大教語言學。樹林比我小十二歲，比瑞安小兩歲，仍有「易水蕭蕭」（他的詩集名稱）的中國性悲懷；川成比我小十四歲，比瑞安小四歲。到了年齡比我小二十歲，比樹林年輕八歲的可欣、若隱、一翔這一代，中華性已經淡化，本土的關切比對「在黃沙盡頭的海市蜃樓」[22]的關切，更實在也更迫切。校園文學的憂患意識與七十年代的邊緣焦慮、認同危機的憂患意識畢竟有異。

---

20 詳閱筆者：〈論張樹林的散文風貌〉，戴小華，謝川成主編《馬華文學大系：評論1965-1996》（吉隆坡大馬華文作協，2004），頁 308-315。

21 詳論參閱筆者〈枯樹期待嫩葉——談謝川成的燈火意象與即物手法〉，同前注，頁196-200。

22 見 Nicholas Koss 著、謝惠英譯〈絲綢之國乎？黃沙盡頭的海市蜃樓乎？〉（臺北麥田，2001），劉紀蕙編《他者之域——文化身份與再現策略》（臺北麥田，2001），頁 33-51。

來到這個階段，詩社必須轉型與改革，首先是現代詩如何普及化的問題，詩社新人當中程可欣、林若隱、廖奎心、胡麗莊、吳緩慕、張允秀多人頗通音律，能把短小的現代詩譜成類似校園民歌，利於傳唱；同時期我與柔佛新山的音樂家陳徽崇書信往還，決定選出部分社員詩作，由徽崇及其學生譜寫成藝術歌曲，嘗試走陽春白雪的路線。八一年杪〈驚喜的星光〉的唱片與卡帶同時面世，共收入八位社員包括樹林、川成、楊柳、啟元、穿心、冬竹、孤秋十三首詩作，冬竹的〈艷陽〉起首句也是結束句：「了解我吧／讓我覺得是屬於天地間的艷陽」高吭的四重朗唱，那聲響仿似來自天地玄黃，宇宙洪荒的「召喚」(interpellate)。〈驚喜的星光〉由我寫詞、由陳徽崇作曲，是天狼星詩社的社歌。詩社經過漫長的八年才擁有自己的社歌，也意味著詩社進入本土紮根，走與往昔很不相同所謂「本土化」的路[23]。唱片滯銷，但卡帶卻迅速罄銷，買的人多是中學生與大專生。程可欣、林若隱等人領導的詩曲組合，譜寫的校園民歌，歌詞來自卞之琳、鄭愁予、余光中、楊牧的詩，到天狼星詩社成員的作品，包括已退社的瑞安、娥真的詩作。這股詩曲創作、傳唱之風，在八十年代大概持續八九年之久，逾越了天狼星的範域，散播到文教界，尤其是大專院校去。八二年我以馬來西亞華人文化協會語文文學組主任的身分邀請臺灣詩人余光中前來三春禮堂演講，這是比六十年代初郭良蕙來馬更盛大的文學盛會。在演講會上，可欣姐妹與陳徽崇的高足陳強喜以六弦琴伴奏，分別唱出由可欣為余光中譜寫的詩〈風鈴〉，與數首天狼星成員的作品。陳強喜是男高音，唱的是藝術歌曲，可欣姐妹唱的校園民謠，適合不同聽眾的音樂品味。當歌曲旋律、音響效果變成現代詩的載體，它有一種情緒的實感與

---

23 較詳細的論述參閱〈1980 年代的文學紮根工程——天狼星詩社的角色扮演〉，溫任平《靜中聽雷》(吉隆坡大將，2004)，頁 224-228。

飽滿感，這是讀詩甚至朗詩所無法臻及的。陳強喜唱張樹林的〈記憶的樹〉，得到在場聽眾女高音邱淑明的讚賞。可欣自彈自唱她的詩〈初翔〉，略帶怯弱猶疑的振翼，然後唱她為余光中譜寫的〈風鈴〉，聲響此起彼落，已分不清楚是六弦琴的鏗鏘還是風鈴聲的叮噹，現代詩發表會首役成功。下文當再論及詩的詮釋、文學傳播、文化推廣……八十年代天狼星詩社的功能與策略轉向。

自一九七六年杪瑞安等退社之後，七七年到八〇年短短四年，天狼星以有限的財力與資源出書十四種，多為社員的個人結集，與神州詩社展開競爭（神州由皇冠出版多本文集，出版《青年中國》、《文化中國》、《歷史中國》成績斐然），我相信只有作品才是最雄辯的。晉入八十年代初，瑞安下獄，坦蕩神州一夜間蕩然無存，我對瑞安娥真反而多了一份同情。樹林、啟元、穿心、川成與我都了解天狼星來到這階段得轉型變革始可生存，我們得擴大關注面。「文化存活」（cultural survival），與怎樣讓「存活下來的文化」（surviving culture）孳長發皇，是民族當前更重要的挑戰。除了詩，我們得兼顧散文、小說與評論的領域，天狼星除了是詩社，也應扮演功能多方位的文學團體。七四年主編印行《大馬詩選》，是與當時報刊流行的「非詩」劃清界線；七七年張樹林主編《大馬新銳詩選》除了補前者之不足，更把一九七四至七八年新一代詩人像林燕何、沙禽、張錦忠、鄭玉禮、何棨良、林秋月、冬竹、藍薇、鄭榮香、沈穿心、亦筆……一網包羅；七九年印行的《天狼星詩選》則彙編了詩社這個大家庭三十七位成員的總體表現。七九年十一月二十二曰，文化協會發表文告，第二屆文學獎成績出爐，天狼星獲頒團體獎；同年十二月中旬，文協主辦文化研討會，筆者受邀提呈論文〈華人文化與宗教信仰〉。八〇年初我與啟元、川成聯手編《憤怒的回顧——馬華現代文學運動二十一週年回顧專號》，訪問了國內十位作家／學者，並由張樹林、藍啟元、謝川成闡述分析了當前馬華現代文學的表現，包括我們稍嫌忽略的現代散文，與兼顧不及的現代小說。《憤怒的回顧》一書，雖然有恨鉄不能成鋼的憤懣與無奈，但它對當前現代主義作家的成績，對新生代的難題確乎作出了初步的評估。其二，天狼星要發憤圖強，得借助外力，要有經濟支援。我首先想到的是與我有些淵源的馬來西亞華人文化協會[24]。天狼星與文協合作應該能收到資源互補之效。文協雖然是國內最大華人政黨馬華公會的十大計劃之一，其運作卻非政治宣傳，它允許學者專家在研討會各抒己見，像九八年年杪的那場在當時可謂國內最具規模的文學研討會，新馬兩地的現實主義與現代主義的作家、左右派的學者都有受邀參加。我決定參加文協成為會員，八一年被理事會選為該會語文文學組主任。那是我跨出天狼星、決定由另一個經濟與資源充沛的文化團體，實踐天狼星文學任務的重要一大步。

當時馬華公會在吡叻馬青州團長是陳立志，他與我是世交，我們都來自美羅，他是先父的學生。他向我保證馬華絕不會干預文協的運作。八二年我邀請余光中來馬演講，八二年三月我與樹林籌組大馬華人協會吡叻州分會，甄選理事會成員並無向馬華公會報備。我任分會主席，張樹林任秘書兼語文文學組主任，謝川成、李學超副之；出版與文獻保存組主任沈穿心，署理主席饒達昭。副主席謝玉麟，教育組主任鍾思顯、副主任曾絳仙，他們四位是安順、金寶和怡保三地的華校校長。整個理事會都由文教界人士組成。我們除

24 筆者與文化協會的聯繫始於一九七八年，是年十二月，筆者以天狼星社長身份受邀出席該協會主辦的一項由新馬兩地學者／作者參與的「馬華文學研討會」，並提論文〈馬華現代文學的意義與未來發展：一個史的回顧與前瞻〉，這並非筆者最滿意的論文，但卻是被以後的學者引用得最頻密的論文，原因可能是我在文章裡如是說：「馬華現代文學大約崛起於一九五九年。那年三月六日白垚在學生週報一三七期發表了第一首現代詩〈麻河靜立〉。最少有兩位詩人——艾文和周喚——在書信中表示了與我同樣的看法。」

了辦畫展，八三年在邦咯島主辦第一屆文學工作營，我們邀請陳應德、永樂多斯與謝川成三人向五十名學員作專題演講。文學工作營成功舉辦，我們很快就想到要在《憤怒的回顧》一書出版後，在一九八四年主辦「第一屆現代文學會議」，一方面是為馬華現代文學二十五週年打氣，另一方面也可補《憤怒的回顧》論析之不足。我們邀約詩人、散文作家、小說作家各二十名，一共六十人參加是項盛會。《憤怒的回顧》的論文都出自詩社成員手筆，看法想法可能有欠周延，需要集思廣益[25]，現代文學會議邀得六十位馬華作家出席，參與討論，見解多樣多元，得到的結論相信會較為廣泛深刻。可惜會議是座談會式的隨意發揮蔓衍，學術含金量不高。我提呈論文比較方娥真與張曉風的散文成就，也安排瑞安自港返馬發表他對現代詩的看法，可惜他雖有久囿獲釋的語言迸爆，也獲得出席的寫作人的

---

[25] 現代文學會議對我在 1978 年提出的看法並無異議，對筆者在《憤怒的回顧》的代序〈馬華現代文學的幾個重要階段〉裡，循著注 22 的思路，再寫下了：「五九年三月六日白垚在《學生週報》發表了據説是馬華文壇的第一首現代詩〈麻河靜立〉，現代文學乃肇其端，揭開歷史新的一頁。」亦表認同。二十年後，才有陳應德（已故）在一項研討會上提呈論文〈從馬華文壇第一首現代詩談起〉提出「新發現」：陳認為四十年代鐵戈的〈在旗下〉，如淘流的〈保衛華南〉，三十年代雷三軍的〈鐵船的腳跛了〉，傅尚皋的〈夏天〉，五十年代初威北華（魯白野）的〈石獅子〉……是比白垚〈麻河靜立〉更早出現的現代詩，參閱《馬華文學的新解讀》（大馬留台聯總，1997），頁 341-350。我不認同鐵戈、如淘流、雷三軍寫的是現代詩，傅尚皋與威北華的詩有不同程度的現代詩趣味，問題在於傅與威都是孤立的文學個案，沒有後續的力量，連陳應德也承認：「威北華不曾發表過任何文論來提倡現代主義」（頁 346）。

溫梓川與楊實君、吳逸凡在 1934 年編《檳城新報.詩草》，發表過象徵詩，但日本侵華，救國救亡文學應運而生，「象徵派」被鐵抗貶為「惡魔派」（1940/9），《詩草》副刊夭折。溫梓川在五十年代中期出版詩集《美麗的肖像》，可惜只是獨立的個案，沒能引起討論，掀起風潮，形成氣候。1959 年白垚〈麻河靜立〉發表後，進入 60 年代，笛宇、喬靜（林靖程）、麥留芳、周喚、王潤華、淡瑩、林綠、畢洛、葉曼沙、蕭艾、黃懷雲、艾文諸人繼起，蔚然成風。錢歌川、王潤華、葉逢生、于蓬等人譯介歐美現代主義的理論與作品，使現代主義蘊足了作為文學「運動」（campaign）的力量，而非浮光掠影的個別現象。詳閱溫任平〈與陳應德談「第一首現代詩」〉，〈書信論學〉系列五，〈星洲廣場〉，《星洲日報》（28-12-1997）

熱烈掌聲，但演講內容不過爾爾。陳徽崇講現代詩曲的創作要義，用鼓與鼓邊的敲擊凸出節奏的重要性，大家頗能心領神會。會議過後的餘興節目「現代詩曲發表會」，由百囀合唱團部分成員唱〈流放是一種傷〉，陳徽崇親自擊鼓相和，配以男女和聲，具體化了流浪歌者在大街小巷「重複唱著千萬遍的歌」，和一聲聲陽關的意境。繼之以可欣、若隱、嫦好、結心、麗莊等人唱校園民歌式的現代詩，面對來自各地的作家，現代詩能唱而且十分新穎動人，這個訊息在會議通過媒體的報導，與會作家的見證，很快傳遍全國。現代詩通過歌曲的音韻與旋律的中介傳播出去，與流行華語歌曲的走進大街小巷的那種大眾化相距甚遠，我想百囀與天狼星均無意從事商品文化工業，詩的傳播是在爭取小眾與擴大小眾。

八十年代上半葉可以說是詩社的豐收季：1980 年 4 月川草榮獲光華日報七十週年小說獎亞軍，6 月程可欣編《風的旅程》出版，收入的全是八十年天狼星新秀的散文新作。1981 年謝川成榮獲文協總會的文學評論獎，同年 9 月川草獲永春聯合會的全國散文比賽第二名。1982 年天狼星第二度獲頒文協總會的團體獎，同年張樹林榮獲詩獎。1983 年謝川成馬大畢業被政府派去安順教書，他在學校發掘了好幾位寫詩之才，其中兩人李家興、莊穎婷、陳輝漢都能譜曲。八四年川成再度獲得文協總會頒發的文學獎，這次是詩獎。1984 年由我主編、馬崙編輯的《馬華當代文學選（小說）》出版，1985 年由我主編、張樹林編輯的《馬華當代文學選（散文）》由文協印行面世。[26]1983 年 6 月的詩人節聚會，我建議由若隱與可欣在研討會上首次提論文，他們那時還在念大學先修班，還很年輕，由於詩社的發展迅速，天

26 原來的計畫是出一套四冊包括詩、散文、小說、評論的《馬華現代文學選》，而非當代文學選，前因後果，詳拙作〈天狼星詩社與馬華現代文學運動〉，《馬華文學的新解讀》（吉隆坡大馬留台聯總，1997），頁 172。

狼星的新生代必須「早熟」才能肩負重任。1984 年杪我與樹林、楊柳、川心、川成密議，由於文協事繁，把詩社社長、副社長、正副秘書、財政於翌年由可欣、若隱、楊柳、嫦好、一翔代理。翌年是 1985 年。是年六月文化協會吡州分會在安順安碩佳酒店會議廳主辦研討會，並邀請到方娥真、傅承得、謝川成發表專題演講。同年九月我受檳城中華大會堂之邀，攜同可欣、若隱、嫦好、陳輝漢出席一項文化活動，以獨唱、二重唱的方式演繹了八首現代詩：方旗的〈江南河〉、瑞安的〈華年〉、方娥真的〈歌扇〉，吳結心的〈神話〉、林若隱自己的〈過客〉，我的一首小品〈一九八四年注腳〉，以及我的兩首較繁複的詩〈格律〉與〈一場雪在我心中下著〉。這是詩曲在北馬首次亮相，反應比預期良好。

1985 年 6 月，由川成負責聯繫的現代詩翻譯工作，經過幾年的折騰，終於看到了成果，中英巫三語詩集《多變的繆思》（天狼星文萃五，出版總目二十二）出版[27]，收入詩社老中青社員：溫任平、藍啟元、張樹林、孤秋、風客、雷似痴、謝川成、林秋月、葉錦來、程可欣、林若隱、徐一翔等十二人的作品，我們剛好來得及在是年的詩人節聚會上分發給與會者。巫譯者潛默、張錦良在馬大雙主修中文與馬來語文，英譯者陳石川是英校生，倫大漢學系畢業。這部三語詩選應可提供有志於詩翻譯的研究者參照。在地化、本土化、多元化，退而結網不是一種文化倒退，而是迂迴進取。同年九月鄭月蕾編的《中秋節特輯》面世。1986 年謝川成被選擔任詩社社長。

自 1985 年開始，可欣、若隱、一翔、允秀、嫦好先後進入馬大深造，可欣與高她一屆的中文系同學、也是社友的林添拱商議，除了天狼星的六人班底，同時還跨越科系與級別與何國忠、許育

---

[27] 《多變的繆思》*(The Muse: His Many Faces; Muse Yang Beranekan Rupa)* *Anthology of Modern Poetry in Three Languages*: Chinese-Malay-English.

華、駱耀庭、林雲龍、陳全興、潘碧華、孫彥莊、張玉懷、朱旭龍……成立「馬大文友會」。文學滲透，不，應該說，文學傳播，已見效應。同時期在拉曼學院念書的陳鐘銘，亦屢奪大專文學獎。從八五年的「文學雙週」活動開始，「文學雙週」成了馬大中文系的常年活動，一群大專文藝青年包括馬大文友會的成員，理大的祝家華、鄭雲城互相期許呼應，搞出版社印行了多部合集與個人結集，風起雲湧，這股校園文學風潮歷時十年，到了 1995 才流露疲態[28]。1986 年沈穿心榮獲文協總會頒發詩獎，同年辛金順邀我前去哥打峇魯演講，可欣也受邀唱詩，她唱的是我沒聽過的新曲[29]，可見現代詩曲在馬大另有發展。1986 年，樹林、川成受邀赴怡保霹靂女中演講。1987 年 9 月若隱、可欣、添拱、陳強華與詩社外面的朋友張映坤、周金亮、葉友弟、陳紹安、林金城、張盛德、加愛……成立了「激蕩工作坊」，在全馬大小城鎮舉辦本地歌曲創作演唱會。用可欣的自述：「現代詩這一股風潮，後來也隨著我們進入了馬大校園，更引發本地第一場本地創作歌曲發表會……這些都是我們當年在小鎮彈彈唱唱始料未及的。」[30]周博華、關德輝、黃品冠由於表現出色，後來還出版專輯成了頗受歡迎的新進歌手。激蕩工作坊雖然有人唱現代詩，不過唱文學性較濃郁的新歌新詞畢竟不多，其活動與天狼星無關，我只能說激蕩一些班底也是詩社的成員。1987 年七喜與星洲日報慶祝端午聯辦「名家對話」，我受邀出席，其他三位名家是永樂、賴瑞和與陳應德。是年川成以〈屈原三卷〉獲佳作獎，並前去適耕莊育華中學講現代詩。十二月張允秀獲大專散文第三

---

[28] 有關 80、90 年代校園文學的發展，在籍大學生關心的課題，潘碧華《馬華文學的時代記憶》（馬大中文系，2009）析論頗詳，頁 71-102。

[29] 我手上同時擁有二十多首可欣為自己與其他詩人譜寫成歌的卡帶，和若隱自彈自唱的十餘首詩曲錄音。

[30] 引自程可欣〈天狼星詩社〉，《蕉風月刊》第 484 期（1998 年 5、6 月號），頁 70。

名，同年林若隱從事她的後現代實驗，發表〈落雨了，城落了一地鱗瓦〉。1988 年六月我赴新山出席由當地中華公會主辦的「詩的四重奏」，謝川成出版詩集《夜觀星象》，第一版一千本賣完，再版亦近銷罄。對川成而言，1988 年是忙碌的一年，他遠赴哥打峇魯主講〈修辭手法在現代詩的運用〉，同年近打師範學院主辦為期兩天的「現代詩創作營」，由我主持開幕，川成是幕後的主要推手。同年六月詩人節，詩社首次邀約非社員前來發表文學演講，他們是沈鈞庭、祝家華與潛默。九月張樹林受邀前去曼絨青少年文友會講散文。十月一日川成出席馬大文學雙週講〈百花齊放的散文〉，十月八日我在馬大講〈文學評論：鏡與燈〉。1988 年若隱發表〈這一輯是關於愛的〉和〈看畫記〉兩首，風格特異。1989 年川成鼓勵他的師訓學生也是詩社社員謝雙發出版處女詩集《江山改》，同年若隱刊出〈貓住在五十七條通的巷子裡〉:「也不用爬牆，也不用敲門／也不用大聲吶喊／移民這種事／私奔一樣／傳得最快／『那年南來／是慌張的……』」，五十七條通暗喻獨立於 1957 年的馬來亞，後現代、後殖民書寫漸具規模。若隱就以這首詩，於是年榮獲大專文學獎新詩組首名，謝雙發以〈信仰城堡〉獲佳作獎。1989 年年中我受中央藝術學院之邀出席一項文學交流會。11 月中，我被調派赴首都尊孔國中任教。鑒於社員星散，我、樹林、川成、穿心各處一方，海明、秋月結婚，添拱、可欣是另一對新人，淡靈、心茹、藍雨亭、桑靈子嫁人，風客、弋湘月結婚後遠赴法國，謝雙發去了新加坡發展，年輕的激情耐不住婚姻、就業的現實磨損，天狼星詩社的活動在是年告一段落。「天狼星詩社在八十年代中期之後戛然而止，並不意味著現代性的終結。」[31]那種聲音突然中斷的描繪顯然不符事

[31] 見許文榮〈馬華文學的三位一體：中國性、本土性與現代性的同構關係〉，《馬華文學與現代性》（臺北秀威，2012），頁 31。現代性在天狼星詩社還未出現已經存在，

實，整個過程較像一部電影的「淡出」(fade-out)。九十年代中，我人在首都，傅興漢、傅承得兩位有心人，曾向我建議用大將書行的將帥廳於週末舉辦詩社聚會。2010 年 1 月，在上海復旦大學舉辦的文學研討會上，張依蘋對我說如果詩社復甦她會即刻申請加入天狼星詩社，她的話使我吃驚。2011 年 8 月，馬大中文系畢業生協會與浙江紹興文理學院聯辦研討會，分兩個部分進行，負責第一部分論文總結的潘碧華對川成論文中所言天狼星結業於 1989 年提出異議，她認為天狼星的團隊活動雖然停了，但天狼星精神猶在，因為當年的社員分布在媒體、文教界、出版界人數可觀。上述事例都引起我不少感觸與聯想。就我的理解，天狼星向外面的世界擺一個「神話的姿勢」[32]的時代已經過去，在一片解魅、解構的聲浪中，天狼星要重現可能需要「重賦魅力」(re-enchanted)，那是既浪漫又激情的年輕人才能做到的事。

以上所述，夾議夾敘的稗官野史或野史稗官，應該交代的大體上交代了。天狼星詩社與現實主義的「鬥爭」無法在這篇文章處理，這篇論文已超逾二萬字了，我十分享受這種沒有現實主義干擾的敘事（我已被它干擾了四十五年了，enough is enough）。歷史緬懷、文化孺慕、身分認同焦慮、邊緣趨向中心，大學生的悲歡憂患，國內的政經文教策略的種族性偏差，影響社員的創作思維與題材抉擇甚巨：弱勢文化的不安以不同的形式表現出來。對母語的執著與近乎激進的探索：探索文白交融的可能，探索西化的效果。我在〈暗香〉、〈朝笏〉、〈天問〉、〈散發飄揚在風中〉諸篇曾自覺的實驗過。撰寫這篇文章，我發現進入八十年代作品漸稀的藍啟元，尚未結集出書的冬竹、林若隱，鮮為人知的前社員李木真（真牙）、林漓他們的作

天狼星結束後怎麼可能意味現代性的終結？

32 參閱賴瑞和〈一個神話王國：天狼星詩社〉，《學報》第 869 期（1973 年 6 月號）。

品的實驗性很高，文字形式多變，但他們都太早輟筆，留下的文本不多。這方面的研究只能俟諸來日。

（稿成於 2012 年 8 月 6 日周五）

本文於 2012 年 7 月 7-8 日，在拉曼大學主辦之
〈時代・典律・本土性〉馬華現代詩國際研討會上提呈

詩意・境界・詩性：論馬華（後）現代詩

一雙農婦穿著的鞋子沾滿田裡的泥濘的時候，最能展現鞋性。

Heideggar, *Poetry, Language, Thought*

（一）

七月七日、八日在拉曼大學舉辦的現代詩研討會過去了。對我而言，這個以「時代・典律・本土性」為主題的研討會，還有研討會過後的圓桌會議，可真留下不少懸念。

懸念之一，甚麼是「詩意」（poetic）？甚麼是「詩性」（poeticity）？懸念二，中國詩學裡頭還有境界和其他定義含糊的相關詞。懸念三，吶喊是詩嗎？更恰當的問題是：吶喊（即使是粗糙的押了韻腳的，唸起來朗朗上口的），它就具備詩性？曼克尼亞美學（Manichean aesthetic）那種二元對立的詩，這種詩可以戴著各種不同的面具，開始流佈，身為一個年近七十的詩作者與評論者，我應該噤聲還是應該出來說話？懸念之三，研討會與圓桌會議都沒怎樣碰觸到現代詩的語言問題（因為不是大會的主題）。懸念四，近年的現代或後現代詩，也許大家都不願面對這事實，詩質無寸進，在詩的整體上表現疲憊無力，缺乏創意。二零一二年出版的《時代的聲音：動地吟詩人自選集》，在詩藝表現方面甚至不如二零零三年印行的《有人詩集》予人的清新感。這種倒退令人震動。

從研討會回來，回到吉隆玻。我很快就收到《亞洲週刊》（29／07／2012），封面是胡適的肖像，上面有胡先生用毛筆寫的兩行句子：

山風吹亂了窗紙上的松痕
吹不散我心頭的人影

三十多年前的詩句　　　　　　胡適　一九五九・六月

胡適仍把當年他寫的帶點詩意的句子視為「詩」。從《嘗試集》的出版，那是在一九二零年，胡適的詩觀沒有任何突破。胡先生學植深厚，劉勰、蕭統、嚴羽、司空圖……他不可能沒讀過。他是推廣白話文運動的創始者，故意撇開歷代的詞話詩話不碰，就算這麼說講得過去，但年齡比他大十四歲的王國維的《人間詞話》，他總不可能忍得住內心的好奇不去看吧。靜安先生的「境界說」：

古今之成大事業大學問者，必經過三種之境界：「昨夜西風凋碧樹，獨上高樓，望盡天涯路」，此第一境也。「衣帶漸寬終不悔，為伊消得人憔悴』，此第二境也，』眾裡尋他千百度，驀然回首，那人卻在燈火闌珊處」，此第三境也。

詩關乎興觀群怨，也是大學問大事業，則胡適即使在一九二零那個摸索與嘗試的年代不及兼顧漢語白話詩的美學要求，三十多年後他應該知道那兩句 verses 只帶點詩意（並不如何出色的詩意）而並非詩，仍以「詩句」自詡，我揣測胡先生仍相信白話詩的境地「僅止於此」。甚麼是「詩意」？上海書局（私人）有限公司出版的《現代華語詞典》的解釋還附了句例：「像詩裡表達的那樣給人以美感的意境：湖水閃著陽光，浮游著雪白的鵝群，饒有詩意。」這個解釋帶出了另一個辭彙「意境」，同一部詞典對「意境」的析義是：「文學藝術作品中表現的境界和情調」，詞典的編纂人在解析「詩意」帶出的是一個比一個抽象的辭彙。「境界」是「事物所達到的程度或表現的情況」，而「情調」是「事物所具有的能引起人的各種不同感情的性質」，把原來較簡單的「詩意」複雜化與抽象化（甚麼都扯上「事物」，釋義者似乎技窮）。黃錦樹就《漢語大詞典》何其芳的說法簡潔化為「（詩意）是那新鮮、優美的文學藝術的內容要素」，黃還不忘強調「但必須藉由文學形式與修辭技藝方能被傳達。總而言之，詩意包含了詩思、詩的內容及詩的效果（讀者接受）三個方面」[1]。胡先生出版《嘗試集》後對新詩方面的停止研索，令人費解。三十年代有詩人林庚提出「詩原質」之說，一九四八年寫成論文〈詩的活力與新原質〉，把歷朝的詩的演變與形式的衍變作了很好的分析，他甚至發現唐詩律絕的「風」漸被元曲小令的「雨」所取代。梁文星於一九五七年發表〈現代的新詩〉，文中有有一句意味深長的話：「我們現在寫詩，不是個人的事，而是為整個傳統奠下基礎。」這麼重要的有關詩的文獻，又是同時代的理論家提出的，何以有考古癖，心細如髮的適之先生竟不聞不見？

胡適懂佛學，曾與日本一代禪宗大師鈴木大拙辯禪。鈴木強調直覺經驗，胡適重視歷史進程，斥責鈴木之禪是「非理性」。寫詩要「跳脫」（這是個修辭學辭彙），須借重直觀、直覺、頓悟（epiphany）這些非歷史、反歷史的因素。說了那麼多，旨在說明一代學人胡適，確非詩人的材料。這麼說並非對前輩的不敬，嚴羽說得妥貼：「夫詩有別材，非關書也；詩有別趣，非關理也。……所謂不涉理路，

---

1 黃錦樹〈尋找詩意：大馬新詩史的一個側面考察〉，拉曼大學中文系主辦「時代、典律、本土性」馬華現代詩國際學術研討會（2012 年 7 月 7 日－8 日），頁 5。由於論文尚未結集出版，頁數只屬暫定。

不落言詮者，上也。盛唐諸人惟在興趣，羚羊掛角，無跡可求。故其妙處透澈玲瓏，不可湊泊，如空中之音，相中之色，水中之月，鏡中之象，言有窮而意無窮。」，而所謂不涉理路，不落言詮，言有窮而意無窮不正是詩中禪意的發揮嗎？禪意在詩中如行空之天馬，如破土而出的幼筍，像洛夫、周夢蝶、葉維廉、羅青、雷似癡，謝永就、李木香諸子的表現，是胡適想像不到的。洛夫、夢蝶諸人的詩，當他們寫得最好的時候，裡頭竟有前生的影影綽綽，來世的風風雨雨。

在這方面，胡適的同儕如朱自清在白話詩方面顯然比前者細膩。朱自清在〈詩的感覺〉評季陵的〈白螺殼〉，曾指出詩人能在「微細瑣屑的事物裡發現了詩」乃是「高度的交互錯綜」；李廣田稱之為「推衍的章法」：「譬如剝筍，剝到最後，也許甚麼也沒有了，然而那最要緊的東西也就在這裡。」

（二）

筆者讀過的散文當中，朱自清的〈匆匆〉可謂感性洋溢：「燕子去了，有再來的時候；楊柳枯了，有再青的時候；桃花謝了，有再開的時候。但是，聰明的，你告訴我，我們的日子為什麼一去不復返呢？——是有人偷了他們罷：那是誰？又藏在何處呢？是他們自己逃走了罷：現在又到了哪裡呢？」，一連串的「修辭詢問」（rhetoric questions）巧妙地帶出作者的時間焦慮感。很詩意，對嗎？我最近讀香港鋼琴、琵琶演奏家孫穎聆聽愛爾蘭小提琴手 Fionnuala Sherry 和挪威作曲家 Rolf Lovland 組成的完美音樂〈祕密花園〉（Secret Garden）的聽後感，乃知山外有山，後浪推前浪：

「我驚訝怎麼會有這種浪漫到盡頭、悲傷也到盡頭的音樂，令人找不到退路，完全沒有中庸的餘地。好像我喜歡的一種燈，最亮時大放光明，能在幾尺外看得見五線譜上最細微的一個符號；但當你調到最暗時，充其量只是一絲燭光，鎢絲在透明玻璃燈管中微顫，像略為燒紅的炭，更像夜晚海中央的一點漁火。」

描繪摹狀音樂的文字，到此地步，令我開了眼界。這是散文？是詩？還是散文詩？文學批評家必須兼具的才、學、識，我不一定有，但我敢判斷，這是一篇散文，富有詩意的散文，出色的散文，有境界的散文，我甚至會用「孫穎描述音樂出神入化，近乎詩境」形容之，我不會說它是詩，因為它缺乏詩的內核，也就是詩性（poeticity）。近年來看到有些詩作者把詩意較濃的散文（遠遜於孫穎的文字）當作「分段詩」，心裡為他們焦急，我在想他們應該先讀點楊牧、蘇紹連、楊澤再試驗他們的分段詩吧，起碼在創作的路上他們至少免了 genre 的困惑。

在筆者沒忘記之前，我必須趕緊在這兒強調，詩之為詩，途徑眾多，條條大路通羅馬，用禪的喻示，用禪的頓悟，只是眾多途徑之一。西方詩學有張力（tension）可以成詩，對比可以成詩，諷喻可以成詩，意象並置可以成詩，矛盾語（paradox）可以成詩，林林總總，不一而足。漢語可以成詩，說得誇一些，恐怕也有八萬四千個法門。就以耶魯大學 Cleanth Brooks 津津樂道的「矛盾語言」（language of paradox），清人史梧崗《西青散記》即曾提過類似的論點：「詩以無為有，以虛為實，以假為真，每出常理之外，極世間癡絕之事，未妨形之於言。」古典詩的形式、技巧，從情景交融到物我交感，研讀黃永武教授一整套的《中國詩學》，對現代詩的創作一定大有稗助。

宇文所安（Stephan Owen）在他的著作 Traditional Chinese Poetry and Poetics（U of Wisconsin）指出「中國的詞往往是一齣設計精巧，

臺上沒有演員而只有主角的意識的小型戲劇。」他的判斷用來形容、說明宋詞可能正確，用之以描繪北島的斷章零簡亦若合符節，用來籠括文本充滿你、我、他與它們的複數的馬華（後）現代詩，恐怕就不確切了。因為這種無人舞臺意識即主角的詩形態，與前面討論的禪意、頓悟不無關係，茲舉例引證如後。砂勝越的李木香，她寫「鴉色乃悄悄走來／不經意地勾引／一泓水色的玻璃／一叢生刺的放蕩的／啞蓮」[2]；紫一思〈風景〉:「一隻白色的大蝶／在庭院裡的芍藥上／想起久別的山水」[3]；雷似癡寫〈活著即痛著〉:「常深思／唯一幼細蛛絲／真否拯救／眾生於煉獄／／一念方萌／眾生皆墮」[4]。何乃健的近作也撇開了你我他的分別心，寫候鳥尤為出色：

一隻又飢又渴的候鳥
終於找到
一棵還能結果的苦楝
決定在枝椏上築巢
然後孵化一首歌
送給久已寂靜的春天
向每隻病危的蚯蚓問好[5]

上述詩作具備詩性，抽象的鴉色、具象的大蝶均被人格化，陌生化了（de-familiarization）。這種情形在乃健的〈候鳥〉一詩，最能收到令人驚奇、訝異的戲劇性效果。它們都踰越過了詩意，直擊詩性。

---

2 引自溫任平編《大馬詩選》（霹靂美羅天狼星出版社，1974），頁 69。
3 引自《紫一思詩選》（吉隆玻學報月刊，1977），頁 117。
4 引自《中秋節特輯》（天狼星出版社，1985），頁 2。
5 引自曾翎龍編《時代的聲音：動地吟詩人自選集》（八打靈有人出版社，2012），頁 17。

靠詩人內在的感情，激盪沖決也可成詩。十八歲的賴敬文的情緒湧動：「從童年到現在，風吹不止／我的衣袂飄飄，陽光，月亮和雨水／我都寫下了，把所有的足跡／不論濡濕或乾燥／我都寫下了」（部分詩行）[6]，這位憤怒青年與家庭或友儕的衝突矛盾，盡在不言。這是詩。同理，二十歲的李宗舜（黃昏星）寫〈寒江雪〉：「我在一片／白茫茫中／渡過／寒冷的江岸／沒有花開／沒有一聲鳥語／枯松就在狂烈的北風中／悲泣著／我再也無法看見遠航的／小舟」[7]。孤苦決絕，只有遠航，「狂烈」一詞是詩眼。一九七二年以迄七四年，我正在編《大馬詩選》，筆者還沒接觸到雅各慎（Roman Jakobson）對詩的功能（poetic function），尤其是對「詩性」（poeticity）的析義，所謂「詩性」也就是詩之所以成為詩的必備條件是：「詩性被呈現，當詞被感受為詞而非所謂客體的簡單再現或情感的抒發，當詞及其組成、其意義、內在及外在形式擁有其自身的價值，甚於將之漠不關心的委託給現實。」[8]。我憑藉自己對中國歷代的詩話詞話，再加上我自己也正在寫詩的「詩的直覺」去分辨詩與非詩。有些膽大妄為，但《大馬詩選》好詩的確不少，有詩選為證，現實派的「白開水詩」（如果還能稱之為「詩」的話）一首也擠不進去。

我瞭解僅從詩的語言或辭采來探究，詩即有巧拙、奇常、濃淡、雅俗、剛柔、藏露之美。談一點藏與露的美學吧，藍啟元在〈趕路〉：「我忍不住要回首／隱約是妳喚我／清清楚楚／鏡子映照著雲和路」[9]，究竟是隱約還是清楚，患得患失。冬竹的〈豔陽下〉：「瞭解我吧／讓我覺得是屬於天地間的豔陽／／茅花雪白雪白，搖擺風聲

---

[6] 同注 2，頁 256。

[7] 同上，頁 153。

[8] Roman Jacobson,*Language in Literature* (Belknap Press of Harvard UP, 1987), p. 378

[9] 見《天狼星詩選》（天狼星出版社，1979），頁 272。

／響起／遠遠豔陽自樹林那邊喚我嚒」[10]的直抒胸臆；文倩在〈但願〉的懇切訴求：「比方你一點都不認識我／在一片陌然中／祈望你緊記那一握藍／最初就為你留的，切記呵！」[11]。張惠思的〈戀〉：「你急急翻書／越來越遠你的身影……／走廊的盡頭你千萬要站住，等我／把你讀熟／背好」[12]，惠思愛戀的書，還是人，還是詩中的讀書人？都不重要。她處理的愈含糊（vaque）愈好，這樣的聯想空間才大。在藏與露之間，楊劍寒的〈憶〉：「雨落長窗，煙霧走進冷冷的琉璃／炭火零星，黑暗正掩向濕房／故舊的風燈／已在簷間長掛不起」[13]，劍寒與強華是八零年代寫詩的好手，奈何劍寒自台學成歸國，便因生活問題向文學同袍強華諸人宣佈離開文學，「長掛不起」，一語成讖。數年後陳強華寫成〈西瑪戀歌〉：「把燈光一盞一盞地熄滅／去拒絕四周圍攏過來的黑暗」是絕望中的頑抗。劍寒的哀傷在骨子裡，強華的詩卻隱藏對歲月的恐懼。詩的藏露之間的矜持，我覺得那就是詩性。

詩當然也可以看來簡易，而內有玄機。葉慈（W.B.Yeats）寫過一首〈在學童之間〉（Among School Children）前面三行：「I walk through the long schoolroom questioning, /A kind old nun in a white hood replies: /The children learn to cipher and sing/To study reading-books and histories/To cut and sew, to be neat in everything/In the best modern way...」謝川成的〈方向〉：」枯樹期待嫩葉，在你的花園／你從屋裡走出來／坐在窗下憂鬱……」[14]，平面的敘述蘊含他意。林若隱的〈看畫記〉：「讀完

10 同上，頁 42。

11 同上，頁 29。

12 見張惠思《站在遺忘的對岸》（吉隆玻燧人氏，2003），頁 26。

13 同注 9，頁 183。

14 引自《馬華文學大系：評論 1965-1996》（吉隆玻大馬華文作家協會、彩虹出版社，2004），頁 199。

書媽允許出去：海濶天空／讀完書我和 A 遊到抽象畫的街道／行人左右前後來去如風如塵／如大雨奔洗過水彩左右前後／來去如水如雲／／在噴水池他們遇見垂釣時間的人／談戀愛的人，大笑的人」[15] 有點重複近乎累贅的陳述，言外卻有餘弦，瀟灑飄逸。同樣以學童為題材的還有鄭月蕾的〈二十一行詩〉:「晚煙已靜靜降落在山坡這邊／屋外幾個孩童／勇猛地爭論著一些不成理由的理由／罵聲、哭聲、打架聲／自街上那邊傳來」[16]，沒有明顯的批判，似乎純然在描繪平凡的外在現實或現象，細心的讀者應能感覺前面的靜謐祥和與後節的爭囂吵鬧全不相契。張樹林的〈記憶的樹〉首二行用修辭的工整排比:「不知道終點在那裡我走來／不知道相忘是甚麼你走去」[17]，裡頭蘊蓄的情緒一點也不平靜「工整」，只能以暗濤洶湧形容之。而沙禽筆下的讀書人以複沓的修辭問句:「是否體會到心物生滅的堂奧／是否明瞭月轉星移的圖象／是否出入光與暗」，一連串的內省自詢終於道出了：

> 是否在這沒有動靜的夜晚
> 聞到一絲
> 最初母親的乳香[18]

（三）

以動態語，以誇飾句，以奇思妙想一下子就攫住詩性的，在臺灣詩壇以餘光中、洛夫、楊牧、楊澤、陳黎、陳克華、陳家帶最為

---

15 刊《椰子屋》，刊期待查。
16 同注 4，頁 3。
17 同注 9，頁 133。
18 引自溫任平《文學觀察》(天狼星出版社，1980)，頁 31。

擅長，溫瑞安、方娥真論者眾多，就不以他們為例了。其實國內的陳政欣、方昂、艾文、飄貝零亦是箇中高手。呂育陶在這方面亦不遑多讓，他的詩〈當我心無所愛〉：

你剛審閱完畢電腦螢幕上的電郵
刪去三則同事轉發的色情笑話
端起一塊裝配不出新內容的三文治吃
九十五樓的天空，死神忽然撲進來
推倒你一如軍隊踢倒一杯咖啡[19]

以誇飾句取勝，小曼的近作：「您的絕食／老早就結束了／孟買和印度／卻一直還瘦著」[20]，令人忍唆不住之餘會提醒自己：哀衿勿喜。程可欣的少作〈銀河車站〉：「有一列車要開行／星星湊成軌道／而你是司機／而我是搭客／馳向久久遠遠……」[21]，科幻想像，近乎妙想天開。陳政欣的〈那天我把幾本童話書／一疊練習簿／倒向水溝裡去」[22]，出人意表，問題不小。艾略特（T.S.Eliot）」Midnight shakes the memory/As a madman shakes a dead geranium」午夜的記憶，怎會像個瘋漢晃搖一朵死了的天竺菊呢？他的另兩行詩：「Every street lamp that I pass/Beats like a fatalistic drum」，詩中人物經過的每盞路燈，怎麼會出現宿命似的鼓聲？兩組詩節裡各自出現的兩個意象（imageries），得依憑它們之間的內在應合始綰結成一「聯想整體」（imaginative entity）。周錦聰〈陽光的味道〉：「我原想把陽光／裝進罐頭，寄給你／回頭一想你的環保主義和你的笑容／從不與罐頭碰

---

19 引自《有人詩集》（吉隆玻有人出版社，2003），頁 41。

20 同注 5，頁 55。

21 〈銀河車站〉由可欣自譜成曲，只有四行，易學易唱于詩社社員間傳唱頗廣。

22 陳政欣《五指之內》（棕櫚出版社，1983），頁 34。

頭」[23]，詩思巧妙，三個「頭」字居然也可湊在一起，轉折呼應，十分高明。周若鵬的〈懸案〉:「一張懸在半空的桌子／誰都知道／不是它自己掛上去的……他搬出一張張新桌／拼著舞臺／命令一個老人／在臺上裸舞」[24]，內容匪夷所思，使人想起法國劇作家伊安尼斯高（Eugene Ionesco）在《椅子》一劇裡椅子不斷增加繁殖，既荒謬又恐怖。張惠思寫的〈命題〉:

坐在所謂思想史這張椅子上
我看見你苦苦思索
歷史老人從視窗急急邁步而過
丟下一些口齒不清的話語：
請、不必、妄下定論[25]

不僅把歷史人格化了，而且諧趣化。歷史難下定論，歷史家的吞吞吐吐，囁嚅其言，一連三個頓號，把情景具體化也戲劇化了。這就是眾多「後學」(postism）當中的一支，所謂「後現代主義」。二零零三年六月出版的《有人詩集》的廿二位作者，約有半數嘗試以後現代的手法或技藝，如語碼轉移、語義衍變、拼貼後設、形式換模，文字遊戲、解構疏離、機遇變體、反敘事、反形式、反定義、反正統甚至於模擬兩可、胡說八道，異端邪說……從詩題到詩的內容翻新出奇。大體而言《有人詩集》的後現代試驗僅屬淺嘗輒止，出色作品不多。方昂於一九九零年初寫的〈出版詩集的原因〉:」因為垃圾桶投訴太少垃圾／因為書櫥答應再收容五百本詩集／因為語法家需要我不懂語法的證據／因為要向世界宣佈三十八的我天真如十

---

23 同注 20，頁 52。
24 同注 5，頁 158-159。
25 同注 12，頁 77。

八／因為要摺飛機探望青空／因為昨夜一隻白鳥掠過我黑色的夢……」[26]，胡說八道，歪理連篇，正是後現代的慣技。原來方昂二十多年前，已大步邁過現實主義，跨越了現代主義，寫後現代詩了。《有人詩集》的一些作品題目看起來後現代，聳人聽聞，內容卻平平無奇，反而不及方昂自我調侃，諧趣中有喻意。其實「拙」不等於英文的 stupid 或 stupidity，這方面，林語堂有很深刻的體會。「拙」可以是一種巧智，有些詩看似夢囈或咒語，拙得很，其實內裡另有乾坤。辭拙意工，是詩；因拙而得工，也是詩。

有一點至為重要，必須在此闡明。寫詩是一種精緻的構築也好，是文字遊戲、妙手偶得之也好，所謂「戲法人人會變，方法人人不同」。回到就詩論詩這個節骨眼，一堆文字無論辭采如何穠麗、如何「有詩意」（這些作品在面子書上汗牛充棟，目不暇給），如果詩性缺場，則仍舊是散文小品、雜文隨筆，與詩無關。高手如夏宇、羅青的文字戲謔裡頭都有微言大義。微言大義近乎中國詩學的「縮龍成寸」，與西方的一顆沙粒見世界，異曲同工。管它是現代還是後現代，都是主義，都是帽子，詩寫得不好或不成功，不能找現代或後現代來當擋箭牌。是詩非詩，仍得依據詩性之有無作決定。

現代詩有不少描劃城鎮、都市、街道與相關事件的作品。冷眼旁觀，淡然處之，如鄭月蕾的〈階下〉：「這純粹只是風景不是心情／時間是午後五時，多一分鐘／天地仍一片通明／一個女孩坐在樓梯口／拿起一本詩集／／階下，幾個行人／緩緩走過城中的江湖」[27]，聽不見雷響，先看到閃電。方路的〈茨廠街習作〉：「雨比我先來　其實雨在我的前生／已來過／／落在街上　小攤口　人群／／舊牌樓盲人的枴杖上／／我站在雨中／街道上的眼睛／都向我靠攏／　其

[26] 方昂《簷滴》（馬來西亞華文作家協會，1993），頁 57。
[27] 引自《中秋節特輯》（天狼星出版社，1984），頁 11。

實他們在我來之／前早已這樣靠攏」[28]，「靠攏」是關鍵字，今生前世的時間感，雨中靠攏使人聯想到相濡以沫的典故。楊嘉仁的〈路過時發生〉:「個性欠缺明亮的陌生人／長長的影子罩了過來／灰灰的眼神罩了過來／儘量不擦肩而過／／是否，吵過一架了／地面和風景皆是／翻倒的濃濃的漆料／／是否見過一面了／在各自翻開童話故事／的下午，各自／扮演巫婆和武士，各自／敵對，咀嚼零食，走開」[29]，這是雷響、閃電、下雨，只是爭執的內容不詳（讀者不會八卦到想知道 what happened），事件發生，且兒戲到童話的程度，讀者收到這訊息（詩性）也就夠了。錄下艾略特的〈序曲〉（Prelude），以便參照：

> The winter evening settles down
> With smell of steaks in passageways.
> Six o'clock.
> ...
> The showers beat
> On broken blinds and chimney-pots,
> And at the corner of the street
> A lonely cab-horse steams and stamps.
> And then the lighting of the lamps.

中譯:「冬天的黃昏沉落下來／帶著甬道中煎牛排的氣味。／六點鐘／／……雨拍打著／破損的百葉窗與煙囪管／在街角的拐角，孤單地／一輛駕車的馬在噴沫和踢蹄／接著是盞盞燈光亮起」，寫黃昏下班後的街道景觀，詩裡有雨聲有光影，有煙味與濕

---

28 方路《電話亭》（吉隆玻有人出版社，2009），142。
29 同注 20，頁 218。

氣，還有煎牛排的味道，這是冬天傍晚的街道景觀與詩人的觀察感受應合。平淡的語調，瑣屑無聊與無意義，而「意義」就在其間。黃建華的：「我在都市人潮最擁擠的街道蹲下來／街景在速食店的落地窗中矮了半截」[30]，人蹲踞之際看到的街景「矮了半截」，蘊含對都市的隱批判。

王潤華寫〈北上〉：

穿進又竄出陌生小鎮狹窄又擁擠的街道
打油站廣告的陰影下
捧著焦慮的頭額
伏在方向盤上作短暫的喘息[31]

寫的是逃難，都市人在交通堵塞、寸步難移而又必須往前闖的情況，最末兩行寫人物捧著頭在方向盤上喘氣，生動傳神，令人難忘。艾略特的百無聊賴與王潤華的匆迫緊張，形成強烈的對照，它們以不同的方式攫住了詩性。林健文從另一個角度切入寫城鎮：「五腳基，在黃昏時逐漸黑暗／而整條街道／被老店隔鄰紅黃交替的燈光映照成一個偌大的／M 字」[32]，麥當勞的文化侵略，造成城鎮出現質變。消費慾望與符號的改變，影響的不僅是生活也是思想。如果讀者稍加比較，楊嘉仁與林健文的作品是兩首相對缺乏詩意的詩。

30 黃建華《花。時間》（吉隆玻大將出版社，2004），頁 37。
31 同注 2，頁 3。
32 《星洲日報：文藝春秋》，2000 年 7 月 23 日。

(四)

張景雲先生為《有人詩集》提的序文題為〈語言的逃亡〉，文中提及：「我在本集中的若干作品裡看到複調寫作的嘗試，我也看到我自己偏愛的非／反詩意創作，……一個詩人有作非／反詩意寫作的意圖，他胸中首先必須有一種 sophistication 的詩美學傾向，這個傾向強則 sophistication 的作品風貌越明顯；可惜的是 sophistication 在馬華詩界是個絕少人欣賞、更少人有此悟性的風格，能在此集子中見到一些詩行透露這種『世故』的顏色，在我已經是可喜的事。」[33]。臺灣已故詩人林燿德以反詩意題材寫詩，早年羅青的《吃西瓜的方法》，是以非詩意方式創作。徐志摩的感情太熱烈，感情變成他的思想或他的思想的一大部分，混凝不清，再加上他中西雜陳的語言，志摩的詩除了三幾首表現標青外，其他作品都令人煩厭。就我而言，我寧願讀林徽因的寄喻之作。志摩的感情、思想混凝成塊，不是非詩意亦非反詩意，而是語言的障礙。李金髮受法國象徵主義影響寫成的詩，意象紛陳，詰屈聱牙，我想這也不是張景雲心目中的非／反詩意的成功之作。

且看當前馬華詩人的創作嘗試。李宗舜的〈停電〉：「蠟燭的火花／在熄滅中昇華／能源及電訊部長的新聞稿／摸黑寫到」[34]。首二句是悖論，接下去的兩句既使不是反詩意也是非詩意的，語調急促，語法有誤，使句子更呈「非詩意」。謝川成的「如果你的手持著一朵枯萎的花／不妨把它放在窗外的雨裡／讓它在潮濕的午後／流露最

---

33 引錄自注 20，頁 4。

34 李宗舜《風依然狂烈》（有人出版社，2011），頁 284。

後的絕豔」[35]，哀惋之情，隱隱約約。劉藝婉的〈大 K 市公車指南＝「白襯衫及領帶穿著司機。裝扮一致的風景路過公車。」[36]，本末倒置，主客易位，使本來詩意的材料，成了修辭學的突兀錯應，絕非詩意。濟慈以風格典麗、詞藻優雅著稱，但他寫〈夜讀荷馬〉:「Round many western islands have I am/yet did never breathe its pure serene」，詞序顛倒，正好反映了濟慈夜讀荷馬譯本的激動心情，非詩意，反語法，恰恰成了濟慈作品的魅力所在，它的詩性來源。

林泠的詩以柔婉空靈、音色動人著稱，但她寫〈科學〉:「啊科學，它何其優美／且如此精確地／為我們計算人間的錯誤……」[37]，科學是反詩意的，但林泠賦予它詩性。王國維舉「紅杏落花春意鬧」、「雲破月來花弄影」，以為「境界全出」，庶幾近之。心物交感，不必強分境界之大小。呂育陶的實驗性，張惠思的遊戲性（playfulness）使他們能以各種過去不用的方式、形式寫詩[38]。育陶詩論者甚眾，且不多說。這兒談談惠思的〈專業精神〉:「我總是不停地思考各種形而上學的理論架構／謹慎地審閱中外古今的經典古籍／用零點錯誤的精密電腦核准／追問你以孜孜不倦的初衷／／「你囗我嗎？／／因為／我是你唯一敬業樂業的情人」[39]。楊嘉仁的〈邊緣獨白〉:「偌大的深藍，宇宙／講究排場氣勢的實驗室／該如何擺置喜悅，傷感／及微小的情緒顆粒／在這試管中的城市／有局部的陽光／公路交疊。低溫。未知／與未來同樣濃密／我們是遊離、凍傷／且寂寞的菌種」[40]，惠思與嘉仁以形而上學、古籍經典、電腦實驗、核准計算、

[35] 同注 15，頁 198。

[36] 同注 20，頁 172。

[37] 見《臺灣詩學》二號 2003.11，頁 111。

[38] 葉維廉認為遊戲性「能把與生俱來的，但永被壓抑不發的藝術本能解放出來」，詳《解讀現代。後現代》（臺北聯經出版社，1989），頁 56。

[39] 同注 12，頁 95。

[40] 同注 20，頁 218。

試管測試……入詩，使詩非詩意化、甚至於反詩意化，這比因利就便的循著詩意去寫詩，去接近詩性困難許多，層次上也高了許多。張景雲一再強調的 sophistication，我揣測可能是這意思。

六月十八日呂育陶前來班登英達與我會面[41]，我與他提及後現代主義，談到兩個問題，一是後現代的「不確定性」（indeterminance/indeterminancy）。我對育陶說「不確定性」是我們當下的「後現代情境」[42]。我的意思是今日我們寫詩出入於現代、後現代，或傾向於使用後現代手法是很自然的事。其二是我從交談中獲悉，育陶比較不認同大陸詩人于堅口語寫詩的美學觀。不過就這點，我們沒有細論。八十年代以降，中國大陸一直為學院寫作與口語寫作爭論不休，馬華詩壇實無必要把大陸這幾十年來的爭議再上演一遍。對我而言，兩者都有各自的優勢與缺失：前者容易因知識典故、歷史神話、意象糾結的堆垛，理念先行，智力炫技戕傷了詩意，甚至毀壞了詩性，漢語詩愈寫愈洋腔洋調或愈來愈像外國詩的中譯本；後者重日常性、生活性、及物性，重視本真（authenticity），重「語感」，把生命的活動與語言的產生同構起來，以口語寫詩落入庸手就成了「用口水寫詩」。我想詩意的來源、詩性的結核，可以來自學院，也可來自民間。美國詩人金斯堡以口語寫詩，數十年來都是學院派詩的頭號批判者，五十歲之後金斯堡卻成了學院詩的維護者與創作者；而黑山派的奧森斯，長踞學院，數十載從事學院詩寫作與理念傳播，近年來卻以口語寫作，兩者詩風改變之大，令人難以置信。從這重要

---

41 約見呂育陶，是因為拉曼大學中文系主辦的研討會，我是楊小濱論文〈儘是魅影的歷史：陳大為詩中文化他者的匱乏與絕爽〉與遊俊豪論文〈負隅頑抗的公民性：呂育陶詩作的特質和策略〉的講評人，我向育陶拿齊了他已出版的詩集，也和他稍為討論及學院寫作與口語寫作的問題。

42 赫山提出「不確定性」的現象，詳「朝向後現代主義觀念的建立」，Ihab Hassan 著，陳界華譯。《中外文學》月刊第 140 期（1984 年正月號），頁 66-80。

的事例，或可以看出詩人會變，而變是為了「突破」，或至少有關詩人覺得用另一種策略寫詩，更能把詩的內容、本質表現出來；不一定更詩意，卻肯定更接近詩性。我在七月八日拉曼大學中文系研討會過後的圓桌會議上朗誦了一首自己的一首較口語化的作品，由於以自己的詩為例很難客觀的看問題，我又另外朗誦了林亨泰的詩作六行：「沒有語言／這世界／可能也沒有甚麼驚訝／／沒有驚訝／這世界／可能也沒有甚麼情愛／／沒有情愛／這世界／可能再也無須留戀」[43]，給聽眾參照。口語化（雖然不是大白話），以排比之法並置，直逼讀者的感性，亦可令人動容。我因此認為詩之所以為詩，在理論上雖然有赫司理（Hazlitt）的「氣概」（gusto），柯立基（S.T. Coleridge）的「二度想像」（secondary imagination）和葉慈（Y.B. Yeats）的「出奇制勝」（strangeness），但真正的體會與感受才是最重要的。詩不（僅）是詩意的鋪陳，也不（僅）是修辭的練習，而是詩性的「內爆」（implosion）。胡金銓談電影在大冬天也可以汗如雨下，對於已故胡導演來說，電影是他的詩。或者艾彌兒・狄更遜（Emily Dickinson）與她的訪問者希金笙（T.W.Higginson）說的一段坦率的話，令吾人更能感知甚麼是詩：「如果讀一本書而我感覺到全身上下冰冷，沒有任何火光可以讓我溫暖，我知道那是詩；如果我明明白白感受到好像頭頂被掀開了，我知道那就是詩。這是我僅知的辨認詩的方式，還有別的辦法嗎？」

43 詳陳仲義〈評學院寫作〉與〈口語寫作〉，《臺灣詩學季刊》第 37 期，92-99。

（五）

文字的淺白，所謂口語寫作，不是妨礙詩意、進而斲傷詩性的原因。如果讀者仍嫌林亨泰排比並置的六行詩難懂，這兒不妨一讀鄭愁予的：「而憂喜不過是兩件衣服，穿著一件／自然閒著另一件」，人生況味，盡在不言。顧城的「我窮／沒有一個地方可以痛哭」，貧無立錐，原來可以到如斯地步。假牙的〈新衣〉兩行：「請不要／在我肩上哭泣」，三首作品均文字簡單，卻頗耐咀嚼。世有所謂「文字煉金術」（verbal alchemy），鍛鍊的不僅是古奧深僻語，也提煉淺易語成可磋之器。葉維廉的〈愁渡〉：「千樹萬樹的霜花多好看／千樹萬樹的霜花有誰看」，兩行換了四個字，人生的況味便出來了，不必落於言詮直道悲涼。我相信詩有境界之大小高低，韋蘇州：「窗裡人將老／門前樹已秋」，白樂天：「樹初黃葉日／人欲白頭時」，司空曙：「雨中黃葉樹／燈下白頭人」，就有境界層次高低之別。它們各有各的詩意側重點，無損詩性。

七月七日、八日拉曼大學中文系主辦的現代詩研討會參與者共提呈十三篇論文，其中辛金順的〈「他媽的」——作為八零年代後馬華「現實詩學」創作的一個省思〉，這是對「動地吟」的詩朗誦活動的一次重要反思。〈他媽的〉是一首詩的詩題，作者傅承得，「他媽的」這句近乎粗口的詈詞，用辛金順的評語是：「即時性」的憤怒的情緒。無巧不成書，黃錦樹的論文〈尋找詩意：大馬新詩史的一個側面考察〉，從理論探究詩是甚麼詩？詩性是甚麼？並據此批評方昂、游川（已故）、傅承得、小曼、陳強華諸人拿出來朗誦的詩作詩質稀薄。用黃錦樹的話：「存在是沉重的，而詩是粗鄙的」。辛金順的憂慮是「詩歌上臺，詩意下臺」、「詩入廣場，詩性泯滅」，近年來讚美「動地吟」的歡呼聲音太響亮了，這兩篇論文有若熱天潑冷水，肯定令不少人掃興、不快，至於能否有當頭捧喝之效，刻下仍言之過早。

前面我論及口語寫作的缺點，這缺點極可能因詩有機會上臺，走向通俗化，庸俗化、演藝化，蔚然成風。抗議政府不公，爭取社會正義都不能成為斲傷詩性的理由，否則政客煽情的演講都要變成敘事詩甚至史詩了。〈時代的聲音〉雖說是「動地吟」詩人的作品自選集，但詩人選的應該是他們心目中的佳作（我猜想這些作品只有少數在臺上朗誦過），但整體的詩作成績遜於〈有人詩集〉，我看不到形式的試驗，技藝的創新，以及形式技法表現的任何瓶頸突破。佳篇少，佳句難求。是「動地吟」的平民性，群眾性、社會性，使詩嚴重向政治傾斜，詩性被嚴重「稀釋」（attenuated），成了「類抗戰詩」或「圍城文學」？近乎魯迅筆下的「吶喊」與「徬徨」？

詩朗誦可以在不毀傷它的詩性的情況下進行嗎？大陸詩人食指的〈這是四點零八分的北京〉，口語化，平易化，句子重複簡單，感人撼人，而又無損詩性；余光中的〈請莫在上風的地方吸煙〉，寓教訓於幽默，文字節奏配合得宜，十分逗趣。余光中那首詩，一首極具朗誦效果的詩，是一首詩性 intact 的佳作。「動地吟」諸君子，我想大概不會是「聞過則怒」，只想聽到掌聲、唱采聲的一夥。他們不是星光大道的過客。

辛金順的古典傾向，在節奏、神韻這些層次為漢語詩尋找出路；何啟良的〈渡海之後〉，喜用文言古語，把當代漢語陌生化以凸顯其內涵。他們的探索饒有意義。在學院寫作與口語寫作之間，在美學追求與社會效應之間，輕重拿捏，總是齟齬不休。纖易至於冗，穠或傷於肥，詩的語言、技藝大體上總是在危機的臨界（threshold）始能突顯詩性，就像海德格爾所說的：一雙農婦穿著的鞋子在沾滿田裡的泥濘的時候，最能展現鞋性。符號學家艾可（Umberto Eco）經常提醒我們注意「在場的詞」與「缺席的詞」，而詩的極致在「入神」，在「道無言」，放鬆自己去體會、感受，比技術性的分析重要。

本文於 2012 年 9 月 29-30 日，於馬來亞大學主辦的〈多維視野中的馬華文學〉第 4 屆國際文學研討會提呈

細胞繁殖，網路教詩與傳播效應

（一）核心細胞，同儕效應

我在二〇一四年所作的文學傳播，與過去通過學校華文學會的那種潛移默化，大不相同。這篇報告先追溯過去種種，然後再瞻望未來的可能。總的而言，從一九六八年到一九九三年，我扮演的角色是：利用自已在校內擔任華文學會顧問之便，發掘新人，栽培新血。每月出版一次或兩次的壁報，成了文學新人的練技場，作品的展示版。

天狼星詩社成立之初，以溫瑞安為首的所謂「美羅七君子」、李宗舜、藍啟元、周清嘯、葉遍舟、余雲天、吳超然諸同儕，南下北上，他們都是在籍學生，盤纏不免羞澀，他們傾囊中所有（父母親給的零用錢）四處奔走聯繫，「周遊列國」，居然在一九七二、七三年內，在十個城鎮成立了十個分社，每個分社都有各自的社長，類似細胞的「裂變」。一九七三年天狼星甫出世就有了十個自己的分社，很快聚集了多逾百人的社員，如此活躍跳脫的詩壇新生兒在兩岸三地加上新馬，都是罕見的怪嬰「infant terrible」吧。

孔門十哲，耶穌十二門徒，這些都是核心細胞，這些精英份子有學識，有才華，而且有促成細胞分裂、繁殖的力量。一九七三年我在吡叻冷甲拿督沙洛中學教書，發覺殷建波是出色的寫作與領袖之才。殷建波這枚核心細胞很快與安順的另一枚核心細胞張樹林聯繫上，細胞蔓延之快，超逾尋常。他們分別在冷甲成立了天狼星詩社綠野分社，在安順成立了綠流分社，與溫瑞安領導的美羅綠洲分社鼎足而立，成了詩社最活躍的三個分社。

返顧當年，所謂「美羅七君子」真正能成為核心細胞的是溫瑞安、李宗舜、周清嘯、藍啟元，加上殷建波、張樹林與在一九七五年在金寶成立分社的謝川成。一九八一年我從冷甲調返吡叻金寶培元國中，在那兒教了五年書，這五年過程，我發覺莘莘學子：程可欣、林若隱、徐一翔、鄭月蕾、張允秀、張嫦好、陳似樓、袁鑽英、丘雲籛、吳緩慕、宋明宋、吳結心、廖牽心、遊以飄……當中，以程可欣、林若隱最具細胞繁殖衍生的力量。前面的七人加上金寶的兩名文學新銳與詩社的最後一個門生陳鐘銘，這十名文學新人猶似孔門的顏淵、子騫、伯牛、仲弓、子貢、冉求、子路、宰予、言偃、子夏，可他們不攻哲學思想，他們寫詩，攻讀美學與文藝心理學。他們有各自的同學、明友圈子，互相環接，充份發揮同儕效應；核心細胞便是這樣分裂、繁殖出去。

由於殷建波在一九七五年即赴台與溫瑞安會合，天狼星詩社於七六年因此一分為二：正確的說法是，瑞安、娥真一干人在臺北自立門戶，成立「神州詩社」（後來改稱「神州社」）。西馬主要靠張樹林、洪錦坤、沈穿心、謝川成撐住大局。張樹林頗似當年比孔子小九歲的冉求（樹林比我小十二歲），能靜能動，他以一人之力，聯繫上雪蘭莪州沙巴安南的藍薇、飄雲（鄭榮香）與冬竹，怡保吡叻女中的一群女秀才，與遠在西馬南端柔佛州哥打巴魯市寬柔獨中、由已故陳徽崇老師領導的合唱團。寬中合唱團不僅有歌手，也有能把詩譜寫成曲的人才，新的聯繫／聯盟的建立，對天狼星詩社進入八零年代的轉型，起了催化的作用。

謝川成在馬來亞大學就讀於中文系與英文系，一九八三年大學畢業，被派去安順蘇丹亞都亞茲中學與聖母國中任教以迄一九八八年，在這六年期間，他培育文學新秀不遺餘力。陳輝漢，李家興，陳順燕，黃家傑，陳浩益，莊穎婷，馬振福，吳慶福，陳明順...都是那期間培訓出來的人才，當中陳輝漢、李家興、莊穎婷還能寫詩譜曲，才藝不凡。一九八八年二月，謝川成轉赴怡保師範學院教書，他的學生謝雙發不僅成為詩社社員，還出版了詩集《江山改》。八九年三月川成被調派到近打師範學院擔任華文講師，任教五年，負責韻文教學法，韻文包括古典詩詞與現代詩，他每年都在學院主辦詩歌發表會，讓學員以朗誦、歌唱襯之以舞蹈造型演出多位名現代詩人的作品。這些華文專修班的學員，畢業之後便是派去各地中學的華文老師。現代詩的種籽便是這樣像蒲公英地傳播出去。二零零零年以降，全國主辦的年度中學生詩歌朗誦比賽，帶隊的老師大部分都是謝川成當年（一九八九以迄一九九三）訓練出來的中學華文專修班的學員。

川成在中學華文師資之間傳授現代詩的知識，從詩的欣賞、分析、評論，到指導學員從事詩的實際創作（二十行以內），到安排詩的朗誦、詩的吟唱，輔以舞蹈造型呈現詩境，他的目的已不囿限於將這些學員吸納成為詩社成員。教育部有許多無形的約束，也使他不便這麼做。薰陶出一個個文學核心細胞，到全馬各國民型中學讓細胞擴散、繁殖，長遠來說，意義更大，影響可能更深遠。

一九八四年先後進入馬大中文系的林添洪、程可欣、徐一翔、張嫦好，與理科教育系的林若隱，他們也沒刻意在校園招收社員，一方面這樣做有違大學校紀，一方面也可能顧慮到操之過急反而帶來反效果。他們選擇了另一條出路，除了天狼星的六人班底，他們與跨級別與跨科系的何國忠、許育華、駱耀庭、林雲龍、陳全興、潘碧華、孫彥莊、張玉懷、朱旭龍...成立「馬大文友會」。文學滲透，不，應該說，文學傳播，已見成效。八七年九月，可欣、若隱、添拱、陳強華與校外一群有志於歌唱表演藝術的朋友張映坤、周金亮、葉友弟、陳紹安、材金城、張盛德……組成「激盪工作坊」，巡迴國內大小城鎮演唱。激盪工作坊的總召集人是陳強華，他是天狼星詩社北馬的社員，至於他自組「魔鬼俱樂部」那是後話。用可欣在蕉風雙月刊第484期（1998年5、6月號）的話：「現代詩這一股風潮，後來也隨著我們進入馬大校園，更引發第一場本地歌曲創作發表會……這些是我們當年在小鎮彈彈唱唱始料未及的。」（頁70）好些歌手像周博華、黃品冠、關德輝還出了個人專輯。如實的說，激盪工作坊雖然也唱現代詩，其著重點是唱出年輕人的新謠，而非藉歌曲推廣現代詩。他們的活動與天狼星詩社無關，雖然詩社有不少成員像添拱、可欣、若隱、強華……也是激蕩的班底。

一九八八年進入拉曼學院深造的陳鐘銘，翌年成立華文學會，繼之於成立「拉曼文友會」與「紅磚工作坊」。所謂「紅磚工作坊」，推廣的也是校園新謠，類似激盪工作坊。他本人除了多次囊括大專文學獎，從一九八八年以迄一九九三年，他影響了不少拉曼的同學與學弟妹，出版多部合集年刊。他是那種根深自植的獨行俠，扶攜他人，自己的爆光率不大，不像馬大文友會，不僅沙龍式聚會頻繁，而且還為馬大中文系制定了年度的「文學雙週」活動，每年邀請詩人、作家前去演講。馬大的文學團隊還成立出版社，印行多部合集與個人結集。他們與理大的祝家華、鄭雲城遙相呼應，掀起令人耳目一新的校園文學風潮，國內其他大專學院爭相效尤。文學的核心細胞繁殖、蔓衍，已不再囿限於詩社的範疇，它的「逾出效應」（spill-over effects），在相當程度甚至改變了馬華文壇的整體生態，為八十年代的馬華文壇帶來活力與動能。校園文學的盛行，歷時十載，到一九九五年才見疲態。

早在八零年代初，我已意味到現代詩雖不能做到「凡有井水飲處皆能歌柳詞」，但現代詩不能僅限於紙上閱讀，那太靜態了，基於這點認知，一九八一年乃有我本人與已故音樂家陳徽崇的合作，把詩社成員的十三首詩譜寫成曲，由徽崇兄領導的百囀合唱團演唱，製作成唱片與卡帶〈驚喜的星光〉，用另一種方式進行詩的傳播，也讓受眾從另一個管道進入詩的境界。這麼巧，可欣、若隱、一翔、嫦好，皆頗擅音律，她們把譜成曲的現代詩在馬大校園演唱，一種另類的校園民歌——有別於台灣的吳楚楚、楊祖珺——於焉產生，並且迅速逾出校園，引起文化界相當大的迴響，一個譜詩成曲、同時也唱自己的歌與歌詞的「激盪工作坊」誕生了。核心文學細胞的變化，不僅鏈結了歌藝，也拓寬了馬華文化的格局。

（二）知識輸出、作品展示、互動學習

天狼星詩社在一九八九年年杪，由於我遠赴首都任教，社員成家立室，女社員相夫教子之餘多是職業女性，要兼顧詩藝文學，實屬強人之所難。從一九八九年到二〇一四年，詩社冰封了二十五年，四分之一個世紀，此時回想，實在不可思議。

事情出現轉機，是科技帶來的。二零一二年我買了一台 iPhone 4S 智慧手機，偶然發現自己可以捨棄過去 20 乘 25 的稿紙，在手機的「筆記」寫稿。我每週在國內兩家華文日報寫的專欄，每篇一千字。筆記每行十七個字，寫夠六十行，一千字的短文就完成了，對我而言，這與寫一則較長的、分段的「短訊」沒啥兩樣，稿成即可「伊媚兒」電傳給報館，十分便捷。過去交稿需要郵遞，需要三天時間，郵費開銷不再話下；傳真機的發明使遞送的時間縮短，費用減輕，但傳真過去的稿件往往不如原稿清晰；手機電傳快若閃電，幾乎無需付費。傳播講求效率，我這個科技弱智每天使用手機，終於也有若干領悟。恰好二零一二年年杪，拉曼大學金寶校區主辦一項國際研討會：《馬華文學：時代・典律・本土性》，我提呈的工作論文是〈從

北進想像到退而結網：天狼星詩社的野史稗官〉，論文長二萬一千字，裡頭有幾十個字數不少的腳註。我決定用手機處理，文章長可以分開寫，每天寫一兩千字，這點不難，麻煩出在本文用宋體，引錄有時得用黑方或楷書凸顯其意義。腳註的字有時用到英文，英文書名還得用斜體（italic）；腳註的漢字又必須比本文小，電腦有這樣的設置，智慧手機可沒有，無論如何我終於克服了這項難題。

克服這難題，其實也克服了一個在二〇一〇年才自學電腦的人的心理障礙。我開始在臉書上留言，寫的多是一些生活的感悟，由於自己的文學傾向，談論文學——尤其是詩藝——的次數頻仍，篇幅長達三百餘字。我發覺臉書是一個展覽館，自己的那一塊是個展示板，它能「文化輸出」，像個空中教室。柏拉圖的《理想國》卷七有洞穴之喻，人的感知如果被身體困在洞穴管窺世界，所見必然偏頗，人有需要離開身體的洞穴困限，學習數學、辯証之學，才有可能接近真理。網絡世界提供人類拓展視野的許多可能性。我在二零零二年十一月廿四日在星洲日報發表〈火焗紀事〉之後即偃旗息鼓，不再寫詩，臉書提供的方便使我詩心復甦。為了擔心失手丟人現眼，我在網上的留言，初期是有意無意滲入三五行詩，不落痕跡的鍛煉自己放下了十多年的鈍筆。二〇一四年二月十一日，我終於用七行詩吐露內心深處想回到詩的願望：

在飛機的這一端，我看見你
從遠處迅速移進，嘩然的風雨
當年展翅高飛的你
我在機艙的進口處，回過身來，舉臂
向送行的親友同袍揮別

「告訴她，我其實從來不曾忘記過
從來不曾離開過。」

這不啻是一篇宣言，告訴大家我不曾忘記初衷。這之後我幾乎每天都有話說，每隔兩三日即成詩一首，積壓胸臆十多年的詩精靈爭先恐後，井噴而出（我找不到更適當的說法）。一直到二月廿二日我把〈憂鬱十四行〉（後來題目改為〈躁狂十四行）貼在牆上，第一次面對讀者的評議：

我翻身躍上 500cc 的大型摩托車
在一條人煙稀少的道路上馳騁
去參加一個派對。我用我聽來仍年輕的聲音
演講，用稍稍沙啞但性感無比的聲音
歌唱。我揣測眾弟子徒眾
學藝已成，他們穿行於市集
如入無人之境。他們飆車，足以捲起風雲
帶來巨量的雨：拍啦拍啦拍啦……
我騎著 500cc 的摩托車，在鏡頭前出現，
又隱去，傾斜如醉，如此反覆三四次
用手比一個 V 字
告訴湧上來的群眾
象徵主義勝利……惜乎垂垂老矣
然後絕塵而去

網友當中有一位 Justin Foo，讀了我的詩在網上很快留言：「唉，這首詩的主題莫非即是『惜乎垂垂老矣』？」，我在網上的回覆是：「十分感謝 Justin Foo 的回應。符先生學識淵博，其詮解理當

重視。由於拙作的主題並非嗟老，遂決定刪去「惜乎垂垂老矣」句，讓詩 ambiguous 一些。……」。詩的「模糊性」（ambiguity）正是詩性之所在，「惜乎垂垂老矣」，如此露骨，怎可不刪除？我與網友的交流，訊息的溝通，充分發揮傳播學的「互動性」（interaction）。我由此聯想到臉書作為一種傳播媒介的其他可能性。二月份，我不斷在臉書上寫些有關詩創作的評述，刺激網上讀者的神經，茲舉三則為例：

2.1.「葉維廉在美國名校普林斯頓大學教書，他是比較文學博士。六十年代的某一天，葉維廉對詩人瘂弦說『現代詩要發展，必須扭斷散文的脖子』（大意如此）。這句話驚雷一響把在馬來西亞的我震動了。語見《創世紀詩刊》某期，有心人如能替我找出來，功德無量。

聯想要能跳躍，才能有'扭斷'散文脖子之可能：從散文的語序，散文的邏輯思維解放出來。鄭愁予：「是誰傳下這詩人的行業／黃昏裡掛起一盞燈」，Tie Theway:「The quiet man kisses his nipples/Two seeds collide into a jungle」首行與次行毫無關係，內容毫無道理。詩不與你講道理，道家美學：「反常合道」，詩乃成。你偶然的胡說八道，聽在詩人耳中，稍稍改動可能就是詩句。有時兒童衝口而出的語言（非理性、卻感性洋溢），也可琢磨成詩。2014／02／16」。

2.2.「踰界是 transgression，一種『逸出』，就好像從自己的果園跨進了別人的菜圃，從文學走進哲學、科學、歷史、園藝、社會學、政治學……，並且向音樂、繪畫、電影……借鏡。楊牧的詩特別多花草樹木，屈原的花草是忠良與奸佞的喻依。

上個世紀 70 年代，我寫過一篇兩萬字的論文：〈論電影技巧在中國現代詩的運用〉，徵引新馬港臺的詩例，闡明詩中用到的 20 多種電影技法，發表於《幼獅文藝》,後來被收錄進臺灣出版的中國現代文學大系：詩的理論部分。詩人的視角正是電影的鏡頭。

如果你讀到一些作品，詩裡提到伊壁鳩魯學派、宋明理學、孔子與老聃的對話……詩人其實是在踰越，逸出到另一個場景，以便借題發揮。他山之石，可以攻錯；古人種種，與現代人相映成趣。2014／02／21」。

2.3.「在網上讀到許多感傷主義（sentimentalism）的作品，有點累，詩人比一般人敏感，但寫出來成為作品宜乎『哀而不傷』。適度的收斂，曲折的表達，一定比呻吟、嚎啕更感人。所謂適度的收斂，正是古典主義的精髓所在。

現代主義強調 impersonality，王國維提『無我之境』都警惕詩人，從個人的小我抽離，較『客觀』來看待與處理自己的情緒。詩人要有思想，要能聯想，勇於想像。太多的詩人只寫自己的肚臍，主題狹隘，調門自憐，讀這樣的作品能不累嗎？2014／02／26」。

三月份我在臉書公開留言多則，加大了力度，僅抄錄八則以便參照：

3.1.「詩一定有它的個性（individuality）或個人的獨特性，這種獨特性（uniqueness） 如果並未具備『普遍性』（generality），那首詩就成了夢囈或語言嘔吐。小我必須接通大我，詩或其他任何形式的文學作品才有意義。只寫自己的夢，自得其樂；只寫自己的怨懟，自艾自憐，作品開拓不出視野與境界。

『境界』是一個現在進行式的圓滿過程。觸景生情，是個人之情，如果啣接到家國之情，那視野就寬廣許多。社會的、文化的、歷史的聯想使詩擺脫一己情緒之宣洩，使詩進入完全不同的境界。必要的話，用你知道的神話；更必要的話，要像唐之李賀或美國的 W.B.Yeats 那樣，大膽建構自己的神話或神話系統。2014／3／06」。

3.2.「上一篇留言提到視角與境界。神秘主義（mysticism）提供了另一種視角與境界。葉維廉借助道家的空白美學：言不盡意，得魚而忘筌。他把詩的邏輯性、分析性詞語減到最少，他甚至刪去介繫詞與語助詞，葉維廉追求的是『純詩』（pure poetry）。周夢蝶依仗佛家的超越美學，空即是色，色即是空。空性不是『一無所有』（nothingness）而是『無邊無際』正如面對海洋，我們不會說海洋一無所有，反而驚歎海洋的『浩瀚無垠』（immense）。想像力是無限的，創造性是無盡的。

鵜鶘是基督教重要的象徵，鵜鶘受難象喻耶穌受難。玫瑰（rosa）在但丁（Dante）的〈神曲〉中出現了 11 次，十字架出現了 17 次。詩出現神秘元素，加強了它的宗教、文化深度，耐人細嚼。最近在網上發現寫詩多年的朋友仍然像幾十年前那樣，因擷取得一、兩個俏皮的意象而沾沾自喜，我不由得不感到悲哀。詩人缺乏自省能力，潛意識裡又抑制不住帝王慾望，迷失在同儕或粉絲的讚歎聲中，是時候警醒與謀求突破了。2014／03／08」。

3.3 大馬現代詩壇正值低潮，沒有多少人在寫詩，出色的詩人目前勤於寫詩者不足十人。過去曾寫過優秀作品的詩人，跨入創作的 plateau，眼高手低。獲獎只說明他／她曾寫過一首（一組）特別傑出的詩，受到報章主辦的競寫比賽諸評審的認可，如此而已。沙禽遲遲獲獎，間接反映大馬詩壇：詩評鑒與甄選兩者機制的不成體系。

集團性的組織是否有助於個別詩人的成長？很難說。詩人有自己的造化。詩人要對萬事萬物敏感，詩人還要對語言敏感。兩者缺一不可。只對萬事萬物敏感可以淪為喋喋不休的政客、八卦佬／婆，社會學家；只對語言敏感可以成為另一個語言學家索緒爾（Ferdinand Saussure），或語言哲學家德里達（Jacque Derrida）。他們都不是詩人。2014／03／11」。

3.4.「法國詩人 Gerard de Nerval 的〈塞維兒〉（Sylvie），一直令語言符號學家：艾柯（Umberto Eco）迷惑，每次讀 Sylvie 他都有新的心得與收穫。二十世紀最偉大的小說家、《追憶似水年華》的作者普魯斯特（Marcel Proust）分析 Sylvie，發覺詩的迷人處是該篇作品持續瀰漫著一種「霧裡看花」的矇矓美（effects de brouillard），Sylvie 在真實與記憶中遊移，其語言策略與辭彙運用令艾柯著迷。

詩的『間接性』（indirectness）與『模糊性』（ambiguity）是作品耐人咀嚼的原因。如果我們要寫得直截了當，寫散文吧，其實散文也需横敲側擊；寫論文或寫篇報告吧。你不是寫詩的料子。2014／03／13」。

3.5.「寫詩是一種自虐行為。消耗的腦力太多，要找一個適當的語境，困難的程度不下於找一條 1.6 公里的飛機跑道讓波音空中巴士降落。

我想過放棄，我不能放棄。我必須不停搜索，追尋。那些名詞、形容詞、介詞、助詞，它們互相模仿。每一盞路燈都在敲打著命運的鼓：

Every street lamp that I pass
Beat like a fatalistic drum

詩人聽到的其實是他自己的心跳；他有心臟病嗎？勿忘南方，毋言棄楚。連接詞與副詞已經「到岸捨筏」了，詩人不能因別人的「見月忽指」，而忘了月暈與手指的關係，樹蔭是人影。2014／03／16」。

3.6.「我個人喜歡詩的神秘經驗甚於我對超現實主義的羡慕。我曾經一把丟出一盒火柴，火速抓回 25 根，抓不到全部，無關陰霾蔽目。有些火柴會半空轉折（detour）。詩會轉折，每每有意想不到的收穫。六八年五月九日，詩人喬林的日記最後四行：

我終於跌坐在沙發上
把頭垂落下來
要雙手小心的
暫時捧著

頭垂下來，是疲累？是情緒低落？是睡眼惺忪？是醉眼糢糊嗎？都不重要，重要的是第三、四行的萬有引力突然轉上，這是我說的detour。2014／03／19」。

3.7.「昨天談〈詩的 detour〉，detour 是法文，有轉折、繞路而行之意。我喜歡它的音色。一首詩總不成平平淡淡，總要給讀者一點壓力、驚喜、恍然、頓悟，能讓讀者拍案叫絕的更好：「我每天／和伶人口角，在地球劇場的／前臺和後台：驕傲的浮士德／抵抗著舉世人言滔滔。假如／透明的靈魂與我同在／我將戒酒，於焉封刀」

誰會想到詩人會以「我將戒酒，於焉封刀」作結？詩人前面提到 Christopher Marlowe，同一詩節又有浮士德（Faust）出現。浮士德是大文豪歌德的代表作，哥德創造的人物浮士德是個煉金術士，為了知識與青春永在，不惜出賣靈魂給魔鬼。浮士德內心的痛苦與掙紮不言可喻。2014／03／20」。

3.8.「我想屈原可能是中國文學史上，第一個同時患了憂鬱症與躁狂症的大詩人，這兩種病夾纏在一起可以寫詩、繪畫、創作音樂……。李賀是唐代的次要詩人，他的詩金相玉振，『現代感』強烈。當代的顧城、海子，我就不多說了。海子如果活著，他絕對有能耐寫氣搏山河的史詩。卡夫卡、梵谷、貝多芬除了憂鬱、躁狂還有妄想症。

我的手迎著風，一張病歷遞到我手上
一張病歷沒有填寫姓名
給我的健康帶來打擊

一些詩是口水，一些詩是嘔吐；一些詩是沒完沒了的自憐自傷。一部藝術史其實是一部病理學史。2014／03／23」。

這些留言激起頗大的迴響，在網友討論的過程，一些平日沉潛、緘默的網友開始回應，展現他們對詩的瞭解與實力。我在網上的貼文，一方面是「知識傳播」，另一方面是「文化輸出」，與乎知識與文化的交流、印證。從臉書的雙向反饋，我發現詩人潛默曾為他欣賞過的兩百多部中外電影寫過兩百多首詩，潛默為影片寫詩數目之多，或可申報健力士世界紀錄大全。至於有關詩藝的討論，可謂方方面面，網友面對的問題林林總總，許多詩流於散文化（prosaic），偶然也會出現有意晦澀與表達能力不足造成的晦澀難懂。有些詩句過長，有些詩句只有一兩個字，過於單薄（並非為了營造特殊效果）。有一定音樂素養的網友，在詩的音樂性、詩的律動方面反而缺乏自覺，對我而言，這現象令人費解。不曾學過吉打、鋼琴、樂理的朋友，反而擅於行內頓、行內韻（internal rhyme），接續句（run-on lines），詞句複沓，語音迴響，雙聲疊韻的佈置與安排，有點悖反常理。寫慣了四行或六行一詩節的朋友，對十多行組成一節的詩有心理抗拒。突破語言與形式慣性是所有作者的最大挑戰。很多有潛力的詩人都被自己偏愛的詞彙、句型與慣用的切入方式拖累，無法攀過創作的高原或穿越創作必然出現的瓶頸。

我在二〇一四年二月斟酌苦思，揣測在網上進行詩的教育的可能性。這意念連自己都覺得有些荒唐，惟估計這樣做成敗利鈍都不會連累他人，便以一年為期，在網上「開班」；十二個月後再檢視、衡量其效應。我開始替網友改詩（我用的評語是：某個字詞或片斷可「考慮」刪去；並且「建議」……）。二月杪，我決定讓天狼星詩社復出，二〇一四年年初涉水嬉戲的我，已被領航渡江的狂想牽動，我要讓沉睡了二十五年的天狼星——再現。

（三）天狼星重現：三家報章鬭詩特輯

三月份，我留意到有一署名 Vincent Ngu 的網友，就馬航 370 事件在我的留言板上寫了四行：「展翅的大鵬／切莫與大地失聯／但願你依然躲在雲端／與我們鬧一場／可以原諒的捉迷藏」（3 月 8 日 11.11pm）我的回應是「真人不露相，Vincent Ngu 先生是寫詩的料。」（3 月 9 日 12.29am）Vincent 吳慶福的回應：「我還在雲裡探索，霧裡尋覓。只記得謝老師的一句話：詩貴含蓄。除此之外，別無進取。」（3 月 9 日 1.14am）原來慶福是謝川成在安順任教時的學生。這之後我們在網上雙向式聯繫數回，慶福很自然的重返詩社懷抱，勤奮讀書寫詩，技藝突飛猛進。吳美琪在網上發表〈轉身〉一詩，她的詩作婉約閨秀卻又不乏英氣，乃邀她加入詩社。我在讀了陳浩源的多首詩後，在三月杪邀浩源加盟天狼星。他是一出手就是高手那種人物，經過一個月左右的網上私訊往返後，他的〈搬家〉、〈里斯本〉——諸篇令我不得不對他另眼相看。四月份的留言，我把浩源當作一項個案申論：

4.1.「詩一定要有題旨，大題材是題旨（theme），小題材也是題旨。用最通俗的話，詩人有話要說，有感受要表達，有人生的體會要與人分享。昨晚讀了一首詩社成員的詩，寫搬家，題材平凡甚至瑣碎。他寫得很好，令我高興了一個晚上。

甲從一個住宅搬走了，乙搬進來，甲搬走了所有的家俱，甲住了這些年留下的痕跡是搬不走的：牆上沒撕完的日曆、破爛的油畫，露臺的蜘蛛網，空了的盆栽，以前的蝴蝶也不再飛來了。

乙搬進來，甲『好像』沒搬走，還沒完全搬走……這種人生的微妙際遇是『不得了』的題旨，作為第一個讀者，我想到的是：張愛玲的細膩書寫。不動聲息間沁人肺腑。當然讀者也可以從另外一個角度去詮解，愛人的離去，新歡的出現，但舊愛的點點滴滴都是感情生命的銘記。……我會向詩人建議把舊宅的氣味，也寫進去詩裡，把空氣也轉化為詩的給力，那就 perfect 了。剛剛在電視連續劇看到，陳茵薇在舊攤找到一個唱片給岳華，黑碟在轉，女歌手唱出：『荷花香／新月上／荷花愛著／素衣裳……』的粵曲。tempo 是恰恰。歌手是誰我不知道，30 年代的感覺，梁啟超為徐志摩做證婚人那個年代。整首歌就只播放了這四句。沒有完成，一種空洞的感覺，不，是比空洞更強烈的懸念，正如符號學大師羅蘭・巴特（Roland Barthes）說的：『意義』在顫抖、聚集、折疊、滑動、延緩……2014／04／17」。

陳浩源的作品〈搬家〉內容如後：:「搬進去，原來的人搬出來／沒見過面，卻留下線索／窗簾一邊舊，一邊新／臥室牆角，半瓶花露水／斜倚，殘香氤氳／牆上掛著，沒撕完的月份牌／胭脂讓時間凝固／旗袍是當時的標誌／老虎窗邊，幾幅沒帶走的油畫／學生的寫生，卻成為那個年代的寫真／陽臺旁邊，一張完整的蜘蛛網／徒勞的編織，空花盆吸引不到／蝴蝶今夏飛返停駐／搬進去，搬不走／那個人的回憶」。我在《南洋商報》的專欄〈澡雪精神談詩〉寫了篇〈初識陳浩源的「初識」〉，見 2014 年 7 月 1 日〈南洋文藝〉。

我同時留意到戴大偉，他在網上寫漢詩與英詩，兩種語文的詩作都流露那種不羈的聯想與語言的感性。他又十分謙遜好學，我也就有這勇氣冒昧的對他的英詩、漢詩指指點點，提出意見。他在二月廿七日寫的詩〈那一天我們一起看房子去〉:「故事的開始是這樣的／某人在海邊放了汽球／兩個詩人走過／沿著咖啡杯子繞了幾圈／停在海豚跳水的台前／聽風／堆砌一座演奏廳的藍圖／詩人甲／『我狂想安置一座鋼琴的承諾。』／『那將是故事第二章的開場！』／於是／一切和風　都沉睡去／只有詩人的心跳噗通噗通／依然醒著／血液流過左手的無名指／滴在第一章的句號上／染紅了黃昏的海外天際／汽球飄過夕陽的祝福／兩個詩人／躺在詩裡……」，這首起始兩句有點散文化的詩，令我十分震動。我們大致上瞭解彼此的病情，我是動了手術不久、左右腎共有六粒 8mm-10mm 的病人，他是因癌割除右腎，癌毒擴散到肺部、滲入血液成了血癌的末期癌症病患。詩裡那兩個等不到第二樂章開場、左手無名指流血不止、心還在噗通噗通跳動著的兩個詩人，豈非正是大偉與我的寫照？我決定邀請戴大偉加入詩社。

這時我已矚咐陳鈡銘在 WhatsApp 開了一個名為「天狼星：眾星喧嘩」的虛擬空間，方便我與詩社當年的幾個老臣子：李宗舜、張樹林、謝川成、陳鈡銘、程可欣交換訊息，商討大小事宜。不久我又覺得詩社需要多一個場域，開放給新舊社員交流、聯繫、展示作品，互相討論，我們在臉書另設「天狼星方陣」供大家暢所欲言，展覽作品，互相批評。我們的社員年齡從四十二歲到七十歲，大家都是成年人，心智成熟，有這條件就詩論詩，不涉人身攻擊。我也在網上丟出不少問題，「考驗」網友／社友的寫詩能力。

4.2.「今天早上掛上去的關鍵字，漢語五個，英文兩個，有人用『青衣』、『風華』、『曖昧』、『愛』、『瘟疫』寫成了一首十行詩，內容像舞臺上表演的崑曲，有宋人詞風。我打了 82 分。這麼巧我在下午三時也完成另一首題為〈囚徒〉的十四行詩（初稿）。這件事必須記載下來，它對我的網路教詩是一個 booster。……2014／04／27　6.02pm」。

用我預設的關鍵字寫成詩作的是在上海工作的陳浩源，下面是他的〈劇場〉詩：

青衣不著綠服，曖昧回眸
在場的白鼻醜，為親芳澤一陣嬉扭

站在角落的將軍俑，挺著肚子
凜然回首，風流依舊
胭脂、硝煙，似曾相識的佈景
戍衛與出師的反復，乍一怔
竟凝固成千年偶遇
愛像瘟疫，不需轉世輪迴
只能在每一層煉獄
往復徘徊

來到四月杪，我覺得詩社已來到一個階段，新舊社員應該有一個飯聚。臉書聯繫，有其優勢，但人與人沒見過，沒接觸過，終究虛空不實。臉書短訊有其內傾性，人與人之間，社員與社員之間的感情聯繫不能長期身體缺位，否則必會出現傳播學所謂的「選擇性定律」：選擇性接受、理解與儲存，由於每個人的文化教育性情之不同，使他們的選擇容易出現偏差與誤解／曲解。5 月 10 日我們選在雪華堂紫籐茶原會面。大偉自摈飛隆，慶福從安順駕車來隆，林秋月從金保南下，久違了的陳明發也前來了，這一聚談乃決定了我們今後的行止。

五月十一日我在網上留言，用詩來留言。從五月十一日開始，我的網路語主要是詩，有時連通告亦用詩，一方面是試驗詩的韌度與伸縮性，另一方面是把每日寫字的習慣悄然改成每日寫詩的動力：「丑時通告：今晚一聚，路便展開／飛馳的輪胎，知道／與路面接觸的熱度。你說／你要出發了，我說我要再出發／他說他要高飛了／他夢見飛船與天使／（以下從略）」

這個階段，我們一方面組稿交給南洋商報〈南洋文藝〉與星洲日報〈文藝春秋〉，出版詩特輯，這方面李宗舜居功厥偉，另一方面我決定用徵稿的方式招收新社員。我在五月下旬如此留言：

5.1.「戌時通告：（A）大雨初歇。人們還來不及關燈……（B）大雨初歇／人們還來不及關燈。前者是散文的起首句。後者是詩的首兩行。你會選擇用散文的方式陳述還是用詩的方式衍生成長？今日能寫得一手好散文的，人數恐怕比能寫得一手好詩的還要少。散文寫成一坨堆砌、謂之美文就沒得救了。散文成了瑣碎的生活註腳，很難救。大家不妨試寫，把散文寫成 500 個字的片斷，把詩衍變成 14 行，任擇其一，或雙管齊下，均可。能獲得 75 分者將受邀成為天狼星詩社社員。2014／05／26　8.23pm」。

作品獲得 65-74 分者有二十餘人，獲得 75 分以上只有三人，露凡、王郁賢、陳浩源。浩源已是社員，露凡與郁賢都能詩能畫，郁賢是臺灣人，考慮到馬來西亞天狼星詩社的國籍屬性，不敢貿然邀她加入詩社，我也不肯定這決定是否正確。露凡同時以楊牧的兩行起首句寫成詩與散文，也顯出她的認真與誠意。

二〇一四年有兩個詩人節，六月二日是端午，六月六日是國際詩人節。這時李宗舜捎來了好消息：我們得到中國報編輯高層的同意，在六月分兩期刊載詩特輯。

6.1.「我走過了很多路／腳掌有繭，傷痕在足踝／常常在晚上痛醒，捂住嘴／午夜驚醒他人，詩人就會成了／最令人討厭的藥煲／沉潛踏實把底子打好／把功夫練好／比甚麼都重要／別人的褒貶：善意的，惡意的／……龜蛇鎖江，滄海一聲笑　2014／06／03（天狼星重現 1 於今日刊南洋文藝，感慨良多。）」。

我的感慨是〈天狼星重現 1〉刊出詩社七位成員的詩作，藍啟元、張樹林、林秋月、洪錦坤諸人已近四十年不曾在報章刊登作品，雷似癡停筆二十五載，我也輟筆十二年，只有李宗舜一人是詩壇的長青樹。我留意到詩社成員寫的詩，相對靜態，我決定在方陣上留話警惕大家。

6.2.「吳慶福的老師謝川成是詩社副秘書。川成一向低姿態，他是那種外冷內熱的人。我沒事先徵求他的同意便把他的詩貼在網上，希望他能夠見諒。川成在馬大語言學系任教，對語言節奏的把握，得心應手。李白的詩一氣呵成：『……兩岸猿聲啼不住／輕舟已過萬重山』，謝川成亦以他一以貫之的氣慨寫他的〈關於山的詩〉：

我要向你們／朗誦一首關於山的詩／一首，山鳥／被月出驚醒／而後逸失在宇宙蒼茫的詩／好像石落水中／漣漪之後／平靜如夜的一首詩／一首清風微涼／以陽光溫暖的手掌／安撫波濤／以重溫舊夢的心情／再次啃讀教學理論／詮釋山城之音的詩／一首被山的盛情／山雀的熱情／山花的柔情／網成蝶蛹後蛻變的詩／／我要／向你們／朗誦一首／一首新雨之後／十月不可思議的藍空／蒼老如昨日／年輕如明日／如蝴蝶展示彩衣／思維為意／段落為象的詩／一首置於課堂、操場、圖書館及大禮堂／逐漸茁壯／而後被萬名石匠／日琢夜磨／以山色為題／供社會長期品味／又令眾人譁然的詩2014／06／14」。上述留言對十天之後在方陣上出現的節奏明快、語言活潑的足球詩，發揮了推波逐瀾的奇妙效應。

6.3.「席慕容好像寫過，年輕時愛過一個人，你要此情不渝，對他好，想念他，溫柔的對他，這樣會使你的一生都活在無瑕的美麗裡。我揣度席慕容的意思是，『他』是6月10日的南洋文藝（這兒用了隱喻），早上起來你去追報紙，小心的讀它，溫柔地把它摺起，然後把它剪存在無憾的記憶裡。席慕容那番話的衍申義，相信是這樣的。2014／06／10」。

六月十日南洋文藝刊出〈天狼星重現2〉，收錄十家詩：吳慶福、戴大偉、程可欣、張舒晴、謝川成、陳鍾銘、遊以飄、鄭月蕾、潛默、陳明發。排在前面兩位四十出頭的「年輕人」，是第一次在報章發表詩作。

6.4.「中國報今日 2014／06／17 刊出〈天狼星重現 1〉的十位詩作者的 10 首詩。……詩社同仁高興兩天就好了，第三天就要回到寫詩的狀態去。只有沉潛寫作，媒體對詩社的支持才有意義；正確地說，詩社成員必須努力寫詩，提升詩藝，才不致辜負媒體、文化界對我們的期許。

現代生活不能缺乏「詩性」（poeticity），我不想把詩社自我囿限於馬華文壇，我們想看詩的種籽灑在馬華文化的土壤上如何發酵，如何通過潛移默化，帶動『大盤的上升』（剛剛聽見午夜新聞報告的一句用語）。詩要放在社會文化的背景去看，境界始高。聽起來有點不可思議，是嗎？夸父追日，愚公移山，薛西弗斯推石上山，豈不是更荒謬與絕望？與其相忘於江湖，我們寧取相濡以沫，在這乾涸的盆地。支持我們的，請……不吝按讚。2014／06／17　7.43am」

6.5.「申時預告：買份今天星洲日報的晚報／〈文藝春秋〉的資料，噢，可真不少／加起來 120 歲的老公公老婆婆／柱著拐杖明天上街買早報／（拐彎的小鳥／翻新出奇／永遠美麗）／找到了語言英颯的自己／找到遮掩不住的俏麗／啖著小籠包，推著嬰兒車的／少婦與孩子天使般的在微笑　2014／06／21　4.15pm」

6.6.「今天中國報刊載〈天狼星重現 2〉，入選名單：藍啟元、張樹林、謝川成、陳鈡銘、雷似癡、陳明發、鄭月蕾、張惠思、風客、潛默、戴大偉、吳慶福共十二家詩。2014／06／24」

中國報副刊是以兩版的篇幅，分兩期刊載天狼星重現 1 與重現 2。星洲日報〈文藝春秋〉以三版的篇幅，一次刊載「天狼星詩社特輯」共十五家詩二十七首詩。南洋商報〈南洋文藝〉以四版的篇幅分兩次刊登重溫 1 與重溫 2。通過臉書，通過網際網路，天狼星詩社在凍眠二十五年後復甦，這給予我一個至為明確的訊息，臉書的時間效率，它的雙向互饋，輸出與引進……有巨大的潛能，有些潛能甚至還未開發，於是我利用世界足球杯大賽這主題，往這虛擬而又真實無比的場域丟下另一粒照明彈。

六月十六日，我戴上了足球員的面具（mask），在方陣上寫了一首無厘頭詩〈我和戴大偉參加球賽〉：「世界盃足球賽／我和戴大偉與時間競賽／他差點中紅牌，我拿著／黃牌，周遊列國／問聃／／想瞭解：球藝與刺繡的關係／球員與隊長的腹語／教練與球證的聯繫／大偉一腳掃過去，球飛到空中／散開……一纍纍葡萄／一圈圈泡沫。啵——啵——啵——啵……／七彩斑爛，多角圖案／破碎散開／地上是人們的血汗　2014／06／16」。戴大偉被癌病糾纏，因此差點拿紅牌，我有腎石困擾故自稱中了黃牌。

6.7.「午時留言：上個世紀 70 年代，我以『唐宋八大家』之名，訓練社員寫作。溫瑞安曾以〈鑿痕〉獲獎，李宗舜在另一個月的唐宋八大家競寫，以〈最後一條街〉奪冠。

我不懂足球，在網上打足球是雙重虛擬，目的是為了找一個話題／議題／藉口去寫詩，歡迎社友參與。帶著遊戲的心態下筆，自然就沒有心理負擔。2014／06／18。11.26am」。

人類先天就喜遊戲，詩人也不例外，好玩不是甚麼罪惡。我寫了足球詩，鼓勵大家參加，稿件紛至沓來，大夥兒在網絡的空間球場，踢文字的足球，花樣百出。對足球一竅不通的吳美琪、林秋月也來湊興。作品水準參差，當中也有寫作態度絲毫不苟、認真蘊釀出來的佳作。

6.8.「今晚我踢下半場／戴大偉：時鐘出了差錯／哨聲未響／柏拉圖已在廣場上傳踢問號與懷疑／足球滾進電視和 mamak 檔口的狂喊中／血液裡超載的／是年月沉澱的沙和詩意／Ianchin 就是太皮／用音波震碎普基的暗珠／溫老師，您呢？／你選擇拋向天空、大海或晚秋的森林？好不好，埋進桑葉當夏夜／有些事物如球賽／太近則微微暈眩／返觀反而壯觀美麗　2014／06／18」。

6.9.「我們三人打睡球與醉球／溫任平：我們三人的球藝，不是嚇唬你，其實不差／團隊精神，北上南下／Ianchin 踢後衛，我守門／Davidtailow 是一支勇猛的／前鋒——衝啊衝／接到球剛好淩晨一點／我睡眼惺忪，把球頂給 Ianchin／他喝了大麯，朦朧朧，醉眼昏花／紮馬使勁盯緊鏟進……／啊啊啊，歡呼雷動／／拾垃圾的日本觀眾大慟　2014／06／18」。

6.10.「延長賽與黃金球／陳浩源：鏟倒對手，教練給我喝的還是酒／終場前，大偉頭球建功／進入延時，與金球／溫老建議，直接十二碼罰球／禁區內，一夫當關／不斷提醒，球進了只能開心一秒／能擋的，他都攔下／飛身撲救中，怒喝……／踢完這場，我們再接著幹！2014／06／18」。

6.11.「〈瘋球〉／風客：地球，圓的／足球，圓的／瞳孔，圓的／／每天數十億眼球滾動／上上下下東南西北／滾成滿眼血紅／滾成翌日的熊貓／／黑眼碧眼灰眼夜夜不眠／把周公踢入床底下／吆喝老婆孩子早上床／／球場上衝鋒陷陣／球場外罵爹罵娘／也有操他狗日的／／腎腺上素激情昂揚／房事異常冷場／人妻一夜成了半個寡婦／咬碎銀牙是那隻在屋瓦上對月哀鳴的貓／／一場賽事後／地上堆滿疲憊與憤怒的啤酒瓶　2014／06／18，法南。」風客人在法國南部工作。

6.13.「不怕死的前鋒／吳慶福：一生只有九十分鐘／再加時也不過一百／上半場意氣風發／下半場豈可意興闌珊／在萬眾矚目下不容我失足／這一失足成千古恨啊，不！／這一失足必成千夫指／時間分秒遞減／不能再等上帝賜球／兄弟們，我得帶頭領先／誓必勇闖龍門奪取一分／先聲奪人也好／振奮軍心也罷／被扛出局後別忘了補上一個／不怕死的少壯前鋒　2014／06／19」。

還有林秋月、吳美琪、雷似癡以及其他詩作者的回應／回響，吳慶福意猶未盡，還在六月廿六日再寫了一篇〈黃金足球〉，可謂琳琅滿目，限於篇幅，這兒無法盡錄。我、大偉、浩源都是搞笑之作，其他社員寫得頗為認真。網絡空間的書寫，讓大家放下束縛，擺脫眼高手低，下筆維艱的困境。人們長期仰仗固定意義的符號現實，網絡提供的空間讓我們擺脫這種依賴，縱恣放肆，寫我們在平時在稿紙上不敢寫的題材，或平時不敢用的切入策略。林秋月、吳美琪、戴大偉、游以飄、風客、程可欣、雷似癡、露凡後來各自設定詩題，寫成詩作，貼在方陣上，互相批評，彼此調侃，這也是甩開、戮破現實規範的嘗試。由於涉及的社員往返多達十多次的回應、自辯、作品修飾，作品重寫，過程需要另一篇文章以不同形式才能容載與闡析了。

這是筆者自一九七八年以降第一篇沒有附上註腳的工作論文，絕大多數的引錄都是我自己的看法與我在網絡的書寫，或社員貼在天狼星方陣的作品與回應，與其附註，不如直接寫入本文。有兩處引錄我都順勢收編入正文，不節外生枝。本文的時間跨度從二〇一四年二月以迄六月杪的網絡／臉書狀況，七月後臉書的內外發展，限於篇幅，日後再申論補充。

本文於 2014 年 9 月 20-21 日，在武漢大學主辦的
〈文學的傳播與接受〉國際學術研討會上提呈

第二輯：書信論學

與張錦忠談「典律建構」

錦忠：

你好。

說實話，我還是比較習慣稱呼你為「張瑞星」。如果名字本身是一個符碼，「張瑞星」代表寫詩和編《蕉風》時代的你，原來的名字「張錦忠」是學術階段的現在的你，你是文學博士，臺灣國立中山大學外文系副教授。

一

那天你在馬華文學研討會上提呈論文，談「典律與馬華文學論述」，我並不在場。每個人都以為我一定會出席，聆聽你如何把我與方修並列為文壇典律的建制者。我擔心我會出言辯駁，而我對這問題思考得並不夠（你的論文我是在 29-11-97 才拜讀的，而你是在 30 日提呈論文），我不想使論辯成為意氣之爭。

你在論文中提及任何選集，都有「以偏概全」的現象。編者以他個人的標準與品位選擇文本，而冠以「大馬……選」「馬華……選」，把文學風格不合自己胃口的其他作品除掉，造成某種壟斷的現象。過去方修編《馬華新文學大系》（1970-1972）收入幾乎清一色的現實主義作品，便是典律建構的明顯企圖，而我在 1974 年出版的《大馬詩選》（收入 27 家詩），由天狼星詩社出版，張樹林主編的《大馬新銳詩選》（1978 年）與方修的企圖是同樣的。你引黃錦樹的話：「溫任平的典律建構其實和方修的《大系》具有同樣的性質，仍然是某種文學史觀下的產物。」

你也提到「六、七十年代的馬華文學系統，是一個雙中心的文學建制——現實主義文學與現代主義文學並立當道，同為主流。」方修在完成10巨冊的《馬華新文學大系》之後，仍繼續編纂出版《馬華新文學大系（戰後）》（1979-1983）是在加強現實主義的典律地位，而我在1980年由天狼星詩社籌劃出版《憤怒的回顧：馬華現代文學運動廿一週年紀念專冊》，又在1984、1985年通過大馬華人文化協會編纂出版《馬華當代文學選》，你的觀察是我的用意是在強化現代主義文學的典律地位，意圖與方修一般無異。

你甚至進一步指出「憤怒的回顧」由於收入的論文交代了馬華現代文學的歷史脈絡，討論了各種文類的表現，是文學史式的論述，所以「是現代文學建制化的行為模式」，而你引用黃錦樹的看法，我本身儼然「成為七十年代馬華現代主義文學（史）的代言人」。

由於這是一封公開信，我必須把你的論文要點濃縮、簡化。我字斟句酌，盡量不扭曲原文主旨。濃縮簡化，是為了方便讀者閱讀／了解事情的始末。

二

你提出的多個觀點都十分精闢犀利，雖然說來慚愧，在1974年編《大馬詩選》時我根本不知道有典律（Literary Canon）這回事，所以完全沒有典律建制的自覺（我想方修也可能不懂這個詞彙），但我確有聚集文學界「同道」，所謂「同聲相應，同氣相求」的企圖。我在《大馬詩選》寫了一篇以〈血嬰〉為題的後記，說明我不用《大馬現代詩選》而改用《大馬詩選》的用意是絕了不入選的詩作者自我安慰的路，當年我用的語言可謂激烈：

「他們可以迷他們的豆腐乾體，他們可以喊他們的工農兵口號，但我承認那是豆腐乾，是口號，是白開水，而非詩，因為那些是「非詩」所以他們不夠格進詩選。對於那些人，我的意思是說，這些詩壇垃圾，作為儒家信徒，我會厚道地忍住不向他們當面吐一口唾液的，不過我要在此坦白地說，我恥與他們平起平坐。」

如果追溯上去，你會發覺我在純文學月刊編「大馬詩人作品特輯」（1972 年 8 月）時，已拒用「現代」一詞。我沒有把那個特輯稱為「大馬現代詩人作品特輯」，因為我覺得那時的馬華詩壇充斥著「偽詩」。〈血嬰〉一文只是把心裡隱藏的話公開表白而已。

我在特輯前言裡，左右開弓，一方面批評了當時馬華現代文學有偽裝天真、矯裝失落，有追求文字美的刺激的傾向，另一方面則引 1972 年 5 月出版的《大學文藝》第三期為例，指出現實主義文學有嚴重口號化，政治化，淪為宣傳工具的危機。該特輯除了收入若干篇論文外，有些詩是我向有關作者邀得的，有些則憑我自己的標準代為選錄，我那時甚至收入 20 歲都不到的沙禽的作品（我覺得他有才華），選輯的過程不僅在建制典律，也在尋找經典，因為我覺得當時（1972 年）我選錄的作品有代表性，可在國外亮相，不比港臺作品遜色，你的論文如果能摘錄《大馬詩選》的後記〈血嬰〉以及上述特輯前言的某些章節，應更能說服讀者當時我對現實主義的厭惡，和要建構現代主義文學典律的決心。

但有決心，不一定就能成事。你在論文提到的《馬華當代文學選》，便是功虧一簣的例子。這部選集收如詩、小說、散文、評論 4 個部分，在體制、年載（收入 1960 至 1979 年 20 年來的作品）都具有大系的規模。選集原來的名稱是「馬華現代文學選」，後經文協理事會建議，把「現代」（Modern）改成「當代」（Contemporary），因此在 1984、1985 年出版的《馬華當代文學選》的散文和小說部分收入了現代、現實派兩方面的作品。你說：「溫任平在八十年代繼續其未竟之功，籌劃了大馬文協的《馬華當代文學選》」與事實有些出入。構想不能實踐，自然談不上「繼續其未竟之功」。

我對你提到六、七十年代「馬華文壇的雙中心文學建制——現實主義文學與現代主義文學並立當道，同為主流。」的看法不敢苟同。六十年代的馬華文壇，現實主義文學的力量比現代主義文學強大得多。現代主義作者發表的園地只有《學報》、《蕉風》，兩份主要華文日報的文學園地，刊登的作品仍以現實主義文學占大多數。以我的情形而論，我只能在李向主編的報章文藝園地上偶爾發表三幾首現代詩。現代主義作品在報章只是陪襯和點綴。以《蕉風》、《學報》的銷路，和日報所擁有的廣大讀者群相較，現實、現代，孰強孰弱，實在太明顯了。七十年代的情況有了一些改善，尤其是七十年代下半葉，所謂的雙中心的文學系統才稍露端倪。

由我與藍啟元、謝川成聯合編輯的《憤怒的回顧》於 1980 年出版，在訪談部分，鄭良樹副教授對馬華現代文學的前景表示「甚難預料」「目下馬華現代文學的進展，並不令人感到樂觀」；小說家宋子衡則更悲觀，他說「現代文學未受到普遍推動，也就是說沒有更多的刊物容納現代文學，現有的兩個現代文學據點——蕉風月刊和天狼星詩社——是不夠的。何況天狼星提倡的又是以詩為主，小說方面也就只能是自生自滅了。」從這些言論或許你會感知七十年代現代文學的艱難處境與作者的心情。宋子衡在七十年代寫作頗勤，鄭良樹副教授當時在大馬任教，對七十年代現實主義文學當陽稱尊的形勢，他們感受得到也看得很清楚，你所謂的「雙中心的文學建制」其實是邁入八十年代的文學景觀。有一點，你的論文未有只字提到《天狼星詩選》(1979 年出版),使我感到詫異。這部詩選收入37 位社員的 170 首詩,這是一個文學社群(Literary Community)的「力的展示」,是典律建構的產物。而我在詩選寫的長序《藝術操守與文化理想》裡頭也有不少資料,可供你發揮典律這概念。可惜你完全遺漏了這部重要的(不一定是好的,或經典的)同質文學份子所選輯的集子。還有綠葉襯紅花的「作協文庫」(一套共十二冊),陳大為主編的「馬華當代詩選」(收入 6 字輩、7 字輩的新銳詩人),都可供你進一步發揮馬華文壇典律建構這概念。

至於我本人,經過了這麼多年的歷練,四分之一個世紀前(72年,74 年)的那種激烈言論大概是不會重現了。事實上現實主義和現代主義都調整了自己的步伐:現實主義在形式技巧方面改進了不少;現代主義的社會關懷介入愈見明顯,它們其實可以融會成為良性的「綜合體」(Synthesis)。如何融會,途徑很多,九十年代有企圖的作家/詩人都在摸索、探尋著。現實與現代不必非拼個你死我活不可。共存共榮,互補有無,應該更有意義。我,是不是因為年紀大了,思想變得很溫和了?這是進步,還是退步?

溫任平　謹啟

發表於《星洲日報》「星洲廣場」一九九七年十二月十四日

與安煥然談：研討會・中國學者・黃錦樹事件

煥然先生：

您好。

拜讀您的兩篇大作（1997 年 12 月 28 日及 1998 年 1 月 4 日），頗多感觸。您對我的期許尤令我慚愧惶恐。我的復出寫作，會從文學評論出發，兼及文化與社會的觀察，繼之以詩創作。這是我對個人文學生涯的策劃。書信論學系列可視為文學、文化評論之另一種包裝，但它與一般評論不同的地方是，「收到」我的公開信的朋友可能會作出回應，而對議題本身作出進一步的、較深入的探討，在友善、真誠的切磋和意見交流中，自己有機會學到更多的東西。拋磚引玉不是一句客套話，是我與友人論學的動機。

一、難為了柏楊

大文提及國內華團主辦研討會的某些畸形現象和流弊，我可以理解，雖然對您的意見不 100%認同。由柏楊先生在國際馬華文學研討會上作定音鼓式的主題演講，這安排有兩個不當：一、人選不對，二、講題也不對。柏楊正如您說的「寫批判性強烈的雜文而著名，在純文學（小說、散文、詩）沒有特殊地位，他是文化評論家，不是文學家。」而柏楊自己也承認他不讀也讀不懂他的太太張香華的詩，我翻閱張默編的「剪成碧玉葉層層」（爾雅‧97），裡頭選入了26位臺灣女詩人的作品，張香華的七首詩：梨、柿子、行到水窮處、單程票、畫像、都明朗流麗，一點也不晦澀難懂。柏老讀不懂，我想那是因為他是搞歷史、文化的，擅理性分析，邏輯思考，文學感性則顯然不足，由他來談他不太熟悉也不太能欣賞感受的文學，他更不熟悉的馬華文學與它的獨特性，他除了在臺上用客家諺語吁請馬華作家「勿忘祖宗田，勿賣祖宗鹽」和希望「嫁出去的女兒不要回娘家」之外，提不出任何創見，那就不足為怪了。柏楊作為一位敢怒敢言的知識分子，他的道德勇氣值得我們敬重，但就事論事，在國際性的馬華研討會上作主題演講，真有點為難他。

二、中國學者談馬華文學

至於您在文章裡提及國內華團邀請中國（外國）學者／教授談論馬華文學／文化出現「隔靴搔癢」，言不及義，甚至淪為互為表揚吹捧的現象。這現象值得大家關注、深思。中國自九十年代以降，開放政策漸漸落實，馬中兩地的作家有機會互訪。大馬的寫作人或以私人身分，或組團到中國旅行、觀光，受到中國作家／學者的接待，建立某種聯誼關係。這種聯誼性的交流本來是健康的、正常的，它的流弊是某種文學資訊的壟斷。中國方面的作家、教授以為他們碰見的十位八位馬華作家都是頂尖人物，如果這些人物後面有個什麼協會作背景，予人的印象那更是代表性十足。囿於中國作家與學者接觸面的局限，再加上感情因素（同鄉、同宗，當然同鄉作家人數方面是多了許多），這些中國作家、學者一旦受邀寫序、寫評論或在研討會發表論文，便容易出現「一味讚好，賓主皆歡」的一家親現象。

我最近花了好些功夫去翻讀中國學者寫的評論，令我吃驚的是，他們的評論不僅資料不足，對馬華作家的定位本末倒置，甚至學術水平也出現偏低的現象。資料不足這點我們可以理解，前面提到的文學訊息壟斷造成錯覺是主因，作家定位本末倒置那是資料欠缺再加上感情因素使然。已故梁園在六十年代寫作甚勤，出版過多部著作，作品也有一定的分量，但他完全被人遺忘了；還有憂草、蕭艾這兩位詩與散文都寫得甚為出色的六十年代作家也好像變成「透明」了似的，反而甫崛起沒一兩年、寫作的分量還不足出一部書的作者（一個作家的地位是質與量都要衡量的），卻被某些中國學者 highlight 得不成比例，凡此種種都是一種病態，我們一定要關注它，不要讓它癌化。

至於中國學者學術水平偏低，我覺得他們的障礙可能來自兩方面（有錯的地方，請您指正）：一、他們當中只懂單一語文者居多（即中文），於西洋／外國文學涉獵不足，這在一定程度上囿限了他們的文學視野，只懂高爾基、巴爾扎克、托爾斯泰是不夠的，我甚至要進一步說只讀過一點中譯的亨利・詹姆斯、海明威、福克納是讀不出這些作家的作品底味道來的，文學要能作比較研究，眼界始大。二、中國學者生活在一個政治較封閉的系統裡，要突破政治的意識形態的鎖限，文化斷層和時間差距，殊非易事，對中國教授而言，「朦朧詩」那樣的「現代」已不太正統，有點離經叛道，「後現代」及其他前衛的文學理論和創作對他們是相當陌生的。煥然先生，您不妨找幾篇中國作家／學者寫的評論文章來看看，便知道他們的問題出在哪裡了。他們的一些所謂學術論文，後面的注釋（或附注），只提書名，其他有關書籍的出版單位，出版年份，第幾版，引文的頁數不是語焉不詳，便是乾脆不寫。學術論文的注釋方式也是一門學問（英文引述什麼地方要用正體，什麼地方用 italic，還有次序先後，都有方法可循，不能任意而為。）連這點起碼的方法學他們都沒學好，把注釋寫成「參考書目」似的，令人難以置信。

但我應該在這兒補充的是：不是所有的中國學者都是那麼「落伍」的。一些中國學者由於在國外大學（如新加坡大學）念碩士或博士學位，受到較嚴謹的學術再薰陶，他們的文學研究，已能突破過去的舊框式。以留臺聯總最近主辦的馬華文學研討會而論，在新大攻讀高級學位的徐艱奮的「益群報對五四新文學運動的回應」，蘇衛紅的「戰前五年新馬華文小說的人物」，郭惠芬的「中國南來作者對馬華新文學的貢獻」等學者的論文就令人刮目相看。他們在發掘戰前與戰後馬華文學的成果方面，成績斐然。更難得的是，他們甚至找到了比方修先生更早的原始資料（包括馬來西亞的第一篇中文短篇小說）。說起來中國學者／作家他們的中文底子一般來說要比馬華作家好（馬華作家在成長過程中得面對同時學習三種語文的困擾），他們來到一個學術環境自由開放的地方，進步自然迅速。在新大念研究所的徐舒虹，她的論文「半山芭監獄與蓬萊旅店」談的是李天葆的小說《桃紅刺青》，用美國新批評的 close reading 去分析小說裡頭的象徵、暗示、言外之意、語言與情節的張力，反諷與矛盾情境，有條不紊，要言不繁，甚見分量。我的批評中國學者並無一根竹篙打翻一船人的意思，好的壞的我都說。邀請中國學者，如果人選對，講題也對（一般而言，他們於早期的馬華文學研究較能把握），他山之石，可以攻錯。

三、黃錦樹事件

至於您在第二篇文章裡提到的「黃錦樹事件」，您與小曼、劉育龍討論過後，都覺得抨擊黃錦樹這件事反映了馬華文學批評界「對人不對事」的作風。確然，迄今為止，我還不曾讀到一篇真正從學術立場出發，與黃錦樹在研討會上提呈的論文「馬華現實主義的實踐困境」辯證的文章。而且這裡頭還有一個問題，黃錦樹在「典律與代溝」座談會上（我也是其中一名參與者，因事臨時不能出席）的態度欠佳，出言不遜，不少人就捉住這「痛腳」把黃錦樹這個人還有他的文章一概抹黑，全盤否定。黃錦樹在論文裡批評方北方先生的作品與文論，變成「把方北方的祖墳挖掉」！（嚇人！）您看，這種「評論」還有什麼理性可言？（走筆至此，我才了解您的文章題目把評論二字加上括號的原因）方北方先生的小說不能批評嗎？這是誰訂下來的規矩與禁忌？（答案是：可以批評，但要讚好。）我認識一位「現實主義」的老同學，最近碰面談起這事，他一時口快向我道出了真相：「方北方的作品，老實講，我們都不讀，但是我們卻不能允許大家不賞臉批他的小說。他是我們的鎮山之寶啊！」他的話使我矍然而驚，繼而恍然大悟。樹大根深便依傍，如此情景，令人喟然。

還有一個極為普遍的看法，那就是五十、六十年代殖民地時期到馬來亞獨立不久，馬華作家文字粗糙在所難免，當代作家／批評家不可對老前輩的作品苛求。這說法乍聽起來頗有道理，意思大概是說我今天傷風感冒，印尼霾害來襲，我的詩寫差了是情有可原的事。其實這種辯解是一種明顯的謬誤。現實主義奉之為聖明的魯迅，晚年染肺疾，鍾理和、吳濁流一生坎坷，這都沒影響到他們作品的素質（魯迅和鍾理和都是咯血而死的）。生活在大時代風雷底下的作家其實更有機會寫出不是「腫大」而是「偉大」的作品。姜貴的《旋風》一出，撰寫著《中國現代小說史》（英文原著由哥倫比亞大學出版，已有中譯本）的夏志清教授得另行撰文作出補充，為姜貴的文學地位重新估定，不要忘了《旋風》是姜貴在中國抗戰期間寫的作品。但作家並沒有因生活的顛沛流離，物質貧乏而在藝術的敷陳方面稍懈，因此用五十年代生活環境如何如何惡劣來辯解某作家某作品粗糙的「必然性」（？）那是十分荒謬的。屈原的《離騷》，寫成於被放逐的政治絕境，杜甫的《兵車行》諸篇成於唐之亂世，用游川的話：「國家不幸，詩人之幸。」沒有茅草行動，馬華詩壇何來傳承得那一輯「政治抒情詩」？

我看我這封信寫來到這裡便應該打住了，否則便會扯到侏羅紀與新舊石器時期那廂去。我與「自由論談」的主編有約在先，書信論學三千字左右最宜。至於黃錦樹的「特區」身分與「十號球衣」問題，那已不是茶杯裡的風波，而是現代儒林裡頭范進型那類文人賺稿費的伎倆。謝謝您的兩篇回應和您許多寶貴的意見。握手。

溫任平　謹啟

發表於《星洲日報》「星洲廣場」一九九八年一月十一日

與潛默談詩集《扇形地帶》的巫譯

潛默：

你好。

向你問好是衷心話，最近你頻頻生病，從去年 12 月至今沒有多少天好過，我暗裡自責，是不是我的詩集《扇形地帶》（Kawasan Berbentuk Kipas）的巫譯工作加重了你的工作負擔與精神壓力，影響你的健康？我自己不搞翻譯，但對譯事之苦倒是略知一二，記得傅雷說過:「一旦書上了手，簡直寢食難安，有時在睡夢中也推敲字句。」林以亮也抱怨翻譯使他「牽腸掛肚」，如果我的個人詩集對你造成那麼大的心理負擔，以致發燒頻仍，那真是罪過。

馬華文學作品的巫譯成績單薄，這是一個有目共睹的事實。早年馬大中文系的吳天才博士做過數量頗為可觀的翻譯，他系裡的同事陳應德博士也巫譯了冰心的詩集《春水》與《繁星》。冰心的詩類近日本的俳句，晶瑩平易，應德兄自己也寫詩，譯起來自然得心應手。不過算起來《春水》、《繁星》的巫譯成於七十年代，距今逾 20 載矣！偶然出現在國內馬來文學雜誌的詩作巫譯，實無法填補巫譯表現貧弱的空間。

至於現代詩則更是翻譯的禁區。現代詩意象紛陳不易轉化為另一種語言媒介，是一大障礙；更大的障礙是文化背景的不同，一些文化屬於較明顯的事物不易譯出，或簡直無法翻譯。像「絲竹鼓笙」要翻譯成馬來文恐怕要臚列好幾種中國樂器的名稱；「匾上的篆字已然褪色」一句的「匾」字大概還翻得出來，「篆字」怎樣翻呢？「金鍛滾邊的令旗」已夠令譯者失眠了，「在火前焙酒嚼牛肉乾／敘說林沖與風雪山神廟那一類野史稗官」則肯定會讓譯者血壓上升，體溫失控。我交給你的作品雖刻意避開像上述那些不能譯的，但一些難譯的詩，由於個人偏愛，我仍交過去給你試試，像《與陶潛論田園》、《與阮籍談思緒》諸篇都肯定帶給你不少麻煩。

所幸的是你本身在馬大雙主修中文、馬來文，碩士論文研究的課題是自馬來亞戰後至獨立前的馬華新詩。你自己也寫現代詩，出版過兩部集子，以你的學術背景與詩的實際創作體驗，中詩巫譯雖難，仍不至於難倒你。前些日子交給你的 22 首詩是你與大學同窗張錦良「雙劍合璧」的成果。張先生精於文法結構，你則把翻譯功夫用在「如何做到忠實而又傳神」這方面的斟酌。你先譯出初稿，然後寄給張先生看看語法有無疵誤，作些必要的潤飾。最近譯出的 18 首詩則是由你一人負責。這 18 首詩當中有不少是我在 1997 年年杪與 1998 年年初的新作，趕著付梓，已來不及交給張先生看第二遍了。而這幾年來，你教馬來文，讀了大量的馬來文學作品，巫文造詣比昔年「稍有進境」（這話你說得十分謙抑），已能兼顧詩的意境與章法。當然獨立譯詩，成敗得失只能自己一人承受，無人可以分擔，這種滋味有點像飲水：冷暖自知。

像前面我提到的《與陶潛論田園》、《與阮籍談思緒》這就牽涉到人物背景的認知，和怎樣把這種認知轉化到另一種語言文明的框式裡再造（recreate）。我有一首詩題為《幾乎是真空的虛空》，交了給你之後我一直在想你用什麼方法去點出兩個 kekosongan（真空、虛空）之間的差異。近作《特約演員》（Pelakon Undangan Khas）裡頭用到「穿著古時戍卒的衣裳」、「偷偷用客棧的酒招揩汗」都有某種中華特性，對譯者猶似哽喉的魚骨。讀到譯本「berbaju askar zaman kuno」與「peluh ku kesat dengan bendera arak rumah penginapan」我才算舒了一口氣。

除了文化屬性與中華特質的不易譯之外，我也十分擔心語言節奏所形成的情韻會在譯成外語時走了樣。我寫《河》企圖以語言的律動去應合月光底下的河底律動：「俯首無言，秋水一般的月光啊／月光下的花蕾無聲無息地／迸放。有舢舡自遠方回來／唱著月亮與河。古老的河……」這首詩捨棄了語言的調頻所造成的韻致，則毫無存在／保留的意義，幸虧你的巫譯能捕捉《河》那份悠游自若，使我讀後既感恩又快樂。

其實你面對的翻譯跳欄還有兩座，一為《船與傘》，一為《聽海》。《船與傘》末節：

雨傘底下沒有溫暖
只有相識而不相遇的蒼涼
只有相遇而不相似的滄桑

這三行對於翻譯的人有「兩難」，句末押韻如何安排？最後兩行詩的主客互掉的句型，巫譯能否保持原來面貌，所幸你與張先生卻能舉重若輕，把它們轉化為：

di bawah payung tiada kemesraan
cuma terdapat kesepian yang pernah
berkenalan tapi tak bersua
cuma terdapat kesayuan yang pernah
bersua tapi tak berkenalan

既照顧音節的諧和，又能完全掌控句型內裡詞彙對掉的特色，堪稱譯事一絕。不過我想我令你最頭痛的還是那首《聽海》吧！用心的讀者一定會發覺《聽海》除了第一、二行，整首詩是以頂真法（又稱連珠格）貫串在一起的，為了方便對照，茲錄於後：「面對海何如傾聽海／傾聽大自然脈搏的起伏／起伏的浪濤滾滾來去／來去無蹤是那時間的舯舡／舯舡負載幾許期待與悲哀／悲哀化作淚水尋找歸宿／歸宿在眾生競逐的天涯／天涯在日落月升的海角／海角正值燈火淒迷／淒迷終於點滴落下成微雨／微雨淅瀝是海的呼吸／呼吸延續著生命／生命延綿成歷史／歷史興衰似海洋的起伏／起伏的海洋讓我匍匐傾聽您」。你與張先生的巫譯居然也可以用上頂真法，對我而言，真是有點不可思議，茲引第 9-15 行的巫譯以向讀者：

Sudut laut dengan pelitanya berwajah redup
Wajah redup akhirnya bertitisan jadi hujan gerimis
Hujan gerimis berderai bagaikan nafas lautan
Nafas menyambungkan jiwa
Jiwa berlanjutan jadi sejarah
Sejarah yang kembang layu bagai lautan beralun
Beralunnya lautan buatkan kemenjulur mendengar mu

除了《聽海》給我的驚喜外，我還有一首尚未發表的短詩《晨：十時半》只有八行：

早上十時半
陽光透過葉隙碎金
灑落滿地
我應該出門赴約了
又記罣著那首未完成的詩
若即若離
於虛構與現實之間
找不到收束句

巫譯《Pagi: Jam 10.30》：

Jam 10.30 pagi
Sinaran mentari menembusi celah-celah dedaun, cebisan emas
jatuh terhampar dibumi
harus ku keluar menghadiri janji temu
teringat pula sebuah puisi belum diselesaikan
bagai di mata bagai terpisah
antara rekaan dan kenyataan
tak terjumpa ayat kesudahan

我曾交給幾位寫詩的馬來朋友看，他們的評語雖不同：「富於語言的機智」、「bagai dimata bagai terpisah 幾行下來鏗鏘有聲，音韻把握得很好」、「詩讀完了，仍覺意猶未足，不像是譯詩。」我要把一些回應反應給你知道，讓你了解你的苦心琢磨功夫沒白費，這首詩是你獨自譯出的，情韻、句法你都照顧得周全，甚至連最末一行的「未完成」（tak terjumpa ayat kesudahan）的感覺也捕捉到了。寫詩對文字要有敏銳的感覺，讀你的巫譯使我體味到譯者兩種語文的造詣都要好，才能感覺到文字的微妙處並且在迻譯過程沒有漏掉了什麼。現代詩往往「意在言外」，譯者僅憑兩種語文基礎扎實是不夠的，如果沒有現代詩的認識與實際創作經驗，每每在翻譯時得筌而忘魚。

這封公開信一方面是向你表達謝忱，一方面是稍稍論及譯事之難。中譯巫幾近荒蕪這現象恐怕還會持續，除非華研中心或其他有分量的文化單位能有步驟的、策略性地改變這事實。

溫任平　謹啟

發表於《星洲日報》「星洲廣場」一九九八年三月十五日

與游川談「朗誦詩」

游川：

你好。

自從上次寫了「揭開游川的三個面具」那篇序文之後，彼此的聯繫便少了。你是成功的廣告人，我是搶手的預告人，我們兩人都在替未來開路，大家都在忙，不在話下。

1997 年 11 月 2 日我在大將書行主催的一項詩曲講座上，正式向與會聽眾宣布：「我將重返文壇」。那天之後，我便沒有好日子過，我和時間賽跑，在紫微斗數與家居風水的縫隙裡擠出那一丁點時間來讀書、創作。我變得語無倫次，喜怒無常，幸虧當年讀過一點心理學，知道自己不是瘋狂，只是患了「文學焦慮症」。

游川，我最近想著的問題是，如果要推廣現代詩，就不能僅僅讓詩作供奉在報章，包裝在書本裡。你有沒考慮過演出詩，用唱的方式（可惜夠格的詩人歌手不多），用朗誦的方式，讓詩的聲音打動它的聽眾，讓詩內容裡頭的所思所感在聽眾也是讀者的心中留下難以磨滅的印象，甚且寖寖乎形成一種沛然莫之能禦的內在力量？

你雖沒蒙潤榮先生專業訓練出來的金嗓子，唯獨你的聲調雄渾剛健，內勁十足，承得聲調亦不俗，穿起長袍誦詩入神那一刻的古代讀書人風範，近乎「迷人」，小曼由於夠浪漫，朗詩時溶入極深的感情，「魅力之強，令人無法招架」（這是一位女聽眾說的），再多找十個八個有份量的班底，我看一個「朗誦詩運動」的風潮是掀得起浪花來的，不過在這個運動還未開鑼之前，你們的手上一定要有相當份量的「朗誦詩」(Spoken Poetry)。這樣才不致面對一個尷尬的局面，演員有了，會場找到了，就是沒有「戲碼」。

這封公開信不是與你老弟談「詩朗誦」(poem recitation)，因為這方面的技巧你已游刃有餘，我要與你討論的是「朗誦詩」。雖然「朗誦詩」與別的體例的詩無異，它本身必須是詩而非散文分行；它具有詩所有的美德與特性。重要的分別是，「朗誦詩」在語言節奏的運用方面，它是專為朗誦演出而創造、設計的。你們的詩雖有不少可在臺上朗誦，但由於它並非為朗誦演出而匠心獨運設計出來的，在效果方面往往差強人意。「朗誦詩」訴之以聽覺感性，輔之以臨場演出的視覺效果，洛夫的《石室之死亡》，楊牧的《鄭玄寢夢》當然不是「朗誦詩」，不是他們的詩不行，而是朗誦出來的效應不佳。意象紛陳，典故羅列，深字僻詞一大堆，甚至連詩題聽眾都聽不懂的詩，聽眾沒辦法聽明白，又怎能感知繼而感動呢？

1987 年「聲音的演出」與接下來乘勝追擊的 1988 年「動地吟」與「肝膽行」在詩朗誦方面你與承得諸人成績均有可觀，構思亦夠大膽。但你與承得等在「朗誦詩」方面的創作準備稍嫌不足。你們是從自己的詩集裡撿出幾首較適宜朗誦的作品，然後便開動你們的火車頭，北上檳城、哥打巴魯、東征古晉、詩巫，而在你們那個李賀的詩囊裡「朗誦詩」的份量其實不太夠，大概只有《趕在風雨之前》系列確有「朗誦詩」的味道，你的《老鄉》、《五百萬張口》及《神啊！你們要自己保重》這三首詩可說符合了「朗誦詩」的要求，它們訴諸聽覺，又能與臺下聽眾「沆瀣一氣」，打成一片。

當我在這封公開信呼吁創作「朗誦詩」時，我內心有個憂慮，因為也許有人會誤以為我主張把詩單元化，把只有符合朗誦要求的詩看成佳作，其他的詩體都「不及格」，真正的情況剛好相反，我期望看到的毋寧是不同形式的表現，從藝術處理到題材選擇都可以「上下求索」。不過「朗誦詩」可能要寫得淺白易懂一些，至少要讓聽眾比較容易把握到詩的內容與情境。聽詩不像讀詩，讀詩可以對著白紙黑字沉吟咀嚼；聆聽詩的朗誦，則字句一閃即過，語音與語義的把握當時錯過了，再聽下一句可能就聽不出所以然來。未朗誦之前，詩人稍微介紹一下作品的背景與內容梗概可能有助於聽眾的臨場吸收，有所感應。

為了使詩的朗誦多元化，使詩朗誦本身因具有某種歷史意識而在時間涵蘊面立體化，或許你們也可以考慮朗誦唐詩、宋詞、元曲以迄現代詩初期一些較朗朗上口的詩，像戴望舒的《雨巷》，辛笛的《再見，藍馬店》。綠原、楊喚的不少作品都流麗自然，親切動人，朗誦起來效果甚佳。「傳統」不是「現代」的敵人，中國文學抒情言志的傳統是一脈相承的。沒有人會說長短句優於律絕，或《天淨沙》強過《水調歌頭》的吧？但每個人的生活接觸面，體驗，感受不同，田園詩人陶潛不能寫愛國詩人陸游的詩，稻香詩人何乃健一樣寫不出廣告詩人游川的現代絕句，除非乃健兄與我抬槓，硬擠一首「廣告詩」向我表示「抗議」，即使如此，一首廣告詩的「特殊性」，也不能代表或反映乃健兄淳樸詩風的「一般性」。

是的，「詩有別材，非關書也」，詩又重性情，各有題旨意趣。我們既需要方昂、田思，需要辛吟松和鄭雲城，也需要梅淑貞與方娥真。我們需要米爾頓（Milton）那種書卷氣（literary），也需要惠特曼（Walt Whitman）那種陽剛健朗，結實明快，適於大聲朗誦的詩。我之所以「鼓吹」朗誦詩的寫作，確是因為這方面的成果太少了，已經稀罕到了「另類」的地步了。

創作「朗誦詩」似乎不能不留意「詩的三種聲音」，不僅是人稱問題的：我、你、他這麼簡單，根據艾略特的詮釋，詩的第一種聲音是詩人與自己說話或乾脆是「獨白」(monoloque);第二種聲音是詩人對著一個人或群眾講話;第三種聲音是詩人在詩中創造一個人／物（這人／物可能是火車站站長，可能是街市小販，甚至可能是一棵松樹)，而以這個想像出來的人／物的心態，語調與其他想像出來的人／物說話，在怎樣的詩裡用到獨白，在怎樣的情況下用到對話，這牽涉到詩的溝通方式，至於戴上火車站站長，小販或其他樹木花草的「面具」(mask）來與其他的人與物交談，則與詩的戲劇性需求有關。有人說：「詩是一齣小型戲劇」，此說甚有見地，我們目前的「朗誦詩」絕大多數還是停留在「我是一只翺翔著的紙鳶」的第一人稱，「你是快樂的燕子，御風而行」的第二人稱，對於怎樣用艾略特的第三種聲音寫詩，花的心思肯定是不夠的。或許大家可以在這方面與有心人探究一下，多作這方面的嘗試。

如果要把「朗誦詩」帶進一個新領域，除了要有作品，演出的方式亦不宜抄襲過去在「聲音的演出」以迄「肝膽行」那種表現，過去的演出，雖有承得，小曼、陳雪風、何乃健、辛吟松、張泛等人的互相配合，他們或高吭激越，或悲憤感慨，頗能發揮互補有無的效應，但「純陽獨秀」的場面總是不正常的，也會因而使演出失去一部分女聽眾的支持。你不妨考慮邀請女詩人參加，使陣容壯大些、全面些。我甚至建議你不妨考慮朗誦詩的聲音背景安排（這方面葉維廉和音樂家李泰祥曾合作過，可供參照)，包括男女和聲的效果。如果人力、物力、道具這些先決條件都能夠解決的話，甚至不妨考慮詩劇的上演，更不妨試驗一下音樂、舞蹈、詩有沒可能作三位一體的綜合演出。

根據希臘神話，詩神九繆斯都是女兒身，以詩為生命的樂趣，她們永遠在水湄不歇地唱歌舞蹈，是現代人把詩邊緣化到只能閱讀的層次上，這道關防你們不妨考慮打破它。余光中在《詩運小卜》

一文曾老實不客氣地指出：「你們不要忘記，詩不但可看，更應可聽，但是許多詩人的耳朵顯然已經退化了。」假設詩的演出能輔以現代詩曲，校園民歌的演唱，游吟詩人式的自彈自唱（以六弦琴配口琴，像 Bob Dylan）則反應應該會「普遍受落」，可望既叫好又叫座，更希望這「結論」是廣告人與預告人的共識。

這些日子，我心所思所想莫非是「詩的再社會化」的種種可能途徑，創作「朗誦詩」，以新穎、不落陳俗的方式把它們表現出來，或低吟短唱，或慷慨悲歌，都必然能激發聽眾的想像而引起共鳴。這是，作為一名詩作者的我，對詩的感染力的，永恆的，信念。

溫任平　謹啟

發表於《星洲日報》「星洲廣場」一九九八年二月一日

與柏楊談「馬華文學的獨特性」

柏楊先生：

您好。

那天在留臺聯總主辦的「馬華文學國際學術研討會」開幕前，我趨前向您問好，贈書請您指正，並向您提及我可能對您的主題演說「馬華文學的獨特性」寫文章作出反應。我是後學，您是長輩，何況您還是我景仰多年的長者，我覺得我應該向您打個招呼，才寫文章，這樣會比較有禮貌。

允許我直率地說，馬華文學的獨特性或獨立性已經是一個解決了的問題。早在新馬尚未分家的戰前，張金燕非常明顯地表態：「……我的皮膚遺傳著祖宗舊衣裳，而黃薑、咖哩，把我的腸胃腌實了，因此我對於南洋的色彩濃厚過祖宗的五經，飲椰漿多過於大禹治下的水了。」這番話刊於《新國民日報》的「荒島」第十期，時為 1927 年 4 月 1 日，距今剛好半個世紀。兩年後，黃征夫在《叻報》（1929 年 7 月 22 日及 23 日）撰寫了一篇「學術文化與南洋華僑」，更明確地指出：

「假如世界文藝思潮是波濤澎湃的洪流，那麼南國文藝便是這波濤澎湃的洪流中底一支支流，方向是朝著這洪流去，而支流本身也有它的特質與顏色，這特質與顏色就是南國文藝的地方色彩的衣裳，我們不要忽略這兒的地方色彩，更不要忘掉時代的方向，假如忘掉時代的篇章，便是沒有生命的枯體，忽略地方的色彩，也只是過時的牡丹。」

雖然新馬作家早在 20 年代便對馬華文藝的獨特性有正確底認知，但馬華文藝的獨特性，僑民文藝這課題在二次大戰後的 40 年代仍引起熱烈的爭論。從 1947 年 10 月到 1948 年 4 月，半年內發表了二十餘篇正反兩面的議論。凌佐在他的「馬華文藝的獨特性及其他」提出了馬華文藝應該具有的特殊形式：

1 它不能是翻版的中國文藝。

2 它更不能是僑民文藝。

3 它是馬來亞文藝的主要成份。

4 它著重人民性和民族性。

5 它融合滲透社會生活間的特徵，語言必然更豐富，生活形式（包括習慣、興趣、風尚等）必然更多姿多彩。

而就這個問題，當時在香港的中國作家郭沫若認為馬來亞的華僑青年創造「土生文藝」並非忘本，他說：「文藝是生活反映與批判，馬來亞的中國人當然以表現馬來亞生活為原則。」「馬華化是絕對正確的路線，這倒不是和中國文藝絕緣，而是中國文藝更加豐富了。這也如美國文藝脫離英國文學的影響，而使英國文學豐富了是一樣的。」（《文藝生活》海外版第一期，1948 年正月 26 日）。

另一位名作家夏衍在他的長論《馬華文藝論》（南僑日報「南風」副刊，1948 年 4 月 14 日）中的一些觀點卻較為曖昧，他認為馬華作家「為了自身在民族上、政治上及文化上的利益，在他們肩上，都該負擔起中國及馬來亞的雙重任務……而每個人對這任務輕重先後，也不能機械的偏廢選擇，而應該由每一個工作者的社會關係、生活條件和個人志趣來決定」。不過夏衍同樣認同一個事實：馬華文藝既然是從馬來亞「這土壤中產生出來的文藝成果，必然有其不同的獨特性」。

我不可能（也沒這需要）大量引證馬華文學的獨特性已經被確認的其他資料，柏老如果有時間翻閱一下「新馬華文文學大系」的理論／論爭部分，您會看到更多這方面的文獻，證明瞭馬華文學的確如您在演講中所說的是「嫁出去的女兒」，它已在這兒落地生根了，「本土化」了。

至於您提到的「斷奶」問題，馬華文學和中國、臺灣斷奶，憑一己的力量壯大成長這點，末學倒是有一些意見的。馬華作家都是讀著唐詩宋詞、紅樓夢、西遊記、三國演義、儒林外史長大的，這裡頭有一個一脈相承的文化也是文學的淵源，這個淵源不可能像臍帶那樣割棄。如果馬華作家／詩人在他們的作品中引用到詩詞歌賦裡頭的典故那是很自然的現象。這兩天的馬華文學國際學術研討會來自中國的陳賢茂教授的論文題目便是「潘雨桐小說與古典詩詞意境」。我們不能在文化傳承方面「斷奶」，那是不必要的（除非政治局面變得封閉）。事實上，馬華作家從中國與臺灣的當代作品中汲取了不少寶貴的養份（奶水？）。他國的經驗不能替代，表現的方式、技巧，處理生活經驗的手法卻可供借鏡。您所說的「人在燕國，心在趙國」這危機是不會出現的，但您在演講中警惕大家用心良苦，我們都能心領神會。

為了進一步「本土化」，您建議寫華巫通婚、華巫共事一類的題材，這想法固然不錯，但如果為了國家團結的大原則，馬華作家處理這類題材只能避重就輕，只談正面現象，避開引起種族敏感的部分，則處理您所建議的華巫經驗恐怕也只是在門面下功夫，碰不到（其實是碰不得）問題的癥結和底蘊。

每一個國家都有它的社會禁忌（social taboos），馬來西亞也不能盡免。大體上說，大馬是個相當開放和民主的國家，我國首相馬哈迪醫生最近在中文版「亞洲周刊」接受訪問時表示馬來西亞華人是難以同化的，現政府已經改弦易轍，無意再同化其他民族。馬華作家在他們的作品中表達某種古典詩詞的意境，流露某種文化孺慕的赤子之情，政府都不干涉（既不鼓勵也不打擊）。馬華作家仍有相當大的空間可以表達他們的思想馳騁他們的想像。1988 年 4 月 11 日至 15 日第三屆亞洲華文作家會議在吉隆坡舉行，末學受邀提呈論文「根源性的文化交流」，文章裡頭提到「新馬菲泰等國的華文作家寫自身「生於斯、長於斯」的土地關懷與現實擁抱，不能視之為「中華特質的背棄」（Betrayal of Chineseness）事實上大家仍不難從這些地區的好些華文文學作品裡嗅到一種血濃於水的文化鄉愁」。我個人認為馬華文學的「獨特性」與「民族性」應該沒有衝突，它們在作品內是和諧的「共生體」（symbiosis）。

您在演講詞中強調「作家要有個性才有好的創作」，在相當程度上，馬華作家都可以讓他們的個性流露，目前我們還沒有面對「白色恐怖」的問題。

溫任平　謹啟

與陳應德談「第一首現代詩」

應德兄

你好。

那天在馬華文學國際學術研討會上，與你激辯馬華詩壇的第一首現代詩這課題，出言不遜，禮貌不周之處，請你原諒。我幾次出來「搶咪」甚至與研討會主持人發生爭執。因為我作為一名觀眾，只能每次發言兩分鐘，兩分鐘這麼短促的時間裡我能講多少句話？情急之下，我想我是失態了。

您對我十分厚道，在宣讀論文時，並沒有說：「溫任平根據周喚、艾文提供給他的資料，也沒有經過慎重的驗證，便說白垚在 1959 年 3 月 5 日發表的〈麻河靜立〉是第一首現代詩。溫任平而且據此便說馬華現代文學運動便是在那一年肇始的。」你只是含蓄地說，有這麼的一篇作品，A 告訴 B 這是第一首現代詩，B 又把這消息傳給 C，於是 C 便說沒錯，白垚的〈麻河靜立〉應該是第一首現代詩了。您不提我的名字，是免得坐在臺下的我尷尬，你的心意我是完全了解也十分感激，但是我仍不得不走出來與你力辯，因為在這個問題上我絕不能苟且。我不知道您有沒有讀過我的另一篇為「馬華現代文學的意義及未來發展：一個史的回顧與前瞻」，我在文中第二部分提到：「馬華現代文學大約崛起於 1959 年，那年 3 月 5 日白垚在學生周報 137 期發表了第一首現代詩《麻河靜立》。關於這一首詩的歷史地位，最少有兩位現代詩人——艾文和周喚——的書信表示了與我同樣的看法。如果我們的看法正確，馬華現代文學迄今（1978 年）已近 20 載。」

天狼星詩社出版的《憤怒的回顧》是一本特別注上馬華現代文學運動 21 週年的紀念專冊。大馬華人文化協會霹州分會，在 1984 年假怡保怡東酒店召開的第一屆「全國現代文學會議」，是為了替 25 週年（四份之一個世紀）的馬華現代文學的各類文類：現代詩、現代散文、現代小說作出評估，定位的「歷史性活動」。如果我擺了烏龍，則上述書籍的出版與會議的召開，都會變得可笑甚至荒謬。您說，我怎能不跳出來與您爭辯到底呢？

您在論文提到 1937 年詩人滔流的作品「保衛華南」:「保衛／我們的華南！／九龍江！／韓江！／早就咆哮了。咆哮，／南海的怒潮。……」(原文長達 60 行，無法盡錄)，詩的背景是中國，我們暫且不討論它的藝術手法有沒有「現代」的傾向，單是詩的背景已違背了馬華文學的獨特性，馬華文化如果有第一首現代詩，它最起碼的條件應該是以馬來西亞為背景才是。

至於您提到的另一首詩，鐵戈的「在旗下」:「每天，／每天／我在旗下／跑著……路呵，／那麼崎嶇！／崎嶇的路／多麼美麗。」你認為這是一首「現代詩」因為它有未來派的傾向，這首詩的最後一節 :「從這路，／去迎接：／人類的／春天！／我要把生命／永遠呈獻給／旗下的人們……」據您的分析，鐵戈是受到蘇聯的馬耶可夫斯基（Vladimir Mayakovski）的影響而寫了這首詩，用您論文裡的話「急促的音節，念起來，沉重有力，猶如鼓聲一樣，非常適合表達他那種爆炸性的革命熱情。」問題是有未來派傾向的詩就是現代詩嗎？「去迎接／人類的／春天」，這種對將來的嚮往實在談不上什麼「未來主義」，如果此說成立，「明天會更好」就會成為了一首「未來主義」的歌或電影了。

我和出席研討會來自臺灣中央大學的李瑞騰教授討論過，我認為上述兩首詩都屬於「口號詩」，李氏則直截了當地說「那只是吶喊！」現代主義文學講求知性（intellectual），甚至要在相當程度上做到「無我」（impersonality），滔流與鐵戈那種爆炸性的感情迸發只能視之為政治性的浪漫主義泛濫，與現代主義是扯不上關係的。

還有論文裡舉出的其他例證，如雷三車的「鐵船的腳跛了」:「站在水面，／你是個引擎的巨魔：帶著不平的咆哮；／慢慢的從地面爬過。／你龐大的足跡，／印成了湖澤，小河，／笑開了魚蝦的心花，／他們樂得把新居慶賀。」水面的巨魔指的是鐵船，因為船跛了（壞了）所以魚蝦都聚在裡頭，這麼淺顯的比喻（詩的最後一行「是尋覓被人遺失了的荷包！」真的是愈扯愈遠）實在談不上什麼象徵主義，我們不妨把李金髮的「棄婦」找出來讀一遍，就會發覺兩者的差異。我們總不成因為雷三車在詩中用了幾個比喻就把它當作「現代詩」吧？此說如果成立，那麼「太陽公公的臉像個紅蘋果」一類的兒歌都會成了現代詩了。

您在論文還提到傅尚皋的詩「夏天」以及威北華的「石獅子」（1952 年）裡頭的象徵主義色彩，我對你的這些看法頗能認同。我個人覺得威北華比傅尚皋在文學史上來得重要，因為威北華在他的詩文集「黎明前的行腳」收入了二十首詩，在量方面較可觀。不過象徵主義是跨進現代主義的一個過渡，並不是現代主義本本身。中國詩壇是先有了李金髮的象徵主義，是他把法國的象徵派詩人波特萊爾（Charles Baudelaire），魏爾倫（Paul Verlaine）的詩風帶入詩壇，繼而才出現以戴望舒為首的「現代主義」詩，瘂弦在《中國新詩研究》一書裡有一篇題為「中國象徵主義的先驅——詩怪李金髮」提出他的看法：

「如果沒有李金髮率先在作品上實踐了象徵主義的藝術觀點和發表手法，以及稍後的戴望舒、王獨清的理論、翻譯、創作三方面的倡導，可能就不會有 1932 年在上海成立的，以戴望舒、杜衡、施蟄存、穆時英、劉吶鷗、侯汝華、徐遲、紀弦等為中堅的現代派之水到渠成。」

我覺得威北華本身一方面沒有現代主義的自覺，正如您在文章裡指出的「威北華不曾發表過任何文論來提倡現代主義，因此我們不能視他為馬華現代主義的先驅。況且，一個人搞活動不能成為運動，他只是一個孤立的文學現象。一個主義能夠形成一個運動，要靠一群人在創作上實踐，在理論上鼓吹，引起文壇的討論風潮，造成文類的某種風格的變化才能稱之為運動。就這點認知，我們其實並無衝突，因為你在論文裡說：「現代主義的興起不是靠一首詩或是一個人的力量而帶來的，而是靠出版社及一群有創新精神的作家共同努力而建起來的。」

因此威北華寫的「石獅子」即使它具備了現代詩的某種雛型，卻因缺乏現代的自覺，又是孤軍作戰，沒能蔚然形成一種運動的氣候。溫梓川在 50 年代中葉出版過的一部詩集《美麗的肖像》，走象徵路線，溫氏沒有李金髮的詰屈聱牙，晦澀難懂，比起雨巷詩人戴望舒的「輕盈流麗」（瘂弦語：見〈從象徵到現代〉一文），溫梓川是穠麗繁富多了，但他也只是一個獨行俠，掀不起不起什麼風潮，同樣是一個孤立的文學現象。一直到白垚的「麻河靜立」於 1959 年出現，1960 年蕉風月刊特闢「新詩研究專輯」（94 期開始），新詩的「現代化」才成為文壇的一個重要議題（issue），蕉風因為受到評擊（一位署名杜薩的作者批評一些作風新穎獨特的詩為「蕉風派」），在編者的話裡鄭重聲明：「我們對於勇於嘗試的年輕詩人，只是能給予同情和鼓勵，而不是嘲笑和打擊。……為了使年輕詩人對新詩有更多的認識起見，我們決定出這個新詩專輯……希望文壇巨子踴躍發表意見。」（頁 25）

在進入六十年代，繼白垚崛起的活躍詩人有笛宇、喬靜、周喚、冷燕秋、王潤華、淡瑩、陳慧樺、林綠、艾文、蕭艾、憂草、黃懷雲、秋吟、葉曼沙、金沙、張力諸人，加上錢歌川、王潤華、葉逢生、于蓬等人的譯介外國現代主義作品，馬華現代文學運動終於蘊蓄了足夠的足夠的力量向前跨進。

至於您強調：「試圖尋找第一首現代詩，來斷定現代文學的開始並不是正確的治學方式。」這判斷也有爭論的餘地。許多作家／學者都認為魯迅的《狂人日記》（1918 年）是中國新文學的「第一篇用白話文寫成的短篇小說」，但夏志清教授在《新文學的傳統》一書裡（頁 123-136）則認為陳衡哲的〈一日〉（1917 年）才是第一個白話短篇。尋找源頭（第一篇、第一首），是每個治史的人都在做的努力。我前面那篇論文寫於 1978 年，如果讓我有機會重寫，我會寫得周延些：

> 馬華現代文學大約崛起於 1959 年，雖然周喚、艾文與我本人都覺得白垚在 1959 年 3 月 5 日發表的「麻河靜立」可能是馬華詩壇的第一首現代詩，但它的歷史地位仍待驗證。不過馬華現代文學主義的興起是由一群包括白垚、周喚在內的詩人，通過學生周報、蕉風的鼓吹、實踐，在 1959、1960 年間掀起了現代主義風潮，這段推斷，應該是正確的。

您是文學博士、專研的又是 30 年代到 50 年代的馬華新詩，您的論見對我啟發良多，謹此向您致謝。

溫任平　謹啟

發表於《星洲日報》「星洲廣場」一九九七年十二月二十八日

與林水檺談「斷奶」與「影響焦慮」

水檺學長：

您好。兩次打電話向您拿資料，實在是因為弟人在首都，大部分書籍都留在怡保老家，書到用時方恨少，我是真個體會到了。託友人買書，談何容易。而為了要敷陳某個論點，特別要往返奔波於國家圖書館、馬大圖書館「找資料」，對我這個被時間追逼甚緊的人而言，實在是太奢侈的事。尤其有關民初文學革命與革命文學的資料，記得侯建教授有專著詳論，但書就是不在自己身邊，只好往您那兒探問，謝謝您在百忙中仍撥冗提供弟這方面的資訊。

資料的參照，是為了就馬華文學應否斷奶這問題抒發意見。您是華研中心主任，相信一定有注意到當前這個熱門課題。林建國先生提出「斷奶」的建議，所用的語言一點也不「溫柔敦厚」，因此不難想見他得到的反應除了熱烈還有激烈。所幸報館對局面掌控得還好，迄今我看到的仍是「理性的激烈」，謾罵的成份甚少。我想您也會同意，任何討論，一涉及情緒性的人身攻擊往往便失去探討、交流的意義，整個討論的焦點因雙方意氣用事而給弄模糊了。

坦白說，初讀林建國先生那篇《大中華我族中心的心理作祟》，我的反應比崔將先生好不了多少。過了整個星期，我的憤怒加上反感才漸趨平息。我開始提出一些疑問：為什麼林先生要這樣寫？他的用意是什麼？為什麼要激起眾人之怒，成為眾矢之的才甘心？語不驚死不休？嘩眾取寵，為了香港人說的「出位」？還是……他這樣做是蓄意的，目的是「震蕩治療」（shock treatment）來對付馬華文學內在的沉痾？

我的心情平伏後，便把林先生文章中挑釁性的語言過濾掉，只針對議題本身，馬華文學應否與中國文學斷奶這點進行思考。

說起來「斷奶」（weaning）在英語世界是一個廣泛被引用的詞語。「自力更生」，「不依賴主體／母體的心理傾向與行為取向」都可用「斷奶」形容之。甚至放棄某種陋習也可用 weaning 的引申義。然則馬華文學追求自力更生，不再處處仰賴臺灣（長期以來以中國文化的承繼宏揚自許）或中國作為創作感性的源泉，這有什麼不對呢？六十年代、七十年代以迄八十年代我們的馬華作家處處以臺灣作家馬首是瞻，八十年代後期到九十年代末的今天，中國門戶漸漸開放，我們不少寫作人又一窩蜂地以中國作家作為仰望的對象。這種現象持續下去，馬華文學如何奢言自力更生？馬華文學的特殊性，所謂 uniqueness 又怎能建立呢？

兩場文學研討會的象徵意義

討論到這兒，1997 年由不同單位主辦的兩場國際馬華文學研討會的象徵意義便漸漸浮現出來了。第一場馬華文學研討會邀得中國小說家王蒙前來作專題演講，第二場研討會則邀請到文史學者柏楊做專題演講。王蒙的作品普遍受到佳評，王氏曾任中國的文化部長，身為一個作家，他在作品中流露的道德勇氣與人道關懷素為華人知識圈所推崇；柏楊是著名雜文家，早年以原名郭衣洞寫小說與前輩作家鍾理和、楊逵、張拓蕪齊名，曾入獄 9 年，他的力作是編寫現代版《資治通鑒》一套 72 冊逾 1 千萬言。王蒙與柏楊都年高德劭，這是他們兩人的共同點，另一個十分微妙的共同點他們都不熟悉馬華文學，都在盛情難卻下，應主辦當局之邀就他們不熟悉當然更不是他們研究對象的馬華文學「發言」，不，是發表重要演說（keynote address）。

一個「代表」中國，一個「代表」臺灣，無獨有偶。我們的「支流意識」（應該說是「下意識」），使我們在研討自己的文學時心理上需要主流／宗主的支持、鼓勵甚至某個程度的認同、肯定。我不想用「自我矮化」這些強烈字眼來描繪這些現象，討論問題無需一定要傷害到別人的感受。我想到的問題是，如果我們的馬華作家有足夠的自信、自尊、自覺，我們邀請的將不會是中臺兩岸的文化巨擘為我們講話（不是溢美之詞就是泛泛之論），而是大大方方地邀請國內的老作家方北方、姚拓為研討會致「開場白」，如果「開場白」對文學研討會本身真的是那麼重要的話。

為什麼我們邀請的人是方北方、姚拓而非別人？方先生寫作不輟，靠的是一股堅韌不拔的意志（這點記得甄供先生曾著書論及）。他的作品可能粗糙，但作為馬華文學的拓荒者、播種人，他的地位不僅重要，而且崇高。姚先生出版《蕉風》四十三載於茲，近半個世紀，提供寫作園地，栽培無數文壇新血，居功厥偉。何況姚拓又是「三棲動物」；散文、小說、戲劇都寫，多才多藝。他們兩人都七十多要八十歲的人了，與白話文學（新文學）幾乎同時期誕生。方北方出生那年，1918 年，也正是魯迅發表他的第一篇白話小說《狂人日記》的年份，真是巧合。方老、姚老絕對有這份量向參與討論馬華文學的各國學者講話，方姚兩人的言論可能不具備博士／教授的理論深度／高度，但文學領域的開荒闢壤那種實際苦樂體驗，卻一定會讓大家聽到許多真摯又免去了學術夾槓的肺腑之言。當然，方姚兩位會不會應邀作 keynote speaker 是事後孔明無從猜測的事。

馬華的優秀文學作品突然激增？

前面我提到自信、自尊、自覺，這恰好是馬華作家普遍缺乏的素質。八十年代末，九十年代肇始迄今出版的馬華文學作品，裡頭多附錄中國學者／作家的序文、評論和讀後感。馬華作家以能得到中國學者的賜序沾沾自喜，所以當您翻讀到近 10 年來出版的馬華文學作品（從詩、散文到小說）竟然有 3、4 篇序供奉在書的前面近乎「喧賓奪主」時，您可能要持佛家的平常心，才能見怪不怪。

如果連方北方先生出版他的壓軸作《花飄果墜》也未能免俗地邀請陳賢茂教授替他寫序以光篇幅，則這種集體心態背後的癥結即不難理解。這不僅是「一個願打一個願挨」的孤立個案。如果有那麼多的馬華作家等著中國學者的認同、肯定，這就反映出一種「回歸母胎」的群體欲望，希望得到母體的肯定、保護。從生理學、心理學的角度來看，回歸的欲望原是人類最原始的欲望，它比性欲還要原始。人從剪斷臍帶呱呱墜地那一刻開始，便離開母體，生活在不安定、不安全的環境裡，這種不安惶惑與恐懼要到死的那天才真正安息，因此每個人潛意識都多少有回歸母體的衝動。林建國先生的看法是這種集體的潛意識行為不啻方便主流／宗主國的收編、奴役，他用的字眼很重，但他令人不快的言論刺激著我們的神經，喚醒了大家的自覺。從心理學的角度來看，人要退縮到胎盤去尋求保護、苟且偷安，正足以說明當事人的懦弱，以及無法應付外在的挑戰，環境壓力才作出的抉擇，這抉擇反映了自信心的蕩然無存。馬華文學的處境真的是那麼無可救藥嗎？

當您讀到一些序文（包括陳賢茂的那一篇）竟然無需引錄作品的任何片段，也就是說無需分析、欣賞評鑒，便作出籠統的、不著邊際的讚美，而這些序文居然為作者「欣然受落」，您會發覺這已不是張錦忠博士說的「十分可笑」，而是「十分可悲」。還有那些介於大一、大二程度的「批評練習」，引用一些對中國學者而言半生不熟的西方批評術語與詞彙。而我們的作家卻以為這些評論足以為他們個別的成就定位，那才教人覺得可笑復可憐。不怪得潘亞暾、王振科等教授級人馬一出，馬華文壇的「馬華作家」、「優秀文學作品」數量突然激增。世界上哪裡有這麼便宜的事。給識見不如自己的人評好，還不如給識見超越自己的人評壞，至少當事人不至於蒙蔽在虛假的掌聲裡，而有機會看到自己作品的瑕疵，思所改進突破。魯樞元教授坦言除了臺灣外，海外的華文文學水平不高，至於他說中國文藝評論家給予馬華文學的評語都很「客氣」，並認為「這只是交流中的第一階段，就像初認識的友人總會說些門面話。此風當然不可長。……」初識的朋友說些客套話是人情世故，但把批評論述也視作聯誼的方式，一味讚好讚美，這就失去了學術研究的意義。中國學者如果做出的是「違心的讚美」（黃錦樹先生語），而馬華作家又「信以為真」，這就會造成馬華作家的「自我膨脹」，對彼等的文學志業有弊無利。

老中青三代：方北方、思采、李天葆

馬華文學要有它的特殊性，但這特殊性並非「我們要它，它就在那兒。」長久以來，馬華文學都在學習、模仿階段摸索。請原諒我的坦率，我覺得方先生的「風雲三部曲」、「馬來西亞三部曲」在體例上便有仿效巴金「激流三部曲」（家、春、秋）、「愛情三部曲」（雷、雨、電）之嫌。七十年代以散文創作著稱的思采先生便坦承受到葉珊的影響，是「小葉珊」或「葉珊第二」，這是前行代、中年一代的困擾。新生代的李天葆先生，他的語言筆路學張愛玲學得十分神似，李氏不僅寫小說時用的是張愛玲語言，甚至寫影評時也營造張愛玲感性，使他的影評令人讀了「像霧又像花」，像這些現象，在我們這個人情味特重的社會裡是沒多少人指陳出來的。說實在話，當我寫著這段文字時，我心裡也不好受。

本土性：人文特色與文學語言的錘煉

在這樣的情況下，馬華作家如果要發憤圖強，用黃錦樹先生的話：「借用他人的資源及不斷反思求進方是上策」。中國與臺灣的文學作品都可成為馬華作家的資源，當然我們也可自西洋文學作品汲取不同的養分。「斷奶」一說由黃錦樹先生提出、林建國先生寫成文章，予人互相呼應的印象。由於兩人提出的方式都甚激烈（黃氏與江楓的辯爭），「斷奶」很容易被等同為「與中國切斷所有關係」、「兒子不認親娘」，這當然會被視為大逆不道了。斷奶的孩子不認娘，誰說的？有這個必然性嗎？一個孩子要成長茁壯就不能吮吸著母奶不放。就這點林建國先生的看法是：不同地域的華文文學猶似「萬流」、「各自向前奔流，各自照應自己的命運去了。」（見〈為什麼馬華文學〉。中外文學 21 卷第 10 期；1993）黃氏的建議則是在文學語言的實驗、改造、重塑自己的姿勢著手。他嚮往的是：「馬華文學的精彩之處並不在於他的本土性，而在於差異文化與個別體驗交糅出的多重性（猶如馬英文學）。」（引自《在馬華文學的邊界》），但他的論點有時又會出現某些矛盾，他在另一篇題為〈馬華文學的醞釀期〉的論文裡企圖為海外華文文學擬出一個分成四個階段的發展脈絡，他的第四個階段是：

「獨特文學風貌的建立：如拉丁美洲之發展出一套獨特的表現手法、世界觀，結合當地的風土與人文特色，造就了可以獨當一面的文學景觀。」

前者的「精彩處不在本土性」與後者的「結合當地的風土與人文特色」就論點基調而言是互為扞格的，這也顯示出要塑就馬華文學的特殊性，是一項多麼艱難複雜的實踐挑戰。

就這點我的看法是「以獨特的表現手法結合當地的風土與人文特色」較前面扎實，不僅有了「本土」就有了「根」，而且「人文特色」也點出了文學賴以滋養的文化內涵。至於文學的新感性則是獨特的語言、形式、技巧成功地綜合交糅的自然流露，不忮外求。留臺生如果他是一個寫作人，留臺前後的語言表現一定殊異，何以故？不同的語言情境與文學薰陶使變革成為可能。將來遠赴中國取經的大馬留學生，面對大江南北所提供的多元語境一樣可以孕育、發展出另一套語言／語文系統以承載文學的新經驗與新感性。

前面提到的李天葆先生於文體的模仿張愛玲，這也不是一個完全負面的事例。早年師承法國大詩人拉福格（Jules Laforgue）的大詩人艾略特（T. S. Eliot）承認：「年輕作家私淑其他作家，是因為後者往往可以逗引他內心想說的話」；波德萊爾（Charles Baudelaire）之獨鍾艾德格・愛倫・坡（Edgar Alan Poe）是因為他在後者的詩作裡「看到自己作品模糊的構想，被完整地塑造出來。」重要的是作家還要感受到「影響焦慮」（anxiety of influence），因為每個作家的創新，都需通過其前行代以為過渡，但在他發出真正屬於自己的聲音前必有一番「伊迪柏斯」的掙扎、背叛，才能脫胎換骨，成一家之言。亦步亦趨，以仿效始亦以仿效終，則終其生仍是大樹底下的小草，頭上的陰影永遠甩不掉。比較一下陳蝶在九十年代寫的文章與七十年代的少作，我們會驚詫於作家在不同階段於語言表現的差異可以那麼大。語言的試驗不僅是新詞彙的借用，還要照顧到文字的 naunce，語言的暗示，語言節奏所造成的張力與感染力。只有具備對文字敏感與高度的創造自覺，才能使作家破繭而出另塑新姿，林幸謙、辛吟松、黎紫書、鐘怡雯這些年輕作家都是咬破文字慣性所織就的繭蛻變成蝶的佳例。寫詩的游川，在出版《鞋子》《嘔吐》階段，仍有若干臺北笠詩社同仁詩風的痕跡，要到《蓬萊米飯中國菜》才算「斷了奶」唱出自己的聲音。「影響焦慮」會促使作家謀求某種突破。其他非文學性的論述，我留意到莊迪澎先生。他使我聯想到臺灣的詹宏志與張大春。彼此筆法不盡相同，於文字的感覺都同樣敏銳，均能驅遣文字，從心所欲不逾矩。

「固定反應」與「影響焦慮」

保守派馬華作家一般上缺乏對語文創新的企圖心，只求表情達意，中規中矩，便心滿意足。這可以解釋何以有那麼多人沉溺在三、四十年代那種調門，聽不到新腔。許多年前，我在香港純文學雙月刊第 65 期編「大馬詩人作品專輯」。在特輯前言裡我曾指出：「暫時丟開現代文學不論，在這一方土地上，我們每天從一些雜誌及報屁股的文藝副刊，仍可以讀到數量不少的小說與散文的，令人驚異的是，那些小說與散文與 30 年代的小說與散文殊無二致。那些小說與散文的作者們活在他們的爸爸剛出世不久的年代裡，拼命去模仿冰心、朱自清與巴金，大量複製這些大家的作品，掀起七十年代的五四運動。這是一群患了時間失誤症的人，我們深表同情，他們被病毒侵害了的腦子忘了五四已過去了五十餘年。」（1972 年 10 月）我這段文字抨擊的是當時馬華作家不能斷奶（尤其是五四文學的奶）所造成的創作危機；作品普遍的停滯、僵化。當時年少，所用言辭亦甚激烈。

四分之一個世紀過去了，舊事重提，是因為有人仍固步自封或乾脆原地踏步。已故韋暈先生小說著作甚豐，他的寫作熱忱數十年如一日，令人欽佩，可是他的語言、詞彙甚至表現手法也是數十年不變。茲舉一例，每次他小說裡的人物受驚時，韋暈總「例牌」地寫「他的心停一停」、「我的心停了一停」、「某人的心停了停」，好像除了這種「固定反應」（stock response）的表達方式外別無他途似的。形容一個人受驚，用「心如鹿撞」、「心好像要跳出胸腔」，我們都嫌老套，缺乏創意，更何況是一再重複的「心停了一停」。韋暈先生的作品充斥各式各樣的 cliche，讀了令人心煩。我們看不到知性、感性交融，情景互替的文字藝術錘煉。

水檬兄，我相信您會同意有創造企圖的作家，一定會尋求各種新的表達／抒寫方式，而不屑於拾人牙慧或拾己之牙慧。徐志摩當年的《我所知道的康橋》便歐化得很鮮活，出人意表（較 orthodox 的題目會是《康橋紀勝》或《我在康橋的歲月》吧）。「斷奶」源自「影響焦慮」。當我們體會到五四文學影響到吾人之文意筆路時，吾等必會思所抗拒（伊迪柏斯式的抗拒），通過文白交融，借用外國語法，借取新詞彙，揉入地方語言色彩，把句子拉長捶短，虛實互調，把陳腔濫調刷掉，塑造另一種與時並進的新文體。語文不僅是工具，更是思想美感的載體。這點了解很重要。有了這點起碼的認知，作家才會對他所使用的語文有一種敬意。

這封信寫得長了些，實在有許多心中的話要說。說了不少得罪人的話，真是沒辦法。您上次寫的工作論文《馬華文學的特殊性》，弟一直沒機會拜讀，希望早些看到，聊補一已之鄙薄簡陋也。

溫任平　敬啟

發表於《星洲日報》「星洲廣場」一九九八年三月二十九日

第三輯：序文

枯樹期待嫩葉：
談謝川成的燈火意象與即物手法

川成告訴我他準備出版他的第一本詩集《撲燈》，並邀我寫序。我對書名《撲燈》頗有微詞，「撲燈」一詞音程太短，急促收藏，乍聽甚為費解，且飛蛾撲燈火壯烈殉難的意象亦太過不祥，非我所願聞。我坦率地把心裡所想的語之川成，經過一番斟酌，他終於另選「夜觀星象」作為書名。

「夜觀星象」自然要比「撲燈」氣定神閑，安全許多，也較能維繫住距離的美感，唯「夜觀星象」卻無「撲燈」的悲劇感。川成選擇撲燈為書名，在詩集裡也有好幾首詩以燈火為主意象，這種喜愛與偏執頗不尋常，對於詩的詮釋者來說這顯然是一條重要的線索。

一

詩人說：「生日是一盞奇妙的燈」，燈在川成的筆下成為生命的象徵。詩人在燈前伏案煉詩，寫詩成了自我完成的方式。有時詩人會感到迷失，因為他不知如何去展讀燈火，深切地覺出生命的逸失與無助，所幸這種內心的鬱結終為遠處一首詩的高吟所制化消弭：

我不知如何展讀燈火
天都快亮了

是誰
在遠處朗讀
一首激昂淒楚的詩

燈火既是詩人的生命象徵，連帶的與燈火類近的「燭火」也賦予了生命的意涵，〈秉燭〉一詩裡頭的老人是那即將熄滅的燭火，可為例證。詩人甚至把燈火意象的影射擴大了，燈火在川成的一些詩作中不僅是生命的象徵也是理想之所寄，〈菖蒲記〉懷念屈原，有詩如後：「端午的故事便是你的故事／漁夫啊／你從那裡來，那裡便燃起了燈火／燈火是你唯一的傳遞」燈火在詩中成了文化傳承的「喻依」（vehicle），而在另一首題為〈氣候〉的詩裡，詩人這樣地自我期許：

讓寂寞焚成一焰燈火
讓我的手
掀起一種氣候

燈火有熱有光，可以輝麗萬有，可以驅走黝暗，把燈火喻為一己的理想與抱負，可謂妥貼。川成在〈須臾的愛〉詩前引洛夫的詩作為引子：「然後以整生的愛／點燃一盞燈／我是火／隨時可以熄滅／因為風的緣故」詩中的燈火是生命與理想的綜合體（synthesis），也是謝川成恆欲追尋與把握的「具體存在」（concrete being）。《夜觀星像》整部集子收入六十首詩，洛夫是唯一有這份榮幸被供列於詩前的詩人，川成偏愛燈火意象不言可喻，用他自己的話：

只要志節猶存，智慧尚有光輝
我願是一個凡人
逐無涯，以有涯

如一只飛蛾
固執地撲向燈

二

川成的詩還有一個重要技巧，讀者不可不知，那就是他的即物手法的運用，這種即物手法的運用在他的近期作品尤其顯見。

所謂即物手法指的是詩人借助物象以抒發他的情思，其途徑可以是借物起興，也可以從具體的物象引出某些意義或弦外之音來。中國詩的即物表現其源頭可以追溯到詩經，《國風》好些篇章都善於即物的表現，這兒茲引錄數行方便討論：

隰有萇楚，猗儺其枝，
夭之沃沃；樂子之無知。

詩人是從岸旁的羊桃樹柔活舒展枝條的姿態，以及盈滿的春色引出了「樂子之無知」的意義來。萇楚的猗儺其枝，這個大自然的景象，使詩人「頓悟」萇楚的舒伸是無知無覺的，不像人那樣處處都受到「知」的束縛。這一下意象與意義的湊拍，猶似心電交感，無需邏輯的分析，完全是直覺的領會。

詩經以降的詩詞歌賦，這些不同韻文形式的即物表現可謂林林總總，不一而足，真是戲法人人會變，手法各各不同。李煜的《相見歡》:「林花謝了春紅，太匆匆，無奈朝來寒雨晚來風。」表面寫些無關痛癢的物象，內裡句句寫自己的思想感受，造成林花匆匆萎謝的寒雨晚風這些客體事物其實是外在暴力的借喻。李商隱的無題詩:「春蠶到死絲方盡，蠟炬成灰淚始乾」詩中的蠶絲與蠟炬這些物體點出了欲罷不能至死才休的感情悲劇。即物表現在中國文學的韻文部門有它源遠流長的傳統，現代詩人從這個傳統獲得不少技巧上的啟發。謝川成的詩集《夜觀星象》第一首詩〈窗〉前面三行即是典型的即物表現：

瞻望歲月是我的天職
有時很想閉上我的眼睛
再也不管窗外的風景

人格化了的窗因為「非常討厭看到一再發生的事情」，竟想閉眼不看外頭的風景，這裡頭便有批判社會現象的意味。詩人看到一朵枯萎的花，想到的是「一則完美的興亡故事」，平穩的語調掩不住一份哀婉：

如果你的手持著一朵枯萎的花
不妨把它放在窗外的雨裡
讓它在潮濕　午後
流露最後的絕艷

詩人寫沉寂的木魚，帶點自喻與自許，最末兩行透露作者的不喜熱鬧喧囂，發揮了「生意」這個詞的多義性：「我是沉寂的木魚／自溺於無聲的世界／靜靜地抗議／來往的生意」。

謝川成的即物傾向在早期只是借題發揮的一種手段，近期寫〈文房四寶〉、〈家常便飯〉、〈現代華語詞典〉、〈辭海〉、〈王雲五四角號碼詞典〉、〈電風扇〉、〈石頭記〉、〈黑煙與花圈〉，即物手法寖寖然成了川成詩的一大特色。

〈文房四寶〉的「筆」：「我的身體必須被沾污／才能重生」借物寓意，〈家常便飯〉寫舉著吃飯的情景，也把生活的勞苦寫了進去：

請來吃頓便飯
請別客氣
舉著吧
把粗瓷碗中的歲月
及辛苦
加上暮色
一齊吞下

詩中的筷子、瓷碗、便飯是詩人抒寫生活所憑籍的物象。川成寫〈王雲五四角號碼詞典〉，大概有鑒於方塊字的式微（漢字的簡化，華文水準的低落），竟然寫出一節寓感慨於詼諧的詩行：

我是我自己，唯獨我
四角懸掛著幸運數字
恆常如此
直行或斜行
我仍然以四角神技
守護
日愈敗壞的方塊

三

川成的詩較顯著的特徵已如上述，當然燈火意象的運用與即物主義的傾向仍不能涵蓋川成詩藝的整體表現，詩人一些小詩如〈來不及說再見〉、〈聽影〉、〈獨坐〉、〈心中湖〉、〈書具情詩〉用的大致是白描手法，效果猶似鋼筆畫，線條清晰，乾淨俐落。川成的詩情見諸於〈方向〉一詩的首三行：

枯樹期待嫩葉，在你的花園
你從屋裡走出來
坐在樹下憂鬱

這種「反常合道」的技巧（「枯樹期待嫩葉」初與其他三行無甚關係），使他的詩躍過了平鋪直敘的散文陷阱。而且這三行金句語調平穩中見轉折，詩想戞戞獨造（「坐在樹下憂鬱」甚奇特），有一種迂迴悠遠的情韻，最為我所喜。川成是一位社會文化意識頗強的詩人，這種過強的意識有時會成了詩思流動的障礙，有時逼使詩人過份介入（too involved）而寫出一些類近散文演詞的詩，〈讀書人〉、〈致知識分子〉、〈道德新論〉都多少有這些毛病。當詩人對「所謂時代的責任」「所謂生命的真義」提出他的尖銳觀察與批判時，那種強烈的聲調使他更像一位社會評論家。

同樣或類似的題材在〈華胥之旅〉化解的方法是引入古典的文言造成對比；〈理想的城〉則以一種近乎一廂情願的迷執語調，貫串著整首詩的感情脈絡；壓軸作〈夜觀星象〉則以冥思玄想的氣質使詩的張力不弛。我覺得川成宜乎少用直敘，多用突接；少理會知性的結構，多注意想像的延展，在「反常合道」的詩藝上多下一些功夫，以糾正他詩中常常浮現的散文趨勢。古典詩人的三李：李白、李賀、李商隱，現代詩人的楊牧、方旗、洛夫，相信都可提供詩人有用的滋養與啟示。

揭開游川的三個面具——綜論《蓬萊米飯中國茶》技巧與內容的表現

面具一：廣告撰寫人的游川

游川是一位廣告人，專門設計廣告橋段與廣告標語，讀者能了解這一點肯定有助於他了解游川的詩以及他的創作心態。這句話我必須說在前面。

通常我在討論詩人的作品時，絕少把詩人的生命因素，包括職業、遭遇帶進來作為評析的依據。一首詩在誕生之後，有它的統一性與完整性，可說是一個自給自足的世界，詮釋者無需憑籍作品的外緣背景來欣賞而評鑒詩。新批評學派注重「內在研究」是由它的道理的，但這道理用在游川的詩卻不太管用。游川的詩藝其日常磨練來自廣告設計的籌思，他的詩佈局富於「臨即感」（sense of immediacy），用語平易中見新奇，這都是廣告人優而為之的技法。了解游川的職業對他的詩事業的影響，我們就不難領悟詩人何以喜歡寫短詩，何以喜歡用生活的語言入詩。

這一切都為了傳播。更確實地說是為了追求迅速傳播的效果。短詩精簡濃縮，劍及履及，能不能克敵，能不能震撼人心，都在文字的三招兩式內見真章。以生活的語言入詩為了要使現代詩生活化、大眾化，使詩讀來親切動人，而能與群體生活相合相契。廣告人籌劃任何情節，講求鮮活生動，所以詩人寫《夢》，繪形繪色，居然類似寫一樁逃亡事件：

現實逼得我
走投無路
夢是一方小小的缺口
我打那兒摸黑逃出來
喘口氣

寫小孩面臨斷炊之苦卻故意突出米缸的大，與貼在米缸上面那個紅紙黑字的「滿」字，來造成對比的、驚愕的效果：

小時候的米缸很大
紅紙黑字貼了一個滿字
每次我都踮著腳彎著腰
才掏起一把辛酸

如果我們能夠接受詩也是傳播的一種方式，那麼詩人就有必要留意讀者的反應。就這個意義詩人類似符碼的製作者（encoder）務求以動人的語言，感人的內容，出色的意象，出奇的姿式緊抓住讀者的每一分注意力。此所以《米缸》最後一行寫成「掏起一把辛酸」才夠鮮活。

寫詩講究戰略（strategy）的運用。strategy 一詞其實是廣告術與傳播學常用的術語。杜甫「語不驚人死不休」以致於「吟成一個字／撚斷數根鬚」，因為他知道標新立異，出奇制勝的重要。誰有閑情和時間讀一卷平淡無奇的「白開水詩」？古人有此隱憂，更何況是忙碌浮躁的現代人？今日社會傳播媒體日趨多元化，電視、廣播、錄影、錄音這些媒介都比詩更具「臨即感」，更能刺激感官反應。在多元傳播媒體的「按摩」下（用 Marshalll Macluhan 的話），詩人如果仍執著選擇詩作為傳遞思想與感情訊息的管道，那麼他就必須不斷推陳出新，以大膽的聯想加上十足的創意去構思他的詩，這方面游川還做得不夠（游川曾語我：「讀洛夫的詩最過癮」，比起洛夫的巧思奇變，游川還差了一大截），不過他已經嘗試去做，他寫〈鳥權〉已頗出人意表，再寫〈鳥瞰祖國山河〉首二行更見奇趣：

只有這樣的高度
才能放眼如此壯闊的山河

面具二：即物主義先驅的游川

在大馬詩壇，游川可謂即物主義的先驅。游川與臺灣《笠》詩社的淵源始於七十年代，《笠》走的路線大抵上是即物主義與鄉土性的結合，以樸實親切取勝，游川在七十年代在《笠》詩社發表不少作品，本身又是《笠》詩社的海外成員，他個人的詩風受到《笠》成員的影響，直接或間接，都是十分自然的事。

從另一個角度看，游川的詩格調質樸平易，與《笠》詩社多數同仁的趣味若合符節，基於同聲相應的原理，他們創作、發表，並把自己的心血結晶白紙黑字共列在自己的詩刊裡，這種影響與其說是單向的，不如說是多向的「相激相蕩，互為挹注」或更接近事實。

當然上述所言只能說是個人的猜測。我最近的文學批評漸喜結合現代主義與歷史主義，一方面把作品看成獨立自足的世界，去研析探索；一方面卻嘗試去追蹤作品的技巧、思維系統背後的來龍去脈。即物手法人人都會用，每位作家、詩人都會用到這種創作技巧，但像游川那樣，絕大部分的詩都以即物手法出之，則游川肯定是大馬詩壇的第一人。我相信這個判斷是經得起質詢詰難的。

什麼叫即物手法？或，什麼是詩的「即物性」？即物手法或即物性指的是詩人在作品中借物起興的明顯傾向。中國文學提倡「緣情體物」的創作手法，這裡的「體物」便是我所說的「即物性」。中國詩人與哲人都善於借助外在的物象以寄情抒感。孔子面對一川江水，有「逝者如斯夫，不舍晝夜」的感悟，這感悟啟開了夫子生生不息、變易不居的生命觀。老子瞧著江水領會到的「天下莫柔弱於水，而攻堅者莫之能勝」，這領會孕育了他的弱道哲學。蘇東坡則有「大江東去，浪淘盡、千古風流人物」的喟息，這喟息不僅流露出詩人對時間的傷逝感，也點出了宇宙規律的生滅無常。這些感悟、領會、喟息都自「江水」這外在物象引起，體會雖各各不同，但都能自看似無關重要的「物」引出宏觀的情懷。或者我們也可用這個角度討論游川的詩。

在游川這部詩集，物象之多，目不暇給，茶飯、海洋、潮水、橡樹、蜘蛛、粽子、陀螺、蟑螂、電器、夕陽、月亮、米缸、風雪、鑼鼓、露珠、石獅子、木槿花、泥娃娃等等，甚難盡錄，這些物象有些還是詩題呢，游川喜用物象起興，是毋庸置疑的。他有一首成語詩〈柔情似水〉，就是這樣寫的：

只有水
最能解釋何謂柔情
我縱身投海
柔情擁來
才驚覺自己不識水性
一直往下沉沉沉
嘿！我本就不想浮上來

這裡詩人寫的不是什麼大我之情，而是小我的男女之私。兒女私情只要寫的純真巧妙，其藝術性我們一樣得認可。以水的柔情喻柔情，是感性的抒寫，訴諸觸覺感官。浴於愛河而又不識水性，那種沉下卻不想浮起的微妙情愫很能引人遐思，這首詩之所以成功是因為詩人能「體物」不忘「緣情」，知感並重。

另一篇作品〈粽子〉，超過一半的行數用來書寫做粽的過程，作者甚至把母親的知識背景交代清楚，語調平靜，有點漫不經心的樣子：

媽媽是沒讀過書的農婦
不懂離騷不識三閭大夫
只一心一意將自己投入
用寬大的竹葉
將散疏疏的糯米內容包住
蘭心細細地裹，巧手實實地縛
一投不投入江河
投入沸騰的大鍋
在水深火熱裡
熬煉出成熟的我們
團團結結的粽子

這首詩要進行到最後五行，語氣才漸緊湊，詞彙也越來越「刺激」（沸騰、水深火熱、熬煉，詞義較烈，較具動感），末行以擬聲法（onomatopoesia）點出團結的主題一點也不牽強。內容近似〈粽子〉的〈蓬萊米飯〉用的也是同樣的技巧，都是在詩末以擬聲手法道出心裡要說的話。就我的觀察，游川似乎偏嗜某些題材，像茶、酒、獅子、鑼鼓等等，都曾寫了再寫，仍然意猶未盡。詩人偏愛某些題材本屬無可厚非，只不過所用的技巧手法大致雷同，便有重複自己之嫌。游川寫鼓，屢次用文字擬狀鼓聲，便是我說的技巧重複。逆耳順言，希望游川聽得進去才好。

集子裡的詩作，即物手法用的巧妙的除了〈柔情似水〉，我想〈打陀螺的方法〉不能不提，而且值得整首抄錄下來一起來評鑒賞析：

孩子呀你要使勁地抽
只有用力抽打
陀螺才會不停的旋轉
才能直直地站在地上

你一抽一打的繩子
真像那根鞭子
狠狠地抽打著我
天天忙碌得團團轉
下班時已是滿天星斗
這樣我才能堂堂正正地站立在世上
這樣我才能以身作則教導你
打陀螺的方法

這首詩借陀螺這外物興起，竟然說出了做人的一番大道理。什麼道理呢？簡言之是「做個正正直直、堂堂正正的人」。「正正直直」、「堂堂正正」一方面又是品行德性的價值判斷語，游川是利用中國文字的歧義點出了詩的旨意。這首詩裡陀螺之受到鞭打也使讀者聯想到人們之受到生活的鞭策：工作忙碌如陀螺般打轉，下班時（陀螺停止轉動）已是滿天星斗，疲憊不堪。這首詩富於羅青式的理趣，使人聯想起〈吃西瓜的方法〉。不過意念外借，甚至技巧模擬，都無損這首詩的獨立自主，都不足構成游川的難題。

游川的難題是，在〈蓬萊米飯中國茶〉這卷詩集裡，他雖然大量用到即物技巧，但真正做到體物不忘緣情，情趣盎然，令人回味的作品仍嫌少了些。方昂認為游川的〈中國茶〉可以傳世，我對〈中國茶〉能否傳世雖有保留，但對〈中國茶〉是上乘之作這點則無懷疑。〈中國茶〉的成功在於即物的極致最終臻於「物我同一」之境。中國茶是飄洋過海的華族子民，物即我，我即物。中國茶在現實中蒙受的苦難，諸如沸水烹沏等等化作民族的歷練與煎熬的徵喻。這首詩的思維運作細致並且充滿機智，但像這類精心經營的詩在游川這部集子並不多，〈木槿花〉、〈石獅子〉、〈獅問〉、〈金馬崙橙〉、〈鳥權〉等詩的即物表現都太過平面化，題旨太露，流於直說，缺乏咀嚼的餘地。

我有一個這樣的看法，即物詩如果缺乏理趣，往往流於呆板與機械化；再者，即物如果只有知性的鋪陳敷衍，而缺乏感性的充實貫注，多讀必傷脾胃。游川的即物詩如果要更上一層樓，恐怕仍得多在詩裡融注適量的感情因素，多留意曲折的理趣，與其直截了當地什麼都說出來，毋寧含蓄深蘊一些，讓讀者自行體會。〈泥娃娃〉：「驚於你泥塵一撮／纏綿的捏造／我是頑石一塊／粉身碎骨也要／和你揉在一起」之所以真摯動人，因為你我的揉合（詩裡的泥塵與頑石），居然要粉身碎骨始能完成，這樣的山盟海誓很能提供想像和咀嚼之餘地。另一首〈花雕〉：

盡情傾出最後一碗
我已是空空如也的
花雕罈子
這一碗，無論如何

你也不好
趁興乾了！

之所以淡乎寡味，因為人格化了的花雕罈子只不過要喝酒的人不要把酒全乾了，如此而已，技巧與內容都予人貧弱的感覺。以游川之能，如果用心刻營，兼顧情理，應該能多寫出像〈柔情似水〉、〈粽子〉、〈打陀螺的方法〉、〈蓬萊米飯〉、〈中國茶〉、〈泥娃娃〉、〈米缸〉、〈夢〉這類佳作。

面具三：社會批評家的游川

游川是一位社會意識極強的詩人，這點相信大家都能同意，他的批評重點包括華人的不團結，華族受到排擠的事實，華人的漂泊失落，華語地位的式微，民族的劣根性，日本人的經濟侵略等等。我讀了集子當中的多首社會批評意味甚濃的作品，覺得其中要以〈大劫案〉一詩寫得最諷刺入骨，藝術價值最高，詩長了些，茲錄前面數行以饗讀者：

那場無恥的大劫案
贓物原來全在這裡
在大英博物院
他鄉遇故知般令我悲喜交集
我看到祖先心血和智慧
在防盜玻璃櫥裡
閃耀著萬古長青的光輝

詩中的贓物指的是被劫的古董文物，這些本來屬於我們的珍貴文物被人偷竊了，如今卻光明正大地陳列在防盜玻璃櫥裡（注意「防盜」一詞）那真是一大「反諷」（irony）。游川寫這類批判社會時事的詩，功力十足，他寫〈青雲亭〉，不露聲息，把青雲亭與鄰近的清真寺坐一排比對照，用的是綿掌一類的暗勁：

那比鄰的清真寺廟宇
當年一同見證過歷史事蹟
如今越發老氣橫秋了
禱聲激昂如昔
聲聲喚醒穆民團結如一
不像我，老態龍鍾，香火寥寂

清真寺與青雲亭都曾在曩昔一同見證過歷史，地位相同，今日的處境卻不一樣。清真寺老氣橫秋，青雲亭卻老態龍鍾；清真寺禱聲激昂如昔，青雲亭卻香火寥寂，兩者呈一強烈的對比。姚一葦教授曾謂凡對照與對比都會產生「衝突」（Conflict），讀者自可以從這些對比所造成的衝突中窺見作者的微言大義。游川還有另一首詩〈望月〉:「我喜歡圓月／給人團圓團結的感覺／很久沒有看月亮了／抬頭是一勾彎月／閃著利刃的寒光」，圓月與彎月的對比，圓月的團圓團結感，與彎月利刃般的鋒銳感，都另有所指，細心的讀者自能體會，毋需我多說。

另外還有兩首「社會批評詩」（名詞我社撰）:〈家庭電器〉與〈一開口〉都寫得不錯。前者寫母親在日治時期受盡日本人的欺凌傷害，但人是善忘的動物，今日母親用的電器，從 Sony 電視機到達善汽車，無一不是日本產品，這首詩寫得頗露骨。〈一開口〉利用相似句型點出華族的毛病，一開口便不禁流露出民族自傲、文化自大的畸形心態：

一開口
我們就滾滾長江洶洶黃河一瀉千里
一開口
我們就萬里長城春秋戰國悠悠五千年
一開口
我們就孔孟中庸四書五經流長源遠
一睜眼
我們已生在這裡
卻還站在原地
一開口就滾滾長江洶洶黃河一瀉千里
……

詩進行到末節忽然語氣一轉「一睜眼／我們已生在這裡／卻還站在原地」，一針見血，擊中族群不思上進的不快事實。這首詩在形式上比〈家庭電器〉有變化，也較成功。

餘論

這部集子裡還有幾篇作品，像〈酒能亂性〉、〈紀念郭老〉、〈無題〉，它們的內容頗特殊，無法歸類到前面三個副題下進行討論，這兒我想提提出來談談。〈酒能亂性〉寫酒後見友人的至情至性，並讚賞文友的容人雅量，這是十分私人的題材，缺乏「普遍性」（generality），同樣的問題也出現在〈紀念郭老〉一詩：

人家風花雪月就一生了
為什麼你卻風風雨雨
才一輩子呢？
我趕幾百里的牽腸掛肚回來見你
你捱盡一生的曲曲折折而去
你卻等不及就先走了！
你卻等不及就先走了！！

讀畢詩作，我問自己：郭老是誰？他的一輩子風風雨雨是一些什麼遭遇？他是怎樣捱盡曲曲折折才離開人世的？還有一個更重要的問題，郭老和我（讀者）有什麼關係？我（讀者）能夠從他的際遇與詩人的喟嘆得到什麼啟示？這首詩的失敗亦如〈酒能亂性〉，都無法做到從「特殊」（particularity）見出「普遍」。

〈酒能亂性〉、〈紀念郭老〉是所謂的 occasional poetry，意義多隨著事件的過去而淡化消失。另一〈無題〉詩寫詩人參加中華大會堂主辦的一項文學座談會，討論進行卻受到樓下醒獅的鼓聲的干擾，詩人於是寫下了他的不快，這首詩缺乏的也是剛才我提到的普遍的指意。

游川擅以生活的平易語言入詩，這是他的優點，缺點是太過口語化，有時會造成詩的鬆散至流於散文化，〈華人的神〉便近似分行的散文。

方昂認為游川宜於寫長詩，認為那是他「正業」。站在朋友的立場，方昂對游川的鼓勵與期許，那份心意不難了解。但游川性子甚急，寫詩喜快招直攻，這是先天稟賦與脾氣使然，要他坐下來熔經鑄史，精打細算，孵長詩的豆芽千萬，游川有這樣的耐心做到嗎？我很懷疑。我還是覺得寫短詩比較適合游川的性格。

游川要我寫序，我依循以往的慣例，以評論的方式探討詩人的藝術成就與內容份量。我的批評有些地方或率直些，甚至嚴厲些，但基本上我對游川是欣賞的，愛護的。我已經有了一次序文被扔的經驗，真的不想再有第二次。太傷和氣了。其餘不必多說。

1988 年 8 月 12 日深夜完稿

再認識楊牧：序《隱喻的流變》

張依蘋邀我為她即將出版的碩士論文《隱喻的流變：楊牧的散文研究（1960-2001）》寫序，依蘋刻下在拉曼大學任教，她的碩論完成於 2001 年 5 月，文長近 12 萬言，提要鉤玄，寫得十分用心。我自 1977 年為《紫一思詩選》寫序以來，大約完成了 30 篇序，除了〈與傅承得聊天〉那篇序文較短外，其他序文篇幅可觀，以新批評加上傅萊（Northrop Frye）的原型、神話研究，月旦作品的藝術表現，褒貶之間，往往不假辭色，因而有 1985 年持續五個月的端木虹事件的發生。有人告訴我寫序像公司開張，找個社會賢達致詞，說些好話、場面話，變相打廣告，這種事我不屑去做，雖然這樣做會皆大歡喜。

本來以為替張惠思的詩集《在遺忘的對岸》寫成長序後，就不再寫序了。這次毫不猶疑地答應依蘋的邀序，原因可能是她研究的對象是楊牧，一個我「有話要說」的詩人／散文家。而我從不曾為別人的碩論或博論寫過序，這是評論別人的評論，對我而言，是全新的書寫經驗，使我有一試的衝動。

中國學界碩士論文出版的書，可謂鳳毛麟角，博士論文整理後付梓的倒不難找。收到依蘋寄來的稿件的同一天，我剛好讀著許子東的博論《為了遺忘的集體記憶》。許子東在加州大學洛杉磯分校念碩士，在香港大學中文系考哲學博士，我稍微比較了一下雙方的學術背景與論述的話語特徵。張依蘋與許子東同是中文系科班出身，都借用西方的學術資源以豐富與深刻化自身論文的思想內涵，但語言文體很不一樣。大陸兩岸的論述文體的差異，筆者將來會寫篇文章談談，拋磚當然是為了引玉。

這些年來，我在南洋商報、星洲日報的專欄曾經不止一次討論楊牧的詩文風格與藝術表現。早在 1973 年筆者撰寫〈論思采的散文集《風向》〉即曾指出思采、賴敬文作品的葉珊化，並且暗示他們的散文創作可能只得其形未得其神成了「小葉珊」。1979 年我寫成〈從楊牧的《年輪》看現代散文的變〉，發表於臺大外文系出版的《中外文學》月刊第 8 卷第 3 期，我用理性的筆觸寫我對楊牧的鑒賞心得，並以感性的曲筆表達我對他的讚羡仰慕之情。依蘋要我寫序，我想她覺得我應該是葉珊／楊牧的知音。依蘋的碩論對楊牧推崇備至，，從葉珊到楊牧，這四十年來楊牧如何完成他的「文學人格」，能找到另一個人共同賞析，應該是件愉快的事。

張依蘋的碩論頗長，她從蘇珊蘭格（Shsanne K. Langer）的美學理論為背景闡述作家從感情到形式的具現，表象、虛象、幻象的層次關係，從符號到隱喻到象徵，說起來這些都是吾人熟知的美學知識，卑之無甚高論。重要的是，楊牧的散文，一方面是詩的延伸與衍變，另一方面楊牧的散文詩或後期的「議論散文」（這當然與余秋雨的「文化大散文」迥異）往往拒絕囿限於文類的限制，用依蘋的觀察：

「打破散文與詩體例……或者說，復原先秦文學的文學規範，不露痕跡的融中、英、少數德法的文字、翻譯、文學評論、小說、戲劇、詩、散文、隨筆等進入他的『散文』，卻能構成一致性，統領這一切的就是其思想——情感主體。」

有關文類的逾界現象，梁實秋先生在三十年代即曾論及，但似乎並未引起當時中國學界的注意。余光中寫過一篇〈食花的怪客〉，介乎散文與小說之間，作品中的文學教授心神恍惚，浮上來的虛象或幻覺，帶點魔幻的驚悸趣味，但這只是余翁少壯時期的戲作，不像楊牧的大規模經營，虛實相應，瓜瓜藤藤，枝蔓相連。依蘋循其生成過程以「隱喻的流變」追索其發展脈絡，強調隱喻本身的功能與變化。這當然是正確的。用不那麼學術的說法，從葉珊到楊牧，藝術家是不斷在擴展其隱喻的時空與地理版圖。

從修辭學的角度看，比喻包括明喻、暗喻（隱喻）、曲喻，還有錢鍾書先生所言的圓喻，還有所有一流詩人都會嘗試的「換喻」（metonymy）。比喻乃詩人先天之稟賦，雖在父兄不能傳之以子弟。第一流的詩人著眼不在簡易層次的賦、比、興，而在於隱喻系統、象徵系統的建構。象徵系統裡頭有其「原型」（archetype）與「神話」（myth），艾略特的〈荒原〉、葉慈的〈航向拜占庭〉都有原型神話的色彩。楊牧自承他最喜歡的三位詩人其中兩人便是上述兩位英語世界的詩宗。另一位詩人是濟慈，楊牧曾寫過許多封書信給他，我覺得楊牧（作為一個現代主義者）根深蒂固的浪漫主義精神實秉承自濟慈之正宗。楊牧結合現代與浪漫，而又能巧妙地融會主知與唯感這兩種衝突的元素，使他的藝術與眾不同，創造了五四新文學的新高，讀他的詩與散文最能享受那種「巔峰經驗」的快感。

依蘋在論文中提到的《年輪》與《搜索者》於 1982 年由洪範出版，兩者唇齒相關，依蘋甚至認為遲了四個月才面世的《搜索者》反而更像《年輪》之興，由於《年輪》這闋「長長的散文」早在 1976 年即已面世，相隔六年，依蘋的話我不敢說，我揣測這兩部作品互為表裡，乃是同一個時期思慮沉吟之所得。《年輪》以創作實踐印證了文類混揉的可能性，但混血或雜揉都不免沾上些許負面歧義。fusion of genre（「文類融渾」）可能是較佳的說法。《年輪》擺脫文類的羈絆，《搜索者》則預告了他從 searcher 到 researcher 才是他「表現本質的路」（借用葉珊的話）。這方面依蘋敏銳地抓住了論述的主軸

（頁 72），searcher 是個搜索者，而 researcher 可以同時是一個「再搜索者」（再探索者）與「學者」（研究者），碩論指出從葉珊到楊牧，「探討的是浪漫詩人如何轉型為學者詩人」（頁 68）。

德國作家、漢學家史迪曼（Tilman Spengler）曾如此評斷：「如果在西方，或至少在德國，楊牧應該被稱為『博學詩人』（poeta doctus）。」史迪曼於 1991 年出版小說《列寧的腦》（Lenin's Hirn），被譯成 21 國語言，作品風靡於世。史迪曼早在 1983 年就當了柏林科學院的院士，他對楊牧如此看好，理由無他，楊牧無論詩文、評論、翻譯均充份反映他學問之深邃，興趣之廣博。依蘋認同歐文（Stephen Owen）對楊牧「雙文化」（bicultural）評價，並具體地指出這種「雙文化」不僅「來自中西教育背景和中西文化意象的融合，也來自其作品肌理間中西修辭學的互補，擇優發揮的特色。」（頁 92）這項判斷甚有見地。

楊牧從陳世驤教授游，攻讀《詩經》。《詩經》花草植物的象喻，印證家鄉花蓮的錦秀河川與田野的各種花卉樹木，現實與想像不期而遇，契合無間，這大概是楊牧喜用、擅用植物、生態意象的原因。1960 年處女作《水之湄》已可略窺楊牧耽於大自然草木之美的傾向。出版《水之湄》那年的葉珊才 20 歲，依蘋的說法頗為有趣：「情感之用草木蟲魚的文字遊戲了近十五年，終決定越矩（獄）取得再一次輪迴的機會。」（頁 84）藝術家何嘗沒有自知之明，楊牧說：「一個人年過三十，他的詩不可能因湖光山色而自動生長了。」三十六歲楊牧寫成《年輪》，他終於把隱喻引申、深化、擴大成為自己的象徵系統。

依蘋指出楊牧的主要隱喻是水、樹木、形象。水可以是河、湖、海、雪、霜、霧，也可以是雨水、汗水、淚水；樹從森林到落葉，觀念的樹是「盤根入世的精神」、「向上求索的表現」（頁 72）。樹見證了四時的變化，大自然的嬗遞，時間的流逝。地上的樹木有年輪，天際則有浮雕般的星圖。葉珊時期的楊牧寫成〈十二星象練習曲〉，收入其詩集《傳說》(1971 年)，是一首獲獎的組詩。就筆者對西洋星座與相關希臘神話的了解，楊牧這組詩似乎耗盡了他於星象學這方面的知識資源，他後來在《山風海語》、《方向歸零》、《昔我往兮》及其散文集如《疑神》、《星圖》、《亭午之鷹》等作品中擷用星象神話，便不甚出色，無力再作想像的騰挪，反而有些累贅空泛。上星期在書展偶遇幾位文友，談起楊牧，他們說：「《年輪》、《搜索者》之後的楊牧散文不怎麼好看，書是翻了幾遍，就是買不下手。」

探討文學而竟以友儕沖口而出的評語佐證，搞不好會成為笑柄。返家之後重讀他的奇萊三書與「疑、星、亭」諸作，發現楊牧的問題可能出在他的議論型散文（學者散文）歷史感沉重，知識龐雜，他的大自然崇拜，宇宙至上論以致於中國天人合一、即佛又道的哲學思維，使他的散文處於超載狀態，過猶不及，感性窒滯不暢，少了《年輪》那種憾人的戲劇感。讀書要靠點直覺，好壞的評斷亦然。朋友當然不知道我正在為寫這篇有關於楊牧的序而躊躇，他們直率的言語迫著我效法王文興的精讀，顏元叔的苦讀細品。我覺得楊牧的散文來到《年輪》成了《搜索者》可能是他個人散文創作的極峰，researcher 階段的散文理性過強，人文歷史與其他遠古知識的引用擁擠，反而使藝術家的散文「不再那麼詩」。我們可以瞭解楊牧創新多變，追求完整的手藝（craftmanship）。當楊牧沉浸在他的生態想像，大自然的沉湎，天人交感渾然無間的哲境裡，我想我和我的朋友面對的是一個學植深厚的學者、思想家，而非葉珊以迄《年輪》、《搜索者》的詩人散文家。智者超凡入聖固難，能夠換個身段超聖入凡更是一大挑戰。這是我的悖論。大我四歲的楊牧不一定認同我的看法，年齡比我小一個世代的依藾不妨把我的判斷視為野叟之言。我也許看錯了，但我必須忠實于自己的文學感知。

《詩經》對楊牧的影響不止于花草樹木蟲魚，1967 年葉珊寫〈詩經國風草木〉論及〈簡兮〉、〈晨風〉、〈車鄰〉諸篇的格律變化，他對類似「山有……隰有」的句型秩序調整後的音色轉折與氣氛營造，早已心裡有數。楊牧的詩文內裡微妙近乎奇異的音樂感，可能得自《詩經》格律衍變給他的啟示，不是余光中〈聽聽那冷雨〉的擬聲，而是字詞在段落或篇章裡的重複再奏，對照呼應，與因而形成的反複迴增的力量。這點依蘋的碩論析之甚詳，並且認為楊牧這種散文特色借自《詩經》的工具語言。「工具語言」泛指等因奉此的文牘慣語，與內容為重的學科所使用的文字媒介，我想我會用「句型格律」或「修辭策略」稱之。依蘋以《詩經》的〈鴇羽〉對照楊牧的〈普林斯頓的春天〉諸篇，重複中有變化，複疊中見衍變，借用《詩經》的格律，營造語體文的迴響效應，使文字跌宕起伏，從而襯出作者內心感情的律動。即使替報章寫專欄，楊牧亦擅以此技法控馭、調頻語言的節奏。碩論未提及的《交流道》、《飛過火山》二書可為旁證。

1973 年 11 月認識老友陳芳明，嘗稱譽楊牧為「臺灣現代散文的先驅」，張依蘋認為楊牧汲取西方之優勢，投入「尋找漢字的真正性格、開創漢文學的無窮潛力。」這些判斷都切中肯棨。我與依蘋對楊牧的散文的整體成就的看法雖然不盡相同，但對楊牧從容將身邊符號轉化為隱喻象徵，最後形成其特殊的語言結構，而過程又是那麼自然渾成，我們對他的仰羨欽佩之情，可謂不分軒輊。讀張依蘋的碩論讓我有機會重溫舊夢，翻新自己於六十年代讀著余光中、葉珊的詩文進入現代文學堂奧的記憶。往事並不如煙。是為序。

冗言現象／文類互涉／水體話語——序張惠思詩集《站在遺忘的對岸》

一

面對張惠思的詩，讀者大體上有兩種反應：晦澀難解，不懂作者要表達些甚麼；想像力豐富，技巧與形式都相當前衛，但有「隔」的問題。這些反應都有它們的根據。理論上難懂的文學作品像艾略特的詩、喬埃斯的小說不一定便是劣作，與明朗淺易並非佳品的保證同理。至於想像力豐富，如果玩的盡是文字的連環扣，鋪陳渲染，而內容空泛，主題模糊，也算不上是甚麼成功之作。

我認為惠思作品的晦澀不易懂，一方面是個人風格使然。據她電話中相告，一九九二年她以詩壇新銳的身分被方昂推薦刊載七首詩於《文藝春秋》，那時她才十八歲，還不曾接觸夏宇的詩，因此夏宇式的無厘頭與夏宇擅長的懸疑，均非師承自夏宇，而是張惠思的基本詩思形態。這是作者方面的問題。讀者這一廂的問題是，大多數人習慣於散文分行式的白話詩，任何切斷散文聯想而蓄力於詩想飛躍的詩，都會令他們皺眉蹙鼻。

當我們說某詩人想像力豐富，通常這是句褒語。屈原、李白、蘇東坡、李賀……想像力開闔恣肆，跳脫不拘，引類比附每能翻新出奇。想像力通常是詩人才華的試金石，唯想像有別於幻想，有關想像〈imagination〉與幻想〈fancy〉之差異，可參閱柯律治〈S. T Coleridge〉於《文學傳記》的精采議論，這兒無法詳述。惠思的一些作品確有耽溺於幻想以至於胡思亂想之病。

想像的文字有別於幻想的文字，根據柯律治的說法，想像力有所謂第一等想像力與第二等想像力：第一等想像力是觀察透視底認知力量，第二等想像力則創造和諧，和統一眾多異質的力量，而幻想的文字不外是意識紊亂情況底語言宣泄，惠思的〈漸漸一一〉、〈情事〉、〈蝸〉、〈輕狀態死亡事件〉等篇都有這現象。要表達的意念只是那麼一丁點，卻用上過量、也因此顯得累贅的文字去疊床架屋，寫的人與讀的人都累壞了。詩要求精簡，古人不是有「言有盡而意無窮」、「不著一字，盡得風流」之說嗎？陶潛嘗謂「此中有真意，欲辯已忘言」，這就近乎道家「言無言」的空白美學。我無意以此美學標竿要求惠思，但惠思的詩冗言過多〈pleonastic〉是值得留意的瑕疵。以我之見，有些作品刪去一半的篇幅，甚至刪剩三分之一，仍無損詩中訊息的傳達。

冗言之出現，往往與語文、修辭的把握能力有關。輯一前面有一段引言，摘自輯內的一首題為〈雨〉的詩：

今天晚上，我將是心靈裡不停地
徘徊且無止境地漫遊的閑暇人
那裡，像是有了一個多風的村莊，有
著無數茫茫
野草掩沒的小徑，愁苦地扭曲著
只要腳步走向那個方向
那裡就死去

這五行詩，刪去「像是有了」、「有著」這兩個片語，應該較乾淨俐落吧。如果惠思不怪我唐突的話，我想進一步指出：「我將是心靈裡不停地徘徊且無止境地漫遊的閑暇人」亦非佳句，它太累贅繁瑣，「閑暇人」，前面拖曳著一大堆形容片語，「不停地徘徊」與「無止境地漫遊」意義相近，疊用就有重複之嫌。而且詩裡頭的人物既是面對前路茫茫通向死亡，用「閑暇人」豈非搞笑？同樣的情境，郁達夫筆下大概會是「零餘者」，北島不是「逃亡者」就是「逃犯」，或許用帶有飄泊意味的「旅者」或「浪人」會更貼切。

從語文、修辭的角度審視惠思的《站在遺忘的對岸》，疵病不少，如果恰好碰上，當再析論。一九八四年，詩人楊牧於某個冬天清晨，聽窗外喧鬧的雨聲與車聲，在冰冷的書桌前寫下了「有人問我公理和正義的問題」的詩句，然後鋪衍成篇，並以前面所述句為篇名，這是楊牧「佳作中的佳作」，廣為傳誦，臺灣大馬都出現過多首模仿、效顰之作。我提這件事是因為楊牧當初竟稱他援筆寫下的是「一個冗長的句子」，可以想見詩人對稍長的複句有多強的警惕心。今日我們的不少新世代詩人把拖泥帶水視為行雲流水，浪費筆墨，莫甚於此。惠思的詩尚不致如此不堪，不過在語言的濃縮與精粹方面，她仍需多下工夫。余光中稱譽英國現代詩人 George Barker 的詩「要言不繁，簡筆如刻，而形象盡出⋯⋯」，龐德（Erza Pound）曾預言未來的詩「堅實、清醒⋯⋯像花崗石一樣⋯⋯它的力量在它所含的真理上。很少用美麗的形容詞。」或許可供惠思思考。

二

惠思的詩有突破文類框限的企圖，這恐怕是她的詩令人費解的其中一個原因。文類之混雜趨向，由來已久，梁實秋於廿世紀三〇年代便曾指出這種文類互涉趨勢之不可阻遏，近期種種 fusion of horizons 的試驗更是普遍：馬華文壇／詩壇獨沽一味久矣，不太能接受詩與小說、詩與散文、詩與戲劇聯姻的可能性。《站在遺忘的對岸》這部詩集，裡頭的詩像〈晚餐〉、〈矮牆〉、〈樹蔭〉、〈遠行〉、〈文字版圖〉、〈輕狀態死亡事件〉、〈一個零售商的下午〉諸篇都有不同程度的小說傾向。〈沉澱著一座城的影子〉有戲劇的企圖，「導讀程序」的介人，尤其是某則方程式的標明反而稀釋了詩的戲劇感。這是一首相當蕪雜不純的詩。它於一九九五年成功奪得花蹤文學獎新秀組詩歌首獎，大概是以它的原創性取勝。

我所指陳的詩的小說傾向，一是作者以獨白或對話穿插於詩行之間，二是鋪陳某些情節的草蛇灰線，加強詩裡頭的故事，但是所謂故事，其發展往往戛然而止，帶給讀者一些疑問或唏噓：〈晚餐〉詩裡的女孩拒絕吃第四棵空心菜，剛剛點到成長與生活規範的齟齬這題旨，詩便告一段落；〈矮牆〉擬人化了青苔、牽牛花與那座矮牆的緊張關係；〈遠行〉裡兩個人物為了是否應該離去的辯爭，都是點到即止的事件。這方面的討論必須引錄全詩，為篇幅所不許，讀者宜乎自行對照。

〈白開水〉、〈詩想 1993〉、〈我將回答〉、〈馬華詩人〉、〈搖滾在記憶的末端〉、〈我是一瓶憂傷的可口可樂〉諸篇散文味道頗濃，或可更貼切地稱為「分段詩」。〈白開水〉只有三行：

> 寫一首恬淡相間的詩讀一本時序顛倒的後設小說
> 觀賞有機制地一再被重複的電視節目，之後
> 緘默地把日子淡淡地咽下去

生活的平淡、重複一似白開水，這首詩成於二〇〇〇年，比起九〇年代初期的少年，〈白開水〉正如惠思其他寫成於一九九八年之

後的作品一樣，多了一些專門術語，像「後設小說」「機制」等均屬這類詞彙，所幸它們並沒造成甚麼瑕疵。一九九四年的另一詩作〈馬華詩人〉，排列起來恰巧也是三行：

一尾游索詩稿中的魚，輕吐禱詞。泡沫一一上升。反覆思索。
諸神皆如吵嚷熱鬧的失去顏色的浪頭，不甘示弱卻又始終孤踞在
每一棵樹下的紅祠堂裡。緘靜寂然。以各種名堂賴以為生。

這首詩沒有用上甚麼學術詞彙，唯諷喻意味不言可喻：詩人變成了魚，寫詩成了吐泡沫，既孤獨又好鬥，「紅祠堂」大概是中華文化傳統的象徵。這首詩的微疵是末句的「以各種名堂賴以為生。」有語病，「賴以」應該刪去。〈我是一瓶憂傷的可口可愛〉是另一首值得研讀的佳作。

惠思的「分段詩」大抵都寫得不俗，這當然得力於她先天秉具的巧思。她的一些作品介乎散文與小說之間，〈轉述〉、〈命題〉、〈掠讀〉、〈專業精神〉、〈遠方的流放的我們〉均屬此一範疇。散文的敘述過程中穿插突如其來的對話，營造某種相斥而又相應的效果（惠思連詩題也喜歡「異質拼貼」，像〈優雅瓶子與少婦的猥褻動作〉、〈純真的虛構程度〉都是信手拈來的例子）。我較欣賞〈專業精神〉與〈命題〉。前者八行如下：

我總是不停地思考各種形而上學的理論架構
謹慎地審閱中外古今的經典古籍
用零點錯誤的精密電腦核准
追問你以孜孜不倦的初衷
：
「你□我嗎？」

因為
我是你唯一的敬業樂業的情人

〈命題〉共七行，與〈專業精神〉的外在形式相近：

坐在所謂思想史這張椅予上
我看見你苦苦思索
那些命題紛紛逸逃
歷史老人從窗口急急邁步而過
丟下一些口齒不清的話語
：
請、不必、妄下定論

這兩首詩都是惠思大學畢業準備繼續進修時期的作品，可以說反映了她個人的內心的學術焦慮（academic anxiety）「你□我嗎？」問題留白，可供聯想的空間很大，面對學問與面對愛情都需敬業樂業，貫徹始終。〈命題〉充滿動感，歷史老人結結巴巴的勸告，更是神來之筆。惠思喜將詩句拆開成零碎的斷片，劉育龍、林惠洲很早便看出惠思有此「陋習」，悼顧城的〈詩人之死〉問題不大，其他詩作則多類似的語言割裂，這種情況的出現多數由於作者任意跨行所引致，像〈音樂會〉其中兩行：

涼涼靜擱的紅豆
湯

便是一例，〈疑問是兔子夢中的草〉第二節：

你在最初的扉頁草草的簽
名竟屬於一個陌生的稱
呼我喜歡真的喜歡真的喜歡著的造夢人

這種惡性的「接續句」(run-on lines),使語氣突而中斷。中國藝術講求氣韻生動,李白的「黃河之水天上來」,如果把它寫成(或念成)「黃河之／水天上來」那就不能一以貫之,澎湃逼人的文氣沒有了,體制也垮了。二〇〇一年,張惠思寫成〈對面的詩人看過來〉,全詩如下:

粗糙、焦黃、塗鴉、難以直視、的、舊牆
每、個、閱讀、詩、的、沉默、夜晚
巨大的、陳舊、沙發、像是、時、光、與、痛、扭轉
關、上、門、關上、隔鄰、喧鬧、的、虛構、些微、連續劇
晰、斷、續、續、的、情、欲、表、述、與、數目、遊、戲
無可、回、避、無、能轉、化、的、陷、入、那些、沼澤、裡、
詩人、總是、難、以、順暢、呼、吸
像、浪、潮、一、般、草、原、似、的、蠕動、
深、入、思、緒、一、般、抽、芽、
想、離開、木質、的、陳舊、桌子、甚至、難、以、直視、的、自己
想、不及、揉合、詩、與、畏縮、的、緒、想、不及
通俗、之、魅、力、以及、日益、沉、陷、的、零散、句子
那些、麻、木、合、群、的、隔鄰、一、家、人
一齊掉過頭來看入這漆黑窗口的黑色洞穴裡

支離破碎竟至於斯，面對這樣的斷簡殘篇，即便是口齒伶俐的詩人都會變得口吃。我相信惠思這樣做有她自己的美學考慮。如果對面的詩人看過來的眼光是閃閃縮縮的窺視，配合那樣的情境就出現惠思設計的那種斷續話語，但我實在不想用理論來合理化一首別扭的詩。最末一句「一齊掉過頭來看入這漆黑窗口的黑色洞穴裡」，「看入」一詞不妥，「漆黑」後面再來個「黑色」使句子冗贅不堪。如果惠思懂得 the adjective is the enemy of the noun（法國名言，意思是「形容詞是名詞的敵人」），遣詞用字當可望改進。

我注意到惠思有強烈的趨新求異傾向，喜在形式、技法上求變，〈我心裡的那間無人的房子〉，以字句構成一個屋子似的方格，是所謂「具象詩」（Concrete Poetry）。〈宣告孤獨〉反覆重述「永遠永久永恆永存永遠不存在的出口」這個句子九遍，以文字排列的視覺效果凸出孤獨這個情境／主題，這種平面堆砌，惠思不是第一個吃螃蟹的人，臺灣女詩人夏宇以及其他後現代詩人都曾作過類近甚至更尖新大膽的實驗。這種類似文字遊戲的詩，談不上任何深度、內涵，它訴諸的只是平面印象。後現代主義大師詹明信（Frederic Jameson）對後現代作品歷史感的消退、情感（affect）的薄弱以及因此造成的「無深度性」，多有論及，不必再多贅。這種試驗偶一為之無妨，每個人都要出過痲疹才能免疫的。文學觀念的歷史速率愈來愈快，許多今曰流行的事物轉眼間便成了時代巨輪後面的泥沙，這句話雖然文藝腔了些，但說出的是事實。

三

惠思於一九九二年開始寫詩，篇幅不長，主題亦較單純，是些近似練習曲的作品。即使初試啼聲，惠思巳顯露其心思細膩、敏銳和早熟的才華，文字則不免生澀。〈疑問是兔子夢中的草〉（1992）題目甚怪，詩中第三句「眼裡的月任淡雲用」是語文表達力不逮才會出現的敗筆。《消失》〈1993〉的第四行：「……深潛在靜謐最尾」，「最尾」是不倫不類的方言，我揣測作者要表達的是「沉潛在靜謐中心」或「深潛在靜謐末端」的意思吧。不過惠思的跳躍型詩想在一九九二年已初露端倪，〈藏匿的白鳥〉最後四行：「我步入沒落／在河床上的石頭／等待山洪過後／噤聲／然後釋放一只藏匿的白鳥」超現實手法的嫻熟與洛夫不遑多讓。另一首只有六行的少作〈志願〉：

通往羅馬的站卡
志願欄：一個塑膠花瓶
美麗
化學性強、不易破碎
貼一張標語：
「盛滿
所有花籽的虛榮。」

手法迂迴曲折，只懂明喻、暗喻而不諳曲喻、換喻的讀者恐怕把握不到詩的題旨。一九九五年的重要作品，一是〈沉澱著一座城的影子〉，一是〈詩人之死〉，後者證明了詩人除了優柔纖巧，善於抒情之外，還具備把新聞時事、個人生活瑣細帶進詩裡、並把它們組成一個「有機的整體」（an organic whole）的能力。張惠思詩想的小說傾向，加上她善於獨白與對話，如果往敘事詩方面發展，當可以知性調和她不時泛濫成災的感性，成績可能更可觀。

惠思花太多的心思與筆墨，為寫詩能否作為一種志業而困擾迷惑，〈我寫詩〉、〈銜接〉、〈轉述〉、〈詩想〉、〈昨晚我和詩打架〉、〈與叛逆無關痛癢〉諸篇都是這種情緒與心境底流露，有點像美國詩人 Archibald Macleish 的 Ars Poetica 以詩談詩，並為詩尋找意義，如實地逸，這些詩作價值都不高。在這擾擾攘攘的年代，我愈來愈相信安諾德（Mathew Arnold）的話：「人類將愈來愈相信我們必須依賴詩來解釋人生，來支持和安慰我們。」惠思應該相信她在〈思想筆記〉說過的話：

我還是相信你說的
思想如詩

在這紊亂無比的市囂聲光中
可以
飛翔
閃爍如天光

一九九八年以迄二〇〇一年這期間的近作，惠思較喜引經據典，提到一些專有名詞、學術詞彙以及一些人物的名字，篇幅較長，愈來愈傾向用長句鋪陳篇章，偶爾因習性使然穿插一二字構成的詩行，有時顯得突兀，效果似乎瑕瑜互見，在語義與音色結構上，惠思拿捏得還欠穩當。她似乎也自覺到文字取捨的難處，寫成於一九九九年的〈盲〉開首便直抒胸臆，說出內心的憂慮：「想像一些詞彙，我所不能應用的／在黑暗中等待我。」這種自覺毋寧是健康的，恕我直言，惠思的一些詩，一味鋪陳辭章，信馬由韁，句子既長，形容詞一大堆，幾乎硬硬把自己逼到「詩是美麗的胡說」底臨界去，讀她的詩，很多時候我都要為她捏一把冷汗。

四

大體上說，張惠思是那種典型的抒情詩人，善於寫情緒和感覺，似真若幻，一些場景其實是作者的虛擬之鄉。她的詩有少女特具的矜持與憂鬱，輕巧的主題每每被渲染擴大，煞有介事，其實作者閱世與體會尚淺，感慨更談不上深刻。來去的內容離不開課堂的壓力、生活的瑣細感喟，和一些不羈的幻想，當然有些篇章與感情、愛情有關，調子帶點惆悵。如果讀者想從惠思的作品找尋甚麼「社會性」甚至老現實主義口中的「現實感」他肯定會失望。惠思處理和透露的是 pathos，在 ethos 方面她著墨甚少。

惠思雖傾向於小我甚至自我，但她不屬於「人生苦短，及時行樂」（carpe diem）的範疇。她寫可口可樂寫的是不快樂，浪漫中仍沾著感傷，詩人喜用「水草」的植物意象，這可能是她的自喻，事實上惠思的詩經常與水結緣：雨水、河水、山洪、淚水、湖水、沼澤、泡沫，意象之潮濕足以構成惠思頗為獨特的水體話語，纖柔、哀傷、無奈，帶點 Fin de siele 的頹廢（讀過李歐梵論中國現代文學的頹廢底讀者，當然知道「頹廢」不一定是個負面的評語）。惠思的問題在於，當她努力經營一己的私我神話時，她忽略了許多可以處理得很好的現實素材，她的人文關懷亦顯得膚淺無力。二〇〇〇年以降的作品，情況改善，但把史碧娃與德里達硬帶入詩裡並沒有提高作品的人文內涵。

前面提到龐德說的「詩的力量來自它所含的真理」，這真理一方面是濟慈的「Beauty is truth, truth beauty」，除了「美是真理」，我還想到美與智慧的關係。詩可以不現實，但它不能不是某種智慧的流露或開啟。智慧來自詩人對生活對生命的體驗感悟。原諒我的直率，惠思在這方面的成果有限。除了前引〈盲〉首二行，給予我知性底喜悅的是〈花與界限〉的最末四行：

> 也許原本生命裡再也沒有旁的值得回嚼
> 我們打著領帶像是一群幼稚園孩童

看著路邊車輛無數不斷駛越上面空無的天空
遠遠的遠遠的想起史前

至於柯律治，他曾用十分簡潔的文字告訴讀者人生的一些道理「He prayeth best, who love the best／All things both great and small」這是詩人對人間大小事物的體悟。他真正做到了余光中說的要言不繁。龐德更驚人，他的詩簡樸到連小學生都能懂：

And I am happier than you are,
And they were happier than I am
And the fish swim in the lake,
And do not even own clothing.

——*Ezra Pound*：*Salutation*

上述詩行沒有任何深字，辭藻一點也不華美，唯最末兩行予人的智慧撞擊何其強大。句首的 And 重複使用是為了加強詩的詠嘆意味。也許大家會說用柯律治與龐德這些名家與張惠思比較是不公平的，我以他們為例是希望惠思「取法乎上」。作為一部詩集，《站在遺忘的對岸》的強項是異想天開，表達方式曲折迂迴，有異於絕大部分馬華詩人；弱項是語言的運用冗贅混沌，辭藻美麗但有欠准確。我相信惠思必不甘停留在目下這層次，而在第二部詩集有所突破：弱項轉強，強項更壯。

是為序，寫成於吉隆坡二〇〇一年六月水荒驚魂甫定期間。

（刊於 2001 年 9 月 23 日（星期曰）文藝春秋‧星洲日報）

黎紫書的危疑書寫：從語言事件到心理事件

突然開燈原來我站著一角的暗室
另三個角還有三個人站著
——鄭愁予

一

說些往事吧。2001 年星洲日報派來一項差使，囑咐我負責第六屆花蹤文學獎散文決審。我因而有緣讀到兩篇頗為出色的文章，一篇寫從事語文翻譯因而勾起的文化困惑，一篇寫夢中飛翔。其他兩位評審，明報總編輯潘耀明與前蕉風月刊主編姚拓（已故）對上述作品頗有微詞，談翻譯體驗不免炫耀自己對兩種語文的駕馭能力，理勝於辭；夢話純屬無中生有，空洞荒謬，以致於顛三倒四，我未能認同潘姚的看法，竊以為對譯所引起的心理焦慮恰恰反映兩種文化溝通之難與語碼轉換引起的諸多問題；至於夢話，輒能擺脫日常生活的邏輯框框，供作者發揮其天馬行空的想像。情節可以偏離、誇張、錯位、混沌，仍不失其微言大義。由於我多次發言為兩篇作品辯護，終於說服姚、潘兩位先生，兩篇作品均入選該屆佳作獎。成績揭曉後，我才獲悉寫語文翻譯者是鄭秋霞，寫夢的人是黎紫書。

十年後我因病住院九日，腰部動了手術，出院後神思恍惚，暈眩終日，不知有漢，無論魏晉。四月接到黎紫書的北京來電，要我為她即將出版的《野菩薩》寫序。我要求紫書給我三個月的時間休養生息，等精神略佳才勉力動筆寫點讀書心得。我告訴紫書我對她妄言譫語式的夢話印象特別深，大概仍會從精神分析的視角去探究她的小說底蘊。

紫書很快便寄來《野菩薩》的打字稿，並且來電確認，那時我剛瀏覽了部分文稿，忍不住對她說「你的小說有點麻煩。即便小說有虛構的自由，但小說的驚悸情節令人難免聯想那會否是作者本身童年或青少年的不快記憶與創痛經驗。用夢的偽裝，仍難釋讀者心中之疑。」紫書在電話中對我的印象式批評不置一詞，反而連連說知道我真的開始閱讀感到很高興。

二

佛洛依德在其著作《夢的解析》開宗明義的第一句話：夢是一個謎（rebus）。謎語得去猜，去揣測，讀者／評論者得尋找小說裡埋伏著的符號暗樁、心裡糾結與象喻地雷和這些因素結合起來的總體意義。夢是「願望的達成」（wish fulfillment），妄念、幻想、白日夢何嘗不是？但那僅是「次級的營造」，潛意識的發掘才找得到更深刻的東西。潛意識裡的憂鬱、怨悔、傷痛、恐懼通過夢境而再現。拉崗援引雅克慎（Roman Jacobson）的說法，認為「換喻」（metonomy）是欲望運作，而隱喻系統體現的是人的精神官能症諸般症候（neurotic symtoms）。這見解令人悚然頓悟：一部藝術史，究其實是一部病理學史。從曹雪芹到梵谷，從莫札特到顧城，病歷斑斑可考，黎紫書是象喻、換喻的能手，「病情」可謂非輕。魯迅自承「我的確時時解剖別人，然而更多的是更無情地解剖我自己。」他明白《阿 Q 正傳》裡末莊的假洋鬼子，趙太爺，阿 Q 正是他自己三合一的綜合體。

黎的短篇很多時候像散文，但 prosaic 在這兒不是貶詞。自《太平廣記》一類、唐宋以降篇什浩繁的傳奇話本，散文與小說的畛域糢糊難辨。《野菩薩》收錄的〈假如這是你說的老馮〉便處於散文與小說的灰色地帶，這使我聯想起臺灣的七等生，他與紫書相似，都是以夢為馬的小說家，他們兩人都了解散文的優異性與陳述的策略性：把語言事件發展成心理事件，皆深諳「假面裝扮」（masquerade）的技藝。七等生筆觸仿似英式中文，間離化效果加強了小說內在張力與戲劇性；黎紫書工筆濃彩，擅長蔓衍、暈染，營造危疑不安的風格，功力與前者不遑多讓。七等生的主題閎大，兼及人類的生存本質與價值抉擇，而黎紫書的短篇小說選除了〈國北邊陲〉用寫實魔幻之筆抒寫國族寓言，〈七月食遺〉以卡夫卡式的變形描繪怪獸「希斯德里」（歷史，history 的英文諧音），情節荒誕，手法極盡其諧謔諷刺之能事，其他篇章都屬於「小敘事」。麻雀雖小，五臟俱全，「小」在這兒亦無貶意。

而所謂寫實魔幻不一定非寫叢林潛行，與蛇蟲鼠蟻為伍，鳥嘶獸嗥可能引起的現實與幻想交織。老太陽底下，城鎮的街道也可以提供寫實魔幻、抑且幻覺與逆幻覺（reverse hallucination）同時發生的場所。幻覺是看見不存在的東西，逆幻覺是看不見存在的東西。且讀〈國北邊陲〉的開首數行：

> 他是這樣穿過小鎮的。你看見他瘦小佝僂的身影，從陽光的斜睨中出現。……那人拎著乾乾癟癟一個旅行袋，徐徐橫過車子行人不怎麼多的大街。……分明那人步履蹣跚，而且沿著街店的五腳基踽踽行走，一度向你迎面而來，但你一個轉身便記不

起他的面目。就像忘記你死去的父親一樣，你的記憶再無畫面，只有氣味、聲音和質感。那人是誰，你的嗅覺回答你以死亡的味道，有草葉腐壞的氣息，胃癌病人嘔吐的酸餿之氣，還有迅速灌入肺中，那郁烈而矯情的濃香。新年過後，這鎮滿地殘紅。你回過頭追溯，那人影已經消失，一街鞭炮紙屑依然靜態。大白天，彷彿瞬間，一個人融解在逐漸模糊的光譜中。

〈國北邊陲〉的人物，是個泛稱的「你」，拿著父親的遺書，尋找能治神經衰弱的龍舌莧，只要用莧根五錢，「配蘿芙木、豬屎豆煎煮，老鱉為引。……可解我陳家絕嗣之疾」，作者這篇尋根之作，作者攀山越河，終於來到國北小鎮，向山中的原住民問訊。土著開始以為「你」尋找的是東卡亞里。Tongkat Ali 是馬來人用來壯陽的植物，連「鎮上的中醫師也像馬來巫醫一樣，崇拜它的藥效」，這是反諷。「你」為了尋覓龍舌莧和打聽哥哥的下落，最後抑且引起山地人的懷疑敵視，才醒悟「為了追尋祖輩在叢林某處的寶藏，……挖掘越深，越看清楚那裡面只有深陷的空洞和虛幻」。小說前面出現「……記不起父親那彩繪著各式南洋符咒和叢林蠱惑的容貌」的超載句其實是過早泄漏了（pre-empty）作者要表達的意旨。

黎筆下的父親形像齷齪不堪，嗜賭好色，衰萎病弱，嘔吐連連，小便起泡，惡臭逼人。主軸作〈野菩薩〉的女主角阿蠻的爸爸是個工頭，為人正直，搞過罷工，可能是這短篇小說唯一正面的父親，其他父親都很爛。拉崗曾以佛洛依德的個案 le petit Hans 為例，把父親的功能作了頗為有趣的闡述，父親可以是名字的、象徵的、想像的和真實的，形成 Borromeen 群島似的四個環節。名字的父親，可以發出各種禁制命令，他有陽具，母親是他的妻子。真實的父親謹慎講理，愛護子女。〈野菩薩〉裡的父親出場不多，但應該是個一般意義的好父親。〈野菩薩〉取景怡保舊街場，蘇菲亞電髮院筆者亦曾路過，真實感躍然紙上，小說寫的是幾個殘缺的人、殘缺的愛情故事。小說在危疑懸宕的氣氛下寫得委婉，阿鑾所受的委屈令人掩卷。只是〈野菩薩〉被選為篇名、書名不免突兀。「菩薩」是「菩提薩埵」的簡稱，意思是覺有情，有情即有情眾生，覺是覺悟。是篇小說的背景：九皇爺、玄天宮、神料店、金銀衣紙、輦轎乩童，道教色彩遠比佛教色彩濃烈。篇中畸戀，有情而無明，這是為野菩薩下的注腳還是諷刺？另一篇〈疾〉，據中醫的說法，身不平、形不平，謂之「疾」；心不平，謂之「病」，作者捨近義並列複詞的「疾病」，選擇僅及膚表的「疾」，題目如此閹割，我看是撫不平心病的；心病還需心藥醫。

篇名、書名正如封面設計、評語、引言、文宣、廣告都是「側文本」(paratex)，〈生活的全盤設計〉多處引錄顧城的詩也是側文本。我們如果就此推論小說女主角于小榆喜讀因憂鬱症而發狂殺妻自殺的顧城，便判斷小榆有神經病，未免偏頗。小榆曾任律師助理，有法律知識，她被售賣彩票的男孩刁難羞辱，曾撥電消費人協會，協會要她通知總公司，總公司要她直接向當地彩票中心投訴，然後是電話錄音與破爛的電話音樂。小榆求助無門，失控殺了男孩，然後報警自首。她奉公守法，依循社會制度的文明程序就不合理的對待提出抗爭，卻得不到制度的任何援助，難怪小榆會拒絕精神病鑑定，冷然面對判決。顧城的詩，呢喃如咒，是另一種寫實魔幻。

這篇小說的現實批判意味，讀者不難理解。我想到的是真實生活裡的千萬種瘋狂。〈盧雅的意志世界〉露體狂出現，稚齡盧雅與妹妹面對性騷擾，高聲呼救，竟無人施予援手，包括住在她對面的老師都在作壁上觀，愛看熱鬧的鄰居出奇的冷漠。盧雅在各種流言蜚語的重重包圍下，堅韌不屈，終於脫穎而出，長大成人。短篇〈疾〉

寫曖昧的父女關係，滿紙箴言（可圈點的句子特別多），都是「你中有我，我中有你」的延伸衍義。〈假如這是你說的老馮〉在火車上與人搭訕、嘮叨追述當年勇，與現實脫節的老人都是老馮，他們如果不是老人痴呆，便是偏執型精神病患（obsessional neurosis）。〈此時此地〉以迷宮式抒寫，頻頻轉換視角，寫何生亮、雲英、Winnie 的內心糾葛猜疑，帶出來的瘋狂是選擇性失憶，妄想狂與不同程度的「面孔失認症」（prospagnosia）。半夜打電話去瑪麗亞援助中心的 Winnie，向何生亮絮述自己婚姻的不幸、感情的挫折，時笑時哭，時而唱歌，這個在夜店工作的女人精神瀕於分裂，行徑近乎「神經衰弱叫賣者」（neurosis peddler）。

〈無雨的鄉鎮・獨腳戲〉的旅人到處嫖妓，在不自覺的情況殺了一個又一個的妓女。這個連環殺手不斷流浪，不斷打聽他父親的消息。旅人之父也是個流浪漢，去到那裡嫖到那裡，父子行徑相同，是自我魅影的投射：

> 我們其實在互相逃避卻又不甘心地斷斷續續留下線索讓對方去發現；發現這一刻的我和他的存在。

正如愁予詩中的暗室，我立於一角，燈光乍亮，另三個角落站著的可能是原我、自我、超我。拉崗嘗謂 something in you is more than you，阿蠻的妹妹（未被作者命名），是阿蠻的另一個自我，旅人必欲在小說中殺之而在現實中原諒之的父親可能是旅人的原我。而安娜是 Winnie 化身。

三

到處為家的旅人竟是 Jack the Ripper 那樣的妓女殺手，由於殺手並不知道自己在殺人那才可怕。〈此時此地〉的虛虛實實，似實又虛，懸宕感十足，使我想起王家衛的電影那晃動不已的影像語言。

留到最後部分才討論的〈我們一起看飯島愛〉，女主角素珠，年約四十，與死去的男人生下西門，素珠當年差點掐死這男嬰。素珠的工作是替報章寫色情小說連載。她在電腦網絡用二十歲少女的身分以烏鴉之名與網友負離子聊天，繼而談心事談性事，後來還在網絡上虛擬性交，情到濃時還衝口說了句「我愛你」。素珠與兒子西門關係極其疏離，連男人死了母子送殯也在行列兩端。一些蛛絲馬跡突然讓素珠發現與她在網絡上纏綿的負離子竟是她的兒子，西門！母子倆在虛擬世界逾越倫常的親暱，與在真實世界異乎尋常的隔膜，瘋狂的情節令人震驚。彈指甲的動作，我猜想是在按鍵盤或溜滑鼠。黎紫書的危疑書寫，終究會讓她試探幽冥界或貝克特（Samuel Backett）的「無法命名的事物」（The Unnamable）。

我無意擺出某種道德姿態評議《野菩薩》諸篇，析論完全沒有參照文本的前世：紫書已出版的長短篇。四千字的篇幅亦不允許我造次。以上所論有可能是筆者的誤讀或逾讀，Umberto Eco 與卡勒都同意過度詮釋對文本的了解不無裨助，我就用這句話替自己遮風擋雨。性幻想是黎紫書的寫作驅力，無限衍義（unlimited semiosis）是夢的權利，甚至只有「能指」（signifiers）而無「所指」（signified）的語言片斷也可能蘊涵深意。

對精神官能症的病患，顧誠的詩「前邊有光／前邊是沒有的」提到光，令人不期然地想起籠罩著妓女殺手的四月烈陽，那太悲觀了吧。波赫斯（Borges）說：「人可以和他的遭遇混為一談，從長遠來看，人就是他的處境。」素珠、雲英、老馮、西門、Winnie、何生亮、于小榆、尋覓龍舌莧的男子，都把自己與際遇等同化、一體化，帶著宿命的色彩。我反而更欣賞盧雅身處逆境的「出汙泥而不染」（陳腔爛調），用哲學家海德格（Heidegger）的說法，真實的存有，是一種拋擲的狀態，不斷使存有於既有的樣態拋擲出來，像阿蠻在小說結尾那樣「迎著風疾行而去」。烈火升青焰，冷水為增冰。

是為序。

（2011 年 6 月 5 日）

神州詩社：烏托邦除魅
——兼序李宗舜的散文集

星星們從一所遙遠的旅館中醒來了
一切會痛苦的都醒來了
——多多

（一）

李宗舜，也即是天狼星時期的黃昏星，力邀我為他的散文集《烏托邦幻滅王國》寫序，由於天狼星詩社與神州詩社當年的糾葛，我可能是最適當、也是最不適當的寫序人。我在電話裡提醒宗舜我的處境，他說集子的三十多篇文章已修改了八次，所有過激的情緒語全刪了。我建議他篩選出精品，才傳給我看，「宜乎少些神州的老調，多些生活、生命的感悟之作」。宗舜的回訊讀得出來他的無奈與心虛：「我在七十年代寫的散文只能稱為習作，天狼星和神州是我七十年代生活的主要內容」。

他的回訊使我感到為難。坦率的說，習作應該交給華文老師批改，不宜付梓。這話只差沒說出口，另一個念頭在我腦中閃過：作者通常都不是自身作品的最佳評鑒者，他可能寫了一些連他自己也不太懂、難以估量的東西，我於是發了另一則短訊給宗舜，建議他把稿傳過來給我看看，「讓文本自己說話」。我聽說臺灣《文訊》二九四期（二〇一〇年四月號）特闢神州詩社專題，內刊長短文章九篇，就發生於一九八〇年九月廿六日臺北警總人員突然帶走溫瑞安、方娥真、李宗舜、廖雁平四人的事件發表感想。李、廖兩人受盤詢廿四個小時後釋放，溫方則入獄四個月後以「為共匪宣傳」的罪名遞解出境。這宗發生於三十年前的奇案，由溫方李廖與當年的神州社員和奔走營救的文學界長輩各抒己見，文獻寶貴，我也請宗舜寄來一份讓我細閱。

散文集分五輯，第一輯七篇是一九七四、七五年的少作，七四年只寫了兩篇。第一篇〈下午〉描述的是一個未被賦名的城鎮午後的炎熱與居民的作息狀態：車站前、馬路邊到處都是揮汗如雨的人群。讀者不妨試著把自己當著是個橫空而過的神祇，從高處往人間鳥瞰，城裡的人忙著排隊買票看電影，逛街購物約會，在冰果店裡流連。烈日如火，女生撐著遮陽傘，男人躲閃在巨型廣告牌下尋找蔭庇。商店擺賣各種貨物。店主表情木然。人潮流動，這個不知名的城鎮擁有超過一間百貨公司，因為作者透露在市內最大的百貨公司對面店鋪的二樓，有間茶館，人們坐在籐椅上或交談，或飲茶，或看電視，或翹著腳在弈棋。這夥類似魯迅筆下的庸眾除了聊些日常瑣事，偶爾提起從唐山來到南洋的往事，四十年代日本南侵屠殺同胞的慘劇，難免有些激動，用作者的話：「那股激情和憤慨都是茶色的，又苦又濃」。茶樓的老闆也是夥計，泡了幾十年的茶，忙於招呼老顧客。桌子上棋子錯亂，茶壺底沉澱著還濕的茶葉，街燈霓虹燈開始亮起。時間流逝。

這是書中三十五篇散文唯一格調殊異，題材另類的篇章。通篇白描，沒有一句對白，僅靠作者的旁述推著鏡頭上下左右掃描、外在內在全視敘述。舞臺般的場景，人與物像道具，所謂洶湧的人潮，是靜態的描述，有人而無人煙；茶客的閒談，沒人發出聲音，仿似失語的默劇。拉岡（Jacques Lacan）嘗謂「失語」的產生，來自當事人的語言與文化不能獲得社會認可，在社會的伊底柏斯（Oedipal）的結構及語言文化秩序的壓迫下，當事人只好倒退回內心世界的幻想去。李宗舜筆下的城鎮並非只有兩條街的山城美羅，七十年代的美羅並無天橋、紅綠燈和大大小小的百貨公司；它也不像怡保、吉隆坡或八打靈，它的心理位置或稍接近莫言的高密東北鄉，李永平的吉陵鎮等烏有之鄉。忙與盲的庸眾，愛緬懷喜抱怨、以閒言碎語度日，這個面對烈日煎熬的社區，我認為，正是馬來西亞華人社會的縮影與暗喻。二十歲的李宗舜不可能讀過拉岡、熟諳象喻曲寫之道，憑著原生的直覺與體驗感受，在他的處女作階段描繪出他個人寫作生涯的第一個熱鬧而荒涼的「反烏托邦」(distopia)。

李宗舜要逃離反烏托邦，他難以忍受渾渾噩噩的生活。初二那年，他認識了同學溫瑞安，他與後者的交往過程與後來面對的家庭壓力，在七四年寫成的〈故事〉抒寫甚詳，這篇文章在臺灣中國時報的〈人間副刊〉發表，當時頗受矚目。文章裡透露的孤憤、掙扎、執著一方面固然感人，另一方面也令稍具理性的讀者錯愕：

> 當一切向心靈迫壓的打擊越來越深、越多貝多芬的命運交響樂便在你的意識裡響起；就在那個時候，你想起海鷗和仙人掌。
>
> 打擊可以，痛苦可以，黑暗也可以，就是沒有詩的日子絕對不可以。哥哥不斷叫你回家耕種，……回去快回去。不回去我絕對不回去。你告訴自己：你是不能回去的，你要和詩人在一起，你要在黑暗中尋找光源，照亮自己，燃亮其他的人。

這兩段話不啻是一個文藝青年的寫詩宣言，不顧現實利害的程度近乎「囈語狂譫（delirium）」，向海鷗仙人掌貝多芬尋求精神力量的支持，童騃的天真魯直，離譜得令人啞然失笑。楊照寫他自己的青少年回憶錄《迷路的詩》，裡頭有愛情親情師友情以及要成為一個詩人的激情（也許「迷路的詩」更適合用作宗舜這部散文集的書名），他遠比李宗舜理性，他沒迷路，煉詩不果，乃另覓出路，在余光中、楊牧、張曉風、王鼎鈞、許達然……諸名家之間闖出另一條散文路子：大道理用小敘事，真相大白往往在文末最後一兩段或三幾句，足證失之東隅者，大可收之桑榆。楊照在麗水街「星宿海書店」讀《李白詩全集》：「劍氣與俠影，鏗鏗如金石相擊……讀了幾首，覺得捨不得再多讀下去，於是找來溫瑞安的《山河錄》稀釋一下。」楊照的回憶錄有理想、有思想、有幻想、有奇想、有夢想、有渴望，心靈曾經受過傷；李宗舜的散文集《烏托邦幻滅王國》甚麼都有，獨缺思想，原諒我的直言，就是缺乏思想。他的個人性與思想性被《將軍令》、《山河錄》與溫瑞安的日常言行和意見觀點全給稀釋掉，而不是稀釋一下，作為調節。他的散文的可讀性建築在他的「感情構成他大部分的思想」（明顯的悖論）的真摯上，這點容後再議。

（二）

《迷路的詩》書中用到「浪漫」這兩個字眼，比《烏托邦幻滅王國》多出許多，楊照的浪漫關懷涵蓋的畛域較大，相對多元；宗舜的縈心之念早年在《綠洲》，爾後在「天狼星」與「神州」，全情投入，淪肌浹髓，他的大部分感情，纖維化成了思想，故而書中不怎麼浪漫上口，而浪漫其實入骨。

我絕無排斥浪漫主義的意思，楊牧的詩與散文何其「高蹈現代」（high modern），但詩人在一九九三年即曾指陳：「文學史內最令人動容的是，浪漫主義。」早在六十年代陳世驤論中國文學的抒情傳統即曾追溯「言志」文學的源遠流長。余光中膾炙人口的自傳性現代抒情散文，其藝術感染力除了形式技巧直撲眼球，還得力於洸洋奔放的浪漫情懷，令讀者投入其間，感同身受。而余先生從舊大陸寫到新大陸，從〈鬼雨〉、〈地圖〉寫到〈聽聽那冷雨〉、〈蒲公英的歲月〉，雖云自傳，題材何其多樣，宗舜僅僅以詩社的聚會加上團體的喜怒哀樂為自傳或回憶錄的內涵，無論怎麼說，都嫌薄弱了些。如果把這些長短不一的篇章，視為神州詩社興衰的演義，則又未嘗不可，歷史教訓總不成都丟到記憶廢墟裡去。

然則我是否應當勸導李宗舜仿效楊照，放棄他的寫詩志業（不是職業）呢？這倒不必，我比宗舜年長十歲，不久前還出版詩集《戴著帽子思想》，我勸他封筆就有點搞笑了。楊照的體會是：詩人無法「為詩工作」、「為詩準備」，更沒辦法衡量自己是否「為詩努力」。臺灣詩壇耆宿向明「為詩奮鬥」、「為詩而狂」，在報章主持「新詩一百問」專欄，傳為美談；在大馬李宗舜曾於二〇一〇年十月規定自己每日必須成詩一首，努力的結果是十月得詩三十一首。他們的例子恰恰是楊照所言之反證，我相信古今中外，為詩藝作出如此巨大付出的人，沒有一旅總有一連吧。然而，那畢竟萬中無一，少數中的少數，特例不能代表常例。

杜甫孟郊賈島以苦吟著稱，反覆琢磨推敲，也不知撚斷多少絡鬚髯。唐代有詩鬼李賀騎驢外遊，他把電光火石間捕獲的字句，放進他攜帶的詩囊裡，現代有詩癡李宗舜駕著德士接送客人，在街道紅綠燈交錯的瞬間掌握到佳句（下次我坐德士外出，一定打聽清楚司機是否有在車上斟酌詩句的習慣）。《綠洲》手抄本第八期發表宗舜的某首詩，得到瑞安的特別讚許，說來這只是心理學「鄙薄的啟蒙」：將平凡看作深刻的庸俗辯證，從幼稚園到大專院校，這一套大抵管用。為人師表或父母者大概都用過。所以瑞安沒有錯。至於讚賞之際溫瑞安「目光灼灼」地盯住他，為的是加強銘刻的效應，也沒錯啊。傳播文學，鼓勵文學新秀，這也是我個人的願望，何錯之有？沒有溫瑞安的感召鼓勵，英年早逝的周清嘯可能從商，廖雁平成為象棋國手，其他的時間大概會和李宗舜一起務農。詩可以興觀群怨，多識鳥獸草木之名，瑞安發掘、培育他們天賦的詩性（詩寫得好不好是另一回事），錯從何來？撰寫這篇序言，我不斷反思，問題出在那裡？

〈故事〉一文是宗舜個人成長與啟蒙的自述：初窺現代詩堂奧，加盟「剛擊道」兄弟幫。中五畢業面對失業，離家住在美其名為「黃昏星大廈」，事實上是油站旁的破屋裡，七二到七五年是李宗舜奔赴烏托邦的時間燧道（time tunnel），七四年秋他勇闖臺灣，沒有學籍，不能進入大學，逗留期像一般遊客僅限三十天，宗舜獨自一人，惡補高中三年的功課。他身上馱著的不僅是一大堆的課業，還背負詩社總幹事，剛擊道二當家的任務，他能成功考上政大中文系不容易啊。

這段日子瑞安頻頻給我寫信郵和寄來郵簡，內容可以寫到郵簡的封口上，報導的離不開與那個作家、詩人或某大學的學生領袖見面「交談甚歡，堪稱莫逆」、「彼此論及家國興亡，民族大業，文化復興，慷慨激昂，熱淚盈眶，不能自已」、「某某人血性男兒也，日後可予重用」……而竟無一字提及功課作業。在馬來西亞霹靂州的小鎮冷甲有一名十六歲甫念完中三的學生殷乘風（我的學生），不顧一切，飛赴臺北與老大會合「共創大業」。殷年幼無知，易受慫恿，令我費解的是，何以有那麼多臺灣的大學精英與俊彥之士，竟步殷乘風的後塵，為了做一番事業，置家庭、學業於不顧？沈瑞彬加盟神州的戲劇性片斷或能有助吾人重返歷史的現場：

> 某日深夜沈瑞彬叩訪山莊，同時提了行囊，說是要與溫大哥及兄弟們做大事，家庭、事業就顧不了，一切豁出去的血性漢子，當夜大家連袂上山膜拜指南宮四方神明，庇祐神州眾生安康，社務順暢和不受干擾。

這時候的神州詩社已把詩放在次要的位置，剛擊道的兄弟連心，一切以大哥的鋼鐵意志馬首是瞻。神州詩社改名「神州社」，力量涉入文化界，開始印行出版的《青年中國》、《文化中國》[1]、《歷史中國》由於得到學術健筆的供稿（大家都對這群僑生感到好奇），一時頗受看好，但神州的伸展翅翼，目的是提高神州集團的形象，文化議論只是借力使力，接下來的文集竟印出八頁神州活動的彩頁照片，寶島學術文化圈這時才真個恍然。

書中有篇散文追述當年有讀者一買了《坦蕩神州》即加盟為社員歆矣盛哉的現象，《坦蕩》的封面設計是神州幾十個成員的合照，中間的那位微笑雍容的長者是蔣經國總統，政治掛鉤是大家給臉，名人效應或更近事實。十六歲的殷乘風、二十一歲的李宗舜、四十歲的沈瑞彬（時任臺南客運站長，比我年長九歲）……都給「做一番大事業」這個模模糊糊、未曾規範的「大敘述」（Grand Narrative）唬住了。「三三」的胡蘭成最喜歡講這種不著邊際、恍兮惚兮的話。共創大業是為了報家仇國恨（〈落腳處〉），是為了維護中華文化命脈（〈跨出這一步〉）？「大事業」是豪情俠義、文化精粹（〈海誓〉），

---

1 哈佛大學杜維明的「文化中國」板塊研究，甚有見地，但杜先生也坦承「文化中國」這概念非他所撰，它源於 70 年代臺灣一群僑生。

還是像後來寫血書退出神州的羅海鵬所言：「……替國家厚植反攻國力」，即使失敗也要像文天祥那樣寧死不屈「留取丹心照漢青」？

由於神州社甚麼都是，它是個詩社，它是個文學社，它也弄文史哲，它的成員兼修文武，有點像武館，行徑之誇張，甚至令人聯想到他們會不會是國民黨的學生軍團。從少壯亮軒到銀髮朱西甯，都被這群暗蓄孤憤的「孤臣孽子」所感動。亮軒前來山莊的「聚義堂」，看到那三個字卻沒聯想到水滸傳，還送來裱好的對聯（〈烏托邦幻滅王國〉）；朱西甯在國家文藝大會上「提到神州人的理想和志業，每個人都像把琢磨的利刃；現在磨刀，來日舞劍」（〈人生在世〉），難怪宗舜筆下經常以「江湖劍客」自許（詳〈無限想念〉、〈相去千里的風雲〉、〈在沙灘上〉諸篇）。宗舜及其他社員都忘了朱先生講的是對幼輩的勉勵語。在眾人的掌聲中，在彼此互相吹噓聲中，年輕人的自我日益膨脹，神州從一個小小的詩社漸漸傳奇化、神話化，終於烏托邦化，而走向泡沫化的不歸路。魯迅曾說：人可以被棒殺，也可能被捧殺，誠然。

《烏托邦》（Utopia）是湯姆斯・摩爾（Sir Thomas More）於一五一六年寫成的名著。Utopia（Eutopia）是個「好地方」，Outopia 是個「不存在的地方」，意義的悖反實已道出了真與幻只是毫釐之差：智慧的門口站著惡魔，聰明的鄰居住著邪惡。摩爾借《烏托邦》的虛構人物拉菲爾的議論，批判殘酷腐敗的英國都鐸王朝，摩爾是大法官，仍被亨利八世送上斷頭臺。二十年後又出現另一位人文主義者法國人拉伯萊（Frangois Rabelais）的名著《巨人傳》（Gargantua and Pentaguel），巨人國王為若望修士建造德麗美修道院，唯一的教規是「做你要做的事」，如此放任自己的烏托邦子民，是因為摩爾與拉伯萊堅信，人類接受文明洗禮懂得自律，經過文化薰陶自然趨善，那是十六世紀歐洲的樂觀人文主義。他們兩人對人性的自私、貪婪、對權力與性的慾望，瞭解有欠深刻。滿口仁義道德之士（當然受過很好的文化薰陶），讓他們做他們想做的事，沒有制約，僅靠自律，犯罪率與個人在團體的地位權勢恰恰成正比。老大做好事，從二當家到第十七當家在幫忙；老大幹壞事，其他當家不當權的兄弟一個個都成了幫兇。

（三）

中國古典文學作品對現代的神州人有制約力嗎？陶淵明虛構的烏托邦〈桃花源記〉一文有載：「其中往來種作、男女衣著、悉如外人」、「自云：先世避秦時亂，率妻子邑人來此絕境，不復出焉；……乃不知有漢，無論魏晉」這些部落客留戀昔日時光，拒絕接受新的政治現況，張大春一語解構：這樣的烏托邦「無建國神話的旨趣。」道家式的隱遁絕非溫瑞安一干熱血青年的抉擇，無論於道德層面、現實策略、理想境界，一九七四年到肇事的一九八〇年秋神州人之言行舉止，或更接近清代李汝珍《鏡花緣》其中有關〈君子國〉裡所載「比中國人更中國人」的模式。《鏡花源》的虛構人物唐敖與其夥伴來到「君子國」，發覺果真名不虛傳，士庶工農商，「無論富貴貧賤，舉止言談，莫不恭而有禮」，國家宰輔吳之和、吳之祥議論法治倫理，言必以先秦諸子為佐，援引四書五經為據，比天朝之士更具「天朝風範」。溫瑞安、方娥真、李宗舜、周清嘯、殷乘風諸子，一舉手一投足，那種民初五四文人揖讓雍容的氣度，與只有在俠義小說才可能出現的豪言壯語，那能不令同學傾心折服、臺灣新社員群起效尤？那能不讓師長另眼相看？[2]

---

2 張曉風：〈我好奇，你當時為什麼來救我們？〉對神州人的豪傑行徑，報導亦莊亦諧，甚為有趣，詳《文訊》296 期（2010 年六月號），頁 16-19。

七十年代中葉以降，臺灣自失去聯合國席位後，在國際上頗為孤立。大陸於一九六五年搞「文化大革命」，越演越烈，蔣介石總統提出「中華文化復興」抗衡也是統戰之策，行之有年，效應不彰。當前這群僑生的文化回歸與所表現之愛國熱忱，恰恰投合了當局的胃口，《青年中國》雜誌推出三期之後，「得到當時國民黨文工會和總統府第一局來電或致意表示支持」[3]，那時的神州似乎真的在「做大事」，用瑞安的自述「高峰期以溫氏為中心，約有核心內圍社員三、四十人，社員遍佈臺灣本島，略涉香港、星馬，全盛期達三百餘人。」[4]烏托邦建國規模初具，梵帝崗在二〇〇五年人口才七百八十三人，神州社在七十年代下半葉竟擁有社眾三百餘人，是基督教神聖之邦人口的一半。當年的柏拉圖（Plato）建構《理想國》，理想國是更早的烏托邦，這位名滿天下的希臘哲人把詩人逐出「理想國」，因為他覺得詩人耽於幻想狂想，對社會國家無益。柏拉圖真有遠見。

溫瑞安詩才橫溢，但他顯然與十八歲出版詩刊《鼠疫》二十二歲寫出〈怪客〉二十四歲交出〈高處〉的大陸詩人楊黎很不相同。兩人都很自我，很狂妄，都不按牌理出牌，可溫楊詩風迥異，彼此追求的目標亦大相逕庭。楊黎倡導「非非主義」，風靡一時，從者頗眾，但楊黎獨來獨往，沒有權力的慾望，他最想創立宗教性組織的詩歌教（柏拉圖很早就明白詩人喜妄想），無非出自愛詩的熱忱。說句認真的笑話，詩歌教創立成功，以寫詩為執念的李宗舜可任其輔宰。經過神州的意義被騎劫的詩癡，還有無興趣重作馮婦，我頗懷疑。俗語有說：見過鬼怕黑。古人有云：曾經滄海難為水。

---

3 引自〈龍遊淺水蝦味鮮：訪溫瑞安談神州詩社與神州事件〉，《文訊》294 期（2010 年四月號），頁 68。

4 詳〈溫瑞安文學生涯歷程表〉，《楚漢》（臺北：尚書文化，1990），頁 314。

當年的溫瑞安曾把詩社的奮鬥目標拉抬到「發揚民族精神／復興中華文化」的高度，可企望而不可企及，孔孟講「內聖外王」，唐君毅、牟宗三、錢賓四、徐復觀新儒四君子一生追求的不外如是，作為一個詩社的宗旨太「超載」了（overloaded），對一群經常翹課、輟學而又申請復學的大學新生而言，發揚云云、復興云云，那是生命難以承受的重。神州社歌：「中華的榮光，正在滋長發皇……」這一首馬來西亞霹靂州美羅中華中學的校歌，凡是在美羅這小鎮念過一兩年中學的居民都能朗朗上口。一曲兩用，流傳寶島，作曲人吳中俊校長可以含笑九泉矣。把校歌唱成社歌，這樣就能發揚民族精神、復興中華文化？這聯句供在中央研究院大門兩側，還算是適度的自我期許吧。

臺灣文壇詩社不少，瑞安、清嘯念的臺大有「現代詩社」，宗舜、雁平念的政大有「長廊」，娥真念的師大有「噴泉」；邁出校園，藍星、創世紀、笠、龍族、主流、草根……這些詩社定期出版自己的詩刊，從鍾鼎文、覃子豪、余光中、葉珊、瘂弦、洛夫、羅青……這些教授級、明星級的詩人都不曾如此自詡。一九五六年紀弦成立「現代派」，全臺八十餘名詩人加盟，陣容鼎盛。躊躇滿志之餘不免有些「飛揚跋扈」的紀弦，亦不過為現代詩應努力的方向訂下若干原則像學習「自波特萊爾（Baudelaire）以降的各個新興詩派……」仍不敢奢言發揚、復興，逾界違矩把國家民族大任攬在自己身上，或丟到詩社身上成為壓斷騾背的最後一根稻草。

臺灣的大小詩社，從大專學院到整個文壇清一色是「同儕團體」、「同仁團體」，社員可能各司各職，大家是身份平等的朋友。我從未聽說過覃子豪逝世之後，藍星詩社即由羅門總攬大權，余光中欺負年輕的葉珊或年輕的葉珊欺負年邁的周夢蝶，因後者沒交社員費而被送去藍星詩社「刑部」處罰的天荒夜譚，但這種詭異之事對神州詩社而言乃家常便飯。神州詩社與一眾詩社不同，它是專制的人間天國，孤家寡人，順我者昌（晉升為堂主還是香主？），逆我者傷（受到其他社員清算、圍剿），至於「犯錯」被罰沖洗領袖的大頭彩照，懸掛在「試劍山莊」每個角落，那是以擬真物（Simulacrum）滿足一己荒謬的帝王慾望。

宗舜在壓軸作〈烏托邦幻滅王國〉有一節沉痛的告白：「有人野心勃勃，神州是他的戰場，也是他王朝的『樣品屋』。……詩社變質，新人多被遙控，設立各部各組由一人指揮，成了一言堂，社員若有不滿，則標籤小集團，群起圍攻。」神州詩社是新馬港臺華人社會第一個成功幫會化了的詩社，新加入神州者的必讀書是《書劍恩仇錄》，要像「紅花會」的會員一樣：兄弟不可背異離棄，最忌「背叛」。[5]以親信控制各組社員，看似明代東廠情報監管的無厘頭搞笑（我們難以想像法治社會的文藝圈竟出現如此令人觳觫的現象），其實更接近奧威爾（George Orwell）《一九八四》的烏托邦「老大哥」無所不在的監測、控制，老大不必率眾去「打仗」，卻對各組社員向路人兜售神州文集的進度、情況瞭若指掌，《一九八四》的「老大哥」也具備這種天眼通，瑞安自詡「組織周密」[6]。神州成員置身於所謂「遷升降級，賞罰分明」[7]幫會體系式的白色恐怖裡。感情竟用手段，衽席之間就是戈矛：有人為了邀功請賞而報訊，自然就有人中了暗算，在現實生活中被叮得滿頭是泡，在武俠小說的險惡江湖裡個個成了卑鄙奸徒，被情節推向絕境，不少退社的社員便是這樣慘死在武俠的虛擬世

---

5 30 年前，現任臺灣師大國文系教授林保淳是神州之友，沒加入成為「兄弟」幫，是「不耐煩威權的局限」，詳閱〈神州憶往〉，同註 2，頁 105-107。

6 同註 3。

7 同註 3。

界裡，假是真來真是假。紀實與虛構，是非與對錯，兩者之間的錯位，且看當年的其中一位死忠份子陳劍誰的追述：

> 溫瑞安會說「做大事是寂寞的」，不被瞭解最孤獨，我是要做大事的人，我已顧不了親情……我理直氣壯地瞞著爸爸媽媽向姐姐們借錢，做大事的人是不講究人生細節的，欺騙有理。……廿歲的我不斷告訴自己：朝聖是必須的，欺騙家人是不得已的。……長期的金錢匱乏、學業荒廢、開不完的批判大會、愚公移山的揹書賣書，有些重要社員尤其是神州初創時的社員陸續退社，我們（包括當時矢志不渝的陳劍誰）悲憤的說他們意志不夠堅定，違背我們在明月下結拜的誓言。……離開神州與舊社員相聚，我們共同的經驗竟是常作夢夢到批判大會而驚醒。[8]

難怪！一九七三年秋，瑞安與清嘯第一次赴臺，就讀於臺大中文系。不久即收到瑞安的來信，他要求我以家長身份，寄出一封信虛報家中發生重大事故經濟頓然陷入困境，必須休學返馬，他說他拿到這封航空急信便可向大學當局申請到一筆優渥的助學金，我不虞有詐，信寫了也寄了。同年十一月中旬我赴臺北參加第二屆世界詩人大會，瑞安、清嘯與我同住正芬大飯店，他們才告訴我因為捨不得詩社（社員），迫不得已施計拿到家長的函件向校方申請休學。為了做大事，說謊有理，休學是必須的。

劍誰在文中提及神州「開不完的批判大會」，使人想起大陸十年文革毛澤東的群眾大會上的集體批判，除了把「不知悔改的黨內走資派」鬥倒，也把無辜的作家學者如錢鍾書、沈從文、老舍、吳宓……

8 陳劍誰：〈遙遠的鼓聲——回首狂妄神州〉，同上，頁 93-100。

一個個揪出來清算。但溫瑞安絕非共產黨支持者或同情者，把瑞安逮捕並扣上「為共匪宣傳」是很不「美麗的錯誤」。當年的神州姿態「極右」，與三三集刊同是臺北文化圈文學青年愛國組織，瑞安、娥真在莫須有的罪名被囚禁，同情與抗議聲四起，引起港臺文化的近乎公憤的關切、好心人的奔走說項，反而模糊了真相與問題的癥結所在。大學訓導在這方面顯然有盲點，一群以神州精神為號召的大學生不斷翹課、休學、再申請復學這個「疑竇」得打開，如果它是個社會問題得有效處理，包括送交青少年感化中心輔導，涉嫌奸犯科者則控之於法庭，或口頭訓誡或判處牢刑由審訊定讞。

是神州「樹大招風」？碩壯、健康的樹不會這樣倒下的。是一群家長（人數多少永遠是個謎），從一九七四年秋到一九八〇年秋，他們的孩子們無心念書，不斷翹課，與父母家人齟齬不休，怎樣勸說都不聽，學業蹉跎，不回家睡覺卻睡在叫甚麼山莊的窩裡。我的揣測是：或因退社社員感到委屈，終於投訴家長，說出真相；或由某家長出手，也可能一群家長聚商，忍無可忍，決定發動雷霆一擊。文革十年，大陸從幼稚園到大專院校一概停課六年，半個世代的學子目不識丁；神州的「美麗新世界」構建於臺北六年，留在「試劍山莊」的學生（社員），只有陳劍誰一人念完大學，只有她有資格擔任出版社的發行人。[9]滿座衣冠似雪，何等舞雩氣象；滿座衣冠似血，武林／儒林浩劫難逃。[10]一念天堂，一念地獄。

---

9 同上，頁98-99。

10 神州文集第一號〈滿座衣冠似雪〉（臺北皇冠：1978）。

(四)

烏托邦是海市蜃樓，三十五年後的今天還不徹底「除魅」(disenchanted)，謬種流佈，病毒會繼續散播。五百年前的摩爾與拉伯萊相信人類文明具備向善的本能，是「想當然爾」的冀望。楊朱講性惡，佛家講貪嗔癡慢疑，早已洞悉人類的心靈黑暗。二十世紀人類建構的烏托邦一個比一個大，二戰日本提出的「東亞共榮圈」，冷戰期鐵幕與竹幕均異口同聲力倡的「無產階級專政」，美國自許為「世界警察」，只是犖犖大者。擴張勢力，合法化侵略，以公義行不仁不義的這些超級烏托邦，傷害(殺害)的人以億萬計。毛澤東所謂「六億神州俱堯舜」，其實是「六億神州俱芻狗」。右翼烏托邦是「以超真搶救真實」(to rescue the real with the hyper-real)左翼是「以虛擬拯救真實」(to rescue the real with the imaginary)，魑魅魍魎，焉可不除？今日工商文教的烏托邦，以各種掩人耳目的姿態出現，體積遠比政治烏托邦小許多，為害社會各階層可十分廣泛，它們政治立場不左不右，反而更便於左右開弓，超真與虛擬並用。威爾斯在其著作《現代烏托邦》裡直言「它們的共同特點是空洞……沒有具有個性的個人，而只有一致化的成員。」成員對大哥只有「不問情由的服從」(unquestioning obedience)。內心有疑惑，震懾於領袖的威權，不敢抗爭，明知錯了還是將錯就錯下去。

武俠小說的情節與武俠小說家的生活沆瀣一氣，情況之詭譎離奇，情節之曲折驚怖，因為毫無前例作為參考，更令人震悚。金庸的武俠人物忠奸莫辨，行事匪夷所思，作為香港明報主筆，查先生的社論於現實時事的真與幻看得真切；倪匡言行偶爾滑稽突梯，但他也沒把現實生活搓捏成武俠的漿糊。三十多年之後，方娥真於《文訊》的神州專輯的一篇文章中兩度提及「溫瑞安魔鬼的一面」[11]，不作申論，我難免這樣想：如果神州時期她願意用一語提醒大家，則不致於有那麼多年輕人剛剛有點理想並仰望偶像，即被殘酷的現實無情地摧毀，對一切失望抑且乎絕了望。一九七五年殷乘風投奔老大，發覺神州提倡讀書不重要，搞活動才是做大事，而他於備考的緊急關頭，社員於門外鼓躁、甚至敲門要他放下書本積極參與社務（九十年代中他來見我，追述往事，不勝唏噓），一九七九年殷同學終於退社，那是發生於一九八〇年的九二六事件大約一年前的事。神差鬼使，讓殷乘風躲過了向情治單位誣陷神州的嫌疑。至於因為夾在功課與社務之間分身乏術、三進三出神州的周清嘯就沒那麼幸運了。清嘯已故，於他的懷疑、懷恨宜乎以懷念代之，讓逝者安息。

在此要一提的是，魔鬼撒旦，還未「走火入魔」之前原本是天使，是天地靈氣所聚，英豔動人，豐神湛然，頭上還繞著流金泛銀的光環。誰知堅土竟是流沙，可歌可泣之種種，一返顧間竟如此可笑可憫。楊牧的〈完整的手藝〉，以詩人獨特的直覺點出天使的特徵：「虛幻的全部交給我／現實的你留著」，把兩個主詞對調：「現實的全部交給我／虛幻的你留著」，魔鬼即粉墨登場。魯迅嘗謂創造社成員是「才子加流氓」，神州詩社的問題是人與魔的錯位，令人難堪的是三十多年後，在《文訊》的特輯當事人的文章裡，我看到的是對昔日社友的各種揣測（誰對不起誰？誰可能是向官方告發、「出賣」兄弟的叛徒？），而不是謙卑的自責與深切的反省。太多的 witch-hunting，太少的 soul-searching。年近六十的人，還重複二十多

11 詳閱方娥真：「我由他們（誣告者）知道了溫瑞安魔鬼的一面，但他與叛亂絕對無關。」，〈一條生路〉，同註 2，頁 88-89。我完全認同娥真的看法：瑞安與任何政治叛亂確實無關。

歲的江湖混混[12]口吻為自己護短、辯說，令我驚訝悲哀，難以置信。人肯定會成長，可不保證會長進。李宗舜在散文集的最後一篇沉痛地問：「大夥兒在阿里山結義相知相惜，奇緣結社，多的是肝膽相照之士，最後為何除了他自身之外，其他的都是叛徒？」宗舜有沒有讀過下列的歷史故事？史達林有一天撫鏡自照，悲哀地說：「十月革命的同志，現在只剩下我吧了。」

李宗舜這些年對神州感情的付出，構成了他心中無以自釋的情結，神話破滅、偶像是假的，社員之間的情誼是真的。反芻往昔，他難以相信過去的輝煌竟是充斥著高潮與反高潮的野史稗官。出國深造、失學、失業、窮病、困頓、顛沛、流離，對宗舜是混沌迷惘的遭遇。七十年代中下葉，因國土分裂而彌漫臺灣社會的民族危機感，神州詩社恰逢此歷史際遇，得享殊榮盛譽，獲得蔣經國親自接見，集團成員三百餘人，身為集團第二號人物的李宗舜，他的老二哲學（或沒有哲學）是前面掛個「忠」後面吊個「勇」字，以義開道，衝鋒陷陣，由於不夠陰騖機敏，雖立功無數，但分得的權力紅利不多，與他的二當家身份簡直不成比例，許多時候他扮演的還是個「隻眼開隻眼閉」相當困難的緩衝角色。宗舜的戇直使他沒去多想權勢的問題，他不讀《資治通鑒》，不熟諳傅科（M. Faucault）所言「歷史上各種精密的權力儀式」（meticulous rituals of power），他耽於當下的 happy hours，捕捉每次聚會帶點不安的興奮喜悅，由於每篇散文均寫成於詩社活動之後，他拼湊的其實是記憶的碎片，往事並不如煙，而是彌漫著霧樣的哀愁。每篇散文都似乎是他的詩作底後設篇，包括追念葉明、清嘯的悼亡篇章，都有一種要把時間留住、把眼前的歡樂美好無限延續的慾望，那就成為作者的獨特風格。

---

12 參閱溫瑞安的網絡文章《溫心秘笈 23》：〈鄙視我的人太多了，還輪不到你！〉。

潮洲莽漢曾經是憤怒青年的李宗舜，其散文是陰性的，柔婉抑且是感傷的，他對「聚義堂」、「試劍山莊」、「絳雪小築」、「黃河小軒」、「長江劍室」、「路遠客棧」（盥洗間）、「見天洞」（地下室）……念念不忘。這些把住院情境古代化、武俠化、陌生化的神話道具，是神話系統建構的「附屬物」（paraphernalia）。葉慈（W. B. Yeats）詩中的神話體系喜用的附屬物是「漩渦」（gyres）、錐體（cones）與各種「超自然物」（supernatural），詩人在藝術的天地裡建構他的烏托邦。馬奎斯（G. G. Marquez）《百年孤寂》（A Hundred Years' Solitude）的馬康多村，也是文學的創造。在真實生活中創建烏托邦，經營策劃，因應時變，攫取聲名，終難逃傾頹的宿命。摩爾影響了二百五十年後的馬克思，寫出他改變時代的傑作《資本論》，但他提出的共產主義的私產佔有，並沒改變社會貧富懸殊的現象。人性的醜惡、自私、貪婪和權力的慾望架空了黨的理想，與資本主義的大魚吃小魚，九十九步笑一百步耳。烏托邦的浮誇，結局是夢醒後的幻滅。

我相信人有直覺或第六感這回事，即使在不知愁強說愁的一九七七年，李宗舜的惘惘神覺已感到好景不常，他筆下不自覺地流露某種不祥的預感，證之於〈相識燕歸來〉的一段抒寫：

> 每次從天橋回來，都是午夜一兩點鐘，我們常常駐足在拐彎處的一間小麵攤店吃最便宜的宵夜。晚上天涼，吃了一碗熱騰騰的陽春麵，身體也暖和起來。到了馬路對面，和瑞安及娥真揮手道別，微暗的龍泉街，我們走過一攤攤的空架子，小販們已經回家了，燈火也全熄了。還有一排排矮平房，飛簷盡是灰白的顏色。

末節沒來由的悲傷，似乎預告未來的黑暗，點醒當事人飛簷風化成灰白、時間磨損的力量。地理空間在改變，時移世易、人事全非的鄉愁，是宗舜散文的主調。宗舜對詩社昔日榮光的追記與對社友的緬念，使創作與創傷互為表裡，壓軸作〈烏托邦幻滅王國〉予人歷盡滄桑，咀嚼生命的甜酸苦辣之感。

溫瑞安具備領袖人物的「偏執不屈」（intransigence），「神州神話」破碎數年之後「自成一派」在香港現代武林崛起，成員仍以「當家」分等階，溫巨俠不旋踵重現兩岸三地。李宗舜在散文中不斷提起他對臺灣詩壇與詩藝的朝聖心情，「有詩陪伴才不會寂寞，才不會遺憾。」、「詩心成為快樂的泉源，有詩不會寂寞。」「詩心燎原，對詩神無盡愛慕」……的告白，反映他對詩近乎宗教家的「自認正確」（self-righteousness）。奇怪的是他對自己的散文似乎毫無信心。我的看法是詩人寫的散文不可能差到那裡去，宗舜佩服的余光中楊牧即是佳例。因句生句，因意生意，借物起興，暈染衍異，把寫詩的本領用在散文的敷陳上，成果肯定可觀。宗舜日後的散文創作不宜耽溺於神州記憶，神話與笑話，希望與虛惘，語音何其接近，內涵又何其迥異。宗舜如能汰虛課實，卯酉上下班之際多留意周遭的人物人事，當能強化作品的社會性、思想性。這世界充滿美麗與狂暴，陽光底下多的是可以銘記甚至批判的事。

少年子弟江湖老，作品才是長青樹。

2011 年 11 月 25 日　怡保

釀文學166　PG1185

馬華文學板塊觀察

作　　者　溫任平
責任編輯　蔡曉雯、鄭伊庭
圖文排版　莊皓云
封面設計　蔡瑋筠

出版策劃　釀出版
製作發行　秀威資訊科技股份有限公司
114 台北市內湖區瑞光路76巷65號1樓
電話：+886-2-2796-3638　傳真：+886-2-2796-1377
服務信箱：service@showwe.com.tw
http://www.showwe.com.tw
郵政劃撥　19563868　戶名：秀威資訊科技股份有限公司
展售門市　國家書店【松江門市】
104 台北市中山區松江路209號1樓
電話：+886-2-2518-0207　傳真：+886-2-2518-0778
網路訂購　秀威網路書店：http://www.bodbooks.com.tw
國家網路書店：http://www.govbooks.com.tw
法律顧問　毛國樑　律師
總 經 銷　聯合發行股份有限公司
231新北市新店區寶橋路235巷6弄6號4F
電話：+886-2-2917-8022　傳真：+886-2-2915-6275

出版日期　2015年1月　BOD一版
定　　價　380元

Printed in Taiwan

國家圖書館出版品預行編目

馬華文學板塊觀察 / 溫任平著. -- 一版. -- 臺北市 : 釀出版, 2015.1
面； 公分. -- (釀文學 ; PG1185)
BOD版
ISBN 978-986-5696-30-6 (平裝)

1. 海外華文文學 2. 新詩 3. 詩評

850.951 103012555

讀者回函卡

感謝您購買本書，為提升服務品質，請填妥以下資料，將讀者回函卡直接寄回或傳真本公司，收到您的寶貴意見後，我們會收藏記錄及檢討，謝謝！

如您需要了解本公司最新出版書目、購書優惠或企劃活動，歡迎您上網查詢或下載相關資料：http:// www.showwe.com.tw

您購買的書名：________________________________

出生日期：________年________月________日

學歷：□高中(含)以下　□大專　□研究所(含)以上

職業：□製造業　□金融業　□資訊業　□軍警　□傳播業　□自由業

　　　□服務業　□公務員　□教職　□學生　□家管　□其它_____

購書地點：□網路書店　□實體書店　□書展　□郵購　□贈閱　□其他

您從何得知本書的消息？

□網路書店　□實體書店　□網路搜尋　□電子報　□書訊　□雜誌

□傳播媒體　□親友推薦　□網站推薦　□部落格　□其他__________

您對本書的評價：(請填代號　1.非常滿意　2.滿意　3.尚可　4.再改進)

封面設計____　版面編排____　內容____　文／譯筆____　價格____

讀完書後您覺得：

□很有收穫　□有收穫　□收穫不多　□沒收穫

對我們的建議：________________________________

____

____

____

請貼
郵票

11466
台北市內湖區瑞光路 76 巷 65 號 1 樓
秀威資訊科技股份有限公司 收
BOD 數位出版事業部

....

（請沿線對折寄回，謝謝！）

姓　名：＿＿＿＿＿＿＿＿　年齡：＿＿＿＿　性別：□女　□男

郵遞區號：□□□□□

地　址：＿＿＿＿＿＿＿＿＿＿＿＿＿＿＿＿＿＿＿＿

聯絡電話：(日)＿＿＿＿＿＿＿＿＿＿　(夜)＿＿＿＿＿＿＿＿＿＿

E-mail：＿＿＿＿＿＿＿＿＿＿＿＿＿＿＿＿＿＿＿＿